스무살을 위한 페미니즘 소설

청동거울 문학선 ❻

스무살을 위한 페미니즘 소설

2002년 4월 12일 1판 1쇄 인쇄 / 2002년 4월 19일 1판 1쇄 발행

엮은이 이정희
지은이 김일엽 외
펴낸이 임은주
펴낸곳 도서출판 청동거울 / 출판등록 1998년 5월 14일 제13-532호
주소 (135-080) 서울 강남구 역삼동 832-52 상봉빌딩 301호 / 전화 02)564-1091~2
팩스 02)569-9889 / 전자우편 cheong21@freechal.com

편집장 조태림 / 편집 조은정 / 북디자인 우성남 / 영업관리 정재훈

값 9,000원

ISBN 89-88286-66-9

청동거울 문학선⑥

스무살을 위한

페미니즘 소설

● 이정희 엮음

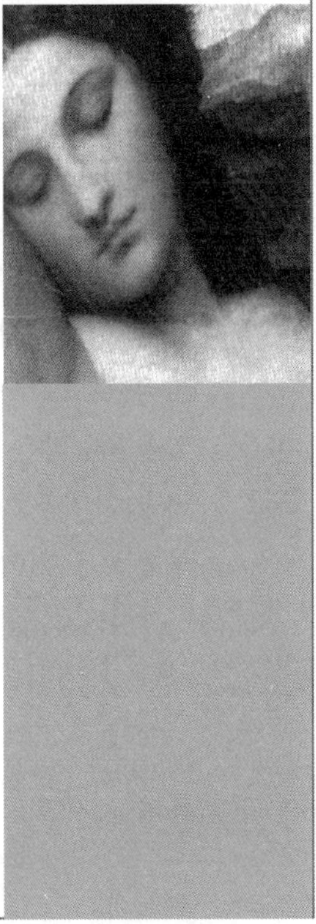

청동거울

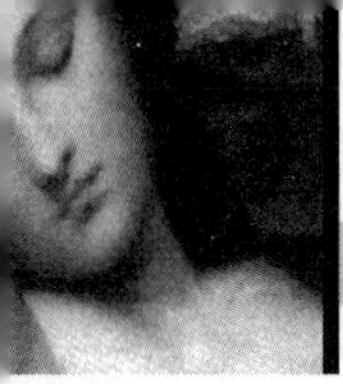

이 책을 내면서

"여성은 태어나는 것이 아니라 만들어지는 것이다(시몬느 드 보봐르)."

『스무살을 위한 페미니즘 소설』을 엮으면서 보봐르의 이 말을 새삼 떠올려 본다. 풋내기 여대생이었던 나에게 앞으로 어떤 여성으로 살아갈 것인가를 묻게 한, 일종의 화두 같은 말이었기 때문이다. 대학 시절, 나는 여성의 삶에 깊은 관심을 가졌고 그 관심은 대학원 시절의 나를 페미니즘 문학연구로 이끌었다. 그만큼 대학 신입생 때 접하는 글은 그 사람의 인생에 큰 영향을 미치는 것 같다.

요즘은 페미니즘이란 말이 그리 낯설지 않게 받아들여지고 있는 듯하다. 심지어는 지나간 시대의 낡은 유물처럼 치부되는 경향마저 있다. 그만큼 페미니즘은 우리에게 이미 친숙해져 있다. 그러나 주위를 둘러보면 뿌리 깊게 남아 있는 여필종부(女必從夫) · 현모양처(賢母良妻)의 이데올로기가 여전히 여성의 삶을 제약하고 있다. IMF 체제가 가동되었을 때, 많은 기혼 직장여성들을 가정으로 되돌려 보낸 것도 실은 이러한 이데올로기였다. 여성에 관한 한 서로 모순되는 사고방식들이 아무런 모순 없이 받아들여지고 있는 것이 지금 우리의 현실인 것이다.

그러므로 페미니즘 문학에 대한 관심은 지금 이 시점에서 더욱 소중하다. 페미니즘 문학은 우리 여성의 현실을 생생하게 보여주는 삶으로 쓴 텍스트이기 때문이다. 이 텍스트들이 인도하는 길을 따라가노라면, 우리는 가부장제 사회 속에서 여성이 어떻게 억압받아 왔는지, 또 어떻게 그 억압을 뚫고 나왔는지를 만날 수 있을 것이다.

이 책에서는 1920년대부터 1980년대에 이르는 페미니즘 소설을 시대순으로 엮었다. 신여성 중의 한 사람이었던 김일엽의 「자각」에서부터 오정희의 「중국인 거리」와 박완서의 「엄마의 말뚝 · 1」에 이르는 소설을 선정함으로써, 우리 여성의 생활과 감정과 역사를 느낄 수 있게 했다. 이 소설들을 하나하나 읽어 가는 과정 속에서 여학생은 여학생대로, 남학생은 남학생대로 자신이 선 위치에서 자기와 사회를 성찰할 수 있었으면 한다.

무엇보다 이 책은 페미니즘이 무엇인지, 또 페미니즘 문학은 어떤 것인지를 알지 못할 대학 신입생을 위해 엮은 것이다. 인생의 새로운 출발점에 서 있는 그들에게 부디 좋은 독서 경험이 되었으면 한다.

2002년 봄

이정희

차례

● 이 책을 내면서 4

10 자각 / 김일엽

24 원고료 이백 원 / 강경애

36 광인수기 / 백신애

62 탕자(蕩子) / 이선희

78 천맥 / 최정희

152 안개 / 강신재

174 감정(感情)이 있는 심연(深淵) / 한무숙

198 신화(神話)의 단애(斷崖) / 한말숙

214 중국인 거리 / 오정희

248 엄마의 말뚝·1 / 박완서

● 용어해설 | 페미니즘 문학비평 305

● 해설 | 페미니즘 소설의 기억을 찾아서 317

자각

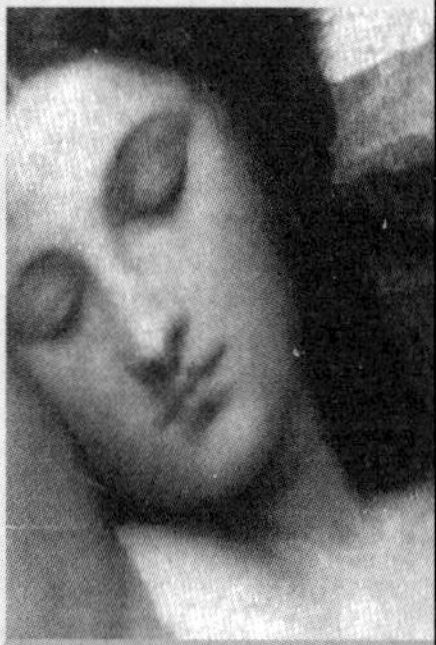

김일엽(1896~1971)

평양 출생. 이화학당을 졸업하고 우리 나라 최초의 여성지인 『신여자(新女子)』를 발간, 주간하다가 1919년 동경 유학을 떠남. 「어느 소녀의 사(死)」 「자각」 「사랑」 등의 작품이 있다.

자각

김일엽

하도 의외고도 허망한 일이어서 차라리 입을 다물려고 하였지만 동무가 굳이 물으시니 사실대로 적어 볼까 하나이다.

그가 처음 일본을 떠나던 때는 재작년 이맘때였는데 날짜까지도 잊혀지지 아니합니다.

입학 준비인가 한다고 개학 일자보다 몇 달 앞서서 일본으로 들어가려던 일이 그의 아버지 생신을 지나서 떠나려다가 그가 또 감기에 걸리고 해서 십이 월 그믐께가 되어서야 떠나게 되었었나이다.

떠나기 전날 밤은 그의 친구들이 송별회를 하느니 어쩌느니 하느라고 그는 새벽 두 시나 되어서 먹지도 못하던 술을 다 마셨는지 얼굴이 벌개서 열적은 웃음을 띠고 들어와서는,

"왜 이때까지 안 자우? 밤이 퍽 늦었는데……."

하고는 모자와 두루마기만 벗어 던지고는 깔아 놓은 자리 속으로 그냥 들어갔었나이다.

자리에 누운 그는 붉은 내 눈을 쳐다보더니 자기도 처연한 빛을 띄

우며,

"이제 옷 벗고 어서 이리 드러누우!"

하며 그는 누운 채로 손을 내밀어 내 저고리 고름을 끌르더이다. 나는 참던 울음이 터져서 그만 그에게 엎드리며 흑흑 느끼었나이다. 그는 반쯤 일어나서,

"왜 이러우, 남 좋은 공부하러 가는데……. 그리고 내가 집에 있어야 당신에게 무슨 도움이 되겠소. 마음으로 암만 동정한대야 무슨 소용이오. 내가 어서 공부를 마치고 돌아와야 내가 번 돈으로 당신을 먹이고 입히고 할 테고, 그리고 또 이 복잡하고 귀찮고 부자유한 이 가정에서 당신을 구원해낼 수 있지 않소. 그러니 한 삼사 년만 눈 딱 감고 참아 주구려. 자, 어서 이리 드러누워요."

하고 힘있게 나를 껴안더이다.

그날 저녁은 이별의 설움보다도 뼛속까지 느껴지는 그의 따뜻한 정이 더욱 나에게 그칠래야 그칠 수 없는 눈물을 자아냈나이다. 어쨌든 그날 저녁은 이별의 애처로움과 사랑의 속살거림과 희망의 이야기로 그만 밤을 새고 말았나이다.

그 이튿날 아침에는 마지막으로 좀더 같이 누워 있자는 그의 붙잡음도 뿌리치고 일찍 일어나서 일본 가면 조선 음식을 구경 못 하게 될 것을 생각하고 정성껏 아침을 차려 시간이 늦을까 봐 급히 상을 내어 보냈나이다.

마음껏 먹고저 하고 차려 간 조반상에 별로 없어진 것이 없이 나왔을 때 퍽 섭섭하였으나 시간이 바빠서 그랬나 보다 하고 말았었나이다. 그이 떠나 보낼 준비는 부모의 허락을 받기 이전부터 내가 혼자서 하고 있었나이다. 객지에 한 몸으로 아쉬운 것이 많을 것을 생각하고 내 힘으로, 내 정성으로 미칠 일은 무엇이나 다 하려 하였나이다. 그리하여 으레껏 장만할 것은 물론이고 일본은 온돌이 없어 춥다

는 말을 듣고 뜨뜻하게 할 것은 그는 필요치 않다는 것까지 다 장만하였었나이다. 그리고 조선 음식을 여러 가지 만들어서 새지 않는 그릇에 넣어 그의 짐에 넣어 놓았었나이다.

짐을 다 내어 싣고 그의 아버지, 그의 친구 모두 나섰는데 나는 나갈 수도 없고 혼자 내 방 모퉁이에서 울고 있는데 그가,

"뭐 잊어버린 것 있는데……."

하며 퉁퉁 방문 앞으로 오더이다. 나는 얼른 눈물을 거두고,

"뭘 잊었수?"

하니까 그는 싱그레 웃으며,

"잊어버리긴 뭘 잊어버려? 당신 한 번 더 보려고 들어왔지. 자 한 번 악수나 합시다. 그리고 나 없는 동안에도 내 맘 하나만 믿고 모든 것을 참아 주—."

하며 내 손을 힘있게 흔들고는 다시 나가더이다. 사람들 없는 사이에 나는 뒷문으로 빠져 나가서 이웃집 담모퉁이에 숨어 서서 그의 가는 뒷모양이라도 한 번 더 바라보려 하였나이다.

눈은 부실부실 떨어져 쓸면 또 깔리고 또 깔리고 하여서 사람의 발자국을 메우는데 그는 자기와 제일 친하다고 늘 말하는 K라는 이와 함께 골고루 깔린 눈길에 새로 발자국을 내며 터벅터벅 걸어가는데 그를 몹시 따르는 집에서 기르는 개가 자꾸 그의 뒤를 따라가더이다.

그는 친구와 무슨 이야기를 그리 하는지 개가 따라가는 줄 모르고 돌아보지도 않고 그냥 가고 마더이다. 시누이가 개를 자꾸 부르면 개는 힐끗 돌아보고는 따라가고 따라가고 하더이다. 나중에는 그가 돌멩이를 던져 개를 쫓더이다. 나는 쫓겨서 터덜거리고 돌아오는 개가 얼마나 불쌍한지 개를 껴안고 실컷 울고 싶었나이다. 그리고 그가 집들 많은 틈으로 없어진 뒤에 나는 답답하고 무거운 가슴을 안고 그래도 시어머니가 찾지나 않나 하고 빨리 집으로 돌아왔나이다. 텅 빈

듯 집 안은 왜 그렇게 구중중하니 늘어놓았는지 모르겠으나 일이 손에 잡히지 않는 고로 방에 들어가서 얼빠진 사람 모양으로 어둑하니 앉았는데,

"이애 어디 갔니? 집 안이 이렇게 지저분한데 치울 줄 모르고…….”

하는 깨진 듯한 시어머니 소리에 소스라치게 놀라서 얼른 일어나 나가서 치우는 것처럼 하고는 다시 방으로 들어가서는 다시 그를 생각하기 시작하였나이다.

겨울이 되어 문을 닫고 있게 된 것이 어떻게 다행인지 몰랐나이다. 일을 하는지 잠을 자는지 들여다보는 이도 없이 암만이라도 멀거니 앉아서 그를 생각할 수가 있는 까닭이었나이다. 결혼 당초부터 그가 졸업하고 나와 사회적으로 지위를 얻고 경제적으로 완전히 독립이 되어 아름다운 새 가정을 이룰 그때까지를 쭉 그려 보았나이다. 그리고는 다시 나의 영혼은 지금 그를 따라 차를 타고 배를 타고 물을 건너고 산을 넘어가는 것이었나이다.

어쨌든지 먹지도 말고 일도 하지 말고 움직이지도 말고 꼭 그대로 앉아서 그를 따라가는 영혼에게 장애가 되지 않았으면 하지만 말썽부리는 시어머니가 있고 내가 밥지어 바쳐야 먹는 다른 식구가 많아서 가만히 앉아 있을 수가 없는 것이 성가셨나이다. 영혼을 떠나 보면 육신이 기계적으로 하는 일이 어찌 변변히 될 리가 있습니까. 시부모 옷을 제때 못 지어 놓고 반찬을 간에 맞게 못하여 날마다 몇 차례 시어머니께 야단맞고 그릇 깨뜨려 시어머니 몰래 개천에 버리는 것 같은 일이 많았나이다. 다만 그를 생각하는 것이 그때 내 생활의 전체였나이다. 자나깨나 앉으나 서나 그의 생각뿐이었나이다.

그가 좋아하던 음식을 만들 때나 수천 리 타국인 일본과 어찌 기후가 똑같을 수가 있사오리까마는 겨울의 일기가 추워도 그가 객지에서 추워할 것이 염려요, 여름에 비가 와도 그가 학교 가기 고생되겠

다는 걱정이었었나이다. 그의 친구가 찾아올 때는 더욱 애처롭도록 그가 그리웠나이다. 옷그릇을 뒤지다가라도 그의 옷이 보이면 반가워서 한 번 더 쓰다듬어 보았었나이다. 그리고 일본 유학이란 말만 들어도 무심치가 않고 일본 갔다온 사람이라면 공연히 반가워서 문틈으로라도 한 번 더 내다보아지었나이다. 그리고 시부모가 그에게 돈을 부쳐 주었나? 그가 요구하였다는 것을 보내 주었나? 하는 일을 애가 타도록 알고 싶었나이다.

그를 생각하기에 밤을 새우다가 새벽녘에 겨우 잠이 들었다가 시어머니 부르는 소리에 일어나서는 연자질하는 나귀같이 시어머니 책망의 채찍과 눈살의 칼을 맞으며 또 종일 일을 하지 않으면 아니 되었나이다. 그러나 겉으로나마 힘껏 복종하고 참고 일을 하며 몸이 아무리 피곤하고 괴로워도 한 번 누워 보지 않건마는 시어머니 부르는 소리에 대답만 더디 하여도 서방 없이 지내는 떠세라고 야단야단을 하며,

"시쳇것들은 서방 계집이 밤낮 붙어 앉았어야 되는 줄 알드라. 우리네들은 젊었을 때 남편이 벼슬 살러 시골을 가든지 작은집을 얻어 몇십 년을 나가 살든지 시부모 곱게 섬기고 시집살이 잘하였다."

는 말을 저 소리 또 나온다 하도록 늘 하였나이다.

시집살이 하던 이야기를 어찌 다 하겠나이까. 좁쌀 한 섬을 산을 놓아도 못 다 계산하겠나이다.

아— 동무여. 정신은 사람 그리우기에 초조하고 육신은 부림을 받기에 고되고 마음은 시어머니에 쪼들리게 되는 그때 나의 고통이 과연 어떠하였겠나이까. 본래 살이 많지 못하던 나는 그만 서리 맞은 국화잎같이 시들어졌었나이다.

그러나 그러한 고통 중에도 단번에 즐거움을 주고 활기를 주는 것은 그에게서 오는 편지였나이다. 부모 시하 사람이라 직접 하지도 못

하고 누이동생 이름 쓰인 봉함 속에 편지를 넣어 보내었나이다. 빈정거리는 듯한 웃음을 띠고.

"난—언니—좋아할 것 가져왔지—."

하며 까부는 시누이에게서 편지를 받아서는 부끄러워서 바느질 고리 옆에다 그냥 놓아 두었나이다. 시누이는 악의가 섞인 농담을 몇 마디 하다가는 그만 나가 버리면 나는 곧 편지를 뜯었었나이다.

그는 문학을 좋아하고 재주가 있고도 편지도 별로 정답고 재미있고 고맙게 써 보냈었나이다. 그리고 자상하게도 자기 지내는 일동일정과 자기가 가는 곳의 경치 같은 것을 하나도 빼지 않고 적어 보냈었나이다. 그때 내 생각에는 그와 같이 다정하고 편지 잘 쓰는 이는 없을 것 같았나이다. 그리고 그때 그의 편지 중에도 제일 내게 힘을 주고 용기를 내는 것은 가끔 이러한 의미의 편지를 보냄이었나이다.

"나의 사랑하는 아내여. 아무 이해와 동정이 없는 나의 부모형제를 섬기기에 뼛골이 빠지도록 애쓰는 당신에게 과연 무엇이라 말을 하리이까. 미안하다 말을 할까요. 고맙다 할까요. 그저 할 말은 당신을 위하여 쉬지 않고 배웁니다. 당신을 위하여 꾸준히 수양하고 있습니다 할 뿐입니다. 그러나 그리운 아내여. 웃지 마소서. 당신이 정말 보고 싶을 때는 공부를 며칠만 쉬고라도…… 하고 생각하는 때가 한두 번이 아니었나이다. 어쨌든 나도 당신보다 못지않게 희생적 정신을 가진 것만 알아 주소서. 그리고 당신의 편지가 지금 나의 적막한 생활의 생명수임을 잊지 마소서!"

참말 그때는 한 주일에 세 번이나 네 번 오는 그의 편지만 아니면 목을 매어서라도 강물에 빠져서라도 죽었을는지 몰랐나이다.

그의 편지가 올 날 안 오면 그날은 자연 어깨가 축 늘어지고 공연히 맥이 탁 풀려서 견딜 수 없으리만치 되었었나이다.

어쨌든 그가 없는 그때는 그에게서 편지가 오고 안 오는 것으로 나에게 희망과 낙망과 반가움과 섭섭함이 정해졌나이다. 그리고 여름이 되면 짧은 동안이지만 그가 귀국하여 우리 두 사람에게는 더할 수 없이 달고 즐거운 밤과 낮이 되었었나이다. 그를 위하여 곱게 곱게 지어 두었던 조선 옷을 지어 입히면 시원하고 편하다고 슬슬 만져 보는 것이나 그를 위해 아끼고 간직해 두었던 과자나 과일을 그가 고맙게 맛있게 먹는 것을 보는 것도 적은 기쁨은 아니었나이다.

그와 앉아 놀던 곳이거니 하고 혼자 올라가 보고 한숨 쉬던 뒤꼍 느티나무 밑에를 둘이 서서 많이 올라가서 정다운 이야기로 밤 시간을 보낼 때도 있었나이다. 그때에 선물로 그가 갖다 준 시어머니도 시누이도 모르는 비밀의 귀중품은 몇 가지씩 내 장롱 속에 감춰졌나이다.

그때도 그의 친구 중에도 구식 여자라고 무단히 본처를 이혼한다는 말을 가끔 들었건마는 공연히 그럴 리는 없겠지, 무슨 까닭이 있는지 누가 알어 하고 속으로 생각할 뿐이었나이다.

어쨌든 나는 춘하가 바뀌는 변절의 괴변은 있을지언정 그의 마음이야 어떠랴 하였었나이다. 그러니 내가 그리 추맥하는 일 같은 일은 더구나 없을 것이었나이다. 그러나 그는 혼자서 이런 말을 하였었나이다. 자기 친구 중에는 여학생을 부러워하지 않는 이가 없는 모양이나 자기는 허영심이 많고 아는 것도 없이 건방지고 고생을 견디지 못하는 여학생들에게 결코 마음이 쏠리지 않는다고 하며 자기 아내인 나는 신식 학교는 안 다녔더래도 여학생만 못지않게 하는 것이 있고 이해가 있다고 하며 더할 수 없이 나를 만족해 하고 내게만 단순한 정을 주는 듯하였나이다.

그래서 친척들 가운데도 품행이 방정하다고 칭찬받고 나는 내 동무들의 부러움의 대상이 되었었나이다. 그러니 나 자신이야 남편을 얼마나 만족해 하고 고마워하였겠나이까. 그래서 나를 그만큼 사랑하는 보람이 있게 하려고 원망스러운 시집 식구를 정성껏 위하고 섬기고 또 그의 말 한 마디라고 알아듣도록 되어 볼까 하고 학교에서 배운다는 책들을 사다 놓고 틈틈이 열심히 배웠었나이다. 그때는 시집살이에 고생은 무던히 겪으면서도 그래도 그렇게 희망 많고 긴장된 세월이 이 년은 계속되었었나이다.

그러나 어찌 뜻하였으리까. 한 달이 하루같이, 일 년이 한 달같이 세월이 어서어서 지나서 그가 졸업하고 금의환향할 기쁜 때를 손을 꼽아 기다렸나이다. 그러나 기다리던 졸업의 시일은 오기도 전에 그때 내게는 사형선고와 같은 놀라운 기별이 왔나이다. 십 년 공든 탑이 하루 아침에 무너진다는 셈으로 내가 출가한 지 육칠 년 동안 쌓아 놓은 적공은 하루 아침에 그만 산산이 부서지고 말았나이다.

동무여, 오랫동안 편지를 끊었었나이다. 지금은 내 심리와 생활이 아주 일변하였나이다. 지금 생각 같아서는 전에 적은 말이 그같이 장황히 늘어놓을 가치조차 없는 것이었나이다. 그러나 요령을 알게 하기 위하여 전에 말을 계속합니다.

그때 내게는 불행이 거듭하노라고 임신 팔 개월이나 되었었나이다. 몸은 무겁고 괴로워서 그전에 참고 견뎌 가던 시집살이의 모든 고통이 더욱 절실히 느껴져서 짜증만 더럭더럭 나서 부엌 모퉁이에서 머리를 혼자 잡아 뜯으며 애쓸 때도 많았고, 남 다 자는 밤에 홀로 누워서 사족이 쑤시는 몸을 비틀며 느껴 울기도 여러 번 하던 때였나이다. 그러면서도 남편과 같이 살게 될 때는…… 하고 유일의 희망을 두었었나이다. 그런데 어쩐 셈인지 그에게서는 여러 달을 두고 편지조차 끊어졌었나이다. 별별 생각을 다 하면서도 그래도 오늘이나 내일이나 하고 하루같이 기다리고만 있었나이다.

그렇게 기다리던 편지는 오기는 왔었나이다. 그러나 그 편지 내용은 그전과는 정반대의 사연이었나이다. 말하자면 '절연장'이었나이다. 가뜩이나 신경이 예민하고 몸이 극도로 약해졌던 내가 과연 얼마나 놀라고 슬퍼하였으리까. 그때 기절하지 않은 것이 이상하였나이다. 그 편지의 의미는 대개 이러하였나이다.

그대와의 혼인은 전연 부모의 의사로만 성립된 것으로 내게는 책임이 없으며 지금까지 부부관계를 계속해 온 것은 인습에 눌리고 인정에 끌렸던 것이니 미안하지만 나를 생각하지 말고 그대의 전정을 스스로 결정하라는 것이었나이다.

그리고 이어서 이러한 소문을 들었나이다. 그가 일본 유학하는, 자기보다도 나이 많은 어떤 노처녀와 연애를 한다는데 그가 그 처녀 앞에서는 자기에게 이름만의 아내가 있지마는 애정이 본래부터 생기지를 않아서 번민하다가 그 처녀를 보고 비로소 사랑이라는 것을 알았노라고 속살거린다 하더이다. 그리고 그 여자는 구식 여자인 나는 덮어놓고 무식하고 못나고 속없는 여자로 아는 모양이라 하더이다.

분노와 원한이 앞을 서지마는 입을 악물고 정신을 차렸나이다. 이미 세상을 알고 인심을 헤아린 이상 한시라도 머뭇거리고 있을 수가 없다고 생각하고 단연히 한 술 더 뜨는 답장을 하기로 하였나이다.

주신 편지의 의미는 잘 알았나이다. 먼저 그런 편지 주심이 얼마나 다행한지 모르겠나이다. 여자의 몸이라 그래도 환경을 벗어나지 못해서 이상에 안 맞는 남편과 억지로 지내면서도 남다른 고생을 겪지 않으면 안 되는 자신의 불행을 언제나 한탄하고 있었나이다. 아이는 남녀간 낳은 대로 돌려 보내겠나이다. 나는 아이를 데리고는 전정을 개척하는 데 거리끼는 일이 많을까 함이외다. 그러나 아이의 행복을 누구보다도 제일 간절히 바라는 사람이 이 세상에 또 하나 있음을 아이에게 일러 주소서. 이만. 6월 18일. 임순실.

곧 나의 행장을 수습하여 가지고 떠나려 하였으나 나의 이(利)보다도 인정보다도 체면을 존중히 여기는 시부모의 엄절한 만류로 행장은 그대로 두고 몸만 억지로 떠나 친정으로 왔나이다.

동무여, 나의 이렇게 한 일을 듣고 내가 남편을 깊이 사랑하지 않았던 것이 아닐까 하고 의심하리다마는 내 속이 아무리 쓰리더라도 자기 인격을 더럽히면서 치근치근하게 사랑을 받으려 애쓰기는 결코 싫음이었나이다.

친정에서는 큰 변이나 난 것처럼 야단이 있었지만 나는 조용하고 침착하게 전후 사실을 자세자세 설명하였나이다. 그리고 해산이나 한 후에는 공부나 할 결심이라 하였나이다.

아버지는 그래도 옛날 예의와 도덕을 늘어놓고 귀밑머리 맛푼 남편을 떠난 여자는 이미 버린 여자라고 준절히 타이르더이다. 그러나 이미 결심이 있는 나는 귀로만 들을 뿐이었나이다. 더구나 어머니는 나만치 구식이면서도 완고하지 않고 적이 이해가 있어서 아버지에게,

"자식이 많기를 한가, 계집애라고 하나 있는 것을 공부도 안 시키고 자기가 끼고 가르침네 하다가 그냥 시집을 보내어 오늘 이 모양을 만들어 놓고도 지금도 공부를 안 시킬라느냐."

고 야단야단을 쳐서 겨우 나는 학교에 다니게 되었나이다.

그때가 벌써 삼 년이나 지났나이다. 나는 오는 봄에는 졸업이라 합니다. 독한 결심을 가지고 하는 공부라 성적은 매우 좋은 편입니다. 이제는 옛날 남편, 시집살이 모두 시들해서 언제 꾼 꿈인가 하게 생각됩니다.

그러나 어린것의 소식을 들을 때마다 가슴이 뭉클하오이다. 지금 네 살인데 총명하고 잘생긴 아이로 말도 썩 잘한다 합니다.

어떤 때는 몹시도 어린것이 보고 싶어서 그 집 문간에라도 몰래 가서 그것의 얼굴이라도 잠깐 보고 올까 생각할 때도 있지마는 스스로

억제합니다. 보고 싶다고 한 번 만나면 두 번 만나고 싶고, 두 번 만나면 자주 만나고 싶고, 자주 만나면 아주 곁에다 두고 떠나지 않게 되기를 바라게 될 것입니다. 그렇게만 되면 아이 아버지와 또 인연이 맺어지고 인연이 맺어진다면 내 자존심과 인격은 여지없이 깨어질 것입니다.

나는 자식의 사랑으로 인하여 내 전 생활을 희생할 수는 절대로 없나이다. 자식의 생활과 나의 생활을 한데 섞어 놓고 헤맬 수는 없나이다. 물론 남의 부모가 되어 자식을 기르고 교육시켜서 한 개 완전한 사람을 만드는 것이 당연한 직무이겠지요. 그러나 부모의 한 사람인 아이의 아버지가 아이의 양육을 넉넉히 할 수 있음에도 불구하고 여지없는 모욕을 당하면서 자식 때문에 할 수는 없나이다. 그러니까 아이가 자라서 어미라고 찾으면 만나고 안 찾으면 그만일 것입니다.

나의 자존심을 위하여, 인격을 위하여 단연히 취하기는 하였건만 몇 해를 두고 절기를 따라 해를 따라 남모르게 고민을 무던히도 하고 있었나이다. 내 글을 읽고 동무도 짐작했으리이다마는 처음 그때 동무에게 편지할 때에도 정직하게 말하면 그에 기대한 미련이 없다고는 하지 못할 때였나이다. 그래서 그와 정답게 재미있게 지내던 이야기를 중언부언 늘어놓았었나이다. 그러나 그것이 언제 사라져 버린 꿈같이 생각될 지금에 와서는 동무에게 다시 편지 쓸 흥미가 없어서 오랫동안 소식을 끊었나이다. 어쨌든 지금 생각하니 내가 생각하는 이성은 그이와 같은 이는 아니었나이다. 남성답지 못하고 줏대가 없고 여자를 사랑하기는 하지만 인격적으로 대하지 아니하고 이왕 상당한 아내를 둔 이상 절대로 정조를 지켜야 하겠다는 자각이 없는 그이였나이다.

내가 처음에 그를 사랑한 것은 이성이라고는 도무지 접촉해 보지 못하다가 부모의 명령으로 눈감고 시집을 가서 친절하게 구는 이성을 대하니 자연 정다워진 데 지나지 않는 것이었나이다.

그가 처음 내가 나온 후에도 사과 편지를 보내고 다시 오라고 몇 번 하였지만 작년 가을부터는 사람을 보내고 자기가 몇 번 오고 하여서 복연을 간청합니다. 그때마다 나는 흔연히 대접하고 좋게 거절을 하였나이다. 그러나 또다시 편지로 몇 번인지 같은 말을 써 보냈더이다. 답장도 하기 싫어서 내버려 두었다가 하도 성가시게 굴기에 이러한 의미의 편지를 하였나이다.

나를 끈에 맨 돌멩인 줄 아느냐. 오라면 오고 가라면 가게……. 백계집을 대하다가도, 십 년을 박대하다가도 손길 한 번 붙잡으면 헤헤 웃어 버리는 속없는 여자로 아느냐. 죽어도 이 집 귀신이 된다고 욕하고 때리는 무정한 남편을 비싯비싯 따라다니는 비루한 여자인줄 아느냐. 열 번 죽어도 구차한 꼴을 보지 않는 성질을 알면서 다시 갈 줄 아는 그대가 생각이 없지 않은가 하다고……

그후에는 내게 직접 무슨 말을 건네지는 못하고 혼자서 열광을 한다고 하는 소문을 들었나이다. 아무러나 그것은 문제 될 것이 없나이다.

이왕 사람이 아닌 노예의 생활에서 벗어났으니 이제는 한 개 완전한 사람이 되어 값있고 뜻있는 생활을 해야겠나이다. 그리고 사람으로 알아주는 사람을 찾으려나이다.

원고료 이백 원

강경애(1907~1943)

황해도 송화 출생. 1930년 「파금」으로 문단 활동 시작. 「소금」 「지하촌」 『인간문제』 등 다수의 작품이 있다.

원고료 이백원

강경애

친애하는 동생 K야.

간번 너의 편지는 반갑게 받아 읽었다. 그리고 약해졌던 너의 몸도 튼튼해짐을 알았다. 기쁘다. 뭐니뭐니 해야 건강밖에 더 있느냐.

K야. 졸업기를 앞둔 너는 기쁨보다도 괴로움이 앞서고 희망보다도 낙망을 하게 된다고? 오냐. 네 환경이 그러하니만큼 응당 그러하리라. 그러나 너는 그 괴로움과 낙망 가운데서 단연히 깨달음이 있어야 한다. 그래서 기쁘고 희망에 불타는 새로운 길을 발견해야 한다.

K야. 네가 물은 바 이 언니의 연애관 내지 결혼관은 간단하게 문장으로 표현할 만한 지식이 아직도 나는 부족하구나. 그러니 나는 요새 내가 지내는 생활 전부와 그 생활로부터 일어나는 나의 감정 전부를 아무 꾸밀 줄 모르는 서투른 문장으로 적어 놓을 테니 현명한 너는 거기서 버릴 것은 버리고 취하여 다고.

K야. 내가 요새 D신문에 장편소설을 연재하여 원고료로 이백여원을 받은 것은 너도 잘 알지? 그것이 내 일생을 통하여 처음으로 많

이 가져 보는 돈이구나. 그러니 내 머리는 갑자기 활기를 얻어 온갖 공상을 다 하게 되더구나.

K야. 너도 짐작하는지 모르겠다마는, 나는 어려서부터 순조롭지 못한 가정에서 자랐고 또 커서까지라도 순경에 처하지 못한 나는 그나마 쥐꼬리만큼 배운 이 지식까지라도 우리 형부의 덕이었느리라. 그러니 어려서부터 명일빔 한 벌 색들여 못 입어 봤으며 먹는 것이란 언제나 조밥이었구나. 그러고 학교에 다니면서도 맘대로 학용품을 어디 써보았겠니. 학기초마다 책을 못 사서 울고, 울다가는 겨우 남의 낡은 책을 얻어 가졌으며 종이와 붓이 없어 나의 조그만 가슴은 그 몇 번이나 달막거렸는지 모른다.

K야. 나는 아직도 잘 기억한다. 내가 학교 일 년급 때 일이다. 내일이면 학기시험을 치겠는데도 종이와 붓이 없구나. 그래서 생각다 못해서 나는 옆의 동무의 것을 훔쳤다가 선생님한테 얼마나 꾸지람을 받았겠니. 그러구 애들한테는 '애! 도적년, 도적년' 하는 놀림을 얼마나 받았겠니. 더구나 선생님은 그 큰 눈을 부라리면서 놀 시간에도 나가 놀지 못하게 하고 벌을 세우지 않겠니. 나는 두 손을 벌리고 유리창 곁에 우두커니 서 있었구나. 동무들은 운동장에서 눈사람을 만들어 놓고 손뼉을 치며 좋아하지 않겠니. 나는 벌을 서면서도 눈사람의 그 입과 그 눈이 우스워서 킥하고 웃다가 또 울다가 하였다.

K야. 어려서는 천진하니까 남의 것을 훔칠 생각을 했지만 소위 중학교까지 오게 된 나는 아무리 바쁘더라도 그러한 맘을 먹지 못했다. 형부한테서 학비로 오는 돈은 겨우 식비와 월사금밖에는 못 물겠더구나. 어떤 때는 월사금도 못 물어서 머리를 들고 선생님을 바로 보지 못한 적이 많았으며 모르는 학과가 있어도 맘놓고 물어 보지를 못했구나. 그러니 나는 자연히 기운이 죽고 바보같이 되더라. 따라서 친한 동무 한 사람 가져 보지 못했다. 이렇게 외로운 까닭에 하느님

을 더 의지하게 되었으니 나는 밤마다 기숙사 강당에 들어가서 목을 놓고 울면서 기도하였다. 그러나 그 괴로움은 없어지지 않고 날마다 달마다 자라만 가더구나. 동무들은 양산을 가진다, 세루 치마 저고리를 입는다, 털목도리 재킷을 짠다, 시계를 가진다. 지금 생각하면 그 모든 것이 우습게 생각되지마는 그때는 왜 그리도 부러운지 눈물이 날만큼 부럽더구나. 그 폭신폭신한 털실로 목도리를 짜는 동무를 보면 나도 모르게 그 실을 만져 보다가는 앞서는 것이 눈물이더구나. 여학교 시대가 아니고서는 맛보지 못하는 이 털실의 맛! 어떤 때 남편은 '당신은 왜 재킷 하나 짤 줄 모루?' 하고 쳐다볼 때마다 나는 문득 여학교 시절을 회상하며 동무가 가진 털실을 만지며 간이 짜르르하게 느끼던 그 감정을 다시 한 번 느끼곤 하였다.

K야. 어느 여름인데 내일이면 방학을 하고 고향으로 떠날 텐데 동무들은 떠날 준비에 바쁘구나. 그때는 인조견이 나지 않았을 때이다. 모두가 쟁친 모시 치마 적삼을 잠자리 날개처럼 가볍게 해 입고 흰 양산 검은 양산을 제각기 사더구나. 그때에 나는 어째야 좋을지 모르겠더라. 무엇보다도 양산이 가지고 싶어 영 죽겠더구나. 지금은 여염집 부인들도 양산을 가지지만 그때야말로 여학생이 아니고서는 양산을 못 가지는 줄로 알았다. 그러니 양산이야말로 무언 중에 여학생을 말해 주는 무슨 표인 것같이 생각되었니라. 철없는 내 맘에 양산을 못 가지면 고향에도 가고 싶지를 않더구나. 그래서 자꾸만 울지 않았겠니. 한방에 있는 동무 하나가 이 눈치를 챘음인지 혹은 나를 놀리느라구 그랬는지는 모르나 대 부러진 낡은 양산 하나를 어디서 갖다 주더구나. 나는 그만 기뻤다. 그러나 어쩐지 화끈 달며 냉큼 그 양산을 가질 수가 없더구나. 그래서 새침하고 앉았노라니 동무는 킥 웃으며 나가더구나. 그 동무가 나가자마자 나는 얼른 양산을 쥐고 펴 보니 하나도 성한 곳이 없더구나. 그때 나는 무어라 말할 수 없는 울분

과 슬픔이 목이 막히도록 치받치더구나. 그러나 나는 그 양산을 버리지는 못하였다.

K야. 나는 너무나 딴 길로 달아나는 듯싶다. 이만하면 나의 과거 생활을 너는 짐작할 터이지……. 나의 현재를 말하려니 말하기 싫은 과거까지 들추어 놓았다. 그런데 K야, 아까 말한 그 원고료가 오기 전에 나는 밤 오래도록 잠을 못 이루고 그 돈으로 무엇을 할까? 하고 생각하였다. 지금 생각하면 부끄러운 말이지만 우선 겨울이니 털외투나 하고 목도리, 구두, 내 앞니가 너무 새가 넓으니 가늘게 금니나 하고 가늘게 금반지나 하고 시계나—아니 남편이 뭐랄지 모르지. 그래두 뭘 내 벌어서 내 해 가지는 데야 제가 입이 열이니 무슨 말을 한담. 이번 기회에 못 하면 나는 금시계 못 가지게— 눈 딱 감고 한다. 그러고 남편의 양복이나 한 벌 해줘야지. 양복이 그 꼴이니. 나는 이렇게 깡그리 생각해 두었구나. 그런데 어느 날 원고료가 내 손에 쥐어졌구나. K야, 남편과 나와는 어쩔 줄을 모르게 기뻐했다.

그날 밤 나는 유난히 빛나는 등불을 바라보면서,

"이 돈으로 뭘하는 것이 좋우?"

남편의 말을 들어 보기 위하여 나는 이렇게 물었구나. 남편은 묵묵히 앉았다가 혼자 하는 말처럼,

"거참, 우리 같은 형편에는 돈이 없는 것이 오히려 맘 편하거든—글쎄 이왕 생긴 것이니 써야지. 우선 제일 급한 것이 응호 동무를 입원시키는 게지……."

나는 이같이 뜻밖의 말에 앞이 아뜩해지며 아무 말도 할 수가 없더구나. 그러고 나를 쳐다보는 남편의 그 얼굴이 금시로 개 모양 같고, 또 그 눈이 예전 소눈깔 같더구나.

"그러고 다음으로는 홍식의 부인이지. 이 겨울 동안은 우리가 돌봐야지 어쩌겠수?"

나는 이 이상 남편의 말을 듣고 싶지 않더라. 그래서 머리를 돌려 저편 벽을 물끄러미 바라보았구나. 물론 남편의 동지인 응호라든지 혹은 같은 친구인 홍식의 부인이라든지를 나 역시 불쌍하게 생각하지 않는 바는 아니오, 그래서 이 돈이 오기 전까지는 우리의 힘 미치는 데까지는 도와주고 싶은 맘까지 가졌지만 그러나 막상 내 손에 이 백여 원이라는 돈을 쥐고 나니 그때의 그 생각은 흔적도 없이 사라지더구나. 어쩔 수 없는 나의 감정이더라. 남편은 대답이 없는 나를 한참이나 바라보다가 약간 거센 음성으로,

"그래 당신은 그 돈을 어떻게 썼으면 좋을 듯싶소?"

그 물음에 나는 혀를 깨물고 참았던 눈물이 샘솟듯 쏟아지더구나. 그 순간에 남편이야말로 돌이나 깎아 놓은 듯 그렇게도 답답하고 안타깝게 내 눈에 비쳐지더구나. 무엇보다도 제가 결혼 당시에 있어서도 남들이 다 하는 결혼 반지 하나 못해 주었고 구두 한 켤레 못 사주지 않았겠니. 물론 그것이야 제가 돈이 없어서 그리한 것이니 내가 그만한 것은 이해 못 하는 것은 아니다. 그러나 돈이 생긴 오늘에 그것도 남편이 번 것도 아니요, 내 손으로 번 돈을 가지고 평생의 원이던 반지나 혹은 구두나를 선선히 해 신으라는 것이 떳떳한 일이 아니겠니. 그런데 이 등신 같은 사내는 그건 것은 염두에도 먹지 않는 모양이더라. 나는 이것이 무엇보다도 원망스러웠다. 그리고 지금 신는 구두도 몇 해 전에 내가 중이염으로 서울 갔을 때 남편의 친구인 김경호가 그의 아내가 신다가 벗어 놓은 구두를 자꾸만 신으라구 하더구나. 내 신발이 오죽잖아야 그리 했겠니. 그때 나의 불쾌함이란 말할 수 없었다. 사람의 맘은 일반이지 난들 왜 남이 신다 벗어 놓은 것을 신고 싶겠니. 그러나 내 신발을 굽어 볼 때는 차마 딱 잘라 거절할 수는 없더구나. 그래서 그 구두를 둘러보니 구멍난 곳은 없더라. 그래서 약간 신고 싶은 맘이 있지만 남편이 알면 뭐라고 할지 몰라 그

다음으로 남편에게 편지를 했구나. 며칠 후에 남편에게서는 승낙의 편지가 왔겠지. 그래서 나는 그 구두를 신게 되지 않았겠니. 그러나 항상 그 구두를 볼 때마다 나는 불쾌한 맘이 사라지지 않더구나. 그런데 오늘밤 새삼스레 그 구두를 빌어 신던 그때의 감정이 목구멍까지 치받치며 참을 수 없이 울음이 응응 터지는구나. 나는 마침내 어린애같이 입을 벌리고 울지 않았겠니. 남편은 벌떡 일어나며 욍 소리가 나도록 나의 뺨을 후려치는구나. 가뜩이나 울분에 못 이겨 울던 나는 악이 있는 대로 쓸어나더구나.

"왜 때려, 날 왜 때려!"

나는 달려들지 않았겠니. 남편은 호랑이 눈 같은 눈을 번쩍이며 재차 달려들더니 나의 머리끄댕이를 치는 바람에 등불까지 왱그렁 젱하고 깨지더구나. 따라서 온 방 안에 석윳내가 확 뿜기는구나.

"죽여라, 죽여."

나는 목이 메어 소리쳤다. 이제야말로 이 사나이와는 마지막이다 싶더라. 남편은 씨근벌덕이며,

"응. 너따위는 백 번 죽여 싸다. 내 네 맘을 모르는 줄 아니? 에이, 치사한 년 가라! 그 돈 다 가지고 내일 네 집으로 가. 너 같은 치사한 년과는 내 못살아. 왼 여우 같은 년—너도 요새 소위 모던 걸이라는 두리홰능년이 되고 싶은 게구나. 아, 일류 문인으로서 그리 해야 하는 게지. 허허 난 그런 일류 문인의 사내 된 자격은 못 가졌다. 머리를 지지고 볶고, 상판에 밀가루 칠을 하구, 금시계에 금강석 반지에 털외투를 입고, 입으로만 아! 무산자여 하고 부르짖는 그런 문인이 되고 싶단 말이지. 당장 나가라!"

내 손을 잡아 끌어내는구나. 나는 문 밖으로 쫓겨났구나.

K야, 북국의 바람이 얼마나 찬 것은 말할 수 없다. 내가 여기 온 지 사개 성상을 맞이했건만 그날 밤 같은 그러한 매서운 바람은 맛보지

못하였다. 온 세상이 얼음덩이로 된 듯하더구나. 쳐다보기만 해도 눈등이 차오는 달은 중천에 뚜렷한데 매서운 바람결에 가루눈이 씽씽 날리누나. 마치 예리한 칼끝으로 내 피부를 찌르는 듯 내 몸에 부딪치는 눈발이 그렇게 따갑구나. 나는 팔짱을 찌르고 우두커니 눈 위에 서 있었다. 그때에 나의 머리란 너무나 많은 생각으로 터질 듯하더구나. 어떻게 하나? 나는 이 여러 가지 생각 중에서 어떤 결정적 태도를 취하려고 이렇게 중얼거리며 머릿속에 돌아가는 생각을 한 가지씩 붙잡아내었다. 제일 먼저 내달아오는 것이 저 사나이와는 이젠 못 사는 게다. 금을 줘도 못 사는 게다. 그러면 나는 어떡하나. 고향으로 가나? 고향—저년 또 다 살았냐, 글쎄 그렇지 며칠 살겠기 저런 화냥년, 하고 비웃는 고향 사람들의 얼굴과 어머니의 안타까워하는 모양! 나는 흠칫하였다. 그러면 서울로 가서 어느 신문사나 잡지사에 취직을 해? 종래의 여기자들이 염문만 퍼지는 것을 보아 나 역시 별다른 인간이 못 된다는 것을 깨닫자 그 말로는 타락할 것밖에 없는 듯…… 그러면 어디로 어떻거나 동경으로 가서 공부나 좀 해봐. 학비는 무엇이 대구……. 내 처지로서는 공부가 아니라 타락 공부가 될 것 같다. 나는 이러한 결론을 얻을 때 어쩐지 이 세상에서 버림을 받은 듯 나는 여기를 가나 저기를 가나 누가 반가이 맞받아 줄 사람이라구는 없는 듯하구나. 그나마 호랑이같이 씨근거리며 저 방 안에 앉아 있을 저 사나이가 아니면 이 손을 잡아 줄 사람이 없는 듯하구나.

K야, 이것이 애정일까? 무엇일까. 나는 그때 또다시 더운 눈물을 푹푹 쏟았다. 동시에 그 호랑이 같은 사나이가 넙죽넙죽 지껄이던 말을 문득 생각했다. 그러고 홍식의 부인이며 그 어린것이 헐벗은 모양, 또는 뼈만 남은 응호의 얼굴이 무시무시하리만큼 떠오르누나. 남편을 감옥에 보내고 떠는 그들 모자! 감옥에서 심장병을 얻어 가지

고 나와서 신음하는 응호! 내 손에 쥐어진 이백여 원……. 이것이면 그들을 구할 수가 있는 것이다. 나는 아직까지 몸이 성하다. 그러고 헐벗지는 않았다. 이 위에 무엇을 더 바라는 것이 허영 그것이 아니냐! 나는 갑자기 이때까지 어떤 위대한 꿈을 꾸고 있었다는 것을 확실히 알았다.

K야. 나와 같은 처지에서 금시계, 금반지, 털외투가 무슨 소용이 있는 게냐. 그것을 사는 돈으로 동지의 한 생명을 구원할 수 있다면 구원하는 것이 얼마나 떳떳한 일이냐. 더구나 남편의 동지임에랴. 아니 내 동지가 아니냐. 나는 단박에 문 앞으로 뛰어갔다.

"여보, 나 잘못했소."

뒤미처 문이 홱 열리더구나. 그래서 나는 뛰어들어가 남편을 붙들었다.

"여보, 내가 잘못했소. 다시는 응……."

목이 메어 울음이 쓸어 나왔다. 이 울음은 아까 그 울음과는 아주 차이가 있는 울음이었던 것만은 알아 다고. K야, 남편은 한숨을 푹 쉬면서 내 머리를 매만진다.

"당신의 맘을 내 전연히 모르는 바는 아니오. 단벌 치마에 단벌 저고리를 입고 있으니……. 그러나 벗지는 않았지. 입었지. 무슨 걱정이 있소? 그러나 응호 동무라든가 흥식의 부인을 보구려. 그래 우리 손에 돈이 있으면서 동지는 앓아 죽거나 굶어 죽거나 내버려 둬야 옳단 말이오……. 그러기에 환경이 같아야 하는 게야, 환경이. 나부터라도 그 돈이 생기기 전과는 확실히 다르니까."

남편은 입맛을 다시며 잠잠하다. 그도 나 없는 동안에 이리저리 생각해 본 후의 말이며 그가 그렇게 분풀이를 한 것도 내게 함보다도 자기 자신에게 일어나는 모든 불쾌한 생각을 제어하고자 함이었던 것을 나는 알 수가 있었다. 나는 도리어 대담해지며 가슴에서 뜨거운 불길이 확 일어나더구나.

"여보, 값 헐한 것으로 우리 옷이나 한 벌씩하고 쌀이나 한 말, 나무나 한 바리 사고는 그들에게 나눠 줍시다! 우리는 앞으로 또 벌지 않겠소."

남편은 와락 나를 끌어안으며,

"잘 생각했소!"

K야. 네가 지루할 줄도 모르고 내 말만 길게 늘어놓았구나. 너는 지금 졸업기를 앞두고 별의별 공상을 다 할 줄 안다. 물론 그 공상도 한때는 없지 못할 것이니 나는 결코 너의 그 공상을 나무라려고 드는 것은 아니다. 그러나 그 공상에서 한 보 뛰어나와서 현실에 착안하여라.

지금 삼남의 이재민은 어떠하냐? 그리운 고향을 등지고 쓸쓸한 이 만주를 향하여 몇만의 군중이 달려오고 있지 않느냐. 만주에 와야 누가 그들에게 옷을 주고 밥을 주더냐. 그러나 행여 고향보다는 날까 하고 와서는 처자는 요릿간에 혹은 부호의 첩으로 빼앗기고 울고 불고 하며 이 넓은 벌을 헤매이지 않느냐. 하필 삼남의 이재민뿐이냐. 요전에 울릉도에서도 수많은 군중이 남부여대하여 원산에 상륙하지 않았더냐. 하여간 전 조선의 빈한한 군중은, 아니 전세계의 무산 대중은 방금 기아선상에서 헤매고 있는 것을 너는 아느냐, 모르느냐.

K야. 이 간도는 토벌단이 들이밀려서 지금 한창 총 소리와 칼 소리에 전 대중이 공포에 떨고 있는 중이다. 그러니 농민들은 들에서 농사를 짓지 못하였으며, 또 산에서 나무를 베지 못하고 혹시 목숨이나 구해 볼까 하여 비교적 안전 지대인 용정시와 국자가 같은 도시로 몰려드나 장차 그들은 무엇을 먹고 살겠느냐. 이곳에서는 개 목숨보다도 사람의 목숨이 헐하구나.

K야. 너는 지금 상급학교에 가게 되지 못한다고 혹은 스위트 홈을

이루게 되지 못한다고 비관하느냐? 너의 그러한 비관이야말로 얼마나 값없는 비관인가를 눈감고 가만히 생각해 보아라. 네가 만일 어떠한 기회로 잠시 동안 너의 이상하는 바가 실현될지 모르나, 그러나 그것은 잠깐 동안이고 너는 또다시 대중과 같은 그러한 처지에 서게 될 터이니 너는 그때에는 그만 자살하려느냐.

K야. 너는 책상 위에서 배운 그 지식은 그것만으로도 훌륭하다. 이제야말로 실천으로 말미암아 참된 지식을 얻어야 할 때이다. 그리하여 너는 오직 너의 사회적 가치를 향상시킴에 힘써야 한다. 이 사회적 가치를 떠난 그야말로 교환가치를 향상시킴에만 몰두한다면 너는 낙오자요, 퇴폐자이다. 이것은 결코 너를 상품시 혹은 물건시 하는 데서 하는 말이 아니오, 사람이란 인격상 취하는 방면도 이러한 두 방면이 있다는 것을 네게 알려주고자 함이다.

광인수기

백신애(1908~1939)

경북 영천 출생. 대구사범 졸업. 1929년 1월 「나의 어머니」가 조선일보 신춘문예에 당선되어 문단 활동 시작. 「소독부」 「꺼래이」 「적빈」 「혼명에서」 등 다수의 작품이 있다.

광인수기

백신애

아이고…….

비도 비도 경치게 청승맞다. 이렇게 오기만 하면 별것없이 흉년이지 뭐야.

아, 무서워라. 큰물이 나면 어떡해요. 저 싯누런 큰물이 아이 무서워. 글쎄 하느님! 제발 덕분에 비를 좀 거두시소. 그래도 안 거두시네! 허허 참 사람 죽이는구나. 글쎄 이 얌통머리 까지고 소견머리가 훌랑 벗겨진 하느님아! 내 말 좀 들어봐라.

이렇게 자꾸 쓸데없는 물을 내려 쏟으면 어떻게 하느냐 말이다. 큰물이 나면 다리가 떠내려가고 사람이 빠져 죽고 별일이 다 생기지요.

또 흉년이 지면 두말 없이 백성이 굶어 죽지요……. 하나도 이익될 게 없는데 왜 그렇게 물을 내려 쏟는가 말이요.

아이 아이고 무서워라! 하느님이 제 욕한다고 벼락을 내리칠라. 히히히 벼락이라니, 나는 암만 욕을 해도 마음속으로는 당신을 그리 밉게 여기지는 않는다오. 용서하시소.

아니다, 네 이놈 하느님아. 에이 빌어먹을 개새끼 같은 하느님아! 네가 분명 하느님이라면 왜 그 악하고 악한 도둑놈의 연놈을 그대로 둔단 말인고. 당장에 벼락 천둥을 내려 연놈을 한꺼번에 박살내어 버릴 일이지……, 아니올시다. 아이 무서워. 아니올시다. 거짓말이올시다. 그 연놈에게 죄가 있을 리 있나요. 다 내 팔자지요.

하하하! 웃기는구나.

우스워 죽겠네.

저 빌어먹다 낮잠이나 잘 하느님은, 저를 위해 주고 두려워하면 할수록 점점 더 건방이 늘고 심술이 늘어 가더라.

이 나를 점점 사람으로 여기지 않더라.

내가 모두를 팔자에 돌리고 조용히 굴며 좋다고만 하니까는 아주 나를 바보로 아는 모양이지. 나를 이 지경으로 만드는 것을 보면…….

아이고, 아이고 흑흑…….

하느님, 당신을 욕하면 무엇하는가요. 당신도 이미 빤히 내려다봤으니 알 일이지마는 내 말을 다시 한번 들어보소.

거짓말할 내가 아니지……. 아이고 추워라. 오뉴월 무덕더위라고 한창 더울 이때에 빌어먹을 비 까닭에 이렇게 추운 거지…….

아이 참, 그놈의 다리는 경치게도 높다. 조금만 더 낮았더면 비가 덜 들이칠 텐데, 아이 이것도 내 팔잔가…….

어떤 연놈은 팔자 좋아 시원한 집에서 더우면 전기 부채 틀어 놓고 비가 와서 이렇게 추워지면 따뜨무리하게 불을 때서 번듯이 드러누워, 남편놈과 우스개 놀이나 주고받고 하지마는…….

그뿐이겠나. 무어 또 맛있는 것 사다 놓고, 먹기 싫도록 처먹어 가면서…….

아따 참, 그 빛깔 좋은 과실 한 개 먹어 봤으면……, 아이고 생각하면 무엇하나. 왜 이렇게 추운가. 옳지 비를 이렇게 많이 맞았구나.

아이구 이것이, 말이 저고리지 걸레나 다름없지 뭐……. 아이고 아이고 흑흑…….

오뉴월 궂은비는 처정처정 청승맞게 오는데 이 떨어진 옷을…… 이것이 옷인가? 걸레지. 벌벌 떨며 이 다리 밑에 혼자 쭈그리고 앉았으니 거러지나 다름없지……. 벌써 해가 졌는가 왜 이리 어두침침하노. 대체 구름이 끼었으니 해가 졌는지 있는지 알 수가 있나.

사람의 새끼라고는 하나도 없구나.

비는 몹시도 들이친다.

하느님아, 할 수 없구나, 당신하고 나하고 둘이서 이야기합시다.

그때 말인가요?

내 나이는 열일곱 살, 그이 나이는 열여덟이었지요. 그이가 나에게로 장가들게 되는 것을 아주 기뻐한다고 중매하던 경순이네 할머니가 나에게 말해 주더군요.

그래서 나도 속으로는 은근히 좋아서 어서어서 혼인날이 왔으면 싶어서 몹시도 기다려졌지요. 그럭저럭 혼인식도 끝내고 첫날밤이 됐지요, 히히히.

참, 히히히 무척도 부끄럽더라. 문 밖에서 모두들 들여다보느라고 킥킥거리며 웃는 소리가 들리기도 하는데 그이는 부끄럽지도 않던지 온갖 재롱을 다 부리겠지요.

참 술잔을 따라 나에게 자꾸만 받으라고 졸라대겠지요.

"색시요! 이 술잔 받으시오. 어서어서."

하며……. 그렇지만 얼마나 얌전한 색시였다고, 덥썩 손을 냈을 리가 있는가요. 어림도 없지요. 암!

아주 쭉 빼물고 흔들림 없이 앉아서 곁눈 한번 떠 본 일이 없었지요. 히히히.

그래도 신랑 얼굴이 얼마나 잘생겼는지 보고 싶은 마음이야 말할 수 있소. 그래 그이는 권하다 못 하여 나의 손목을 슬쩍 잡아당기겠지요.

"자, 술잔 받으시오."

하며, 그때 나는 손을 움츠리며 얼른 한번 흘겨보니 머리를 빡빡 깎았지마는 우뚝한 코, 얌전스런 입, 눈도 그리 밉잖게 생겼고, 눈썹이 새까만 것이 아주 맘에 쏙 들어 가슴이 찌릿해지고 어떻게 새삼스럽게 부끄러운지 눈물이 핑 돌았어요.

아이 참, 지금 생각해도 땀이 난답니다. 그이는 그날 밤에 왜 그리도 술잔을 받으라고 조르는지요. 중매한 늙은이가 아마도 신부는 술깨나 마신다고나 했는지, 기어이 술잔을 받으라고만 성화였어요.

"이 술잔은 우리 두 사람이 백년가약을 맹세한다는 뜻인데, 당신이 받아 주지 않으면 나는 이대로 돌아가는 수밖에 없지요. 아마도 당신이 술잔을 받지 않는 것을 보니 나를 싫어하는 것이지요. 아마도 당신은 나보다 더 좋은 사람에게 시집가고 싶은가 합니다."

해 아주 성을 내는 것 같더군요.

그래서 나는 하도 딱하고 기가 막혀 말은 할 수 없고 그만 참다 못하여 울어 버렸지요.

그랬더니 갑자기 바싹 다가앉으며,

"여보시오. 그래도 내 술 한 잔 안 받을 터이시오?"

내 손을 잡아당기겠지요. 나는 흑흑 흐느끼며 못 이긴 체하고 그 술잔을 쥐어 주는 대로 받아들기는 했지마는 어디 마실 수야 있어야지요. 그래서 방바닥에 살며시 놓았지요.

아이그머니, 그랬더니 창 밖에서는 아주 킥킥 하며 웃어 제끼는데 그 부끄러움이야 어디다 비할 수 있을까요.

그제야 그이가 벌떡 일어서더니 병풍으로 창을 가려서 빵 둘러 쳐

버리고 내 곁에 와 앉더니 내 머리도 쓰다듬어 보고, 내 허리도 쓰다듬어 보고, 머리를 굽혀 내 얼굴도 들여다보고, 온갖 아양을 다 부린 끝에,

"색시요! 대답 좀 해보시오."

하겠지요. 이때는 그에게 잡힌 내 손을 그대로 맡겨 두고 있었습니다.

"당신은 나를 사랑합니까?

하고 묻겠지요.

허어, 참 기막힌 일이 아닙니까. 무어라고 대답하는가요. 바로 말하면 아직 그의 얼굴도 자세히 쳐다보지 못했으니까 말이지요. 그러나 그때는 그이가 왜 그런 말을 물을까, 그런 말을 물어서 무엇하려는가, 결혼한 이제는 할 수 없는데, 나는 당신을 사랑하지 않고서 되는 일인가.

나는 가슴이 찌릿찌릿하고 이만치 부끄러운데 하는 생각만 가득하여 고개를 푹 숙였더니, 그는,

"아, 감사합니다. 이 사람을 사랑하십니까?"

하였지요. 아마도 그는 내가 고개를 숙이니까 머리를 끄덕이는 줄 알았던 모양이지요. 하하하!

그래 참 하하하, 참 우습다.

그이가 먼저 옷을 벗고 나서 내 왼편 버선을 한 짝 벗기고 나더니 내 치마끈을 잡아당기겠지―. 나를 홀랑 벗길 작정인 것쯤이야 내가 누구라고 모르겠소.

아, 나야 학교 공부는 못했지마는 그래도 귀한 집 딸이라고, 한문글도 배웠고, 꽤 똑똑한 색시였으니깐 알았지요. 아이고 참, 내 말이 거짓말인 줄 아나 봐―. 내가 왜 한문을 몰라! 소학도 다 배웠는데―할부정(割不正)이어든 불식(不食)하며 석부정(席不正)이어든 불

좌(不坐)하며 ― 이것이 다 소학에 있는 글이라오.

그래 참 내가 정신이 없구나. 하던 이야기나 마저 해야지.

하느님! 당신 뜻인가요? 참 재미있지요. 그래 그래―그래서 말이야……. 그이가 아주 눈이 발칵 뒤집혀 가지고, 히히 아주 숨쉬는 소리가 황소 같더군요. 제까짓 신랑놈이 아무리 지랄을 한들 내가 가슴을 꼭 껴안고 있으니 어디 내 옷을 벗길 수 있어야지……. 그렇지만 너무 뻥소니를 치면 또 성을 낼까 봐 겁도 나고 그뿐 아니라 옛날 어떤 신랑놈처럼 첫날밤에 신랑은 색시를 벗겨야 한다니까, 아주 색시의 껍질을 벗겨 놓더라는 말도 생각이 나고 해서 살그머니 못 이긴 체했더니 아 그놈의 신랑놈이 그만……, 히히히 참 우습다.

그뿐인 줄만 알지 마소, 하하하. 지금 생각해도 가슴이 간지럽다.

"여보 색시! 당신 허리는 어쩌면 이다지 알맞게 생겼소. 아이고 이뻐라, 우리 색시. 오늘부터 우리들이 백 년이나 천 년이나 변함없이 한마음 한뜻으로 살자구. 아이고 이쁜 우리 색시!"

아이 참, 그이는 어쩌면 그렇게도 내 간장을 녹이려고 드는지, 아주 나는 아 그놈의 신랑에게 그만 녹초가 됐지요. 하하하, 하하하.

참 그때는 무척도 좋더니……. 그이가 대체 무엇이라고 그이만 보면 그렇게 기쁘고 좋은지, 참 알 수 없지, 알 수 없어. 왜 또 부끄럽기는 그리도 부끄럽던지…….

그때 생각에는 정말로 우리 두 사람은 천 년 만 년 검은 머리가 파뿌리가 되고 묵사발이 되도록 변함없이 살 줄만 알았지요.

그러기에 그이에게는 내 살을 베어 먹여도 아깝지가 않을 것 같았어요.

에이 빌어먹을 년, 이년이 암만해도 멍텅구리 같은 미친 년이야…….

그렇게 좋고 좋던 우리 사이도 시집을 가고 보니 그 여우 같은 시누이년 까닭에 싸움할 때가 있게 되었지요.

그러다가 그이가 고등보통학교를 졸업하고 일본으로 공부하러 갈 때만 해도 나는 안타까와서 하룻밤을 뜬눈으로 새우면서 그이를 떠나서 그 무서운 시집에서 나 혼자 어떻게 살까를 생각하며 자꾸 울었답니다.

아이고 배고파라. 벌써 저녁때가 넘었나 보다. 아이 추워라. 비는 경치게도 온다. 옷이 함빡 젖었네.

아이고 빌어먹다 자빠져 죽을 년, 시어미, 시누이 그 두 년과 무슨 원수가 맺었던가…….

내가 밤마다 우는 것은 그이 생각에 가슴이 녹는 듯해서 운 것인데,

"아이 재수 없이 요망스럽게 젊은 계집년이 밤낮 울기는 왜 울어, 글쎄 서방을 잡아먹었나. 무엇이 한에 차지 않아서 저 지랄인고."
하고 시어머니는 깡깡거리지요.

"아이고 오빠도! 오늘도 언니께 편지 편지 부쳤네, 내게는 한번도 보내지 않으면서."
하고 그이에게서 온 편지는 모조리 중간 차압을 해서 나에게는 보이지도 않고 저희끼리 맘대로 다 뜯어 보지요.

"아하하, 오빠가 저의 마누라 보고 싶어서 울었단다. 내 읽을 게 들어봐요.

'사랑하는 나의 사람아! 그 동안 얼마나 어른들 모시고 고생하시는가' 라고 씌었구료. 글쎄 누가 오빠 사랑하는 사람을 못살게 굴었다고 이래. 아마도 언니가 오빠에게 온갖 거짓말을 다 꾸며서 편지질을 한 거지, 뭐—."

아이구 참 기가 막히지요. 내가 벼락을 맞으려고 남편에게 시어미, 시누이 험구를 했겠는가요. 이런 말이 어디 있어요?

아이 참, 지금 생각해도 기절을 할 일이지……. 그 편지 온 후부터는 나날이 태도가 달라지더니, 하루는 점심상을 받고 앉았던 시누이가 갑자기 밥을 한 술 푹 떠들고 벌떡 일어서더니 내게로 달려들며.

"이것 봐. 이것, 나를 죽이려는 거지, 밤낮 제 서방 생각하느라고, 밥에다 파리를 막 집어넣고 삶았구나. 이러고도 시어른 모시느라고 고생하는 건가?"
하고 나를 떠밀고, 내 밥그릇을 동댕이치고 야단을 하는구료.

정말 밥에 파리가 들었는지 안 들었는지는 알 수가 없는 일이지마는 너무나 안타까와 나는 자꾸 빌기만 했지요.

아이구 하느님요, 내가 무슨 심사로 시누이 먹고 죽으라고 일부러 파리를 밥에다 넣었겠소.

그뿐입니까. 시누이는 숟가락을 집어 던지고 앙앙 울면서,

"나는 밥 안 먹을 테야. 더럽게 파리 넣어 삶은 밥을 누가 먹어! 가거라, 가! 너희 집에 가려무나. 이러고도 시집살이 무섭다고 오빠에게 고자질만 하니 바보 같은 오빠는 그만 넘어가서 우리 모녀를 흉칙하게만 여기고 제 여편네만 옳다고 하니 저년을 두었다가는 아마도 나중에 우리 모녀는 길바닥에 나앉겠구나. 남의 집에 윤기 끊는 년……, 가거라. 가거라!"
하며 방에 가서 발딱 드러눕는구료. 글쎄 나는 도무지 모를 소리지요. 죽으라면 죽고, 때리면 맞고, 인형같이 있는 나를 이리 몰아세우니 기가 막히지 않을 수 있는가요.

그래서 시누이에게 손이야 발이야 빌고 빌었으나, 앙앙 울며 나를 보기도 싫다고만 하는구료. 그래도 자꾸 빌었더니, 그만했으면 풀릴 일이나 굳이 듣지 않고 옷을 와르르 끄집어내어 보에다 하나 가득 싸더니,

"나를 업수이 여겨도 분수가 있지, 내 팔자가 기박해서 신행 전에

서방을 잡아먹고 열일곱에 과부가 되었지마는 이런 데가 어디 있단 말인고…….”

고래고래 고함을 지르며 옷보퉁이를 마루로 끌어냅디다.

어디 고년이 그렇게 악독하니까 제 신세가 그 모양이지요. 신행 전에 서방을 잡아먹었다는 것도 거짓말입니다.

열일곱 되는 봄에 결혼을 했는데 아주 부잣집 맏아들이요, 좋은 자리라고 알았더니, 웬걸 초례청에 들어선 신랑이 사십에 가까운 사람이었어요.

전처에게 아들이 없어 첩장가를 든 것이었지요. 그래서 우리 시누이는 첫날밤부터 신랑을 소박하고 아주 신랑과 인연을 끊었어요. 말하자면 머리는 올렸어도 실상은 숫처녀입니다. 남에게 첩으로 시집갔단 말은 하기 창피하고 분해서 제 입으로 서방 잡아먹은 과부라고 하는 거지요.

그러기에 나는 그에게 진심으로 동정하고 위로해 주는데, 저는 나를 이렇게 몰아세우니 기가 막히지 않을 수가 있습니까.

“가거라, 네가 안 가면 내가 갈란다.”

하고 옷보퉁이를 이고 뜰로 내려갑니다. 이것을 보는 시어머니는 방바닥을 두들기며 대성통곡을 내놓는구료. 아이 참 할 수 있나요.

내가 우루루 내려가서 옷보퉁이를 빼앗아서 방에 갖다 놓고,

“어디로 가십니까? 못 가요. 내가 가지요. 내가 가겠습니다.”

하고 빌며 내 방에 들어와서 치마를 갈아입고 얼른 뜰로 내려섰지요.

물론 내가 그렇게 하면 시누이의 성이 풀릴 줄 알고 어쩔 수 없이 그런 것이지요.

아 그랬더니, 후유— 시어머니가 와락 마루로 뛰어나오더니,

“어허! 동리 사람들아. 이 일이 무슨 일이요. 철없고 속 시끄러운 시누이가 설령 성을 냈더라도 그걸 갉을 게 무엇이냐. 친정 간다고

나선다. 동리 사람들아. 이 구경 좀 하소! 네—이년 바삐 가거라, 바삐 가!"
하면서 막 내쫓는구료. 어느 영이라고 반항하나요.

할 수 없이 쫓겨났지요. 그래도 대문에 붙어 서서 성 풀리기를 기다렸으나 대문을 열어 줘야지요. 그날 밤이 되면 담이라도 넘어갈까 했더니 해가 지니까 시어머니가 대문을 열고 쑥 나서더니 조그마한 옷보퉁이 하나를 내 앞에 내동댕이치며 이것 가지고 썩 돌아서 가라고 하고는 다시 대문을 꽉 잠그고 맙니다.

그래도 울면서 자꾸 빌었지요. 빌고 또 빌어도 어디 들어 주어야지요. 그래서 하는 수 없이 친정으로 향했지요.

친정까지 이십 리를 그 밤중에 혼자 걸어갔지요.

집에 가니 아버지가 또 영문도 모르시고 야단이지요.

"나는 옷보퉁이 싸 가지고 밤길 다니는 딸을 낳은 기억이 없다. 아마도 너는 여우로구나. 우리 딸은 한번 시집가면 그 집에서 죽어서나 나오는 법이지, 살아서, 시집을 못 살고 쫓겨 오지는 않는다."
라고 당장에 쫓아냅니다.

그놈의 옷보퉁이가 또 대문 밖으로 뛰어나옵니다.

어이, 참 그놈의 옷보퉁이가 무엇이 그리 중한 것이라고 늙은이들은 그놈을 내 앞에 기어이 갖다 던지는지.

예전 사람들은 시집 못 살고 갈 때는 꼭 옷보퉁이를 가지고 간다더니, 과연 옷보퉁이는 중한 것인가 봐요.

아이구 참 우습다, 히히히. 그래서 할 수 있나요. 할 수 없이 그 길로 친삼촌댁으로 갔지요. 이 집에서야 설마 또 쫓을라구요. 그래서 숙모님이 아주 분기충천하여 나를 위로해 주더군요. 그래 나는 이 세상에서 우리 숙모님같이 좋은 사람이 없는 줄 알았지요. 그랬더니 뒤미처 어머니가 달려와서 또 나의 편이 되어 주는구료.

그러니까 세상에 무서운 사람은 우리 시어머니, 시누이, 우리 아버지 세 사람이지요.

시아버지도 살아 있었더라면 이 세상 어느 사람보다 더 무서웠을지 모르지—. 그러고 얼마 동안 숙모님댁에 있다가 친정으로 불려가서 있었지요.

어머니가 아버지에게 무슨 말을 했든지 그후 아버지도 말은 없어도 나를 꾸중하시지는 않더군요.

좌우간 내가 퍽 얌전한 색시였기도 했으니까. 아버지도 내가 쫓겨온 것이 내 죄가 아님을 아신 게지…….

그러던 어느 날 내 이름으로 편지 한 장이 왔겠지요. 하도 반가워 받아 보니 바로 그이에게서 온 것이었어요.

그만 두 손이 와들와들 떨리고 가슴이 쿵덕거리더군요.

시누이년이 무어라고 고자질을 했는가. 그이도 나를 꾸지람하면 어떻게 할까……. 그러나 편지를 뜯고 보니 웬일일까요. 참 놀랬지요. 그이는 도리어 나를 위로하고 자기 어머니와 누이를 용서하라고 했어요.

그래서 나는 하도 기쁘고 감사하여 얼마나 울었는지 몰라요. 그이의 은혜는 죽어도 못 갚게 될 것 같더군요.

실상은 아무 은혜랄 것도 없는 일이지마는 그래도 나를 알아주는 것이 하도 고마워서 말입니다.

그러는 중에 그이는 대학교도 그만두고 돌아오게 되어 그이의 주선으로 다시 시집으로 돌아가게 되었는데, 그이가 있으니 또 별일없이 살았지요.

그러는 중에 맏딸년 정옥이를 낳았고, 맏아들 석주를 낳았고, 둘째 딸 정희를 낳은 것입니다. 세월은 참 빠르기도 하더군요.

그이와 내가 서로 만나 온갖 신고를 다 겪고 살아오는 중에 이십 년이란 세월이 흘러갔구료. 그러니까 그이 나이가 서른 여덟이지요. 우리 살림은 누가 보든지 자리가 잡히고, 아주 착실했지요.

아이구 하느님, 이렇게 말하니까 그이는 나의 애를 태우지 않은 것 같지요마는 알고 보면 그이도 상당했더랍니다.

그놈의 무슨 주의자라나 그것 까닭에 몇 번이나 감옥에 드나들었지요. 그뿐입니까. 몸이 약하여 밤낮 앓지요. 그래서 나는 엄동설한 추운 겨울에, 그래도 추운 줄을 모르고 밤마다 냉수에 멱을 감고 정성을 드렸지요.

"하느님, 부디부디 몸 성하게 해주시고 주의자 하지 말게 해주시기 바랍니다."

라고 밤마다 빌었답니다. 어떤 때는 빌고 나면 온몸이 얼음덩어리가 되는 것 같더군요. 그래도 추위를 느끼면 행여나 정신이 부실하다고 하느님 당신이 비는 말을 들어주지 않을까 봐 한번도 춥다고 여겨 보지 않았습니다. 아이구 맙소사다. 아이구 빌어먹을 도둑놈.

네가 하느님이야? 도둑놈이지.

그만치 내가 정성을 드렸으면 조금이라도 효험을 보여주어야 되지 않느냐?

우리 시어머니나 시누이가 조금도 틀림없는 것이 하느님 당신이 아닌가?

그래 내 청을 하나인들 들었던가 말이다. 그이와 살림이 잡혔다고는 하지마는 단 하루라도 내 마음을 놓게 한 적이 있었느냐 말이다.

그 주의자인가 하는 것은 버렸지마는, 그것을 버리고 나더니 또 불 하나가 터지지 않았나 말이다.

후유—. 처음엔 친구 집에 간다고만 속였으니 내가 알 리가 있어야지.

아마도 눈치가 다르니 또다시 주의자를 시작했는가 싶어서 간이 콩알만했지요. 그래 아무리 보아도 눈치가 다르고 때로는 밤을 새우고 들어올 때도 있었어요. 혼자서 생각다 못하여 나도 단단히 결심을 했더랍니다.

어느 날입니다. 저녁을 먹고 그때 아들놈이 중학교에 입학시험 준비한다고 아버지께 산수를 가르쳐 달라고 하는데 그이는 급한 일이 있어 나가야겠으니, 누나 정옥이에게 배우라고 그만 핑 나가 버립니다.

맏딸 정옥이는 고등여학교 이 학년이었지마는 저도 학기말 시험공부 하느라고 석주의 산수를 가르쳐 줄 여가가 없다고 합니다.

그래 나는 와락 성이 났지마는 꾹 참고서,

"또 무슨 볼 일이 있어요. 주의자 할 때는 자식새끼가 어렸으니 당신 할 일이 없었지마는 이제는 아이가 시험을 치는 때이니 그만 나다니시고 아이도 좀 위해 주어야지요."

하며 혼잣말 비슷하게 했지요. 아참 기가 막혀. 그이는 획 돌아서더니,

"무엇이 어쩐다고? 무식한 계집이란 할 수 없다니까. 그래 네가 자식을 얼마나 훌륭하게 낳았기에 배운 것도 모르는 멍텅구리 같은 그런 자식놈인가 말이다. 계집이 건방지게 사나이를 아이새끼들 앞에서 꾸짖고 야단이야……."

하며 아주 노발대발하여 방문이 부서지게 내리밀치고 나가 버리는구료.

대체 이 때려 죽일 놈의 하느님아. 내가 그 추운 겨울 얼음을 깨고 목욕하며 빌고 빌고 하여 몸 건강하게, 주의자를 그만두게 해달라고 했더니 무슨 심정으로 글쎄 몸도 건강하고 주의자는 그만두었다 할지라도 사람을 이렇게 변하게 해주었느냐 말이다. 주의자 할 때는 그래도 잡혀 갈까 봐 그것만 애를 태웠지. 지금 같은 이런 말머리쟁이

는 듣지 않았지요.

그이같이 마음이 바르고 굳세고, 어디까지나 정의를 사랑하던 사람도 없었는데 주의자를 그만두자 이렇게 기막히는 말이나 하는 인간이 되고 마니 딱한 일이 아닙니까.

나는 그 자리에서 분함을 참지 못했지요. 이것도 나의 욕심인지 모르나 아이놈이 시험에 미끄러지면, 첫째 아이가 낙망할 것과, 둘째 시어머니께 내가 자식 잘못 낳았다는 꾸지람을 듣겠으니까 여러 가지로 여간 애가 타지 않았는데, 글쎄 그이는 저대로 쑥 빠져 나가 버리며 남기고 간 말이 그게 무엇이란 말이오.

그래 나는 벌떡 일어나 빨리 집을 나섰습니다.

골목 끝에 나서 좌우를 바라보니 전등빛에 그이가 걸어가는 뒷모습이 보이겠지요. 나는 두말 없이 뒤를 따라갔습니다.

골목 사이를 이리저리 굽어들더니 나중에 조그마한 대문을 밀고 쑥 들어가지 않습니까.

아이구머니—, 나는 가슴이 덜컹하였습니다. 그이가 주의자 할 때도 저렇게 남의 눈을 피해 가며 다니는 걸 보았기 때문입니다.

"아이구 주의자를 버린 줄 알았더니 아직 그대로 하는구나."

나는 입 속으로 부르짖고,

"맙소, 맙소, 하느님—."

하고 한숨을 쉬었지요. 그래서 집으로 힘없이 돌아와서 아이들을 세우고, 나도 돌아누워 곰곰이 생각하며 그이가 돌아오기만 기다렸습니다.

밤이 새로 두 시가 되니까 그제야 돌아오는구료. 내가 자는 척하고 눈을 감으니 그는 살그머니 옷을 벗고 자기 자리에 가서 소리없이 드러누워 그만 잠이 들어 버리더군요.

나는 잠이 오지 않아서 그이가 순사에게 또 잡혀 갈까 봐 정말 가슴이 졸여서 그 밤을 꼬박 새웠습니다.

그 이튿날 새벽에 일어나서 아이들을 깨워 아침밥 때까지 공부하라고 한 후 나는 부엌으로 나갔다 들어오니 그이는 한잠이 들어 자는구료.

차마 일으키기가 안됐어서 그대로 나가 아이들 밥을 거두어 먹인 후 모두 학교로 보내고 그이를 깨웠지요.

"아이 곤해, 귀찮게 왜 이 모양이야!"

하고 성을 벌컥 내는구료.

그래도 나는 염려가 되어,

"밤늦게 제발 좀 다니시지 마세요. 몸에 해롭지 않아요."

하며 그에게 주의를 버려 달라고 애걸하려고 시작했습니다.

"밤늦게? 누가 말이야? 간밤에도 내가 일찍 돌아왔는데, 그래 날 보고 아이들 공부 가르치라고 하면서 저는 초저녁부터 잠이나 자는 거야? 무식한 계집이란 아무 소용없어. 자식 교육을 할 줄 아나……, 밥이나 처먹고 서방에만 밝아서……. 에이 야만이야. 천생 금수나 다름이 없지 뭔가."

아이구 하느님, 그이가 하는 말이 이러합니다.

그이가 새로 두 시에 들어온 것을 뻔히 아는 내가 아닌가요.

그래 나는 하도 어이가 없어 그대로 참았지요.

또 그날 밤이 되니까 그이는 어제 저녁과 꼭같이 아이들이 아버지 아버지 하고 배우려고 애쓰는데 다 뿌리치고 나가 버립니다.

나는 그이의 그러한 태도가 원망스러운 것은 둘째가 되고, 그이가 이러다가 잡혀 갈까 봐 겁이 나서 그날 밤도 또 따라나섰지요.

"내가 그 집 대문 앞에서 기다리고 있으면서 만일 순사가 번쩍거리면 얼른 그이에게 알려 주어야지."

하는 염려로 따라갔지요.

과연 이 날 밤도 어제의 그 집으로 쑥 들어갑니다. 나는 길게 한숨 짓고 그 집 대문 앞에서 파수를 보고 섰지요.

그렇게 이윽히 섰다가 어둠 속에서라도 자세히 살펴보니까 대문이란 것은 곁달린 것이고 담이 죄다 무너지고 말았으므로 그 집 안이 훤히 들여다보이겠지요.

그래서 나는 일변 기쁘고 일변 겁이 나면서도 나도 모르게 뜰로 살그머니 들어갔지요. 대체 그이의 동지가 몇 사람씩이나 모이는가 하여서 툇마루 아래를 살펴보았더니, 하얀 여인네의 고무신 한 켤레와 그이의 구두가 가지런히 벗겨져 있지 않습니까. 나는 새삼스레 가슴이 덜컥하여 살살 집모퉁이로 돌아갔더니 좁다란 뒤뜰이 있고 뒤창으로 불이 비치는데 아마도 창 안에는 그이가 있을 것이 분명하므로 아주 쥐새끼처럼 기어가서 그 창 옆에 납작 붙어 섰습니다.

방 안은 잠잠합니다.

그러나 내 가슴은 생철통을 두들기는 것같이 요란합니다.

"여보, 이번에 당신 아들이 중학교에 수험한다지요?"
하는 고운 여인의 목소리가 새어 나옵니다. 나는 그 요란하던 심장이 갑자기 깜박 까무러치는 것 같더군요. 하하하 하하하, 아이구 우습다 우스워…….

배가 고픈데—아이 추워, 비는 경치게 온다. 에에라 고기나 좀 잡아먹을까.

어디 보자. 옳지. 이렇게 옷을 동동 걷어 올리고 나서 고기나 잡아먹자…….

아이그 한 마리도 잡히지 않네. 아이쿠 요놈의 고기, 안 잡히는구나. 네 이놈, 네 이놈 아이구구. 하하하……,

고기는 잡히지 않네. 에에라 이놈의 냇물을 죄다 삼키지, 그러면 고기도 죄다 따라 들어오겠지—꿀떡꿀떡……(냇물에 입을 대고 마십니다).

아이구 배불러라. 내 뱃속에도 냇물이 하나 흐르고 있을 게다. 고기도 많이 놀고 있겠지……, 아아 배불러라.

이제는 그만 누워 잘까. 비는 들이치지마는 이 다리 아래서 자는 수밖에…….

아 참, 하느님, 이야기하던 걸 잊어버렸군. 에이 귀찮아. 그만둘까? 그만두면 뭘 하나. 해 버리지.

그래—, 그래서 말야. 그놈의 계집년의 목소리 경치게 이쁘더군요. 나는 와락 그 여인의 얼굴을 보고 싶었으나 꾹 참았지요. 그랬더니 이제는 바로 그이의 음성이,

"에—, 듣기 싫소. 그까짓 돼지 같은 여편네의 속에서 나온 자식새끼가 나와 무슨 상관이 있단 말이오. 사랑하는 당신과 나 사이에서 생겨난 자식이라야 참으로 내 사랑하는 자식이 되겠지. 여보 어서 아들 하나 낳아 주어. 우리의 사랑의 결정인 아주 영리한 아이를 낳아요."

합니다. 나는 눈이 확 뒤집혀지는 것 같더군요.

"하하, 공연히 그러시지, 당신의 그 부인도 참 예쁘던데……."

"아니, 그 여편네 말은 내지도 말아요. 내가 열여덟 살 때 부모의 명령에 못 이겨 억지로 강제 결혼한 것이니까, 나는 그를 한번도 아내로 생각해 본 적이 없어요."

"아이그 거짓말, 아내로 생각하지 않았으면 왜 자식을 그렇게 셋이나 낳았던가요?"

"허— 그러기에 말이지, 아마도 내 자식이 아니라는 것이지요. 아직까지 내 자식이라고 해도 손 한번 쥐어 준 적이 없었어요."

"호호호, 거짓말……."

"흥, 거짓말이라고 여기거든 맘대로 하구료. 오늘까지 그 여편네와

말 한마디 해본 적이 없다오. 그런데도 자식이 셋이나 있다는 것은 정말 조물주의 장난이라고 하지 않을 수 없어요."

하느님— 그이가 이따위 소리를 하고 있구료. 우리 색시 이쁘다고 물고 빨고 하던 것은 다 어떡하고 저런 거짓말이 어디 있소.

"여보, 나는 정말로 불행합니다. 나는 노모를 위하여 참아 왔고 또 그 여편네가 가엾기도 하여 나 자신의 삶을 희생해 온 거랍니다. 그렇지마는 나는 아직 젊습니다. 아무리 억제해도 억제하지 못할 때가 있었어요. 나는 가정적으로 너무나 불행한 까닭에 성자(聖者)가 아닌 이상 어찌 불만을 느끼지 않을 수 있나요. 너무나 모두들 무지하니까 나는 지적(知的)으로 너무나 목말랐더랍니다. 아내란 것이 나를 이해하지 못하고, 다만 나에게 맛있는 음식이나 먹여 주고 옷이나 빨아 주고 밤이 되면 야수 같은 본능만 아는 그런 여편네와 이십 년이란 세월을 살아왔구료. 아무 감격도 신선함도 이해도 없는 그런 부부 생활이었어요. 당신까지 나를 이해 못 하고 그러십니까? 그 여편네는 나에게 무지(無知)하기를 원하고 생활이 평안하도록 일하는 남편이 되기 원하며 자식에게는 정신적으로 충실한 종이 되기 원할 따름이에요. 그러니 나라는 사람은 어느 결에 나를 위한 삶의 시간을 가지란 말인가요?"

흑흑흑…….

나는 울었습니다, 울었어요. 그이의 하는 말이 용하게 꾸며대는 혓바닥의 장난일 줄은 알지마는 그 순간 나라는 존재는 그이에게 그만치 불행한 존재임을 느낄 때 무척 슬펐습니다.

하느님, 당신 바로 판단하구료. 그이의 말이 옳습니까? 응? 대답해 봐!

암! 암! 그렇지, 그 말이 죄다 틀린 말이지, 틀렸고 말고.

아예 당초에 인간이란 게 공부를 잘못하면 제 행동이 옳든 그르든

간에 아무리 틀린 말이라도 교묘하게 이론만 갖다 붙여서 그저 합리화하려고 하는 재주만 늘어갈 뿐인 것이라오.

그이가 그처럼 나를 무지몰각한 돼지 같은 여편네라고 할 때는 아마도 그 여인은 상당히 많은 학교 공부를 한 여자인가 봐요.

나는 단지 한문 글씨나 배웠을 뿐인 무식쟁이지만 그이의 하는 말에 반박할 말이 수두룩한데 웬일인지 그 여인은 생긋생긋 웃으며 고개를 끄덕이고만 있는 모양이구료.

아이고 아이고, 그 뻔뻔스런 년, 남의 남편을 빼앗아 앉아서……, 아이구 분해!

글쎄 하느님아! 들어봐요. 그이가 나를 얼마나 사랑해 왔던가는 다 별 문제로 제껴 놓더라도 사람이란 건 천하 없어도 제 혼자서는 살 수 없는 것이 아닌가요? 아무려면 깊은 산 속 멀리 인간 사회를 떠난 곳에서 제 혼자 있는 것보다는 낫다고 하지 않습니까?

우선 나 하나를 돌아보더라도 세상에 제 한몸만 위하고 제 마음의 자유와 기쁨을 위한다면 이렇게 미치광이가 되어야 하지 않나요. 이렇게 세상을 다 떨치고 내 맘대로 살고 있는 나이지만 불만이 많기가 끝이 없어요.

사람이 산다는 것은 이 인간 세상에서 미우나 고우나를 물론하고 한데 얽매이고 서로 엇갈려 있다는 뜻이 아닌가요.

그런데 그이는 제 혼자의 삶을 주장합니다. 아이고 아니꼬와…….

내 눈에는 아무리 보아도 그이가 한 아름답게 보이는 여인에게 반했다는 그것뿐이에요. 이십 여 년을 정답게 아들 낳고 딸 낳고 살아오다가 고운 여인을 보고 욕심이 나니까 제 마음대로 떳떳하게 욕망을 채울 수가 없어 별 지랄 같은 소리를 다 하는 거지.

한 가정의 귀한 아들딸과 어머니와 아내를 다 버리고 한 개의 욕망! 결국은 계집에게 반한 그 마음 하나를 억제 못 해서 사나이자식이 온갖 거짓말과 괴로운 이론을 끌어다 붙이려고 애쓰는 그 꼴이 어디 되었나?

아이고 아이고, 귀한 우리 자식들!

아무리 나에게야 악했지마는 그래도 이미 죽을 날이 멀지 않은 시어머니…….

다 불쌍해라. 너희들의 간장을 녹여 주면서까지 너희 아비는 제 삶을 산다고 저러고 있단다. 히히히…….

귀하고 중한 내 자식들아, 너희를 누가 만들었노! 너희를 만들어 놓고 너희에게서 아비를 거두어 간 그 아비…….

하느님, 아비 없는 자식은 불량자가 되기 쉽다지요. 아이구 이 일을 어찌하노…….

그러나…… 사랑한다는 것은 흐르는 물과 같아서 자꾸 변한다고요? 참, 잊어버렸군, 그런 것이 아니라 사랑이란 영원한 것이 아니고 찰나가 연장해 가는 것이니까 이 순간 아무리 사랑하지마는 다음 순간에는 어떻게 될지 모르는 거라지요.

그러니까 그이가 나를 사랑하지 않는다는 게 아닙니까.

보자 보자, 그러니까 또 그이가 어느 순간에 이르러 그 여인과의 사랑이 변하여 나에게로 돌아올지도 모르는 일이다.

아이구 다 그만두자, 그까짓것…….

아이고, 또, 배가 고프네…….

아이고 어두워졌구나, 하하하.

나는 참았다. 참았다.

나는 하도 많이 참아 보아서 이제는 습관이 되었나 보다. 그래도 참고 집으로 돌아가자. 아이새끼들은 공부하느라고 어미를 돌아보지도 않았어요.

큰딸년은 학기말 시험 공부 한다고, 아들놈은 중학교에 입학하려고……, 작은딸년은 숙제한다고…….

나는 참았다. 눈물을 참고 밖으로 뛰어 나가 과실과 과자를 사다가 나누어 먹였더니,

"엄마 엄마, 어디 아파요? 엄마도 먹어요. 아버지는 왜 여태까지 안 오시나, 또 감기나 들지 않을까……."

아이들이 아버지와 어머니를 위하여 서로 이야기하며 맛있게 먹습니다.

시어머니 방으로 가보았어요. 노인은 누웠다 일어나 앉으며,

"석주 애비는 어디 갔냐? 바람이 찬데……."

하고 염려하였어요. 에이 도둑놈…….

아이들이 다 잠든 후, 그이는 돌아왔지요.

나는 참던 눈물이 흘러내려 돌아앉았더니,

"나 잘 테야. 요 깔아 줘."

하겠죠. 그래서 나는 요를 깔아 주었더니,

"여보, 이리 오……. 왜 노했소? 그러지 말고 이리 와요."

하며 자꾸 웃습니다.

아이고 맙소사……. 남자란 게 이런 건가? 나는 모르겠다, 몰라……. 어찌된 셈인가요, 글쎄.

나는 참았지요. 입을 꽉 다물고 그이의 곁에 가보았지요. 그이는 틀림없는 내 남편! 이십 년간 살아오던 그이였어요. 조금도 다름이 없이 나를 안고,

"아이들 이불 잘 덮어 주었나?"

하고 물으며…….

그리고 그이는 이십 년간 익어 온 그 태도 그대로 잠이 들려는구료.

나는 더 참고 보았지요.

이윽고 그는 잠이 들다 말고 소스라치듯 미소하며 다시 한번 꼭 껴안겠지요.

"왜 새삼스레 이러는 거예요? 이십 년이나 꼭 한가지로 변함없이 이러는 우리 사이건마는 그리 내가 사랑스러운가요?"

하고 한번 시치미를 떼보았지요.

"암, 내게 너만치 충실한 사람이 없고 미더운 사람이 없으니까."

라고 그가 대답합니다. 나는 벌떡 일어나 앉았지요. 하도 놀라와서요. 하하하……

그래 그 이튿날이었지요. 바로 그 밤이 새고 난 날이었어요. 나는 그 밤을 꼬박 새우고 난 터라 머리가 횡횡 내어 돌리기에 아이들이 학교에 간 틈에 누워서 한숨 자보려고 했습니다마는 잠이 와야지요. 그래도 누웠으려니까 그이가 내 머리에 손을 얹어 보더니 깜짝 놀라며 병원에 가보라고 합니다.

아마 열이 높았던 게지요. 나는 별로 괴롭지 않아서 더 있어 보고 가겠다고 했더니 그이는,

"그러면 있다 가보오."

하고는 휭 나가 버립니다.

나는 벌떡 일어나 따라갔지요. 그러나 그이는 그 집으로 가지 않고 어느 큰 상점으로 들어갔어요. 그래도 나는 그 상점 앞에 서서 지켰더니 그이는 전화를 빌어 어디다 전화를 걸고 나더니 쑥 나오는구료. 하는 수 있소? 딱 마주치고 말았지요.

"어디 가오?"

그이는 놀라며 물어요.

"병원에—."

나는 엉겁결에 대답했지요.

나는 공연히 부끄러워서 집으로 다시 돌아왔더니 그날은 토요일이

라 아이들이 벌써 학교에서 돌아왔으므로 점심을 먹여 놓고 또다시 방으로 가 누웠더니 웬 머리통이 그리도 쑤시는지 가슴이 쌕쌕 소리를 지르고 너무 정신이 없었어요. 그러다가 나는 어떻게 된 셈인지 벌떡 일어나서 그 집으로 달려갔어요.

막 달려갔지요.

허둥지둥 달려가 보니 틀림없이 그이의 신이 덩그렇게 댓돌 위에 벗겨져 있겠지요.

나는 와락 달려가서 그이의 구두를 집어들고 힘껏 그년의 창문을 향해 던졌더니 와당탕 소리가 나며,

"악!"

소리가 들리더니 방문이 활짝 열리며 그이가 썩 나섭니다. 바로 그이의 어깨 너머로 하얀 얼굴이 나타나며 나를 놀란 눈으로 바라봅니다.

그 얼굴, 그 얼굴!

그는 내가 잘 아는 여인이라오. 그는 음악학교 졸업생이랍니다.

우리 친정으로 척당이 되는, 잘 따져 보면 나에게 언니라고 불러야 되는 계집애였어요…….

하하하. 이 일을 내가 무어라고 해결하나요. 알 수가 없어…….

대체 어떻게 된 셈인가……, 지금 생각해도 알 수 없어……. 나를 꽁꽁 묶어서 방 안에다 가두어 두고 의사란 놈이 별의별 짓을 다 하였지마는 그것도 대체 왜 그 지랄들인지.

하도 갑갑하고, 그이에게 물어 볼 말이 많아서 그만 그저께 밤에는 온갖 재주를 다 부려서 튀어 나오고 말았겠다…….

놈들이 어디 가서 나를 찾고 있는지 모르지요. 내가 이 다리 밑에 숨어 있는 줄 저희들은 모를 거야…….

하하하…….

정옥아! 석주야! 정희야…….

아무리 사람들이 네 어미 까닭에 너희들이 불행해졌다고 하더라도 그런 말은 믿지 말아라. 너희 아버지가 이 어미에게 어려운 수수께끼를 내놓은 까닭이다. 흑흑흑…….

아이구 보고 싶어…….

너희들이 보고 싶다.

정옥이 너는 장조림을 잘 먹고, 석주는 생선을 잘 먹고, 정희는 시루떡을 잘 먹고…….

에에라, 집으로 가야겠다……. 누가 너희들을 보호할까……. 비는 왜 이리도 많이 오노……. 비를 노다지 맞고 가면 모두 나를 미쳤다고 하지 않을까.

탕자(蕩子)

이선희(1911~?)

함남 함흥 출생. 이화여전 졸업. 1936년 『신가정』에 「오후 11시」를 발표하면서 문단 활동 시작. 해방 직후 남편 박영호(희곡작가)와 더불어 월북. 「매소부」 「창」 등 다수의 작품이 있다.

탕자(蕩子)

이선희

"그만두시오."

나는 맨발로 바닷가를 걸으면서 뱃사람에게 이렇게 말했다.

"그래도 그 등대가 참 좋습네다. 옛날엔 거기에 마귀할미가 살고 먹으면 장생불사한다는 새알이 있었는데 그걸 주우러 들어가면 그만 풍랑이 일어서 들어는 가도 나오지는 못했다거든요."

"그런 델 갔다가 나도 죽으라구요."

"지금이야 그럴 리가 있습니까. 현재 등대지기 내 지인들도 살고 있는데요."

나는 이번에 생전 처음으로 혼자 여행이라고 떠나 보았다. 이 여행을 떠나게 된 동기란 또 여간 야릇한 게 아니다.

우리 옆집 각시의 시아주버니란 이가 시골서 왔는데 그는 섬에 산다면서 미역과 해삼을 가지고 와서 우리 집에도 두어 꼭지 먹어 보라고 내왔다.

그는 그 섬 간이 소학교 선생으로 소학교 선생 노릇을 십칠 년간이나 하고 지금은 그 섬에서 유일한 문화 운동자로 말끝마다 유식한 문자를 많이 쓴다.

"우리 섬에선 새벽 네 시 반이면 기상 나팔을 불고 자식은 남녀를 물론하고 학교에 와서 의무 교육을 받습니다."

사십이 넘은 이 문화 운동자—그는 넓적한 얼굴에 실눈을 뜨고 항상 분투히 노력하는 태도로 있어 얼핏 보기에 이상한 데가 많다.

아주 여름도 다 지나 인제는 바다로 갔던 피서객들도 돌아오게 된 9월 초승에 나는 한번 큰 맘을 먹고 이같이 소학교 선생을 따라 알지 못하는 섬으로 갔다.

나는 너무도 을씨년스럽고 마음이 붙지 않아 겨우 이틀 밤을 자고 그 다음날 곧 다시 서울로 돌아오기로 했다.

그러고 보니 그 간이 소학교 선생이 퍽이나 미안한 모양인지 자꾸 여기 등대가 참 훌륭한 게 있으니 그거나마 구경하고 가라고 떠든다.

나는 인제 바다고 섬이고 더 볼 흥미도 없거니와 등대란 말이 지독히 고독해서 굳이 그런 것을 볼 생각이 없었다.

"한번 구경하십시오."

몇 번이나 간절히 권하기 때문에 그럼 아무케나 하자고 나는 배를 탔다. 그리고 그 간이 소학교 선생은 육지까지 나를 배웅해 준다고 따라 나서고 그 외에도 섬사람 7, 8인이 더 있었다.

주먹만한 발동선이 섬을 떠날 때는 한낮이 지난 때였다. 뱃사람들은 먹는 게 세상에 제일 좋은 노릇이라 하면서 얼마 안 가서부터 조기회를 먹느라 쩝쩝거리며 숟가락이 쉴새없다.

나도 되도록 까탈 없는 사람들의 호의를 받들어 웃기도 하고 떠들기도 하는데 그들이 서울 창가 한마디 들었으면 좋겠대서 나는 또 창가 한마디를 했다.

배는 바다를 가르며 상어 새끼처럼 달아난다. 차츰 수심이 극히 깊어 자드레한 섬은 씨도 없고 마치 대양 가운데로 나온 것같이 그냥 망망할 뿐이다.

우리 배가 이렇게 거의 한 시간이나 갔을 때 인제 등대 가까이 왔다고 한다. 조금 있다가 정말 바다 가운데 큰 기둥 하나 선 것 같은 것이 보인다.

나는 뱃머리에 나서서 그 기둥 같은 것을 바라보면서 등대엔 늙은 할아버지가 어린 딸 하나를 데리고 사는데—이런 이야기를 생각했다.

배는 삽시간에 등대 있는 섬 밑뿌리에까지 왔다. 문득 보니 큰 지우산 같은 해파리가 너울너울 떠 온다. 이놈은 청포묵처럼 말갛고 흐물흐물한 것인데 그래도 파선한 어부들을 만나기만 하면 몸뚱이를 통째로 녹여낸다고 한다.

여기는 바다 빛이 어찌도 푸른지 내 흰 치맛자락을 담그면 금세 파랗게 야청옥색이 들 것 같다. 섬 꼭대기는 고개를 잔뜩 제껴야 보일지 말지 치높다.

"인제 다 왔습니다. 여긴 내 지인 가족이 살고 있지요."

굴딱지 붙은 큰 바위 옆엔 사공도 없는 빈 배 한 척이 매어 있는데 돛대엔 큰 생선들을 배를 갈라 무수히 꿰어 말린다.

나는 언뜻 해적선에서 모반하는 놈을 목을 매어 달아 말리는 것을 생각하고 어쩐지 이 무인절도에 빈 배가 끔찍이 무시무시했다.

우리 일행은 섬에 내렸다. 내려서 보니 우선 맨 밑에서부터 그 높은 꼭대기까지 흰 돌로 층층대를 쌓은 것이 이상스러웠다.

"한 오천 년 후 이게 폐허가 된 담에 한번 와봐야지."

나는 혼자 이렇게 중얼거리며 여기엔 무슨 옛날 로맨스라도 있을성싶게 생각되었다.

순박한 사람들은 제각기 떠들며 그 커다란 발로 덥석덥석 힘 안 들이고 올라간다. 나는 맨발에 구두만 신은 채 두리번두리번하면서 올라가는데 돌층대 좌우로는 그 소위 기화요초가 무성하게 들어섰다. 그 중에도 불빛 꽃판에 자줏빛 술을 드리운 나리꽃이 전면을 쪽 덮고 말았다.

나는 어쩐지 건드려 놓은 대합 조개처럼 입이 꼭 다물어져 다시는 열기가 싫었다. 요행 다른 사람들이 앞서 가고 나 혼자 남았기에 돌층대에 걸터앉아 멍히 그 기화요초가 바람에 흔들리는 것을 바라보았다.

앞서 간 사람들은 벌써 맨 꼭대기까지 올라가서 나를 부르느라 고래고래 소리를 지른다. 나는 못 들은 척하다가 다시 일어나 걷기를 시작했다.

얼마 올라가다 보니 거기엔 또 동백나무들이 꽉 들어섰다. 짙은 초록색 잎새는 뼈와 같이 딱딱한데 새알보담 큰 동백열매가 잦아지게 열렸다.

'동백나무.'

줄을 지어선 동백나무 밑으로는 요 포대기만한 검은 그늘이 길게 펴져 있다.

나는 뚱딴지같이 이 동백나무를 보자 동백꽃을 사랑했다는 말그리트 고체의 그 슬픈 이야기를 생각해서 무슨 불길한 예감이 들었다.

이 동백나무와 칡넝쿨이 얽힌 사이로 자꾸 올라가니 이윽고 맨 꼭대기에까지 이르렀다. 그 위엔 소반같이 평평한 땅인데 거기엔 눈이 부시게 흰 성(城) 같은 것이 있었다. .

등대도 희고 돌담도 희고 등대지기의 집도 희고—모두가 하이얘서 눈이 아팠다. 더구나 그 돌담에 비친 햇빛을 손가락으로 묻혀 보면 사뭇 노란 금빛이 적찌적찌 묻어날 것만 같았다.

누구나 하는 버릇같이 나는 그 흰빛에 저절로 두 눈을 가늘게 뜨고 여전히 두리번거리면서 혼자 놀았다.

이때—문득 저쪽 담 옆에 웬 사람 하나가 서서 나를 보는 것이 띄었다. 나는 깜짝 놀랐다. 이 무인도에 나 혼자거니, 나 혼자 두리번거리거니 했는데 의외에 한 사람이 그 무심한 행동을 보았을 것을 생각하니 얼굴이 화끈했다.

"망할 녀석."

나는 괜히 괘씸한 생각을 하면서 그만 빽 돌아서 버렸다. 깎은 듯한 절벽이 바로 발 아래 떨어져 남빛 바다가 무궁하다.

"들어오시지요."

그 사람은 등 뒤에서 이렇게 말을 건다. 나는 마지못해 다시 돌아서면서 머리만 끄떡해서 인사를 했다.

"……."

그 사람은 얼굴이 희다 못해 창백하고 머리는 긴데 그 표정이란 처참하리만치 날카롭다. 나는 이런 섬 중에 저 젊은 사람은 어쩐 까닭인가 하고 잠시 기이했다.

이때 마침 먼저 들어갔던 그 간이 소학교 선생이 덜덜거리며 나온다.

"아, 왜 아직 안 들어오시는 거예요? 하 고노가다와(이분은)……."

곧 돌려대고 그 젊은 사람과 나를 인사를 시킨다. 우리는 다시 허리를 굽혀 인사를 하면서도 피차의 성명은 무엇이라 대지 않았다. 잠깐 몇십 분, 혹은 몇백 분, 그 동안을 만났다 헤어질 사람끼리 이름은 수고롭게 알아서 무엇하랴.

이리하여 그 불행한 이름을 알 기회는 영영 가 버리고 말았다.

"어서 등대에 올라가 구경하십쇼. 여기 온 최대 목적이 등대 구경인데 왜 아직 밖에 계시나 말예요."

우리는 등대 옆 자그마한 사무실로 들어갔다. 사무실 안에는 테이블을 두어 개 놓고 벌써 우리 일행은 그 최대의 목적인 등대 구경을 마치고 제각기 의자를 차지하고 앉아 혀도 돌아가지 않는 국어로 제 잘났다 떠들어댄다.

나는 또다시 사무실 안에 있는 등대지기 두 사람하고 인사를 했다. 그 두 사람은 일견 외모나 행동거지가 비슷해서 얼핏 가려 보기 어렵다.

얼굴은 검고 기름한데 이마가 즐컥 들어가고 아래턱이 나와서 웃을 때마다 시뻘건 잇몸이 드러난다.

그들은 벙어리는 아닌데 웬일인지 말 한마디 못 하고 그저 '헤' 거나 '하다' 거나 이런 소리를 하면서 히죽히죽 웃기만 한다. 어딘지 보통 사람이 아니고 못난이 같은 구석이 있다.

"등대 구경 하시지요."

그 젊은 사람은 무에 못마땅한지 약간 골을 지으면서 나를 돌아다본다.

"제가 안내할 테니 따라오십시오."

나는 약간 주저하다가 그냥 따라 일어섰다. 그는 사무실 뒷벽으로 난 문의 손잡이를 틀었다. 이것은 등대로 통하는 단 하나의 문이다.

그 뒷문으로 나오면 거기는 곧 등대 맨 밑층인데 우선 등대 속은 앞이 잘 보이지 않으리만큼 컴컴하다. 그리고 돼지 순대처럼 둥글고 좁은데 속이 빙글빙글 틀어서 올라갔다.

마침 저쪽 손거울만한 동그란 창에서 저녁 햇빛 두어 오리가 쏘여 들어오지 않았다면 꽤 더듬어야 할 뻔했다.

"처음 보시는 분은 현기증이 나십니다."

좁은 속이 돼서 그런지 그의 말소리가 유난스레 두런두런 울린다. 구석구석에 생쥐라도 들끓을 것 같고 그 속의 공기는 압축이 돼 있는 것처럼 숨이 가쁘다.

우리는 아무 말도 없이 그는 앞서고 나는 뒤에 서서 조심조심 한 층계 올라갔다. 그는 올라가다가 휙 돌아서면서 내게 어지럽지 않느냐고 묻는다.

나는 말은 않고 그냥 머리를 가로 흔들어 보였다. 이 등대 속에선 말이 도무지 적당치가 못해서 말소리가 나면 그것은 딴 물건같이 서투르다.

하늘에 별을 딸 것처럼 자꾸자꾸 올라가니 거기엔 정작 불이 켜지는 등대의 맷방석만한 렌즈가 번쩍인다. 그런데 둥그렇고 굵게 비누칠해 놓은 것 같은 유리알은 조각조각 금이 지고 깨어졌다.

"이것은 사람이 깨트린 게 아니라 겨울이 되면 자연 이렇게 터집니다. 이 밑의 것은 수은판이고."

이윽고 그는 큰 램프 속에다 불을 켜댄다. 불은 심지에 확 붙으면서 흡사 황금 꽃송이같이 타오른다. 누비질한 것 같은 유리알은 밝다 못해 흰빛을 쏟는다.

"폭풍우치는 밤 바다의 어둠을 구경한 일이 있습니다. 그런 밤이면 우리는 이 등대를 한 여인처럼 생각하지요. 숭고하고 아름답고 자애 깊은 여인—그리하여 맘에 안위를 얻습니다. 눈이 아프십니까? 끌까요?"

불을 끄고 나니 우리는 아까보다 훨씬 더 짙은 저녁을 느꼈다. 바로 우리가 서 있는 옆으로는 사람 하나가 겨우 비비고 나갈 만한 작은 문이 있고 그 문으로 나가면 거기엔 등대 맨 꼭대기층인데 가생이로 좁디좁은 난간이 등대 모양을 따라 둥글게 놓여 있다.

"이리로 나오실까요?"

나도 나갔다. 풀로 붙여 놓은 것 같은 이 좁은 난간에 서서 아래를 굽어 보니 그냥 몇천 길인지 망망한 바다가 검은 지옥같이 흐물거린다.

"우리는 여기서 여러 가지 신호를 받습니다. 우리 배는 지금 어디에서 위험을 당하고 있다, 혹은 어느 날 몇 시 몇 분에 그리로 통과한다—이러한 여러 가지지요. 그러면 우리는 거기에 적당한 기(旗)를 내어 답니다."

그는 말을 끊고 한참 그대로 서 있다.

"가장 훌륭한 분이 지나갈 때는 흰 기를 답니다. 환영하는 뜻으로요. 이번 여러분이 돌아가실 때도 그 흰 기를 달아 드릴까요?"

"……."

"우리는 극도의 정신주의자가 됩니다. 아까 사무실에서 보시던 사람들 어때요. 그들은 차츰 말하는 것을 잊어버리고 말더군요. 본래부터 그런 천치들은 아니었지요. 이러한 고독을 다소나마 짐작하실 수 있습니까? 오늘은 몹시 유쾌하군요."

나는 이 사람이 오래간만에 사람들 구경을 하더니만 그만 미치는 것이나 아닌가고 의심하리만치 그는 흥분해서 있다.

"어느 날 밤 바람이 몹시 부는데 나는 자정 너머까지 돌층대에 나와 앉았다가 거의 발작적으로 두 발을 탕탕 구르며 와아 하고 소리를 냅다 지르지 않았겠어요. 그랬더니 초저녁부터 자던 아까 그 사람들이 무슨 큰 일이나 난 줄 알고 엉겹결에 몽둥이를 들고 나왔겠죠. 하하."

그는 그 신경질적인 체질에 어울리지 않게 커다랗게 웃는데 어쨌든 이러한 장소에서 이러한 큰 웃음이나 과도한 이 얘기는 하나같이 어떤 위험성을 느끼게 한다.

"이런 데서 한번 떨어져 보실 생각은 없으십니까. 높은 데 올라오면 누구나 한번 떨어져 보고픈 충동을 느끼지요. 지금 내가 여기서 떨어진다면 허공에다 굉장한 일직선을 그으면서……, 그러나 바다에 다 떨어지기 전에 벌써 의식은 잃어버릴 겝니다. 어떻습니까? 한 번 구경하시렵니까? 나는 늘 내가 떨어질 땐 나 혼자만 말고 누가 한 사람 꼭 곁에서 구경해 주기를 바라는데 이것이 아마 내 마지막 허영일 겝니다. 현기증이 안 나십니까?"

이런 이야기를 듣다가 눈결에 보니 그가 한 손으로 난간을 척 짚는 것 같더니 이상스런 자세를 취하는 것 같다. 나는 순간 눈앞이 아득해지며 나도 모르게 등대 안으로 튀어들어갔다. 그러자 '텅' 하고 무엇이 등대 벽에 부딪치는 소리가 난다.

나는 소리를 지를까 그냥 뛰어내려갈까 어쩔 줄을 모르고 있는 판에 천행으로 밑에서 퉁퉁 소리가 나며 그 간이 소학교 선생이 올라온다.

"웬일들이세요. 암만 기다려야 내려오셔야지."

나는 너무 급해서 그냥 바깥을 손짓하며 말을 못 했다. 그는 무엇을 직각했는지 황급히 그 좁은 문으로 나간다. 나도 그제야 머리만 내밀고 보니 요행 그는 아직도 그 난간에 있고 바다로 떨어지지 않았다. 또 혹시 내 착각이었는지도 모른다.

등대의 사람은 십자가에 못박힌 모양으로 두 팔을 벌려 뒤로 벽을 감고 머리도 벽에 기댄 채 두 눈을 딱 감고 있다.

"왜 이러시오. 내려갑시다."

"에? 미안합니다. 아무것도 아녜요. 이분은 어디로 갔습니까?"

이윽고 두 사람이 들어오는 것을 보자 나는 치맛자락을 걷어 들고 쏜살같이 달려 내려왔다.

이제 우리는 이 등대를 떠나야 할 때가 왔다. 그래서 우리 일행은 제각기 돌아다니며 고맙다느니 잘 구경하고 간다느니 인사를 하느라 떠든다. 나도 가서 인사를 했다. 그 다른 두 사람은 여전히 '헤'거나 '하아'로 답례를 하면서 못나게 웃기만 한다.

내가 그 사람에게도 그냥 지날 수가 없어 앞에 가 섰을 때 그는 나를 정수리가 따가우리만치 쏘아보고 있다.

"가겠습니다."

"……."

나는 한마디 내던지고는 누구보다도 먼저 등대를 내려오기 시작했다. 그 흰빛이 눈이 부시는 옛 성과 같은 등대—동백나무 밑으로 난 층층대엔 다시 올 리 없는 우리들의 발자취가 어지럽게 밟혀진다.

처음 내려올 때는 나무가 가리우고 칡넝쿨이 얽혀 보이지 않다가 중축쯤 내려오니 그제는 다시 아래 윗사람들이 서로 보이게 되었다. 여럿은 손을 흔들고 소리를 질러 이 무인절도를 소란스럽게 하는데 오직 그 사람만은 팔장을 낀 채 우두커니 서서 아래를 내려다본다.

우리가 밑에까지 내려왔을 때 배에서는 또 전복회를 치고 더운 밥을 지었다. 뱃사람들은 틈 있는 대로 먹는 게 제일 즐겁다고 아까도 들은 말을 또다시 들려준다.

"어서 진지 드십시오."

"네."

나는 밥 보시기를 한 손에 들고, 또 한 손엔 젓가락을 든 채 멍히 미역들이 돌뿌리에 붙어 너울거리는 것을 바라보았다.

이럭저럭 등대 밑에서 거의 한 시간이나 지났다. 인제는 해가 아주 넘어가 멀리 바다 테두리가 풋남빛으로 흐려졌을 뿐, 뱃사람들은 어서 떠나자고 재촉이다.

이어 배가 떠나서 섬뿌리에서 떨어졌을 때 등대는 다시 보인다. 거기엔 아직도 그가 산 위에 동긋처럼 꽂혀 있다. 마치 소돔 성이 유황불 속에 멸망할 때 신의 계시를 저버리고 뒤를 돌이켜보다 소금 기둥이 된 가나안의 여인처럼.

배는 자꾸 달아난다. 나는 아까 본 선장의 망원경 생각이 나서 뱃

머리에 의지한 채 한 손을 내밀어 그것을 좀 달라고 했다. 초점을 맞추는 법도 모르고 그저 급하게 눈에 갖다 대었다. 갑자기 등대 위 그 사람의 얼굴이 내 눈앞으로 콱 달려든다. 나는 어뭇드리해서 그 망원경을 무릎 위에 내려놓았다.

불행히 다른 섬 하나 가리지 않고 빤한 외줄기 물길은 작별을 짓기에 피곤하다. 등대는 마침내 바다 위에 한 점을 찍어 놓았다가 이어 소멸되고 말았다.

배가 거기 조그마한 나루에 닿았을 때는 벌써 저녁 설거지들이 끝날 무렵이다. 여기서 나는 한 시각을 지체치 못하고 자동차로 읍에까지 가서 그날 밤 여덟 시 몇 분 차로 서울로 와야 하는 것이다.

"난 오늘 밤 여기서 묵었으면 좋겠는데요."

나는 두말 할 것 없이 딱 잡아떼었다. 웬만한 고집으로는 그들의 권유를 물리치기 힘들 것을 알고 나는 아주 결사적으로 덤벼들었다. 그 간이 소학교 선생은 혀를 쯧쯧 차며 성미도 고약하다고 속으로 나무랐을지도 모른다. 그러나 사실 나는 그 저녁 한 발자국도 더 육지로 나갈 수가 없었다.

이렇게 해서 그 밤 이 마을에서 묵기로 했다. 나는 이내 해녀들 자는 방으로 인도되었는데 그들은 한 칸 남짓한 방에 5, 6인이 벌써 잠에 곯아떨어져 있었다.

맨 폭 속곳 바람에 흰 치마 조각을 두른 그들의 몸뚱이는 인어처럼 그렇게 아름다운 것도 못 되고 다만 과도한 노동에 팔다리가 쑤시는지 다리로 벽을 쾅쾅 차는 자에 이를 부득부득 가는 사람에 소금물에 결은 머리에선 씁쓸한 냄새가 나서 속이 뒤집힌다.

특별히 구해 온 목침은 때가 반들반들해서 나는 손수건을 꺼내 덮고 누웠다. 밤은 얼마나 깊었는지 마을엔 기침 소리 한 마디 없고 다만 울타리 밑에서 물결이 철석이고 있을 뿐이다.

나는 잠을 이룰 리 없다. 목침에 이마를 대고 엎드려서 물결 소리를 들으며 마음으론 몇 번이나 밖에 나가 등대의 불이 켜진 것을 보고 싶었으나 쉽사리 일어나지 못했다. 얼마를 엎드렸던지 이마엔 목침 자국이 쏙 들어가고 어찔어찔 현기증이 난다.

마침내 나는 어두운 중에 문지방을 더듬었다. 그리고 다른 사람들이 깰까 보아 앉아서 뭉기적뭉기적 툇마루로 나왔다.

산뜻한 새벽 기운이 얼굴에 망사처럼 씌워진다. 나는 조개껍질을 어석어석 밟으면서 바닷가로 나갔다.

'등대엔 불이 켜졌다.'

캄캄한 밤 바다엔 기둥 같은 섬도 보이지 않고 다만 등대의 불빛만 부챗살처럼 펴졌다 가둬졌다 뱃길을 인도하는데 나는 물결이 들어와 내 구두를 적시는 것도 모르고 두 눈을 모아 등대를 바라보았다.

아직도 그 젊은 염세주의자가 섬 꼭지에 서 있는 것 같다. 손벽 같은 붉은 별이 등대의 불빛과 나란히 박혀 있는 곳에…….

나는 한 팔을 번쩍 들어 봤다. 그 사람이 아직도 그 자리에 서 있는 것 같아서 한번 신호를 해본 것이다. 그러나 밤중에 넓은 바닷가에 서서 내 팔이 혼자 움직이는 것을 깨닫자 나는 내 멋에 어떻게 놀랐는지 모른다.

이렇게 얼마를 서 있었는지 바다의 단조한 적막이란 견딜 수 없이 피곤하다. 그러더니 갑자기 머릿속이 선뜩하며 나는 물결 위에 무슨 파선한 사람의 송장이라도 떠들어 오는 것 같은 착각을 느끼자 그만 그 자리에 푹 주저앉고 말았다. 기어이 그 지경까지 되고야 방으로 돌아왔다.

나는 방으로 돌아와서도 아무렇게나 해녀들 틈에 두 다리를 쭉 뻗고 벽에 기대 앉아 있었다. 어두운 방 속에서 어떠한 현실에도 닿지 않는 생활과는 동떨어져서 아무러한 이해 상관도 없는 슬픔을 뼈가 무너지도록 느끼지 않고는 마지않았다.

'김이 만일 지금의 나를 본다면…….'

그의 얼굴이 유황으로 그린 것처럼 내 맘 눈에 환히 비친다. 나는 잠시 가슴이 뜨끔했다.

그 단정하고 진실한 청년 학자, 대학의 조교수—그는 아무 데도 흠잡을 데 없는 내 약혼자다.

'김이 만일 이것을 안다면…….'

나는 몹시 미안한 생각이 들었다. 내가 이렇게 잠을 못 자고 날뛰는 것을 본다면 그가 얼마나 괘씸해 할 것인가. 이 정도의 생각쯤은 어떠한 범부범부(凡夫凡婦) 사이에도 있는 것이다.

나는 잡념을 없애려고 윗목에 새우처럼 꼬부리고 누워 버렸다. 그러나 웬만한 범부의 양심쯤으로는 등대의 그 사람의 모습을 지워 버릴 수가 없는 것이 민망했다.

'아무 이해도 상관도 없는 슬픔.'

나는 오랫동안 궁리해 보았다. 김의 그 건전하고 진실한 생활과 태도가 거죽이라면 등대의 염세주의자의 슬픔은 안이 되고……, 나는 지금 그 안을 추구해 마지않는 것일까.

'사람은 떡으로만 살 것이 아니니라…….'

진실로 사람은 떡으로만 살 것이 아니라 이렇게 아무 짝에도 쓸데없는 슬픔으로도 사는 시간이 있는 것을 어찌할 수가 없었다.

나는 지금 모든 것을 잊고 오직 등대의 생각으로 미칠 지경이다. 이 증세가 오래오래 검은 머리 파뿌리될 때까지 계속될 리는 만무하나 지금에는 정말같이만 생각되고 그리고 이것은 김에게도 있을 수 있고 또 내게도 있을 수 있는 생활처럼 생각된다.

물결은 여전히 쇄쇄거리고 해녀들은 꿈을 꾸는지 돌아누우며 낑낑댄다.

이튿날 아침 귓결에 듣자니 짐 실은 목선이 인천으로 간다고 한다. 나는 언뜻 반가운 생각이 나서 밖으로 나가 배 주인에게 나도 그 배를 타고 인천으로 해서 서울로 가겠노라 했다.

그때 조반을 먹던 그 간이 소학교 선생이 질겁을 해 나오며 내게 눈짓을 한다. 풍랑도 무섭고 까딱하다간 무진 고생을 할 테니 아예 그런 생각은 말고 이따가 자동차로 해서 육로로 가라는 것이다.

나는 여기서 또 한 고비 미련한 채 떼를 쓰지 않으면 안 되게 되었다. 가다가 물에 빠져 죽어도 좋고 아무케 해도 좋으니 실어다 달라고 무슨 큰 일이나 난 것처럼 서둘렀다.

큰 목선은 불그레한 감물들인 돛을 높이 달았다. 배가 나루를 떠나 큰 바다로 나왔을 땐 한나절의 바다는 희멀끔해서 지리하고 심심하다.

마음이 몹시 초조하다. 사람이 이 지경이라면 전후 분별이 없어지는 모양인지 내 딴엔 무슨 큰 음모나 하는 것처럼 긴장했다.

"이거 보세요. 이 배를 저 등대 있는 섬으로 해서 들러가 주십시오."

"에? 등대라니요?"

처음엔 시퍼런 얼굴이 깜짝 놀라더니 그 담에야 내 말을 알아듣고 하도 어처구니가 없는지 허허 웃기만 한다.

그 등대 있는 섬은 동쪽에 있고 우리 배는 바로 서쪽으로만 가는데 하늘이 두 쪽이 난대도 그리로 들어가는 물길은 없다고 한다.

내게 그다지도 중대한 일이 이 사공들껜 이렇게 뚱딴지 같은 소리로밖에 안 들리는데 또 비단 이 사공들뿐 아니라 나 이외의 사람은 누구나 그게 얼마나 쓸데없고 가당치 않은 소리인 것을 잘 알 것이다.

"그게 뭐 어려워요, 잠깐 들러가면 될 텐데."

딴은 짐을 싣고 인천으로 돈벌이 하러 가는 배가 무슨 턱에 장난이나 하듯이 길도 아닌 데를 들러 갈 리 있으랴.

나는 떼를 쓰는 아이가 발버둥을 치면서 억지로 어른에게 업혀 오듯이 기어이 등대엔 못 들리고 이 큰 목선에 업혀서 자꾸 서쪽으로만 가는 것이다. 목선은 미련한 고래처럼 나를 업고 잘도 달아난다.

기차로 오기보담 시간이 곱절은 들어서 오후 여섯 시나 돼서야 인천에 당도했다. 항구엔 수없는 발동선과 목선이 닥지닥지 들러붙어 물 밑엔 기름이 둥둥 뜬다. 요란한 기계 소리, 아우성치는 사람의 범벅덩이, 산더미 같은 짐들 사이로 해서 나는 잔교(棧橋)에 내리지 않으면 안 되게 되었다.

한 손에 가방을 들고 또 한 손엔 파라솔을 들고 간신히 기어내렸다. 양쪽 다리가 후들후들 떨리고 속이 메스꺼워 한자리에 우두커니 섰노라니 한 발자국도 더 육지로 나가고 싶은 생각이 없다.

이때 내 맞은편 배에서 불이 확 켜진다. 흰 바탕에 검은 줄 진 셔츠 입은 젊은 뱃사람이 자빠져 누웠다가 벌떡 일어나면서 불을 커다란 남포에 켜대는 것이 그 불빛 속에 환히 보인다.

남폿불은 물결 때문인지 약간 흔들거리면서 그 바가지 속만한 작은 선실을 비치는데 앞에 무엇을 깎다 둔 것인지 끝이 뾰죽하고 날이 시퍼런 식도가 번쩍하고 놓여 있다.

나는 두 눈이 퀭해서 그 흔들리는 선실 속을 들여다보았다. 아직 회개할 때가 되지 못한 탕자와 같이 육지로 돌아갈 줄 모르면서 가방 고리만 점점 더 꼭 감아 쥐었다.

천맥

최정희(1912~1990)

함북 성진 출생. 숙명여고보를 거쳐 중앙보육학교 졸업. 1931년부터 『삼천리』 기자로 활동하며 문단 활동 시작. 「흉가」 「지맥」 「인맥」 「천맥」 등 다수의 작품이 있다.

천맥

최정희

1

연이(連伊)는 아침저녁으로 무릎을 꿇고 머리를 숙이고 한참씩 앉아 있었다. 그는 이렇게 앉아 있는 때가 가장 신(神)에 가까운 마음을 가지게 된다고 알고 있다. 자기의 신이 하나님인지 부처님인지 모르면서도…….

연이 자기도 모르는 사이에 비는 마음이 이처럼 생긴 것이다.

이렇게 비는 마음이란 누구에게나 있는 것이 아니고 또 아직 나이 젊은 연이로선 부자연한 일일지도 모르나 그가 아이 하나만을 데리고 아무것도 생각지 않고 이 옥수정 보육원(玉水町保育院)에 온 유래를 안다면 누구나 그와 똑같은 자세를 지을 것이리라. 그가 그의 신이 무엇인지 모르듯이 그들의 신이 무엇인지 모르면서라도…….

2

연이는 별이 불꽃 같은 밤에 두 번째 시집을 갔다. 그 상대 되는 남자, 즉 연이의 두 번째 남편의 이름은 허진영이라 하고 직업은 의사(醫師), 전처는 죽었다고 했다.

윗입술에 메추리 수염이 그의 온 성격을 드러내는 것은 그 이외에 다른 데는 전연 털이라고 없고 얼굴 전체가 불구자에 가깝도록 매끌하게 생긴 데 있었다. 연이는 그것이 마음에 들지 않았다. 그래서 집주인 노파의 주선으로 그 노파 방에서 허진영을 만난 뒤로, 주인 노파가 여러 번 그의 사람 됨됨이며 재산이며에 대해서 얘기해 왔고 젊은 한때를 아무 재미 없이 보내고 늘그막에 괜스레 후회를 하지 말라고 좋은 것은 영감밖에 없느니라고 말해 왔을 때도 연이는 한 번도 움직이지 않았다.

노파는 스물일곱에 과부가 되었다고 했다. 열일곱 살부터 자식 낳기를 시작해서 스물일곱까지 오 남매를 두었다는데 남편이 숨이 턱지고 본즉 제일 위에 열 살먹이로부터 젖먹이까지 올망졸망한 것들을 혼자 어찌 길러낼까 하는 생각에 기가 꽉 질려 울 수조차 없었다. 그것들이 자라는 대로 보통학교, 중학교, 아들은 전문학교까지 보내고……, 이러는 사이에 세월이 가서 노파는 늙고 아들과 딸들은 장가를 가고 시집을 가서 인천, 수원, 만주, 경주, 혹은 대판, 이러한 땅에서들 각자 사는데 아들딸 낳고 잘 사는 것, 자식을 못 나서 속이 쥐똥같이 마르는 것, 돈도 있고 자식도 있으나 남편이 밤낮 딴 여편네질을 해서 실성하다시피 된 것, 남편이 살뜰히 생각해 준다던 막내딸은 시집가서 일 년 반 만에 해산을 하다가 아이와 함께 죽고, 카페 여자와 좋아서 학생 때부터 당구장이니 빠아니 하고 벌여 놓기만 하던 단 하나의 크게 믿던 아들은 약간 남아 있는 돈과 또 집까지 저당을 잡혀 가지고 어디로 종적을 감춘 지 사 년째 되는데 어느 때 함께 빠아를 하던 여자의 이야기를 들은즉 중국 땅 중에도 아주 먼 데로 갔다는 것이다. 노파는 오래간만에 듣는 아들의 소식이 반가왔으나 그 여자에게 자기 아들 소식을 모르고 지낸다는 것을 알리기 싫어서 아들한테서 늘 소식이 있는 것처럼 말끝을 얼버무려 버리고 말았다고, 어느 일요일 연이가 병원을 쉬는 날 연이 방에서 흐르는 눈물을 옷소매로, 주먹으로 자꾸만 닦아 연이는 그날 이 노파가 십 년 전에 돌아간 자기 어머니같이 여겨지며 측은스러웠던 것이다.

그렇지 않아도 남편이 세상 떠난 후 곧 송현정 집에서 명륜정 이 노파의 집 문간방을 동무의 알선으로 이사하게 된 후 노파는 이 동안을 늘 한결같이 자기의 지난날을 생각함에선지 다른 뜰아랫방이나 건넌방에 있는 사람들보다 연이를 생각해 주었다. 방이 비좁다고 연이의 남편이 그린 그림들이며 또 그 외에 별로 필요치 않은, 자리를 차지할 물건들을 노파는 자기 방과 다락에 갖다 두기도 하고 또 연이가 끝내 XX병원에 간호부로 나가게 되면서는 연이의 여섯 살 난 아이를 자기의 손자처럼 보아 주곤 하는 것이었다. 연이가 집에 없는 뒤에 아이가 밖에 나가면 하루 종일 들어 안 오고 혹시 들어왔다간 서먹한 얼굴을 지으며 도로 나가 버리고 하는 것을 노파는 어머니처럼 가엾어하고 걱정을 하며 딸자식보다 사내자식 키우기가 힘이 드느니라고 버릇같이 말하며 진실로 염려스러워했다.

"웬만침 마음에 없드래두 그런 자린 쉽사리 없을 게니 생각을 돌려 보래두 그래."

"……."

"여자 돈벌이란 몇 해 간뿐이지 늘 못 하는 거라니까. 아이 소학교 공불 에미 손으루 시킨다 치드래두 중학교부텀야 저거 하나래두 어렵대두 그래."

"늘 하는 말이지만 저놈이 다른 애들보다 영특스러워서 에미가 집에 없는 뒤로 아주 우습게 되더라니까 그래."

"……."

"내가 내 조카래서 그러거니 생각을랑 말우. 암, 그야 조카댁이 얌전했으면 하는 마음이 없겠으랴마는 진호 에미두 조카만 못하잖게 생각하는대두 그래."

"……."

"여자 나이 스물여덟이면 한 시절은 지났는데, 게다가 아이가 달렸지, 이제 어디 총각 혼인이야 좀체 해낼 수 있겠소. 지금 내 조카가 상처라군 하지만 사십이 멀겠다, 자식 없겠다 쉽사리 있을 자리가 아니래도 그래."

연이는 노파가 말할 때는 아무 대답 없이 있었으나 노파가 들어간 뒤에 오래 생각해 보았다. 그러다가 이불을 얼굴까지 뒤집어쓰고 울었다. 그것은 달이 너무 밝아서 남편의 초상이 그의 독특한 쓴웃음 웃는 것이 그 저녁에는 무수히 자기를 비웃는 듯했기 때문이다. 연이는 이불 속에서 남편의 웃음이 그처럼 이상해 보이는 것은 자기의 마음이 전보다 많이 달라진 탓이라 해석하며 참 사람의 마음이란 알 수 없는 것이라고 스스로 자기를 의심해 보기까지 했다. 그러다가 다시 자기가 재혼하잔 마음을 먹는 것은 남편에게 향하던 마음이 갑자기 없어져서 그런 것이 아니고 순전히 아이의 장래를 위해서 하는 짓이라고 스스로 변명도 해보았다. 변명이 아니라 그 허진영이란 사람을 몇 번 만나야 여전히 메추리 같은 윗입술 수염이 얄밉고 가증하고 윤기가 반들거리는 얼굴 전체에 정이 못 붙은 것을 보더라도 그 까닭이 아니냐고 이렇게 자위를 받았다. 그리고 본즉 자기가 재혼한다는 것은 죽은 남편을 위하는 일인 것 같기도 했다.

연이와 연이의 아이에겐 이러한 과거가 있었다. 연이와 죽은 남편

상수와의 결혼은 법률과 도덕이 허락하는 결혼이 아니었다. 상수가 병원에 입원했을 때 연이는 그 병원의 간호원으로 상수의 간호를 맡아 하던 중 정이 들어 결혼을 했는데 알고 보니 그의 고향 강화에 처와 아이가 있었다. 자기보다 네 살이나 더 먹은 말만한 색시를 말을 타고 가서 데려왔노라고, 그때 자기의 나이 겨우 열다섯이었노라고, 이해해 달라고 상수는 열심히 말했다. 상수가 세상을 뜨자 연이와 연이가 낳은 자식은 자연히 그 집에서 떨려 나오게 되었다.

연이는 남편의 시체를 따라 내려갈 때보다 슬픈 여자, 보잘것없는 여자가 되어 남편의 향리(鄕里)인 섬을 장례식이 지난 이튿날 떠나오고 말았다. 떠나 올 때도 시부모가 말이 없었지만 서울 와서 이태를 지내는 사이에도 아무런 소식이 없었다.

연이는 죽은 남편과 알게 되었던 XX병원에 취직했지만 모든 것이 도무지 전과 같지 않았다. 전에 함께 있던 동무들과 의사들도 몇 사람 남지 않았고 동무들은 그 동안 시집을 간 사람도 여럿이 있지만 XX병원이니만큼 북지전선(北支戰線)에 나간 동무들도 있고, 어쨌든 남아 있는 간호원으로는 전에 딱짱떼란 별명을 듣던 조선인 간호원 하나와 다루마라 부르던 뚱뚱보 일인 간호원 외엔 다들 연이와 낯설은 간호원들이었다. 간호원들뿐 아니라 의사들도 그러했다. 전에 있던 의사가 몇 사람 되기는 하나 연이가 맡은 외래(外來)에는 한 사람 빼놓곤 전부 새로 들어온 의사들이었다. 의사는 별반 모르겠으나 간호원들 사이에 있어서는 아무래도 새 사람들과는 어울리지 않았다. 나이로 본다면 칠팔 세밖에 차이가 없으나 무엇 때문에 그런지 늘 그 사람들과 자기 사이에는 무엇이 가로막힌 것 같아 연이에게는 이런 것이 몹시 쓸쓸했다. 처음 몇 번은 딱짱떼나 다루마라 부르던 옛날 동료를 틈 있는 대로 찾아 보기도 했으나 그 사람들 역시 옛날 같지 않고 또 딴 과에 각각 근무하고 있는 까닭에 자주 찾을 수도 없었다.

거기다 아이가 집에서 혼자 뭘 하고 있는지 우는지 노는지 이런 생각에 정신이 없었다. 일이 귀찮고 힘이 들었다. 날마다 하는 일이 수월하지 못하고 힘든다는 것은 분명히 우울하고 성가셨다.

연이는 힘든 일을 하면서 자기가 그처럼 우울한 것은 새 간호원들이나 새 의사들이나 혹은 딱짱떼, 다루마에게나 자기에게 원인이 있는 것이 아니고 자기가 밟고 지나 온 팔 년이란 세월이 그렇게 만들어 놓은 것이라 생각하고 차라리 다른 병원에 취직을 구해 볼까도 해보았으나 연이로서는 그것 역시 수월치 않았다.

그렇지 않았다면 연이는 주인 노파가 아무리 서둔다 치더라도 마음에 들지 않는 허진영이와 결혼할 의사가 없었을 것이다. 똑 따져서 말하는 연이는 허진영이가 마음에 들지는 않지마는 남편 상수가 늘 좋아하던 긴 치마에 행주치마를 둘러메고 아늑하니 들어앉아 살림을 할 것이 좋았고 그러느라면 아이도 잘 기를 수 있을 뿐 아니라 우선 경제적으로 아이의 장래 교육 문제가 염려 없을 것이고, 그러느라면 아이는 남편의 본마누라가 낳은 아이보다 훌륭할 것같이 생각되었던 것이다.

3

허진영의 집은, 집과 한데 통한 병원은 낙원정 큰길께 번듯이 나앉아 있었다. 간판도 큼직하고 건물도 거대하고 또 환자들이 많아서 잘못하면 의사가 파리만 날리고 앉았는 시대에도 이 병원만은 홍성했다.

연이는 틀림없이 이 홍성한 병원 원장의 부인이요, 또 그 안채에 달린 허진영의 집 주부였다. 허씨의 친구들이나 친척들까지 그렇게 꽉 믿어 버리는 것은 그들이 총각 색시 결혼은 아니지만 허진영이로 말하면 인제 의사로는 물론 사회의 한 사람으로 손을 꼽힐 만하게 될 터이라 함부로 기생이나 카페 여자 나부랑이를 주워 올리 없으리라는 것, 또 연이 쪽을 봐도 허진영의 아내로서 조금도 손색이 없었다. 그래서 그들은 면사포 쓴 일도 없이 연이가 아이를 데리고 허진영이와 주인 노파와 이렇게 넷이 자동차로 허진영의 집에 달랑 온 것이나 누구나 당연하게 보았다. 친구들은 그들의 결혼을 축하하느라고 부부를 나란히 초대해 주었다. 병원에 간호원, 약제사, 심부름하는 사람들은 주인댁으로 어련히 모셨고 밥짓는 사람은 주인 아씨라 불렀다.

그러나 날이 가고 달이 가는 사이에 연이는 조금도 행복하지 못한 것을 알았다. 늘 남의 집에 온 것처럼 서먹서먹하고 허진영의 메추리 수염은 아무 날도 맹숭거리기만 했다. 노파의 말을 빌지 않더라도 노파의 집 문간방살이 하던 때에 비하면 훨씬 편한 것은 사실이나 연이가 그 문간방에 그대로 지낼 것을 하고 후회하는 것은 아무도 몰랐다. 연이 자신도 깜짝 놀라는 때가 있었다. 그것은 문득 거울 속에 비치는 자기의 긴 치마 맵시가 눈에 뜨이는 때였다. 병원에 있을 때 주사기에 주사약을 잘못 넣어 젊은 의사에게 욕된 말을 들을 때면 집안에 들어앉아 살림하는 여자가 무척 부러웠다. 그러나 지금 거울 속에 비치는 자기는 그 집을 빠져 나오기 전에는 어찌할 수 없는 슬픔이 빙산처럼 가로놓여 있음을 깨달았다.

그 슬픔의 원인은 간단했다. 허가네(진영) 족보와는 하등의 관계가 없는 연이가 데리고 온 이가(李家) 아이 때문이었다. 연이는 이 다시없이 귀중한 아이가 자기에게 그처럼 커다란 슬픔을 갖다 줄 줄은 조금도 몰랐다.

연이가 허진영에게 시집와서 일 년이 훨씬 넘어, 연이의 아이가 소학교에 입학해 다닌 지도 반 년이 넘어 아이 학교에 학예회가 있던 날이다.

그렇지 않아도 연이는 아이가 학교에 들어가서부터 늘 가보고 싶었다.

허진영에게 미움을 받고 몰림을 당하고 또 연이 자기도 그 까닭에 때리고 꾸짖고 하긴 하면서도 그렇게 되므로 오히려 측은하고 가엾은 정이 날마다 심해 가서 학예회가 아닌 보통 날이더라도 연이는 아이가 공부하는 학교에 언제나 가보고 싶었다. 언젠가 아이가 학교에서 장질부사 예방주사를 맞은 것이 열이 올라 꼭 한 번 데리고 갔다 왔더니 허진영은 몹시 성이 나서 가느스름한 눈을 하루 종일 샐쭉히 내려뜨고 통 말을 하지 않았다. 그 뒤로 다시는 아이 학교에 가지 못했던 것이나 학예회는 특별한 것이요, 또 아이의 말이 아버지나 어머니나 할머니나 누구 한 사람은 꼭 오라는 것이므로 연이는 아침을 일찍이 서둘러 지내고 옷을 갈아입으려 한즉 허진영은 알아채고,

"그 잘난 앨 부끄럽지도 않아서……."

하고 혀를 쩔꺽쩔꺽 찼다. 그런데 그 얼굴이 어떻게 독이 올랐는지 가뜩이나 하얗던 얼굴이 백지 이상으로 푸르러지고 예의 수염 꽁지 쪽이 대깍 들리며 윗입술이 바르르 떠는 것이었다.

연이는 치마끈 매던 손이 딱 멈춰졌다. 엄마와 함께 갈 것을 기다리고 있던 아이는 허진영이와 엄마의 눈치를 알아채고 문을 슬며시 열고 나가 버렸다.

연이의 눈에선 주먹만큼씩한 눈물이 방바닥에까지 뚝뚝 떨어졌다. 허진영은 담배를 피워 물었다. 그리고 나서 우는 연이에게,

"이리 와 앉아요."

하고 자기 곁을 가리켰다. 연이는 그대로 눈물이 났다.

"안 그래? 거 추운데 뭐 볼 게 있다구 가냔 말야……."

언제나 아이가 없는 뒤면 허진영은 연이에게 살뜰하고 유순해지기 쉬웠다. 연이는 그러는 것이 더욱 싫었다. 자기에게 웬만큼 하더라도 아이한텐 좀 살뜰히 굴어 줬으면 좋았을 것 같다.

그가 결혼한 것이 순전히 아이를 위해서 한 일이고 보면 연이가 그 이상 바랄 것이 무엇이랴.

"그 잘난 애라구 그래? 그럼 잘났지 못났나? 못났다고 했더면 큰 일날 뻔했네 그래."

허진영은 소리를 내어 웃기까지 했다. 연이의 우는 얼굴이 예뻐 보이기 때문에 기분이 아주 달라진 모양이었다.

하지만 연이는 그런 것은 둘째로 아이를 비웃는 그 태도와 표정이 견딜 수 없었다.

"당신은 왜 밤낮 아일 비웃어요. 왜 자꾸만 그 잘난 애라구 몰아 줘요?"

연이는 눈물을 옷고름으로 닦아내고 그리고 아주 빳빳이 선 채로 대들었다. 그러나 연이는 여전히 흑흑 느끼어서 숨결이 평온하지 못했다.

"글쎄 이리 와 앉아요. 이야기합시다."

연이가 파랗게 되어 달라지자 허진영이 또한 정색을 하며 자세를 고쳤다. 그가 그렇게 정색하는 때면 언제나 존칭어를 사용하는 것이 버릇이었다.

"전 서서 얘기하겠습니다."

연이도 존칭어를 써서 말했다.

"왜 이리 빡빡하십니까? 그래. 참 아이가 훌륭한 걸 그랬군 그래."

그는 다시 비웃는 웃음을 입가에 나타내었다. 연이는 온몸이 부르르 떨렸다.

"걔가 본래 그런 줄 아세요. 전엔 너무 똑똑해서 모두들 신동이라구 했다오. 돌 전(生一前)부터 어떻게 맹랑한 짓을 한 줄 아세요? 레코드를 틀어놓으면 일어서지도 못하는 것이 곡에 맞춰 춤을 췄다오."

연이는 멈췄던 눈물이 또 주르르 흘렀다.

"그럼 그놈 애가 못되게 번진 게 내 탓이던가? 아니 내서 도적질하랬던가요. 내서 못난이가 되랬던가요."

허진영은 화가 났다. 대개 아이로 해서 싸우는 경우엔 다른 때보다 신경질이긴 했지만 그래도 그처럼 성이 난 것은 처음 보았다. 윗입술이 떨리다 못해서 빨딱빨딱 곧추섰다. 다른 때 하지 않던 아이 아버지 때 이야기가 비위에 거슬린 모양이었다.

그러나 연이는 그야 어떻게 됐든 알 바가 아니었다.

아이 아버지, 즉 상수의 이야길 시작해 놓고 보니 마음속에 쌓이고 쌓였던 것들이 큰물처럼 터져 나오려 했다.

"저애 아부진 자기 모든 예술품 중에서 개가 제일 완성품이라고 했어요. 남의 귀한 자식을 왜 밤낮 못난이라구 해요. 당신이 한 번이나 갤 귀여워해 본 적이 있어요. 한 번 안아 본 적이 있어요. 아이가 조금만 어째두 더럽다 야단이구. 밥상에서 한 번 갤 편안히 밥먹게 한 때가 있어요. 아이가 조금만 떠들믄 시끄럽다 야단이구……, 남 듣는데 밤낮 몰아 주구…… 왜 당신 눈엔 개 흉만 뵈세요. 왜 더러워만 뵈세요."

연이는 생전 처음으로 이렇게 말을 많이 하고는 또 흥분했다.

허진영은 뭘 생각했는지 다시 담배를 붙여 한 모금 연기를 쭈욱 빨아 후우 내뿜었다. 기분이 좀 유쾌한 모양이었다. 그가 성나면 윗입술과 수염에 변화가 생기듯이 또한 성이 풀리면 담배를 피우는 것이었다. 그렇기에 그가 담배를 피워 물었을 땐 누구 한 사람도 그의 눈이 샐쭉하거나 입술의 변화를 본 일이 없었다.

"이것 봐, 내가 걜 안 사랑하는 줄 알아……. 인제부터 더 사랑할 게 흥분 말아요……."

허진영은 연이가 함부로 참 염치없을 만하게 털어놓은 말에 자기를 반성한 셈인지 이렇게 말했으나 연이에게는 참으로 어색하게 들렸다. 꼭 거짓말을 꾸며대는 것같이 들렸다. 아이를 미워하는 때의 태도와 표정보다 오히려 부자연하게 보였다. 연이는 허진영의 이런 어색한 표정을 보고 있으려니까 전에 남편이 아무 말 없이 그저 무조건으로 아이를 사랑하던 얼굴이 문득 눈앞에 떠올랐다. 조용한 것을 즐겨서 자기 방에 시계조차 두게 못 하면서도 아이가 떠들고 울고 장난질하는 것은 시끄럽다 말해 본 일이 없고, 그림 그릴 때나 평상시나 항상 지저분하게 늘어놓는 성질이긴 하나 그래도 위생에 게을리 하지 않는 그가 아이 손이 아무리 더러워도 자기의 빰이며 입가에 대는 것을 싫어하지 않았다. 싫어하긴 고사하고 때때로 아이의 그런 손을 자기 입에 넣는 일까지 있었다. 아이가 장난해서 손발이 더러워지고 얼굴에 땟물이 떨어지면 깨끗할 때보다 못 견디어 아이가 터지도록 더 껴안아 주곤 했다.

임종하기 바로 전까지도 아이만 보면 신음 소리를 그치고 그것을 한참 바라보다가 웃는데 그렇게 괴로우면서도 그는 얼굴 전체가 미어지듯 터지듯 했다. 그 예(例)의 독특한 쓴웃음 웃는 버릇까지도 아이 앞에선 잊어버렸던 것이다.

그러던 아이가—그이에게 있어서는 그렇게 귀중하던 아이가, 그렇게 영리하던 아이가 세상에 가장 완전하게 된 자랑할 예술품이라 하던 아이가—왜 그 잘난 아이란 비웃음을 받는 것일까. 연이는 생각해 보았다. 아니 생각하기 전에 벌써 알고 있었다. 그것은 허진영에게 아이를 데리고 오던 밤부터 당장 안 일이었다. 그 밤 아이는 밥 짓는 사람하고 건넌방에서 자게 했다. 아이는 엄마 곁에서 자겠노라고 떼를 썼다. 허진영은 그러는 아이가 몹시 미운 모양이었고 연이는 진정 난처해졌다. 그렇다고 아이 우는 것을 떼놀 수는 도저히 없었다.

그래서 별이 불꽃 같은 그 밤부터 허진영과 연이와 아이와의 세 사람 사이엔 묘한 공기가 떠돌게 되고야 말았다. 이것은 이 세 사람 중 아무의 죄도 책임도 아닌 것은 물론이었다. 그저 허진영은 자기 족보와 아무런 관계가 없는 연이의 아이를 사랑할 수 없는 것, 그렇게 사랑할 수 없으므로 연이가 쓸쓸하고 슬프고 원통하고 부아가 나고 그래서 또 아이는 날마다 못쓰게 되는 그것뿐이었다. 매우 간단한 일인 듯한데 그들에겐 가장 큰 비극임에 틀림없었다.

더구나 연이에게 있어선 죽음 이상으로 괴로웠다. 그래서 아이가 학교에서 돌아오는 것을 기다려 어느 날은,

"진호야, 너 명륜정 할먼네 집에 가 있겠어?"

하고 물어 보았다.

허진영이와 결혼하려는 의사를 가졌던 것도 아이 때문이요, 결혼에까지 이르게 된 것도 아이 때문이건만 아이가 말썽이 되어 허구한 날 자기가 속썩는 것은 둘째로 허진영이까지 경황없이 해주는 것이 미안스럽기도 하려니와 그보다 아이와 서로 떠나 있으면 아이가 좀 나아지지 않을까 함에서였다. 그러나 아이는 엄마를 힐끗 쳐다보며,

"나 혼차?"

하고 물었다.

"혼잠 어떤가……."

연이는 아이의 눈치를 살폈다.

"할머닌 싫어!"

"왜?"

"더러워."

"그럼 넌 누가 좋니?"
"몰라."
"간호원 아주머니 좋아?"
"아냐."
"그럼?"
"몰라."
"약제사 아저씨?"
"아냐."
"엄마?"
"……."
아이는 말없이 엄마를 꼭 껴안았다.
"그럼 선생님(허진영)인가?"
"아냐. 아냐. 그게 누가 좋게. 더러워, 더러워."
아이는 엄마 가슴에 두 손을 모아 넣었던 것을 쑥 잡아 빼면서 악을 썼다. 아이는 언제부터 그랬는지 모르나 어쨌든 못쓰게 되어진 후로 바싹 이 더러워라는 말을 종종 썼다. 미워도 더럽다 하고 싫어도 더럽다 했다.
"그래, 알았어."
연이는 아이의 마음을 살펴서 아이를 잡아 끌어안으며 말했다. 아이는 엄마 품에 다시 안겨, 한참 가만 있다가 한숨을 확 내쉬었다. 밖은 눈이라도 올 듯 유리문에 찬 기운이 풍겼다.
"진혼 뭘 생각하고 있어?"
오랜 뒤에 이렇게 연이가 물었다.
"엄마 뭘 생각해?"
"엄만 엄만 참 뭘 생각했던가?"
연이는 아이를 안은 채 아이 머리에 뺨을 대고 전후로 몸을 흔들었다.

"엄마 나 왜 명륜정 할먼네 집에 혼자 가라구 그래?"

엄마가 흔드는 대로 흔들리우던 아이는 또 한참만에 이런 말을 물었다.

"인제 안 그럴게. 엄마가 잘못했어. 엄마가 잘못했어."

연이는 흔들던 몸을 멈추고 아이를 더 꼭 껴안았다. 그는 진정 아이에게 잘못한 것 같았다. 처음부터 끝까지 온통 잘못한 것 같았다. 연이는 견딜 수 없었다.

"진호! 엄마가 밉지?"

"……."

"미워?"

"아냐. 그래도 엄마가 젤 좋아, 젤 예뻐."

연이는 가슴이 터지는 듯했다.

"엄만, 진호가 젤 좋구……."

"그럼 할먼네 집에 가서 나하구만 살아."

연이는 아이의 말에 입이 딱 닫혀졌다. 눈물도 날 수 없었다. 연이 자기도 차라리 옛날대로 살아 볼까 하는 생각을 안 해본 것은 아니지만, 그 생활을 그대로 계속해 왔더라면 하는 생각까지는 있었으나 중지했던 그 생활로 다시 돌아가기는 힘이 들었다.

"진호가 얼른 컸으면 좋겠어……."

연이의 언제나 하는 생각이 나의 경우엔 도무지 필요치 않은 말이다.

"엄만 왜 선생님하구 웃구 그래? 더러워."

아이는 아이대로 엄마가 한 말과는 딴 말을 했다. 늘 그가 아무 데나 잘 쓰는 더러워라는 말이긴 하지만 연이는 가슴이 뭉클해지며 어안이 벙벙해졌다. 그래서 그는 다시 몸을 전후로 흔들기 시작했다.

아무 말도 없이…….

"참 좋지?"

아이는 엄마 가슴에 엎드린 채 말했다.

"뭐가? 눈이?"

"아냐."

"그럼 뭐야?"

연이는 아이가 좋다는 게 무엇인지 얼른 몰랐다.

"눈이 날아가는 게 참 좋구나."

"그거 아냐, 엄마하고 둘이만 있는 게 말이야."

아이와 둘이만 있던 일이 없는 것은 아니었다. 그렇지만 속이 썩어서 대개는 아이를 꾸짖고 때리고(그러나 허진영이나 다른 사람들 몰래 가만가만 작은 소리로 했다) 하는 일이 많았기 때문에 아이와 이처럼 다정하게 오래 이야기해 본 적이 없었다. 진호는 엄마가 한 마디 꾸짖지도 꼬집지도 때리지도 않는 것이 좋았던 모양이었다.

"진호가 자꾸만 밖에 안 나감, 엄마하고 늘 이렇게 있지. 학교에 갔다가 얼른얼른 오구…… 하믄."

"엄마가 자꾸 때리구 선생님이 야단치니까 그렇지 뭐."

"진호가 자꾸 나쁜 짓 할려니까 그러지."

"나 인제 안 그럴 테야, 엄마 인제 좋은 사람 될 테야."

아이는 어른같이 엄마 앞에 맹세했다. 연이는 아이 말이 기뻤다.

"정말이냐? 정말이냐?"

물었다기보다 부르짖었다. 아이는 진정 기쁜 듯 마음놓고 웃었다. 그러면서 엄마를 쳐다보는데 그 얼굴은 아이의 본래의 얼굴이었다. 연이와 허진영에게 몰리던 때의 얼굴이 아니고 그 본래 가진 그대로였다.

전에 저의 아버지랑 살 적에 보아 온 그 얼굴이었다. 순편 못 하던 이맛살, 힐끔거리던 눈초리, 모르는 사이에 변해 가던 그 얼굴은 전혀 없었다.

연이는 동작과 표정이 또 굳어졌다. 아이를 안은 채 그저 자꾸만 아이 얼굴만 들여다보았다. 아이는 갑자기 엄마가 웃지도 말하지도 않고 이상한 눈으로 자기를 보기만 하는 것이 무서워서,

"엄마, 왜 그래?"

하며 엄마 팔을 약간 아주 그것도 어려워하며 흔들어 보았다.

엄마는 그래도 말없이 아이를 보기만 했다. 아이뿐 아니라 이런 연이의 표정은 누가 보든지 이상하다고 할 것이리라.

"엄마 나 정말 나쁜 짓 안 할 테야. 돈두 안 훔치고 산에두 안 가구 학교만 갈 테야."

엄마의 얼굴이 점점 더 자기가 나쁜 짓을 했을 때처럼 되어 가기 때문이었다. 아이는 비슬비슬 엄마 무릎에서 일어났다. 웃음을 그치고 비슬비슬 일어나는 아이의 얼굴은 금방 달라졌다. 그 본래의 얼굴이 아니었다. 금방 보던 그 얼굴은 어디로 가 버렸다. 다시 아이는 힐끔거리는 눈초리를 지었다.

본래의 그 얼굴을 갖지 못한 아이, 그 표정을 지니지 못한 아이가 그처럼 처참하게 보인 적은 없었다. 인제부터는 어떤 일이 있더라도 아이 앞에 웃는 얼굴을 짓고 아이를 때리지도 않으리라 마음먹었다.

"진호 이리 와."

멍청히 찌푸리고 서서 엄마만 보는 아이를 끌어다가 다시 안고 거짓말을 했다.

"엄마가 말이지, 진호가 어쩌나 보느라구 그랬어."

"난 또 왜 그러나 했지."

아이는 그제야 안심하듯 숨을 내쉬었다.

"진호 돈을 가지면 그걸루 뭘 하지?"

"그런 말 하면 싫어. 기분 나빠."

아이는 어른 같은 말을 또 했다.

"괜찮어, 엄마가 좀 알구 싶어서 그래."

연이는 정말 아이가 돈을 훔쳐 가지고 나갔을 때 야단만 쳤지, 이런 것을 물어 본 일은 없었다.

"뭘 사먹어. 호떡두 사먹고 덴뿌라도 사먹구 우동두 사먹어."

"혼자 먹나?"

"쌈패 애들두 줘."

"걔들은 왜 주나?"

"안 주믄 때리는걸. 우동 사먹을 때만 혼자 먹어. 그 담엔 산으로 가, 쌈패 애들이 때리니까."

"왜 집에 와서 밥 먹구 놀면 안 좋아?"

"싫어, 집은 더러워."

"진혼 그 더럽단 말 말았으면. 그것 참 나쁜 말이야. 하지 말어, 응?"

"더럽지 뭐야……. 응, 그래 안 할게. 엄마, 응."

아이는 엄마가 무서워질까 봐 하려던 말을 채 못 하고 더럽단 말을 안 하겠노라는 맹세를 했다.

"진혼 산에 가는 게 왜 좋아?"

아이는 당황해 하며 엄마를 쳐다보았다.

"괜찮어, 이젠 엄마가 때리지두 않구 꾸지람도 안 할 테니 말해 봐."

아이는 다시 안심하는 빛으로,

"학교에 가기 싫으니까 그렇지 뭐."

"학교에 왜 가기 싫어?"

"세이진시끼란 애가 막 때려, 다른 애들두 때리구."

"왜 남한테 맞어, 바보같이."

"센세이두 때리는걸."

"왜?"

아이는 힐끔거리기만 할 뿐 대답이 없었다. 연이는 다시 물었다.

"선생님은 왜 때리실까?"

"몰라. 학교 잘 안 간다구 그러나 봐."

"그러게 학교 잘 다니라구 안 해?"

"모르겠는 걸 뭘 산쭈쯔두 몰르구 요미가다두……."

"자꾸 가면 알아요."

연이는 이렇게 말은 하지만 속은 공기를 잔뜩 불어넣은 고무풍선 같았다. 까딱하면 탁 터질 지경이었다. 아이가 별로 집에 있는 일이 없긴 하지만 그래도 틈틈이 저녁 같은 때라도 공부하는 것을 보아 주려면 못 할 것도 아닌데 아이와 마주 앉아 있으면 허진영이 언제나 싫어하는 때문에 연이는 마음엔 있으면서도 그렇게 못 했던 것이다. 그러고 보면 아이를 위해서 사노라고 하는 자기의 소행이 아무것도 아닌 것 같아서 또 견딜 수 없었다.

"엄마가 모르는 걸 죄다 가르쳐 줄 테니 인제부터 잘 다녀요, 응."

"그래. 인제 난 산에 가두 재미없다누."

"참, 진혼 산에 가 뭘 하지?"

"가만 앉아 있지 뭘……."

"앉아서 뭘 생각하지?"

"후렛도 애길 생각해. 나두 그런 책을 샀음 좋겠어."

"뭔데?"

"내 동무한테 있는 건데 참 재미있어."

"어떤 애기냐?"

"마차 타구 세계일주 하구 바요링 켜구 하는 거야. 나두 그랬음 좋겠어."
"세계일주가 뭔지 진호가 알어?"
"아메리카랑 독일이랑 가는 거지 뭐야. 나두 그랬음 좋겠어."
아이는 약간 신이나 했다. 연이는 오래간만에 아이의 이런 태도를 보았다.
"우리 진호두 공부 잘해서 착한 사람이 되믄 그렇게 되지."
"엄마 나 창가할 테야. 바요링 가지구 세계일주할 때."
"무슨 창가?"
"〈언제나 꾸는 꿈은〉……. 그거 왜 엄마 잘하잖아."
"그래."
연이는 그 노래를 배워 즐겁던 시절이 생각에 떠올랐다. 연이의 시야엔 아무것도 들어오는 것이 없고 오직 그 노래를 가르쳐 주던 상수의 노래를 부르던 입과 꿈속 같은 눈, 아니 그의 온 얼굴이 점점 크게 육박해 올 뿐이었다.
연이는 그에게 그 노래를 배우던 날부터 행복했었다. 노래는 누가 지은 가사며 곡인지 모르나 무척 적막했다. 연이나 상수는 적막한 것을 좋아했던 탓이었는지 그들도 도무지 쓸쓸치 않았건만 똑같이,

언제나 꾸는 꿈은 쓸쓸한 꿈
달 밝은 한밤중에 산 위에 혼자

이렇게 불렀던 것이다.
상수도 가고 세월도 가고 했건만 연이는 그 적막한 노래를 종종 불렀다. 그러나 상수와 둘이서 부르던 때와 같이 크게는 한 번도 못 불러 보았다. 작게 부르는 노래라서 그런지 노래는 언제나 한층 적막했고 연이의 눈엔 또 눈물이 괴곤 했다.

"엄마 왜 울어?"

지난날을 생각하는 연이의 눈엔 눈물이 돌았던 모양, 그러나 아이 말에 당황해 눈물을 닦고,

"아냐 울긴. 우리 진호가 훌륭한 사람 돼서 세계일줄 하면 얼마나 좋을까 하는 생각을 했어."

하고 대답했다.

"그런데 왜 눈물이 났어? 이것 봐 이가냐?"

아이는 제 손으로 엄마의 눈을 씻어내 보였다.

"진호가 그렇게 됨 엄마가 좀 좋겠어. 그러니까 눈물이 나는 거야."

"나 정말 그럴 테야. 존 사람 될 테야."

아이는 또 맹세를 했다. 연이는 옛날도 현재도 무엇도 다 잊고 오직 아이를 다시 껴안았다.

그러나 아이는 엄마 앞에 맹세한 것을 전혀 잊어버리고 여전히 학교에 가기 싫어하고 학교에 빠지는 날이 많고 산에 가고 돈을 훔쳐내고 집에 잘 들어오지 않고 쌈패라는 애들에게 맞아대고 했다. 이렇게 된 것은 아이의 죄만이 아니었다. 아이가 엄마 앞에 맹세하고 연이가 아이 앞에 약속하던 날부터 연이는 아이를 위해서 꾸짖지 않고 때리지 않고 공부를 가르치고 했다. 그래서 그 뒤로 며칠 사이는 연이가 아이 앞에 무척 상냥하고 아이와 둘이 있는 시간도 어지간히 많았고 또 아이는 엄마 앞에 지름뜨는 얼굴, 힐끔거리는 눈, 순편치 못한 이맛살을 다 그만두고 이야기책을 읽고 공부하고 습자를 쓰고 도화를 그리고 했다. 그런데 이렇게 되자니까 날카로와진 것은 허진영이었다. 그의 눈은 샐쭉해졌다. 메추리 수염 꽁지 쪽 윗입술이 쉴새없이 바르르 떨었다. 아이에게 잔소리가 더 심해졌다. 실상 아이는 엄마의 잔소리와 꾸중과 때리기보다 허진영의 잔소리가 더 싫었다. 무서웠

다. 아이가 잘 쓰는 말을 빈다면 더 더러웠던 것이다.

허진영은 생각하던 끝에 연이에게 병원 일을 보라고 말했다. 말인즉,

"경제적으로 곤란하니 당신이 별루 할 일도 없고 하니까."

라고 했으나 연이는 그의 눈치를 당장 알아차렸다.

이래서 연이는 흰 간호복을 입었는데 이것을 입던 날부터 한층 더 그와 멀어진 것을 느꼈다. 연이 자기 마음이 그러해서 그런지 모르나 병원 식구들인 약제사며 간호원, 심부름하는 사람들이 업신여기는 것 같고 밥짓는 식모까지 곱신곱신치 못한 것 같았다. 하지만 연이는 간호복을 못 입겠다는 말을 못했다. 연이는 허진영의 앞에선 무슨 말이나 하기 싫었다. 어려웠다. 그가 경제적으로 점점 군색스러워지는 형편이니 오십 원 주던 원간호원을 내보내고 연이를 대신하라고 할 때도 그러냐고 그저 그렇게만 말했고 정말 경제 공황에 빠졌는지 그것도 묻지 않았다. 전에 상수와 살림할 때 남편이 무슨 말을 하기 전에 자기가 먼저 느낄 수 있고 깨달을 수 있고 또 서로 아무 말이 없더라도 자기들은 서로 잘 알아서 티끌만한 구멍조차 찾을 수 없이 꽉 차 있었는데 허진영이와는 그렇지 못했다. 그에게 대해서 아는 것이라곤 하나도 없었다. 알려고 하지 않을 뿐더러 알고 싶지가 않았다. 그가 혹 다른 여자와 좋게 지내는 일이 있더라도 알은체를 할 것 같지 않았다.

병원 일을 보게 된 뒤로 아이를 보아 줄 틈은 조금도 없고 조용히 타이를 새도 없었다. 아이 학교 담임선생으로부터는 전화가 더 자주 오게 되었다. 아이가 학교에 안 간다는 것과 공부가 너무 형편 없어서 잘 보아 달라는 것이 대부분 내용이더니, 어느 날은 아이가 학교에 가긴 갔으나 체조 시간에 반 애들이 죄다 없는 틈을 타 가지고 그날 마침 애국일이라 애들이 일 전으로부터 이 전까지 가져오게 한 돈

을 책상마다 뒤져내었다는 내용이었다. 연이는 그런 전화를 받는 뒤로 정말 절망적이었다.

겨울도 봄도 가고 여름 구름이 몹시 좋던 어느 날.

연이가 외과 환자 치료를 하다가 간호복에 묻힌 피를 입은 채로 쥐어 빨고 있을 때 여자는 행주치마 입은 맵시가 제일 아름답다던 상수의 말이 귓가에 들려왔다. 연이는 쥐어 잡았던 옷자락을 사뭇이 놓고 그 자리에 멍하니 서서 열린 창으로 하늘에 피어오르는 구름만 내다보았다. 어느 높은 나무에는 매미가 울었다. 사지가 매시시해지며 몸이 그 자리에 찰싹 내려앉는 것 같았다. 그래도 연이는 정신이 몽롱한 속에 기억만은 새로웠다. 행주치마를 처음 입던 날 상수는 자기를 창가에 세워 놓고 스케치를 했다. 그런데 잘 되지 않아서 상수는 스케치북을 빽빽 연필로 지우며,

"본래 예쁜 사람은 잘 안 되나 봐. 그러게 어떤 화가구 자기 사랑하는 사람을 모델로 해서 성공해 본 일이 없대지."

눈을 가늘게 뜨고(이건 어떤 것을 그리는 경우에든 늘 그랬지만) 바라보던 일이 총알같이 몰려와서 연이는 땀을 씻으며 허청허청 체경 앞으로 갔다. 창으로 들어오는 이상한 광선 까닭인지 거울 속의 자신을 보자 오싹해졌다. 도무지 어울리지 못하는 엉성한 매무새였다. —상수와 알기 전 처녀 때의 자기는 분명히 흰 간호복 맵시가 여러 동료들 중에서 가장 잘 어울리고 예쁘다고 들었고 그리고 그때의 얼굴은 희망과 꿈이 가득 차서 무척 명랑하고 즐겁고 그래서 늘 아름다웠던 것 같다. 그 다음 상수가 없는 뒤에 입었을 때는 얼굴이나 체구 전체가 체경 속에 나타나서 질색해 본 일은 없는 것 같다. 그때의 직장이 즐겁지 못했지만 자기는 분명히 어떤 희망을, 희망이라기보다 욕망을 가졌던 것이었다. 꿈은 잃었어도 욕망을 가진 얼굴은 자기에게 소

름이 끼치도록 하지 않았다. 연이는 체경 속에 나타난 흰 간호복이 흉하도록 어울리지 않는 그것은 희망도 꿈도 욕망도 아무것도 갖지 못한 오직 절망을 가진 때문인 것을 알았다.

'대체 넌 지금 그 복색을 누굴 위해 입구 있는 거야?'

이렇게 자문했다. 연이 자기 생각엔 처음 간호복 입었을 때는 상수를 만날 준비로 입은 것이라 알았고, 두 번째 입은 것은 아이와 자기, 다시 말하면 생활을 위해서 입은 것이라 알았다. 그러면 이제 세 번째 입은 그 조금도 어울리지 못하는 복색은 대체 무엇을 위해서 입은 것일까. 참으로 아무도 위하지 않는 되레 아이와 자기를 파멸시키는 것이 아니겠는가.

그렇다고 깨달은 연이는 동무와 함께 점심 먹으러 나간 허진영이가 돌아오기를 기다려 자기는 간호복을 벗고 그곳을 떠날 것을 말했다. 그리고 그것은 자기만을 위하는 것도 아니고 허진영과 아이와 자기 세 사람을 구원하기 위해서라고 말했다.

"그럼 인제 앞으룬 어쩔 작정인가요?"

허진영의 눈과 입과 수염에 아무런 변화도 없이 또 담배를 붙여 무는 일도 없이 이렇게 물었다. 성나는 것도 마음이 유순해진 것도 아닌가 보다고 연이는 짐작되어 부아가 왈칵 치밀어 올랐다. 그가 돌아오길 기다릴 때는 누가 뭐라든지 상수의 부모가 비웃든 말든 그 본마누라가 코웃음을 치든 말든 그저 그와 얼른 말을 하고 아이와 거기를 떠나기만 하면 그만이라고 알았는데, 허진영이가 자기가 떠날 것을 아무렇지도 않게 생각하는 듯한 표정엔 모욕을 당한 것 같아서 부아가 벌컥 일어났다.

"나야 아무렴 상관 있나요. 당신이야 나 같은 게 있으나 없으나 마찬가지 아녜요. 세상엔 나 이외에 여자가 얼마든지 있는 거니까요. 난 당신 여편네루 필요한 게 아니라 당신 병원에 간호부루 필요한 거죠.”

“글쎄 당신은 어떻게 생각하는지 모르지만 그래두 이태 너머를 같이 살던 사람 사이에…….”

허진영은 연이의 땀 흐르는 얼굴을 말끝을 채 못 마치고 건너다보았다.

“…….”

연이는 말없이 얼굴을 돌려 창 밖을 내다보았다.

매미는 아직도 울었다.

“아무리 법 없이 만난 사람들이지만 앞으루 어떻게 하겠단 건 알려줘두 과히 나쁘잖음직한데 어떻게 할 테요?”

연이는 갑자기 허진영이가 하는 이 말에 가슴이 꽉 찔리움을 깨달았다. 정말 자기가 아무런 주저도 고려도 없이 그를 떠나자고 마음먹은 것은 그의 말과 마찬가지로 법 없이 아무렇게나 만난 사람들이기 때문인 것 같았다. 그를 사랑하지 않고 또 아이 때문이라 하더라도 법 있게 만난 사람, 다시 말하면 연이와 상수라든가 또 허진영이와 그의 죽은 아내라든가 이러한 사이였다면 도저히 이렇게 못하리라고 생각되었다.

“어쨌든 전 떠나야겠어요.”

연이는 이것저것 생각지 말자고 마음먹었다.

“당신 결심이 그렇다면 하는 수 없소만……. 그럼 앞으루 어떡하겠단 거나 알려 주시오.”

이렇게 말하는 허진영의 음성은 몹시 온화하고 부드러웠다. 연이가 한 번도 듣지 못하던 음성이었다.

연이는 며칠 전 신문에서 본 옥수동 보육원에 아이를 데리고 들어가서 거기서 자기 아이와 똑같은 불행한 아이들과 일생을 지내고 싶다고 말했다. 허진영은 말없이 담배를 붙여 물었다. 그렇게 하는 얼굴 표정도 연이가 그를 만난 뒤로 처음 보는 것이었다. 슬픈 것인지 무서운 것인지 모르나 어쨌든 그의 본래 매끌매끌한 얼굴도 아니요, 또 전혀 딴 얼굴도 아니었다.

연이는 그를 만난 뒤로 한 번도 느껴 보지 못한 애정 비슷한 것을 잠깐 깨달았다. 연이는 그의 옷들을 차근차근 정리해서 장롱 속에 넣고 살림의 모든 것을 준비해 놓고 자기가 없는 뒤에 허진영의 식사와 내복 등을 잘 보살펴 달라고 식모한테 부탁하고 허진영이가 봉투에 넣어 주는 돈 삼백 원을 받아들고 아이와 함께 그 집을 떠났다.

4

연이는 아직 학교에도, 명륜정 노파 집에도 들리지 않기로 하고 아이의 손목을 꼭 잡은 채 파고다 공원 정류장에서 동대문행 전차를 타 버렸다. 정류장에 이르러서까지 어쩔까 하고 망설인 것이나 아이 학교나 명륜정 노파 집에 들르는 일은 꼭 불결한, 혹은 무서운 것이 튀어나올 듯한 곳을 뒤지는 것과 같아서 싫었다.

연이의 손에는 전차표 외에 신문에서 오려낸 조각이 돌돌 말린 것이 쥐어져 있었다. 그것은 몇 달 전 XX신문에 옥수정 보육원이 소개된 기사로 연이는 그날 저녁 허진영이 잠든 틈을 타서 무엇을 도둑질이라도 하듯 그것을 오려내고, 그리고 오려낸 뒤의 신문은 살짝 벽장문을 열고 집어넣었다. 이튿날 아침 허진영이 눈에 그 신문이 뜨이지 않도록 그런 것을 보면 연이는 허진영이와 떠나야 하겠다는 결심을 몇 달 전부터 가졌는지도 모른다.

허진영이와 한상에서 밥을 먹고 한방에서 지내면서도 어쩐지 상수와 같은 마음이 아니고 어딘가 한 귀퉁이가 휑하니 뚫린 것 같고 또 허진영이 역시 자기를 대해 주는 것이 전에 죽은 아내에겐 도무지 그렇지 않았으리란 생각이 들도록 하는 데서 생긴 그러한 그 마음이 연이로 하여금 신문을 오리게 한 건지도 몰랐다.

연이네 모자는 전차와 버스를 거쳐 무학대에서 도보로 길이 휑히 뚫린 고개를 넘어 언덕길에 이르렀다.

한창 잘 걷던 아이가,

"엄마! 엄만 왜 밤낮 재미 없는 일만 해?"

하며 엄마한테 잡혔던 손을 빼내었다. 연이는 잠깐 어리벙벙해 하다가,

"뭐가 재미 없어?"

하고 잼처 물었다.

진정 그는 아이가 무엇을 가지고 재미 없다는 건지 몰랐던 것이다.

"거기두 선생님 있다구 안 그랬어? 엄마가 밤에 선생님하구 얘기하는 거 나 다 들은걸, 뭐."

아이는 연이를 저만큼 떨어져 걸어가며 이맛살을 찌푸리고 입을 삐죽이 내밀었다. 연이는 그제도 아이가 하는 말의 뜻을 알아차릴 수가 없었다.

"진호, 뭐 말이야. 뭐가 재미 없단 말이야? 응?"

"난 선생님 있는 덴 싫어, 더러워."

한 번 발부리로 돌을 툭 차며 하는 아이의 말을 연이는 그제야 깨닫고,

"진호 이것 봐, 거긴 더러운 선생님이 안 계셔요."

하며 달랬다.

아이는 그대로 삐죽한 입과 찡그린 이맛살을 하고,

"내 다 들은걸. 밤에 엄마가 선생님하구 말했지 뭐야. 난 싫어. 선생님 있는 데 더러워……."

지난밤 연이가 허진영이와 여러 가지 이야기를 하던 중 신문에서 본 데 의하면 옥수정 보육원 원장은 꼭 자기의 옛날 보통학교 김성우 선생 비슷하다는 이야기로부터 그 선생님이 전에 자기를 몹시 귀여워해 주던 것, 자기는 그 학교를 졸업하고 경성 모여고에 오고 성우 선생은 동경 모대학에 입학하여 철학을 공부했다는 것, 공부할 적에 종종 연이에게 편지를 해준 일이 있었는데 편지가 퍽 재미있었기 때문에 그때 담임선생이 그 선생과 편지 내왕하는 것이 덜 좋다고 해서 자기는 담임선생 말씀대로 성우 선생한테 편지를 끊었다는 것, 그러므로 성수 선생에게서도 다시 편지가 없었으며 자기가 상수와 결혼하기 바로 전 해에 동경서 대학을 마치고 공부를 하고자 아메리카에 들어갔다는 것 등을 이야기했더니 아이는 그것을 들은 모양이었다. 그것도 밤에 허진영이가 연이더러 보육원 내막을 알아보지 않고 불쑥 가면 어쩔 셈이냐고 하길래 나온 말인데 필요 이상의 여러 가지 말을 해서 아이를 불안케 한 것이 연이는 뉘우쳐졌다.

하지만 그는 인제 앞으로 자기가 할 일은 지나간 일을 뉘우치는 데 있는 것이 아니고 뉘우쳐야 할 과거의 모든 일을 거울삼아 가며 굳세게 살려는 데 있는 것이라고 이렇게 다시 마음을 돌리곤 저만큼 달아난 아이를 쫓아가며,

"이것 봐 진호, 거기 선생님이 엄마 선생님인지 아닌지 엄마두 아직 몰라요. 가봐야 알지."

하고 달래었다. 그래도 아이는,

"뭘 뭘."

하며 뒤퉁뒤퉁 달아나기만 했다.

연이는 자꾸 쫓아갔다. 아이는 자꾸 달아났다. 등과 이마에 땀이 물 퍼붓듯 흘러내렸다. 연이는 그만 통곡하고 싶어졌다. 아이가 언덕길을 다시 거슬러 올라와 옆길도 없는 산 속으로 들어갔다.

"글쎄 이리 못 올 테야?"

연이는 발을 멈추고 소리를 질렀다. 아이도 발을 멈추고 헐떡거리며 서 있었다. 땀이 연이보다도 더 흘러내려서 눈조차 뜰 수 없어했다.

"진호 이럭함 어떡해? 엄마 속상해서……."

연이 소리는 금시로 낮아졌다. 목이 메고 눈물이 나려고 코허리가 저려 오는 때문에 목소리가 안 낮아질 수 없었다. 아이는 낮아진 엄마 소리에 안심한 셈인지 엄마의 울듯한 낯색을 알아챈 셈인지,

"그러니까 명륜정 할멈네 집 가문 되잖아……."

하고 불쑥 내받았다.

햇빛이 눈부리가 아프도록 뜨겁고 매미가 우는 나무 위에선 구름이 오고가고 했다.

"진호, 거긴 나쁜 선생님 없어요. 가봄 되잖아, 진호 동무들도 많구 어떻게 존데 그래."

"글쎄 그래두 싫어. 선생님은 더러워."

"왜 그럴까. 말 좀 해봐."

"선생님은 마찬가지야. 엄마가 또 그 사람하구 웃구 애기하구 그런 걸 난 다 알어……."

연이는 전신의 피가 죄다 한군데로 몰리는 듯, 눈앞이 아찔해져서 햇살이 파랗고 빨갛게 왔다갔다 했다. 어느 책에서 읽은, 남편이 아내의 정조(貞操) 지키기를 요구하기보다 자식이 어머니의 정조 지킬 것을 더 요구한다는 구절이 문득 떠올라 햇살과 함께 눈앞에 가로 놓였다. 연이는 자기의 아이도 말하자면 허진영이가 싫게 굴어서,

"선생님은 싫어, 더러워."

라 했겠지만, 보다도 어머니를 보존하려는 어떤 본능에서, 저 혼자 어머니의 사랑을 차지하려는 욕망에서 그러한 말을 하게 되는 것이

라 짐작했다.

"진호 이것 봐, 엄마 좀 봐요."

"왜 이래, 난 안 가. 안 가."

연이가 손을 붙잡으려고 하니까 아이는 손을 쏜살같이 빼어 가며 이렇게 소리를 지르는데 그 소리는 크고 또한 무서운 음성이었다. 그가 열 살을 먹도록 한 번 들어본 일이 없던 소리였다. 얼굴은 핼쓱해서 땀은 더 흐르고 어깨와 복부(腹部)는 격렬한 파동을 일으키고 있었다. 그리고 눈은 금방 무엇을 떠받아 넘어뜨리려는 황소같이 지릅뜨고 있었다. 연이는 아이가 자기의 아들 진호같지 않고 금시로 자기와 싸움의 승부를 다투려 달려드는 한 장군같이 여겨지며 어떤 공포가 솟아올랐다. 그러나 무서운 것 앞에 비겁하지 않으려는 연이의 본래 가진 마음은 가만 있지 않고 아이 앞에, 아니 자기의 가장 무서운 대장 앞에 딱 버티고 서서,

"아아니 네가 이럭할 테냐?"

기세를 올렸다. 아이는 엄마 기세에 눌렸음인지 소리를 빽 지르자 고개를 툭 떨어뜨리고 땅을 내려다보는 것이었다. 금시 지었던 무서운 자세는 그만 어디로 가 버렸다. 아이는 웬일인지 항상 연이가 큰 소리만 하면 이렇게 힘을 탁 잃는 것이었다. 그는 말없이 아이를 껴안았다. 아이도 아무런 말과 동작 없이 안기었다. 연이는 다시 팔에 힘을 넣어 껴안으며 뺨을 아이 뺨에 들여대고 비볐다. 뺨과 뺨은 눈물과 땀에 미끄러웠다.

"진호야, 엄마 말 들어봐요. 엄마 이제 거기 가서 얘기두 안 하고 웃지두 않구 그럴 테야. 어떤 선생님하구든 그럴 테야. 응, 알겠어?"

아이의 숨결이 아직 순편치 못했으나 아이는 엄마의 울음 섞인 목멘 소리에 고개를 끄덕끄덕하고 있었다.

연이는 다시 더 말을 잇지 못하고 아이를 안은 채 오래 가만히 있

었다. 푸른 산이 눈물 속에 가까웠다 멀어졌다 했다.

"엄마, 저기 애들이 와. 에에 송아지두 온다……."

연이와 한가지로 가만 있던 아이가 연이 팔 안에서 일어서려는 자세를 취했다. 연이는 흐린 시야를 정리하며 아이가 말하는 방향을 살폈다. 과연 아이들이 송아지를 끌고 가늘게 꼬부라진 언덕길을 올라오고 있었다.

"참, 송아지야. 진호, 우리 저리 가볼까?"

"응."

연이와 아이는 송아지 먹이는 데까지 갔다. 먹이던 아이들이 연이 모자의 양을 유심하게 보는 것이었다. 모자의 표정이 아무래도 달랐던 까닭이리라. 눈이 붓고 아이는 시무룩하고.

"아이, 저게 보육원인가 봐? 저것 좀 봐."

거기까지 이르니 언덕 아래 전체가 바로 발 앞에 전개되어 있었다. 무슨 동화 속에 나오는 집을 연상케 하는 재미있는 건물들이 쭈욱 입구(口) 자 형(型)으로 몰려앉고 그 주위로 돌아가며 농원과 과수원과 화원이 있고 앞에는 큰 강이 흘러내리고 아이들이 거기서 물자맥질하는 것까지 보였다. 연이는 앞에 전개된 전경(全景)이 신문에 소개된 옥수정 보육원임을 당장 알았다.

"얘, 너희들 저 집에 사는 애들이지? 저 보육원에."

몹시 흥분한 소리에 송아지의 고삐 잡은 제일 큰 놈이 눈이 둥그레 연이네 쪽을 향하자 다른 아이놈도 아주 정면을 하고 서서 보는 것이었다. 송아지는 영문도 모르면서 입을 쳐들고 음매음매 울고 있었다.

"너희들 저 집 애들이냐 말이다?"

이번엔 세 놈이 죄다,

"네."

하고 대답했다.

"저것 보지, 진호 쟤들두 저 보육원 애들이래. 저 예쁜 집말이야. 진호두 인제 엄마하구 둘이서 저 집에서 살믄 안 좋아? 진혼 엄마하구 사는 게 젤 좋다구 했지. 저긴 진홀 밉다구 할 선생님두 없어요. 저것 보지, 저 마당에서 애들이 노는 걸, 모두 진호 동무가 될 애들이야. 어서 가구 싶지, 우리 어서 내려가 볼까?"

아이를 이끌고 일어서려는데,

"우리 가서 아부지 불러 와요?"

하고 제일 큰 놈이 물었다.

연이가 아이에게 들려주는 말에서 놈들은 그들 모자의 정체를 알았다는 눈치였다.

"참 아부지란다지. 그래그래 아부지란댔어? 이봐, 저기 선생님이 아니구 아버지가 있어요. 진호 알겠어. 저긴 아부지가 계셔요."

연이는 신문에서 읽은 기억이 있는 원장을 아버지라 부른다는 미풍(美風)을 그 아이놈들 말에서 생각해내고, 진호가 싫어하는 선생님이라는 대명사가 없고 아버지란 대명사를 쓴다는 것만 해도 그 세상이 반가워져서 외치듯 하는 것이었다.

"불러요?"

대답을 기다리던 중 큰 놈이 목을 길게 빼내들고 부를 자세를 취했다.

"부를 것 없이 우리 내려감 되잖아."

모자는 송아지 데리고 아이놈들 뒤를 따라 언덕길을 내려갔다. 놈들은 문간에까지 가더니 마구 달려들어가며 아버지를 불렀다. 그들이 달려들어가자 다른 여러 동료들이 우르르 쏠어 나왔다. 인사하는 놈, 그저 서서 보기만 하는 놈, 헤죽헤죽 웃는 놈, 각양각색이었다. 그들은 연이네 모자의 내방(來訪)을 무척 기뻐하며 자기 집을 찾는 반가운 손님이거나 그렇지 않으면 어디 갔다 돌아오는 살뜰한 식솔을 맞아 주는 그러한 태도였다.

"엄마 그 사람 나올 웃구 애기하구 그러지 말어, 응?"

이것은 송아지 데리고 있던 아이들이 아버지를 부르러 들어가고 다른 아이들이 우욱 몰려 나오자 연이 치맛자락에 다가선 진호가 한 말이었다. 연이는 산길을 오면서 하던 말의 계속임을 이내 알아듣고,

"그럼 엄만 누구 보구두 인제 웃지두 않구 애기두 안 할 테야. 꼭 진호 말대루 할 테야."

또 이렇게 대답했다. 아이의 당부하는 말보다 연이가 아이에게 하는 이 말은 절박했다. 얼굴색으로 그것을 알 수 있었다. 정말 연이는 아이에게 이런 무서운 말을 하게 한 것이 자기 자신이라 깨달았을 때, 한평생 웃지 않고 한평생 말을 안 하고 산다 하더라도 그 고행(苦行)으로써 아이에게 이런 말을 하게 한 죄과(罪科)의 갚음이 될 수만 있다면 그만일 것 같은 마음 외엔 다른 여념이 없었던 것이다. 그러길래 바로 그때 아이들에 포위되어 터지도록 웃으며 나오는 보육원 원장이 상상하던 대로의 옛 선생 김성우임에도 불구하고 달려가서 붙잡을 것 같은 반가움을 숨기고 허리를 굽혀 인사만 했던 것이다.

5

연이네 모자는 우선 응접실에 안내되었다. 응접실은 테이블 한 개 큰 것과 꼭 보육원 아이들의 하늘빛 셔츠와 같은 빛깔의 쿠션이 놓인 네 개의 의자가 있고 또 그 외에 아이들의 작품인 듯한 그림과 목조와 세공과 인형들이 벽에 붙고 탁자에 놓이곤 했다.

성우 선생은 연이가 찾아온 것이 의외요, 또 반가와서 연이를 건너다보며 어떻게 왔느냐, 어디서 사느냐 등을 물었다. 그는 그들 모자

가 산길에서 와 문간에 이르기까지 그처럼 절박한 당부와 언약이 있은 줄은 조금도 알 리 없었다.

"재 아버진 뭐 하는 사람인가요?"

성우 선생은 인형과 목조와 그림에 재미가 나서 들여다보며 만져보며 하는 진호를 눈으로 가리키면서 이렇게 물었다. 연이는 그저 아무것도 묻지 말아 달라는 말과 앞으로 아이와 보육원에서 살게 해달라는 부탁을 했다. 연이의 말과 표정에서 성우 선생은 연이의 불우한 환경을 짐작한 듯, 그러나 그는 연이가 어떻게 불우한 것은 모르고 흔히 있음직한 본처가 있는 사람과 결혼했다가 갈라져 나온 것이나 아닐까 하는 그 정도였다.

"연인 퍽 행복하게 살 줄 알았더니……."

성우 선생은 연이 얼굴을 물끄러미 건너다보며 혼잣소리같이 하는 것이었다.

그 음성과 그 깊숙이 검은 시선이 옛날 보통학교 시절에 하던 것처럼 부드럽고 다정스러움에 연이는 반가운 것인지 서러운 것인지 모르는 감정이 북받쳐 오름을 깨달았다. 그러나 그와 동시에 황홀에 가까운 환희를 느끼기도 했다. 그런데 이 환희 속에 연이가 성우 선생에게 처음 가져 보는 어떤 감정이 숨어 있는 것도 속일 수 없는 사실이었다.

무엇을 생각할 힘도, 예상(豫想)할 힘도 전연 잊고 그는 오직 파랑새와 같은 마음으로 성우 선생을 갸웃이 바라보는 것이었다.

"연일 이리 와 살도록 맨들려구 운명의 신이 그런 길을 걸린 게지……."

시선이 부드럽고 다정해져 갔다. 그렇게 되면 연이는 한층 환희 속에 온갖 것을 다 잊을 수 있어야 할 것이로되 그녀는 금방 가졌던 그 마음조차 잊어버리고 무엇에 놀란 것처럼 응접실 안을 전광(電光)

같은 시선으로 한바퀴 둘러보곤 쏜살같이 밖으로 달려나갔다.

밖으로 달려나온 연이는 많은 아이들 속이었으나 복색이 다른 진호를 쉽게 찾아냈다. 아이는 말(馬)을 타고 있었다. 연이는 다짜고짜로 위에 앉은 아이를 끌어내려 안으며 눈물까지 글썽해 가지고,

"엄마가 잘못했어."

했다. 아이는 엄마의 이 돌발적 행동에 눈이 둥그래지지 않을 수 없었다. 그렇지 않을 수 없는 것은 연이와 성우 선생이 이야기를 시작하기 전부터 아이는 응접실 안에 있는 올망졸망한 목조 세공과 인형들이 재미나서 돌아다니며 만져 보고 쳐다보고 하다가 문 밖에 와서 빼꿈빼꿈 들여다보는 아이, 나오라고 손짓하는 아이, 빼꿈이 웃어 주는 아이, 어쨌든 학교 동무들이나 쌈패 애들과는 달라 보이므로 그는 방 안에 놓인 것들이 흥미가 채 없어지기도 전에 밖으로 나갔던 것이고 나가니까 자기를 허술히 대하는 아이는 하나 없고 수산이란 제일 큰 아이는 저를 데리고 다니며 커다란 향나무 아래 사장(砂場)에서 씨름을 시키고 그네를 뛰우고 풋볼을 채우고 베이스볼을 치게 하고, 염소, 송아지와 놀게 하고 그리고 나선 진호가 제일 좋아하는 말을 태워서 그 넓은 데를 몇 고패든지 돌려줘서 진호는 엄마한테, '누구보구 웃지두 말구 애기두 말라' 고 당부하던 것은 그만 잊어버렸던 것이다. 그러나 연이는 아이와는 정반대로 성우 선생 앞에 기쁘면서도 처음 가져 보는 어떤 감정이 숨어 있는 자기의 마음을 발견했을 때 먼저 가졌던 환희가 불안과 공포로 자기와 아이가 문 앞에 이르러서의 당부와 언약이 귓가에 새로워졌던 것이었다.

"엄마 왜 그래, 저리 들어가."

아이가 부끄러운 듯 연이를 약간 밀치며 이렇게 말했다. 아이들은 물론 성우 선생까지 나와 둘러섰기 때문이었다. 연이는 그제야 주위를 인식하고 겸연쩍어서 성우 선생을 힐끗 쳐다보며 반쯤 웃었다.

"왜 말(馬)이 위험해서 그래? 말이 순해서 아무렇지두 않어. 애들한테 치워 난 말인데……. 우리 저 선생들하구 농원에나 나가 볼까?"

가리키는 데를 보니 문이 환히 열린 교실에서 이쪽을 보고 서 있는 사람들이 있었다. 연이는 그 사람들한테까지 금방 자기가 한 행동을 보인 것이 멋쩍어서 말없이 고개를 숙여 버렸다.

"괜찮대두 그래. 애들이 새루 들어온 아이한테 특별하니까 잘 봐줄 거야. 조금두 위험할 것 없어."

그는 아직도 연이의 마음을 몰랐다. 연이는 오히려 모르는 것이 다행하다고 생각했다.

"자아, 저 선생님들한테 인사두 하구 그래야지."

성우 선생이 교실이라 짐작되는 쪽을 눈으로 가리키며 하는 말에 연이는 고개를 다시 돌렸다. 다섯 얼굴이 죄다 이쪽을 향하고 있었다.

"저분들이 죄다 여기 선생님인가요?"

아직도 그들의 시선이 자기에게 머물렀을 것을 등에 느끼며 연이는 물었다.

"그래, 가운데 남선생 두 분은 농원 지돌 하시구, 이쪽 선생과 노인넨 애들을 봐 주시구, 바른쪽 키 작은 분이 음악 선생인데 이 봄에 음악학교 졸업하셨어."

"신문엔 세 분밖에 소개 안 됐던데요."

"그 뒤루 두 분이 더 오셨어. 시간 선생님들두 여러분이시구 저 노인네는 본래 전당포 하던 인데 화잴 당하구 아들 하나 있던 게 병으루 죽구, 마나님마저 돌아가시구 나니 세상이 허무해서 예술 믿기 시작했대. 신문에서 우리 보육원 기살 읽구 찾아오셨구만. 꽤 열심이셔. 연이가 여기 있겠단 줄 아셨으면 벌써 달려나오셨을 텐데……."

"저 여선생은 누구예요?"
같은 여자여서 그 중에 궁금했다.
"그분이 강대산 씨야. 글자는 큰 대 뫼 산 자, 남편과 이별하구 이리로 오신 분이구……. 자, 그럼 인사할까?"
성우 선생은 연이의 대답을 기다릴 것도 없다는 듯 손짓해서 교실 안의 선생들을 불러냈다. 먼저 연이를 그들에게 소개한 다음 나이 많은 전당포 하던 노인부터 여선생까지 짤막한 설명을 붙여 내려가며 인사를 시켰다. 알고 보아서 그런지 모두 내력대로 짐작되는 얼굴들이었다. 특히 여선생은 이름과 같이 우람해 보였다. 옥색 죠세트 치마 기슭으로 드러나는 굵은 다리, 긴 얼굴, 꺼실꺼실한 음성, 어느 것이나 남자에 가깝다는 인상을 주는 것, 또 연이에게 덜 좋은 낯색을 하는 것이 좀 싫었으나 그 외의 선생은 연이가 앞으로 자기들과 일해 나갈 동료라는 것을 알았을 때 똑같이 반가워했다.
"애들과 인살 하구 농원에 나갈까? 농원부텀 구경할까?"
"농원부텀 구경하시지. 애들은 작업 끝나는 대루 하시구……."
전당포 영감이던 노선생이 성우 선생 말을 받았다. 연이는 노선생 의견에 따라 농원부터 구경하게 되었다. 다른 선생들도 따라 나섰다. 논의 벼는 눈이 모자라게 한창 푸르고 메밀은 익어 밭 전체가 구름 같았다. 바람이 불면 하얀 냄새가 마구 풍겨져 왔다.
그들은 연이에게 돼지 우리, 닭, 산양, 토끼, 소, 말을 구경시켰다. 연이는 우선 그 설비와 수효에 놀라지 않을 수 없었다. 더구나 토끼장 속에 눈같이 하얀 토끼들이 한낮 뜨거운 빛이 싫어서 조골조골 맞대고 가만 있는 것이 귀여워서 견딜 수 없었다. 어릴 때 들은 토끼의 전설이 생각나고 토끼 노래가 부르고 싶어졌다.
"왜 저렇게 가만히들 있을까요?"
"더워서들 그럽니다."

농원 관리한다는 이 선생의 대답이었다.

"저 많은 것들 다 어떻게 기르세요?"

"그러기에 곽 선생, 이 선생 수고가 말씀 아니지."

"뭘요."

"아닌게아니라 인전 수의(獸醫) 노릇까지 넉넉하겠어요."

곽, 이 두 선생이 똑같이 원장 선생 말씀에 만족해 하는 눈치였다.

"조놈들이 죽드래두 본전은 찾게 하거든요."

"뭐가요?"

연이는 노선생이 하는 말의 뜻을 알 수가 없었다.

"가죽을 벳겨 팔믄 제 본전이 너끈하거든."

연이는 그렇게 귀여운 것들 앞에 어떻게 그런 말이 나올 것인가 싶었다. 그렇지 않아도 인사할 때부터 그 거무튀튀한 얼굴에 낀 보랏빛 기미라든지 세련되지 못한 말씨라든지 전신에 아직 전당포 때가 조르르 배고 있는 것이 보였다.

사이렌이 뚜우 울렸다. 아이들이 농원 쪽을 향해 몰려 나왔다. 점심 먹은 후 한 시간을 쉬고 다시 공부와 작업을 시작하는 시간이라 했다.

"우린 인제 들어가야겠습니다."

여선생이 이렇게 말하며 들어가자 노선생과 음악 선생도 그 뒤를 따르고 곽, 이 두 농원 관리하는 선생도 연이에게 잘 구경하라 하면서 저쪽 무와 감자들이 푸른 채마밭께로 가고 성우 선생 한 분만이 남아 있었다.

"우리 저 화원에 가볼까? 거기가 시원할 거야."

화원은 바로 강 연안으로 한 삼백 평 된다는 지대에 이름조차 모르는 화초들이 가득 심겨 있고 그 한쪽엔 분수가 올려 뿜었다. 벌과 나비들이 날고 꽃향기가 바람이 불지 않아도 후각에 너무 진했다. 강에는 하늘이 푸르고 구름은 희게 흘렀다.

"선생님 제가 벌써 왔더라면 좋을 걸 그랬어요."

아까 응접실에서 느끼던 감정과는 아주 다른, 아니 그것과 비슷하긴 한데 숭고하고 아름답고 더 착하고 진실한 감정이 연이를 흥분시켰다. 그는 아무에게도 하기 싫은 그저 눈을 꼭 감고 잊어버리려던 과거 이야기—남편이 죽은 일, 허진영이와의 결혼, 아이와의 산길에서 하던 행동들을 얘기했다.

연이의 이야길 다 듣고 난 성우 선생은 한참 말이 없이 있다가,

"우리 저리 가 좀 앉을까?"

잔디 깔린 언덕을 손짓했다. 둘이는 나란히 그리로 가서 앉았다. 성우 선생은 앉아서도 한참 말없이 연이와 마찬가지로 강 속에 흐르는 구름만 들여다보고 있었다.

"묵시록(默示錄) 끝에 눈물 없는 세상을 만들리라는 구절이 있지."

이것은 참으로 오랜 뒤 강 속의 구름만 들여다보고 있던 성우 선생이 부드럽고 무거운 음성으로 띄엄띄엄 한 말이었다.

"선생님이 하시는 일이면 뭐든지 하겠어요. 하면 될 것만 같아요." 연이는 대답했다.

성우 선생은 동경서 공부할 때부터 지상의 낙원을 실현해 보자던 것이나 아버지가 반대해서 못 하고 온 공부를 더 하려고 미국 건너가 철학을 연구하다가 돌아왔다는데 오던 길에 서울 있는 친구를 잠깐 만나려고 경성역에 내린즉 거지 아이들이 우욱 몰려와서 돈을 달라고 손을 벌렸다. 문득 어떤 의분과 고통을 느끼게 되면서 아무래도 자기는 그 헐벗은 아이들, 배고픈 아이들, 그 학대받는 아이들, 사랑에 주린 아이들을 건져야 할 것 같은 생각을 했다. 그 길로 그 아이들을 데리고 친구를 찾아가서 간곡한 청을 했더니 친구가 집을 빌려 줘서 그 집에서 삼 년 동안 아이들과 복작복작 고생하다가 이 년 전 봄

에 아버지가 서울 와서 직접 보시고 고향 벌에 혼자 차지하다시피 놓였던 논을 팔아 이십만 원을 만들어 준 것으로 옥수동 한강 연안 일대에 집을 짓고 과수원과 농원을 만들었다는 것, 앞으로 아버지가 시골 살림 전부를 보육원으로 옮기게까지 되는 때는 보육원 안에 유치원으로부터 대학까지 설치하고 그 속에 문학부, 미술부, 음악부까지 두어서 보육원에 한번 발을 들여놓은 아이는 어른이 되고 늙은이가 되어 운명을 마치게 하겠고, 그리고 그들에겐 극히 자유롭게 밭 갈고 싶은 자는 갈고, 씨 뿌리고 싶은 자는 뿌리고, 노래 부르고 싶은 자는 부르고, 송아지 먹이고 싶은 자는 먹이고, 글짓고 싶은 자는 짓고, 그림 그리고 싶은 자는 그리고, 놀고 싶을 때는 놀게 아무런 구속도 없이 하겠고 또 현재도 그것만은 그렇게 실현하고 있다는 것, 그렇게 자유로 내맡겨도 아이들은 들어와 얼마 안 되는 사이에 싸우지 않게 되고 힐끔힐끔 옆눈질하는 버릇이 없어지고 양미간이 순편해지고 질서와 규율을 지키게 되고 나중엔 남한테 얻어서만, 즉 남을 의뢰하고만 살아온 아이들이 자기 자신은 물론 남을 위해서 일하게 되고 남을 사랑하는 마음까지 가지게 된다고 했다.

이야기가 끝났을 때는 전선주 그림자가 동쪽으로 기울고 감자밭에 아이들 손에 캐온 감자가 산더미 만큼 높아졌고, 아이들은 아직도 캐면서 노래를 불렀다.

"선생님, 저게 무슨 노래나요? 참 존데요."

"그거 보육원 원간데 애들이 그걸 참 좋아하거든, 놀 땐 안 부르다가두 일을 하믄 저렇게 다른 노래보다두 저걸 많이 부른다니까."

둘이는 아주 위치를 돌려서 강을 등지고 감자밭 쪽을 향해 앉았다.

"애들한테 노랠 많이 부르게 하는 게 퍽 좋아. 저렇게 노래 부르는 새 다들 좋아지니까. 그러게 처음 들어온 애들은 얘기해 주구 노래만 부르게 맨들어 놓지. 배워 주지 않아두 저렇게 먼저 애들이 자꾸 부르면 절루 따라가거든."

"선생님, 참 그래요. 우리 진호두 그래요. 그런데 전 걔한테 얘기두 못 해주구 노래두 못 배워 줘요."

"인제부터 배워 줌 되잖아……. 참 연인 노랠 잘 불렀지? 지금두 잘 부르나……."

연이는 옛날 성우 선생한테 크리스마스에 독창할 노래를 연습하던 기억이 떠올라 가슴이 막혀 왔다.

"노랜 연이가 배워 주라구. 음악 선생은 기악을 가르치시게 하구. 인젠 아무 생각두 말구 옛날처럼 명랑해지라구, 응."

연이는 말없이 고개를 끄덕여 대답했다.

"전의 버릇이 아직 남아 있긴 하군."

본래 고개를 까닥까닥해서 대답하는 버릇이 있던 것을 성우 선생은 아직 기억하고 있었다.

"선생님, 제가 영 달라진 것 같애요?"

"좀 우울해진 것 같아, 명랑하면서두 그 종종 시무룩해지는 버릇이 있더니 그게 그 동안 불우한 생활 속에서 자란 게지……."

꼭 그런 것도 같았다. 우선 연이는 오랫동안 웃어 본 일이 없었다.

"인제 곧 명랑해질 거야. 연이두 명랑해지구 진호두 명랑해지구. 우리 눈물 없는 세상을 만들어 보자구. 응, 알겠지?"

연이는 다시 고개를 끄덕여 대답했다.

6

연이와 연이의 아이 진호가 원아들 앞에 소개되기는 저녁 식사가 끝나서도 한참 지나서 어둠이 땅 위에 펼쳐지고 저녁 별이 한 개 두

개 불어 가는 초저녁이었다. 여느 때라면 원아들의 하루 생활에서 얻은 체험담과 보고담, 감상담이 있을 시간이지만 성우 선생은 연이의 아이 진호에게 그 시간이 지리할 것을 알고 이 중요한 시간에 그들 모자를 위해 음악회를 열어 주었다.

장방형(長方形)으로 된 커다란 집회실에 백 명에서 두 명이 모자란다는 원아들과 선생님들이 쭈욱 앉은 맨 앞에 놓인 의자에 연이네 모자는 앉기로 되었다. 제일 먼저 어느 한 여인의 지휘로 원가를 부른 다음 성우 선생이,

"좋은 동무 한 분과 선생님 한 분을 맞이하게 되었습니다. 여기 서 계신 두 분입니다. 이 동무의 이름은 이진호. 선생님은 송연이 선생님, 송 선생님이십니다. 여러 동무의 어머님이 되시겠다구 와주셨습니다. 우리 박수 쳐서 맞이하십시다."

라고 말하자 아이들은 돌사다리 무너지는 소리를 내어 박수를 쳤다.

"아부지!"

아이들의 박수가 끝나고 재잘거리는 소리가 아직 물끓듯 하는데 손을 번쩍 들며 성큼성큼 앞으로 나오는 아이가 있었다. 수산이었다. 낮에 진호에게 말을 태워 주던 아이라 연이는 이름까지 기억하고 있었다.

"전 할 말이 많습니다. 그런데 가슴이 꽉 막힌 것 같아서 말할 수 없습니다."

정말 숨이 막히는 듯 길게 숨을 내뿜었다.

아이들은 눈이 둥그래서 수산이를 쳐다보며 침만 꿀떡꿀떡 삼켰다.

"그렇지만 전 기쁩니다……. 제가 누구한테든 제 어머니가 죽었다구 했지만…… 저희 아부진 형무소에 가 있어요……. 한평생 있을 거예요. 저희 어머닌 돌아가시지 않았어요. 제가 열 살 적 절 재워 놓

구 밤중에 어딜 가 버렸어요. 아침에 깨보니 어머니두 없구 두 살 먹은 제 동생두 없었어요. 제 머리맡엔 호떡 두 개와 양말 기운 것과 어머니 치마루 맨든 바지가 있었습니다. 처음엔 전 아무것두 모르구 호떡을 먹구 양말을 신구 그리구 바지랑 입었댔어요. 어머니가 안 쥔댁 마루방 치우러 들어간 줄만 알구……, 그런데 그 길루 어머닌 돌아오지 않았어요. 밤에두 그 이튿날두……."

여기까지 이야기가 계속되는 사이에 수산인 물론 아이들 전부가 흑흑 느꼈다. 수산인 또 계속했다.

"아까 낮에 진호와 진호 어머닐 뵈었을 때 전 꼭 우리 어머닐 뵌 것 같았어요. 우리 어머니두 절 두구 떠나가던 때가 바루 그만하셨구, 전 진호만 했어요. 우리 어머니두 내 동생을 데리고 이리로 오셨으면 얼마나 좋을까요……."

"나두 그래, 나두 울 어머니가 보구 싶어요."

수산의 얘기가 채 끝나지 않았을 때 어느 아이 하나가 목멘 소리로 이렇게 부르짖었다. 성우 선생은 그제야 아이들을 슬프게 한 것을 안되게 여기는 양으로 당황히 일어나서 그러나 극히 낮은 소리로 천천히,

"우리 인제 얘긴 그만하구 노랠 부릅시다. 자아 수산이 눈물 닦자구, 응."

달래며 수건을 꺼내어 씻어 주었다. 성우 선생의 표정을 살핀 음악 선생은 풍금 앞에 나가 손으로 무슨 암시를 했다. 그러자 여섯 아이가 똑같이 젖었던 얼굴로 앞에 나와 의자 위에 놓인 악기들을 하나씩 집어들고 앉았다. 수산이는 맨 나중에 바이올린을 들었다. 성우 선생은 지휘봉을 들고 그들 앞에 섰다. 음악 선생의 반주와 성우 선생의 지휘에 그들은 일제히 북과 색소폰과 나팔과 아코디언과 바이올린을 시작하고 거기 따라 아이들은 노래를 불렀다. 연이가 한 번 들어본

일이 없는 명쾌한 노래였다. 그것이 끝난 다음 〈소년행진곡〉과 또 그 외에 여러 명랑한 곡이 계속되었다. 그러나 연이는 어쩐지 어느 소리나 소리마다 그들의 슬픈 이력을 호소하는 것만 같아서 점점 밝아지는 향나무 위의 별들을 내다보고 있었다.

"엄마 재 좀 봐, 저 별난 것 하는 애."

연이는 진호가 손가락질하는 쪽으로 시선을 돌렸다. 아코디언 켜는 아이가 천장을 응시하는데 그 얼굴은 그가 입은 하늘빛 셔츠보다 푸르러 처참할 정도로 창백하고 본래 옴팍 들어간 눈은 무슨 꿈을 꾸는 듯 꼭 석고와 같았다.

"재두 울려구 그러지?"

"……."

"재두 저 엄마 보구 싶은 게지?"

연이가 대답이 없자 다시 물었다. 악대와 원아들의 합창이 끝나자 아이들이 제각기 나와서 재주껏 노래를 부르고 춤을 추고 요술을 부렸다. 그 중에는 각색 짐승 소리와 타작의 흉태까지 내는 아이도 있고 활동사진 변사 노릇 하는 아이도 있었다. 그래서 장내는 웃음판으로 번지고 수산이도 웃고 아코디언 켜던 아이도 웃고 진호도 다시 연이에게 어떤 질문 없이,

"흐흣 흐흐흣."

웃기만 했다.

음악회는(여흥이라는 편이 낫겠다) 아홉 시가 되어서야 끝났다. 연이는 성우 선생이 정해 준 방에 혼자 돌아왔다. 진호는 성우 선생 말이 되도록 처음부터 아이들과 거처를 같이 하는 것이 좋겠다 했고 또 진호도 함께 있자고 하는 수산이의 말을 쉽게 들어 줘서 그과 함께 그 방으로 갔다. 연이 자신도 진호를 데리고 있는 것은 여러 가지로 어떨까 싶었다. 첫째, 진호가 얼른 아이들과 정을 못 붙일 염려가 있

고, 둘째는 어머니와 함께 있는 진호를 부러워하는 마음이 아이들에게 생길 염려가 있었다. 그것은 수산의 이야기를 들더라도 넉넉히 짐작할 수 있는 일이었다. 성우 선생도 물론 이러한 이유에서 그리 하라고 시켰던 것이리라.

연이의 방은 여선생 강대산 씨와 어간문 하나를 격해 있었다. 그 저쪽 남으로 연해선 집회실, 응접실, 남선생 방들이 연달아 있었다. 남선생이나 여선생 방은 아이들 방을 현재 임시로 사용하고 있으나 뒤뜰에 새로 짓는 선생 자택이 준공되는 날엔 선생님들 가족들도 함께 거기서 살림을 한다 하며 또 새로 선생들을 초빙하리라는 것이었다. 남선생 방에서 동쪽 서쪽 남쪽 세 번을 꺾이면서 아이들 방과 교실이 쭉 달아 입 구 자로 되어 있었다.

연이가 자리 깔 생각도 없이 앉으려니까 여선생이 어간문을 열어젖뜨리며 '남편은 어찌 됐느냐? 왜 여기 왔느냐? 어디서 살았느냐? 몇 살이냐? 성우 선생과는 정말 고향이 같으며 어릴 때 배운 선생이냐?' 등을 까근까근 물었다. 원체 연이가 제일 입 떼기 싫은 질문이기도 하지만 연이 눈앞엔 집회실에 벌어졌던 광경—악기의 멜로디와 노랫소리들이 얼크러져서 한 마디 대꾸조차 하기 싫었다. 여선생은 왜 이런 데 왔느냐고 도무지 있을 데가 못된다구 연이에게 말했다. 벌써 오지 못한 것을 몇 번 후회한 연이로서는 이 말에 가만 있을 수가 없었다.

"왜 그래요?"

"인제 지나 보시유."

여선생은 연이의 말씨와 거동이 불유쾌하던 까닭에 긴 말을 그만두고 이렇게만 실쭉해서 해던지는데 연이도 유쾌한 것은 아니었으나,

"지내 보시유."

라는 말 뒤에는 무슨 이야기가 많을 것 같아서 궁금하기도 했다. 말하자면 자기가 본 보육원이나 성우 선생이 이야기한 보육원보다 이 여자가 말하려는 보육원은 다른 것 같았다. 연이는 또한 그것도 알고 싶지 않을 수가 없었다.

"왜 그래요?"

꼭 같은 '왜 그래요'지만 먼저 것과는 매우 다른 낮은 소리였다.

"나두 첨엔 모르구 왔어요. 사촌오빠와 원장 선생이 친하거든요. 사촌오빠가 하는 말이 여기 원장 선생이 신과 같은 사람이니 그 사업을 도우며 다시 시집갈 생각 말구 한평생 예서 살라구 했지만 지긋지긋하다니께. 나두 그 깟난놈의 사나이들 뭐 다시 시집갈 생각이야 하지두 않지만……, 에 지긋지긋해!"

여선생은 연이의 말씨가 낮아진 것을 알자, 이내 얼굴색을 고치며 이렇게 연이가 묻는 말은 제쳐놓고 제 넋두리를 시작했다.

가끔 평안도 사투리가 섞여 있는 것을 보아 그쪽에서 얼마간 살았던지 혹은 거기서 나서 서울에 오래 살았던지 했을 것이라 짐작은 하나 어디서 살았건 연이가 궁금한 것은 그것이 아니었다.

"왜 지긋지긋하세요?"

"그럼 안 지긋지긋해요? 사나이들은 개나 마찬가진데. 새 계집만 봄 거저 얼씨구나 좋다구 쫓아다니구 제 예편넨 바윗돌 같다느니 장작개비 같다느니 입이 크다느니 눈이 작다느니 뭐에 어쨌다느니……. 안 지긋지긋하구 어째요."

또 자기 푸념이었다.

"내 말은 여기가 왜 지긋지긋하냐 말예요?"

"그럼 안 지긋지긋하구 어째요. 이놈의 아이새끼들이 말을 들어야 하잖아요. 거 참 말할 수 없어요."

대산은 입을 쩍쩍 다시며 고개를 함부로 마구 흔들었다. 대단히 참 그야말로 지긋지긋한 표정이었다.

"아이 하나 기르기두 어려운데 그 숱한 애들이 쉬울 리 있나요?"

연이는 아이들 역성을 들고 싶었던 것이다.

"요놈의 새끼들이 얘길 해달래서 해줌 꼭 이러쿵 저러쿵 말썽이란 말이야……. 얘기니 밤낮 하는 놈의 것 어디 늘 좋은 거 할 수야 있나요. 접땐 산드룡(신데렐라)의 유리 구둘 얘기해 주는데 어디가 어쨌다구 그러는지 산드룡이 의붓에미가 데리구 들어온 딸년들은 나라님 잔치에 데리고 가고 산드룡인 혼자서 거지 같은 옷을 입구 있는 대목을 얘기하는데 아 아이새끼 하나가 책상 뚜껑을 메구 달려들어 날 치러 덤비는구려. 다짜고자루 나 원 웬일인지 까닭이 있어야지. 어쨌든 말은 안 들어요."

연이는 참 그 남편이란 자가 했다는 말과 같이 바윗돌이나 장작개비처럼 보드랍지 못한 강대산 선생의 편은 아무래도 될 수 없었다. 아이들이 그의 말을 더 안 듣는다는 원인도 그의 상스럽고 또 도무지 아이들에게 살뜰해 보임직 하잖은 언어 행동에 있지 않을까 했다.

"애들한테 정을 붙이셔야죠. 가엾은 것들, 우리가 살뜰스레 안 굴면 어떡하겠어요."

연이는 눈앞에 아직 집회실 광경이 떠나지 않았던 것이다.

"글쎄, 양철통 들구 대니던 새끼들이 될 말이오. 암만 잘해야 쓸데없대니께, 밤낮 달아날 궁리지."

"그래두 다들 여기 와서 존 애들 된다구 하잖아요."

"원장 선생님이 그라지요. 원장 선생은 나 들어오던 때두 애들을 천사같이만 얘기하드만서두 정작 지내 보니 어디 그렇습니까. 나 예 온 지 석 달 됐지만 에에 지긋지긋해. 이놈의 아이새끼들 거저 도망질치는 건 또 좀 낫디. 요만전 어떤 놈의 아이 하나는 애들 목욕하는 새 글쎄 벗어 논 옷을 몇 벌 줏어 가지구 달아났군 그래. 그러다가 또 왜들 돌아오는지 모르지 아주 가 버리잖구……."

"돌아오는 게 얼마나 좋아요. 여게가 제 집만 못해서 도망갔대두 역시 존 데가 없으니 오는 거 아니겠어요?"

아이들 흉보기에 아직도 끝이 없을 것 같아서 말끝도 아닌데 연이는 이렇게 중간을 잘랐다.

"왔음 고시낙히 있잖구. 돌아와 놓구두 또 갈 생각뿐이라니께. 그뿐이겠수? 말 마시유. 인제 지나 보시유. 에, 지긋지긋해……. 똥질한다 밤낮 똥을 질질 흘리는 새끼가 있다니께. 그놈의 똥구녕은 어떻게 된 셈인지 사시장철 똥이 질질 흘르구 있어요. 글쎄 밤이면 오줌 싸는 건 보통이구, 지금 여름이라 괜찮아요. 이부자리 깔구 덮구 할 땐 아예 딱 질색이었다니께. 밥은 늘 많이 먹겠다구 눈이 아홉이 돼 지랄들이구. 밤낮 싸워, 그래 거저 척함 싸우지. 거 원 무슨 놈의 아이 새끼들인지. 또 도적질은 귀신 같으니 천하 못된 짓이란 차지해 놓구 하구들 있으니껜……."

"그게 부모 없이 자라난 때문이지요. 제 부모 밑에 편안히 자라는 애들두 잘못되기 쉬운데……. 우리 그 부모 없이 불쌍히 자란 애들의 어머니가 돼 줍시다. 살뜰히 굴어 줍시다."

연이는 강대산 선생이 이야기하는 아이들 버릇이란 온통 진호와 똑같음에 한층 더 뼛속까지 아팠던 것이다.

"안돼요, 안돼. 그게 그리 쉽게 되는 줄 아슈? 나두 처음엔 그깐놈의 것 시집이니 사나이니 생각만 해두 지긋지긋하길래 예서 한평생 보내자구 했지만 다 귀찮아 성가셔……. 원장 선생두 귀찮아하는 때가 있는걸요. 겉으루 내심을 안 내니 그렇지. 그 밉살스레 굴 때 오죽하겠어요."

연이는 가엾은 것들에게 여선생이 너무 심한 듯해서 아무 말 없이 앉았다가,

"애길 나 보셨에요?"
하고 물었다.

"애가 다 무슨 애요. 여섯 달만에 쫓긴 년이……."

대산은 말을 마치지도 않고 벌떡 일어나 전등 주위에 날고 있는 부나비를 잡느라고 큰 몸을 너펄거렸다. 연이는 그러는 그를 물끄러미 바라보며 그가 그처럼 아이들에게 잔인하도록 정을 못 느끼는 것은 천성도 그러려니와 아이를 낳아 보지 못한 데 있는 것이라고 단정하고, 자기는 어디까지나 강대산 선생과 다름으로 얼마든지 가엾은 아이들의 어머니가 되어 줄 수 있으리라 자신했다. 대산 선생은 부나비 하나를 잡아 치켜들고 꽁무니랑 다리 샅이랑 샅샅이 뒤적뒤적 한참 들여다보더니,

"요놈이 수컷이군."
하며 양쪽 날개를 단번에 잡아 뚝뚝 떼어 그것을 손바닥 위에 놓고 또 한참 기어다니게 하다가 이번엔 바깥에 집어 팽개치면서,

"날개 없으니 제따위 인제 날지두 못하는 게 계집을 해볼까, 흥!"

혼잣소리로 이렇게 중얼거리며 제 방으로 사라졌다. 밤은 어둡고 별은 마음껏 빤짝였다. 떠들고 나팔 불고 노래 부르고 하던 아이들은 벌써 잠 속에 든 모양으로 고요한 밤 마당을 거쳐 들어오는 잠꼬대 소리와 코 고는 소리가 손에 잡은 듯 가까웠다. 연이는 강 선생이 어간문을 닫고 잠이 든 뒤에도 진호가 엄마를 쉽게 떨어져 자는 것이 기특하다는 생각, 하룻밤만 데리고 잤더라면 싶은 생각, 진호는 엄마를 찾지 않고 소리 없이 자고 있을까, 아이가 산길에서 하던 양, 당부하던 말, 또 진호가 자는 그 방에는 아이들이 수산이 외에 몇이나 있을까, 이런 생각도 하다가 내가 왜 이렇게 진호만 생각할까, 모든 아이들을 진호와 똑같이 생각해야지, 가엾은 아이들의 정말 어머니가 돼야지, 이런 생각도 하고 나중엔 허진영의 집 바로 자기가 거처하던

안방 벽과 천장과 그 방에 놓인 세간들이 눈에 선해지고 집회실 광경이 보이고 허진영의 말소리가 들리고 날개 떨어진 부나비는 어디까지 기어갔을까, 이런 것까지 궁금해지면서 잠을 통 못 이루었다.

이튿날 아침 나팔수의 요란한 나팔 소리에 원아들과 함께 일어났을 때 연이는 골머리가 띵한 것이 얻어맞은 것 같았다. 그러나 아이들 소리가 왁자지껄한 마당을 내다보았을 때 거기 벌써 아이들이 쭈욱 나와 열을 지어 섰고 첫줄 맨 앞에 진호가 입을 벌룸거리며 서 있는 것을 보자 골머리 띵하던 것도 어디로 사라졌다. 아이도 반가운 양으로 또 하룻밤 떨어진 것이 그리웠던 모양으로 줄달음을 쳐 연이 앞에 오며 "엄마"를 불렀다. 연이는 많은 아이들 앞에서 그러는 것이 덜 좋다 생각되므로 진호에게 타일러 그를 본래 섰던 자리에 가 서게 했다. 아이는 쉽게 말을 들었다.

구름이 띄엄띄엄 낀 아침, 하늘이 시원히 그들 위에 푸르렀다. 붉은 햇살이 포플러와 향나무 사이로 퍼져들고 바람도 상쾌했다. 아이들은 모두 아침과 같이 싱싱해졌다. 수산이도 그렇고 아코디언 켜던 석고 같은 아이도 그러했다.

연이는 두 팔을 번쩍 들어 마음껏 소리치고 싶은 충동을 받았다. 어디를 향하는 것인지 모르나 그저 감사하고 싶은 마음이 하늘을 뚫고도 남음이 있었다.

선생과 아이들은 한껏 자유롭고 은혜로운 마당에서 아침마다 하는 온갖 절차를 마친 다음 안팎 소제와 아침 식사를 치르고 그리고 나서 각각 그날 하루의 자기 일과를 시작하였다.

아이들은 오전, 오후 두 반으로 나뉘어 오전에 농원 작업, 오후엔 학과 공부한 반과 교대하기로 되어 있었다. 농원으로는 농장 관리 한다는 곽, 이 두 선생이 나가고 공부반엔 시간 교수의 도화 선생, 지리 선생과 성우 선생, 강대산 여선생이 담당했다. 연이는 성우 선생 말씀대로 하루쯤은 견학하는 것이 좋겠다 생각하고 먼저 공부반인 오전반을 구경하기로 되고 진호는 원래 신입 아동축에 끼일 것이나 벌레잡이 나가는 수산이를 따라 도구랑 들고 과수원으로 나가면서 엄마는 참섭도 하지 않는 눈치였다. 연이는 그 뒷맵시를 바라보다가 너무 신기하고 신통해서 뒤를 따르며,

"진호 인젠 엄마 없어도 혼자 살겠네……."

하고 갸웃이 그의 얼굴을 들여다보았다. 진호는 옆에 섰던 수산이가 좀 겸연쩍다는 듯이 힐끗 올려다보고 웃었다.

연이는 첫 시간을 강대산 선생 교실에서 지냈다. 대개 부모 없는 고아와 부모가 있어도 빈곤해서 버린 아이들, 또 시골서 함부로 서울 올라왔던 아이들이며, 교육 방침은 연령을 표준해서 급(級)을 가른 것이 아니고 들어온 시일과 아이들의 지능을 보아서 나누게 되어 있는데 들어와서 얼마 안 되는 아이들은 크나 작으나 한데 몰고 대개 학과는 도화와 창가만 가르쳤다. 그 중에는 그렇지 않은 아이도 없지 않으나 대부분 일 년 미만의 아이들은 공부나 일을 하지 않으려 들고 또 머리도 저능하다는 것이었다.

여선생 교실 아이들은 모두 열한 명, 며칠 전 부청 사회사업과에서 보내온 아이들이라 했다. 아이들 축에 끼었을 적에는 그런 줄 몰랐는데 똑같이 하늘빛 파란 셔츠와 검정 팬츠를 입었건만 어딘지 모르게 그들은 거리거리에서 한푼 줍시오 하며 따라서던 때의 면모를 아직 벗지 못하고 있었다.

강대산 선생은 복동이와 수길의 얘기를 했다. 연이는 자기가 보통학교 조선어 교과서에서 읽던 오래된 이야기임을 알고 대산 선생은 자기 말마따나 이야기가 인제 동이 난 모양이라구 생각했다. 아이들은 어느 때 이야긴지도 모르며 재미있게 들었다. 그러다가,

"복동인 학교에 잘 다니구 공부 잘해서 잘 살았는데 수길인 공부두

안 하고 책볼 끼구 들루 산으루 자꾸 대니기만 했으니 거지가 될밖에."

이러한 선생의 해설이 나오고 그 해설이 채 끝나지 않았을 때,

"뭐가 그래서 거지가 됐어, 체!"

하며 교실 바닥에 침을 탁 뱉는 놈이 있었다. 그 중에서 제일 큰 열일곱 여덟 살쯤 되어 뵈는 아이였다. 강 선생은 말을 딱 멈추고 눈이 둥그래졌다.

"이 자식이 왜 가만 못 있구 이래. 죽여 버릴라."

한 놈이 이야기가 중단된 것이 아깝다는 듯 이렇게 내받았다. 침 뱉던 먼저 놈이 뒤의 놈을 벌써 어느새 덤벼 멱살을 잡았다.

강 선생은 말릴 양은 안하고 그 자리에 선 채로 먼저 놈이 지기를 바라서 몸을 연방 그쪽에 기울이며 주춤거렸다. 나이는 비슷함직하나 먼저 놈은 유들유들 유독스럽고 뒤의 놈은 병골이 배긴 듯 약질이어서 죽여 버린다고 벼르고 일어섰으나 도저히 먼저 놈에게 이겨낼 가망이 없었다. 남은 아이들의 대부분은 재미가 나서 웃어대고 몇 놈은 멍청해서 앉아 있고 연이는 어떻게 말려야 할지 정신이 얼떨떨했으나 육중스런 놈에게 약질이 맞아대는 것도 볼 수 없고 또 침을 뱉으며,

"뭐가 그래서 거지가 됐어?"

하던 먼저 놈에게도 연이가 모르는 또 무슨 연유가 있을 것 같았다.

"이것 봐요, 이렇게 때리구 맞구 하믄 어떡해, 내 말 좀 들어봐요."

먼저 놈은 약질의 놈을 한 손으로 멱살을 딱 틀어쥐고 흔들고, 약질은 죽을 힘을 다해서 앙상한 손가락을 오그려 가지고 상대편의 면상을 할퀴었다. 먼저 놈은 할퀴고 나서 한번 후려들다가 다시 힘을 쓰며 연이가 모르는 연유의 원한의 분풀이까지 하려 들었다. 그러나 연이가 다시 큰 소리를 치며 그들 사이에 팔을 벌려들자 그들은 약속

한 듯이 일제히 동작을 딱 그치고 서서 씨근씨근하기만 했다.

"자, 우리 앉을까, 자리에……."

하나씩 부축해서 제 자리에 앉혔다. 그들은 말없이 앉았다. 연이는 두 아이를 앉힌 후 강 선생을 잠깐 쉬게 하고 「메추라기와 여우」 이야기를 시작했다. 별반 큰 교훈 되는 동화는 아니지만 어릴 때 주일학교 선생이 들려줄 적에 아이들과 함께 몹시 웃던 일을 생각해내고 우선 그들을 웃겨 보려는 마음에 그것을 택했던 것이다. 연이는 싸우던 두 아이 놈을 번갈아 보아 가며 메추라기가 여우에게 속아 다니며 모가지를 까닥까닥하고 조는 대목에 가선 메추라기처럼 목을 가늘게 길게 빼들고 까아막까아막 조는 시늉도 했다. 아이들은 우스워서 파르르 떨며 웃었다. 두 아이놈도 싱그레 웃기 시작하더니 나중엔 흐흐후후후 둘 다 소리를 내어 웃었다. 연이는 그들이 웃기도 잘하고 싸우기도 잘하는 놈들이라 알고 속으로 웃었다.

이야기가 끝나고 쉬는 시간에 연이는 싸우던 두 아이 중 강 선생한테 대들던 놈을 운동장 한구석에 불렀다. 그 아이의 슬픈 내력을 알아내고 싶었던 것이다.

"할퀸 데가 아프잖어?"

아이놈은 면상을 쓸쓸 문대며 연이를 힐끗 쳐다보았다.

"다시 싸움 안돼요. 응, 알겠어……."

놈은 대답 없이 가만 있었다.

"아부지랑 어머니랑 어디 계시지?"

아픈 데를 다칠까 봐 묻기 어려웠으나 연이는 입을 열었다.

"……."

놈은 못마땅한 눈초리로 연이를 또 힐끗 보는 것이었다.

"그러지 말구 나한테 얘기해 봐요. 응? 인제부턴 무슨 얘기든 내게 해줌 좋겠어. 날 어머니로 생각하구……."

이번엔 쳐다보지도 않고 숙인 얼굴 그 자세로 포플러가 쭈욱 늘어선 아래 돌 위에 가 앉는 것이었다. 연이도 따라갔다. 바람이 선들선들 불었다. 연이의 치맛자락이 바람에 부풀며 퍼덕였다. 놈은 얼굴과 머리에 연이의 퍼덕이는 치맛자락을 한참 그대로 오히려 더 가까이 부딪치려는 심사로 가만히 앉아 있었다. 그러다가,

"울 어머닌 죽었어."

하고 불쑥 내받았다. 치맛자락에서 어머니 냄새를 찾아냈음인지, 그러나 그는 아직 아까 교실에 침을 탁 뱉을 때와 꼭 같은 표정과 어조였다. 입가엔 몹시 아니꼬운 조소도 아니요, 미소도 아닌, 그것과는 먼 거리를 가진 무엇을 띠고 있었다.

"아부진?"

"아부지? 체."

침을 탁 뱉고 먼 산을 쳐다보았다. 본래의 표정이 더 농후해 갔다.

"아부지두 돌아가셨나?"

"아부진 없어, 본대 없어. 울 어머니가 술집 갈보더랬어. 그래서 날 났대. 아부지란 작잔 날 제 아들 아니라구 했대. 갈보하고 살았다는 게 부끄럽다구……. 체, 그런 걸 왜 살긴 살었어. 체……."

또 침을 탁 뱉었다. 그러고 다시 말을 이었다.

"울 어머닌, 날 고생하면서 혼자 길렀대. 내가 보통학교 3학년 때 어머니가 죽었어. 술집에서 죽었어, 체."

놈은 '체'라는 말끝마다 침을 뱉었다(불량한 아이들한테는 으레 이런 특유한 버릇이 한가지씩 있는가 보다고 연이는 알았다. 진호가 '더러워'라는 말을 잘 사용하듯이).

연이는 그 뒤의 것은 더 묻지 않았다. 묻고 싶지도 않았다. 그가 교실에서 '체' 소리와 함께 침을 뱉으며 선생한테 달려들던 연유가 그의 원한스런 과거에 있음을 알았기 때문이었다.

"이것 봐, 인제 내가 어머니가 돼줄 테니 날 어머니처럼 생각해요. 응? 내 정말 어머니처럼 해줄 테야……."

아이놈은 잠자코 있었다. 머리를 수그렸기 때문에 입가에 뜬 미소인지 조소인지 모르는 무엇은 보아낼 수가 없었다.

7

아이들은 강대산 선생의 이야기대로 정말 지긋지긋하리 만큼 별스러웠다. 진호로 해서 버릇 사나운 아이들을 전혀 모르지 않는 연이로서도 도무지 상상도 이해도 할 수 없이 기가 딱 막히게 되는 때가 많았다.

신입 아동이 들어오는 족족 그것도 제 힘에 부치지 않을 만해 보이면 조용한 구석에 데리고 가서 어떡하든지 그 아이가 보육원에 있고 싶은 마음이 없도록, 아버지란 자(성우 선생)가 저희들을 부려먹기만 한다는 둥, 허기증이 나서 쓰러지도록 먹이지 않는다는 둥, 어머니(연이더러)란 여자가 제 아이만 귀애하고 저희들에겐 몹시 군다는 둥, 강대산 선생의 키가 전선주만큼 커서 흉한데 깍정이라는 둥, 이런 말만 꾸며대는 놈이 있는가 하면 성패 같은 놈은 언제나 동무들을 선동시켜 언뜻하면 선생들한테 대들기와 도망질치기와 또 물건이거나 옷가지거나 이런 것은 두말할 것도 없이 때로는 염소, 송아지, 말, 토끼를 끌고 떠나가는 일까지 있는데 그렇게 갔다가도 그것을 팔아먹든지 없애 버리고 돌아와선 다시는 안 그런다고 빌기를 수십 차 하면서도 일 년이 넘도록 그 버릇을 고치지 못했다. 강대산 선생이 지긋지긋하다는 언사를 쓰게 된 것도 이 성패가 주동일지 모르고 강 선생을 연이가 들어와서 한 달이 채 못 되어 끝내 나가게 한 것이 이 성패놈일지 모른다.

강 선생이 나가던 날 아침 일이었다. 그날은 강 선생이 아이들을 거느리고 뒷 언덕 아카시아 잎—토끼 먹이 뜯으러 가게 되었는데 언덕길에 금방 올라서자 성패놈이 강 선생을 발길로 탁 차 넘어뜨리면서,

"이까짓 년이 뭐가 어머니야. 아니꼽게 네가 뭐가 어머니야, 같지두 않은 게……."

하더라 했다.

어쨌든 놈은 할 수 없는 놈이라는 패가 붙어 있었다. 성우 선생도 이놈한테는 어떻게 손을 써야 좋을지 전혀 몰랐다. 엄해도 보고 이리저리 특별한 교육 방법을 써보았으나 효과가 없었다. 때로는 저만을 방에 불러다가 모든 좋은 소년의 이야기를 해주고 저만을 데리고 거리에 가서 맛있는 것을 먹여 주고 감화(感化)를 줄 만한 영화를 보여주고 했으나 되레 영화 『소년의 거리』를 보고 나서는 더 한층 도망질치는 수단과 방법을 교묘히 해서 성우 선생을 아주 실망케 했던 것이다.

연이는 진정 이렇게 별스런 아이들의 어머니가 되고자 어느 아이든 다 똑같이 좋은 아이를 만들 노력과 마음의 준비를 게을리하지 않았다. 정말 그는 진호나 그들을 조금도 달리하지 않으려고 늘 긴장해 있었다. 오줌, 똥을 헤아리지 않아 뒤추배하는 일쯤은 보통이고, 허진영이한테 가서 받은 돈 삼백 원으로는 새 의료 설비를 차려 놓고 아이들이 앓는다든지 하면 중하지 않은 병은 자기 손수 치료 간호를 겸해서 밤을 새우는 일이 많았고 동화책을 수없이 읽어서 이야기를 원하는 아이들이면 자기 방을 찾아오는 때도 좋고 과수원에서 마당에서 어디서든지 들려주고, 그들과 같이 김을 매고 노래를 부르고 체조를 하고 식목에 벌레를 잡고 물을 주고 양과 토끼와 말과 송아지와

돼지와 닭의 주선을 해주고 거리에 꽃을 팔러 가는 아이들을 따라갔다가 돌아오는 길이면 전설에 나옴직한 진초록빛의 작은 수레에 아이들이 기뻐할 장난감이랑을 싣고 오기도 했다. 연이는 아이들 앞에서 짜증을 내는 일이 없었다. 그들이 이해할 수도 상상할 수도 없이 구는 때마다 기가 꽉 질리기는 하면서도 그들을 그렇게 만든 것이 환경이라는 것을 날마다 그들과 접촉하는 사이에 더 절실히 깨닫게 되고 보니 짜증을 내려다가도 주춤해 버리고 성가셔 하다가도 그들의 슬픔을 걷어 줄 자는 성우 선생보다도 또 다른 선생보다도 자기뿐이라 반성하는 것이었다. 반성의 정도가 극히 심한 때에 이르면 아이들에게 슬픈 운명을 짊어지게 한 것은 자기 자신인 것같이도 생각되었다. 아마 이 심리는 자기가 잘못한 과거의 죄과, 다시 말하면 진호를 그르친 자가 자기 자신이라는 것을 인식하는 데서 생긴 것인지도 모른다. 그러므로 연이는 진호만이 좋아지기를 바라는 마음은 없었다. 진호와 그들이 똑같이 좋아지기를 바라며 노력했다.

이러한 연이의 마음인 탓이었는지 정말 아이들은 연이가 들어온 지 일 년이 넘지 않아서 본래 있던 아이들이나 새로 오는 아이들이나 교화되는 도수가 빠르다고 성우 선생도 다른 선생들도 그랬다. 성패가 나아지고 신입 아동이 들어오는 족족 들쑤시던 아이놈이 나아진 뒤부터는 성우 선생이 연이더러 종종 훌륭한 어머니라고 탄복했다. 진호는 처음 한 서너 달 동안은 신입 아동이 들어올 때마다,

"여긴 나쁜 선생 없어, 아부지가 있단다. 얼마나 좋다구 그래."

하며 아이들 마음을 붙이게 하던 것이 그 말조차 아주 잊어버리고 그 다음부터는 그런 말은 전연 없고 수산이가 처음 들어오던 날 자기에게 하듯 거느리고 다니며 온갖 장난감으로 놀고 얘기하고 말을 태워 주고 했다. 신입 아동뿐 아니라 저보다 오래된 아이들한테까지도 그랬다. 어쨌든 연이는 유쾌했다. 만족했다. 성우 선생이 말한 눈물 없

는 세상이 쉬이 올 것만 같았다. 연이 생각엔 정말 진호와 아이들이 다 좋아지는 날이면 눈물 없는 세상이 건설될 것이라고 알았다. 그는 그 세상이 오는 날이면 자기는 사명을 다하는 것이라고 알았다.

8

밤과 낮이 반복되어 계절이 바뀌는 사이에 두 해가 지나갔을 때 연이는 머리를 옆으로 흔드는 일이 생기게 되었다. 그것은 눈물 없는 세상이 진호와 아이들이 좋아지는 데서만 있을 수 없는 것을 알았다. 그들이 다 함께 천사가 되는 날이 오더라도 자기는 슬플 것 같았다. 그러면서 알 수 없는 버릇이 점점 붙어 오고 본래 가졌던 온갖 생각과 버릇이 잊혀졌다. 그렇게 가엾게 생각되던 아이들이 종종 성가셔지는 때와 진호까지도 귀찮아지는 일이 있었다. 말하기도 움직이기도 싫은 버릇, 분명히 기쁜 것은 아닌데 괜스레 우쭐대고 싶은가 하면 슬프지도 않은데 울고 싶고 때로는 하늘이 어디로 날아간 것처럼 허전해서 무엇을 부서지게 터지게 뿌듯이 껴안고도 싶었다. 그럴 때 진호를 껴안아 봐야 쓸데없었다. 그래서 연이는 달빛이 향나무 구부러진 가지에 미끄러운 밤이거나 부엉새 우는 그믐밤이거나 똑같이 외롭고 무서워져 갔다.

그날 저녁은 더구나 성우 선생이 바이올린을 켰기 때문인지 모른다. 성우 선생은 연이가 보통학교 때부터 읍내서 열리는 음악회나 혹은 예배당에서 독주하는 일이 있었고 또 예배당 찬양대의 지휘자였다. 그만큼 성우 선생은 음악에 재질이 있었다. 동경 시대에도 그랬으려니와 아메리카에까지도 바이올린을 가지고 갔다고 했다. 그러다가 보육원을 시작하면서 바이올린을 집어 던지게 되었는데 아이들한테 악기를 가르치게 되면서부터 아이들과 같이 다시 바이올린을 시작했다. 진호가 바이올린을 배우게 된 동기가 여기 있었다. 저녁이면 진호는 바이올린 배우러 가는 수산이를 따라 성우 선생 방에 잘 갔다. 성우 선생은 진호의 어디를 보았는지 작은 바이올린 한 개를 사주어서 진호에게도 가르쳐 주었다. 성우 선생은 바이올린을 다시 시작했다. 곤하지만 늘 아이들 가르치기에만 열중해서 연이가 들어와서 두 해가 되도록 자기가 켜는 일은 별반 없었다.

연이는 생각했다.

성우 선생도 똑같은 마음이길래 저처럼 바이올린을 켜는 것인가 보다고.

곡은 〈세레나데〉였다. 멜로디는 가늘게 굵게 낮게 높게 흐르고 그 여음은 온 우주의 공간을 채우는 듯 전체를 싸 버리는 듯했다.

연이는 그 여음 속에 아주 잦아드는 것 같았다. 정말 연이는 귀만이 남아 있는 것 같았다. 그밖의 것은 다 그 소리 속에 잦아들고 녹아 버린 것 같았다.

그러면서도 사념은 점점 더 맑아 왔다. 성우 선생의 바이올린을 든 후리후리한 체격, 검은 시선, 부드럽고 궁글린 음성 너무나 또렷이 보이고 들려왔다. 연이는 앉아 있는 방이 참 넓은 것 같았다. 그렇지 않아도 너무 허전하므로 온실 '병아리꽃' 작은 화분 한 개를 책상 옆 탁자 위에 놓았는데 그것조차 더욱 작고 노랗게 떨고 있는 것이 처량했다. 그래서 그녀는 그것을 가져오지 말고 좀 크고 너불너불 빛깔 화려한 것을 택했더면 하는 생각도 났다.

성우 선생 방에 그만 막 달려가 볼까 하는 생각도 났다. 모두들 잘 가는 성우 선생 방이건만 왜 그렇게 가기가 어려울까. 아이들이나 선생들이나 아무 주저없이 쑥 들어가고 훌 나오고 하지 않는가. 그러긴 고사하고 연이는 보통학교 시절 성우 선생과 마구 이야기하고 그 앞에 아무렇게나 한 온갖 행동까지 갑자기 부끄러워져서 쥐구멍이라도 있으면 들어가고 싶어졌다. 또 보육원에 오던 날 자기는 어떻게 성우 선생을 그처럼 수월히 그리고 그렇게 오래 대할 수 있었던가 하는 생각도 났다.

그렇게 수월히 대할 수 있을 적에 자기는 왜 좀더 많은 이야길 못했던가 하는 생각도 났다.

"엄마 왜 그러구 있어?"

진호가 성우 선생 방에서 나오던 길에 들른 참이었다. 그가 문 여닫는 것도 연이는 몰랐다.

"왜 그랬어? 엄마?"

진호는 여느 때와 달리 눈을 그윽하게 뜨고 멍하니 앉았는 엄마가 궁금스러웠던 것이나 연이는 아무 말도 없었다. 그저 진호를 껴안으며 아이 가슴에 머리를 파묻었다. 아이는 점점 더 이상했다. 하긴 종종 엄마가 까닭없이 저를 껴안고 어쩌고 하는 일이 없지 않아서 한참씩 그러다간 그만두느니라고 이렇게 생각하고 있긴 하면서도 다른 때보다 아무래도 달라 보였다.

"어마, 엄마 눈이 말이야, 봉길이가 왜? 그으전 때 아코디언 켰었잖어? 그때 같애. 이제 나 들어올 때 말이야……."

연이는 자기가 어느 한 군데를 응시했던 것이라고 깨달았다. 자기들이 들어오던 날 저녁 아코디언을 켜던 봉길이 모양으로.

"그래? 그랬어! 엄마가 왜 그랬을까……."

하고 쓸쓸히 웃었다. 쓸쓸했건만 진호는 엄마가 웃으니까 안심됐는지 엄마 팔에서 미끄러져 나가며 바이올린을 케이스에서 꺼내었다.

"바이올린 집어넣어요. 엄마하구 얘기해, 응?"

아이는 엄마 말을 들은 체도 않고 바이올린을 무릎에 앉어 줄을 튀겼다.

진호 손에 튀겨지는 멜로디는 똥당똥당, 처마 끝에 녹아 내리는 낙수 소리는 퐁당퐁당 잘 조화되었다. 낮에까지도 낙수 소리는 그렇게 퐁당퐁당 않더니만 떨어지는 물방울에 땅이 옴팍 패인 모양이었다.

"이봐 진호, 아부지 곁에 앉았더랬지?"

진호는 대꾸가 없었다. 오히려 엄마한테 사로잡혀 바이올린을 맘대로 다루지 못하는 것이 싫었다.

"이것 좀 놔. 바이올린 끊어져……."

"글쎄 그러니까 바이올린은 이따 함 되잖어. 아부지가 뭐라구 안 하셔."

성우 선생은 꼭 자기 말을 했을 것만 같았다.

"아부지가……, 응 아부지가 말이지……."

그놈의 바이올린 때문에 또 말이 끊어지고 똥당똥당 소리가 계속되었다.

"그래 아부지가 뭐라고 하셨어?"

"아부지가 나 훌륭한 사람 되라구 그랬어."

"뭐라구? 어떻게?"

진호는 엄마 말이 바이올린만큼 재미가 없었다.

"진호, 아부지가 훌륭한 사람 되라구 그러셨어?"

"응."

"어떤 사람이 되래?"

"나 말이지, 아부지 같은 사람 될 테야."

연이는 잠깐 섬뜩해졌다. 아이가 아버지같이 된다고 말하는 아버지가 누구를 말함인지 몰랐다. 죽은 아버지를 말함인지 성우 선생을 말함인지 그 저녁은 유별나게 아이가 성우 선생을 아부지라 말하는 때마다 섬뜩섬뜩해 올 뿐 아니라 또 자기가 아이에게 성우 선생을 일러 아부지라 말하는 것이 어쩐지 가슴이 두근거려 왔던 것이다. 그렇지만 연이는 그 가슴 두근거리는 속에 아이가 성우 선생을 아부지라 부를 수 있는 제도랄까, 풍속이랄까, 어쨌든 다른 대명사가 아니고 아부지라 부를 수 있는 것을 은근히 다행해 하는 심리가 숨어 있는 것도 어쩌는 수가 없었다.

"어떻게 함 아부지같이 훌륭해질까?"

연이는 아픈 데를 어루만지듯 아이 입으로 얼른 아버지를 구별해 놓을 수 있도록 물었다.

"불쌍한 사람 도와주구 그럴 테야. 커서……."

진호는 바이올린 줄 위에 손을 쉬며 자기의 불쌍한 사람 도와줄 미래의 모양이라도 그려 보는 듯 잠깐 멍해 있었다. 연이는 어쩐지 마음 서운한 것을 느끼면서도 또 한편으로는 자기가 죽은 남편을 점점 잊어버리듯 아이도 정말 아버지인 아버지를 기억하지 말았으면 하는 심사도 있었다.

"왜 바이올린 켜며 세계일주 한다더니……. 후렛도처럼 된다고 그러더니……?"

다치기 싫은 말이었으나 연이는 진호가 어느 정도까지 지난 일을 잊어버렸는가, 온갖 버릇을 고쳤는가를 알고자 허진영의 집에서 눈발이 유리문에 희뜩희뜩 날리던 날의 기억을 뒤져 보았다. 진호는 다 잊어버린 듯,

"후랫또? 그거 뭐야? 난 싫어, 아부지같이 될 테야."

흥미 없어 했다.

"진호! 엄마가 말이야……."

연이는 차마 말이 나오지 않았다. 진호는 아무것도 모르고 여전히 바이올린을 튀겼다.

"이봐, 진호, 엄마가 말이야, 아부지하구 웃구……."

또 말을 목 너머로 넘어갈 뿐이었다.

"……."

"진호! 괜찮어? 응?"

"뭐 말이야?"

진호는 약간 짜증을 내었다.

"아부지하구 웃구 얘기해두 괜찮으냐 말이야?"

아이가 짜증내는 틈을 타서 얼른 말해 버렸다. 벌(蜂)의 둥지를 헤치는 무서움과 주저로움이 있었으나 또 그것을 훌 헤쳐 버리려는 심리도 있었다. 그러나 얼른 해 버린 때문인지, 짜증이 났기 때문인지, 진호는 더구나 무슨 소린지 알려 하지 않았다.

"왜 이래, 말 좀 해."

"뭐 말이야?"

"엄마가 아부지하고 웃구 얘기해두 괜찮으냐 말이야?"

한번 한 말이라 이번엔 좀 쉽게 나왔다.

"괜찮지 뭐어."

"너 왜 안 된다구 안 했어?"

"언제 내가 그랬어?"

"왜 너 그러구서……, 아 참 안 그랬던가. 엄마가 잘못 들었나?"

연이는 더 캐려다가 돌려대었다. 진호는 잊어버린 것이 분명했다.

진호는 무엇이나 다 잊었다. 그가 그처럼 신신당부하던 말까지 쉽게 잊을 수 있는 사이에 자기는 잊어버린 것은 하나 없이 온갖 버릇을 배우기만 한 것은 진호만큼 순수하지 못한 때문이라고 반성되나, 진호가 자기에게 가장 고초스럽던 그 말조차 잊어버렸다는 것이 반가와서 아이를 껴안으며 흔들었다. 그러는 바람에 아이 손에 쥐었던 바이올린 줄 하나가,

"쨍그랑."

하고 끊어졌다.

"이게 뭐야. 난 몰라……."

아이가 칭얼댔다. 연이는 그 순간 정신이 확 돌았다. 그것은 영화관 영사막이 끝나는 불이 켜지는 때와 같았다. 그러자 뉘우침과 자책과 두려움이 막았던 물처럼 가슴속에 들이밀렸다.

"엄마가 잘못했어."

이 엄마가 잘못했다는 연이의 말소리는 그가 지금까지 하던 음성과는 아주 달랐다. 어머니의 음성이었다. 정당했다.

"괜찮어, 아부지보고 고쳐 달래지 뭐."

아이는 연이가 바이올린 줄 끊은 걸 잘못했다는 줄로만 알았음인지 주섬주섬 걷어 가지고 일어섰다. 연이는 아이가 제 방에 돌아간 후 낙수 떨어지는 소리의 처량함도 '병아리꽃'의 외로움도 잊어버리고 밤이 밝기를 기다렸다.

밤이 어서 밝으면 넓은 들과 푸른 하늘과 바람과 태양 속에서 자기의 슬픔을 씻어 버리고 오직 진호와 아이들을 위해서 한껏 즐겁게 살리라.

9

그 뒤 어느 가을 일요일 오후였다. 연이는 또 슬픈 사실 하나를 더 발견하게 되었다. 그러니까 그것이 낙수 소리 처량하던 봄도 가고 여름도 지나 가을철에 들어가서 성우 선생의 아버지와 부인과 아이들과 가족이 시골서 보육원 뒷뜰에 이사를 와서 한참 되던 때였다.

일요일이었으나 추수 때라 아이들과 선생들은 죄다 농원에 나가고 몇 아이만이 이부자리 널었던 것을 거두게 되어 연이는 그 신칙을 하다가 이부자리 터진 데가 있길래 마당에 자리를 깔아 그것을 꿰매고,

아이놈들은 이불 거두기보다 짱아잡이에 더 열심이었다. 연이는 그들이 무엇을 하건 유쾌하기만 하면 그만이므로 터진 데만 부지런히 손질하고 있었다.

그러려니까 짱아잡이에 정신없는 봉길이가 쭈두룩 달려와서 연이가 발을 편 이불 밑에 다리를 집어넣었다.

연이는 이불 속으로 아이놈의 두 발을 발 새에 꼭 끼면서,

"이 바보가 왔네, 제가 난 곳두 모르는……."

바늘을 멈추고 건너다보며 놀려 주었다. 연이가 들어오던 날 저녁에 아코디언 켜며 천장을 응시하던 바로 그 아이였다. 연이는 석고와 같이 움직일 수 없던 그 아이의 내력을 알고자 그 뒤로 봉길에게 가는 관심과 주의가 적지않았다. 그러자니까 봉길이도 또 몹시 연이를 따라서 진호보다도 오히려 연이 방에 드나들고 연이가 가는 곳이면 쫓아다녔다. 그런 까닭인지 천장을 응시하며 아코디언 켜는 일이 다시 없고 명랑해져서 연이가 그에게 아버지 어머니와 고향을 물을 수 있었으며, 또 그가 고향도 부모도 아무것도 모른다고 해서 연이는 그를 종종 바보라고 놀려 주는 일까지 있게 되었다.

나이는 열네 살, 성우 선생이 경성역에서 처음 주운 아이 중의 하나라고 했다.

봉길이가 그렇게 하자 짱아잡이에 열중하던 놈들 전부가 이불 속으로 달려와서 다리와 발을 집어넣었다. 진호도 달려왔다. 다른 아이들과 같이 저도 이불 속에 발을 폈다. 그런데 연이는 웬일인지 바늘에라도 찔린 듯 오똘 놀랐다. 아니 바늘에 찔린 것 같은 그러한 느낌은 아닐 것이다. 연이가 바늘을 손에 쥐고 있으니까 바늘에 찔린 것처럼 오똘했다고 표현하는데 그 표현은 좀 적절하지 못할지 모른다. 어쨌든 연이는 진호 발이 자기 발과 부딪치는 순간 오똘 바늘을 딱 멈췄던 것만은 사실이다. 그 시간이 극히 짧아서 아무런 의식을 갖출

새가 없는 정말 지극히 축소된 시간이었으나 연이는 진호의 발이 자기 살에 부딪치는 그 순간에 진호의 온갖 것을 느꼈다. 보드라운 것, 따스한 것, 살뜰한 것, 자꾸 만져도 더 만지고 싶은 감촉, 그것 외에도 얼마든지 있는, 진호의 저 깊고 깊은 숨결 속에 숨었을 무엇이라 이름할 수 없는 것까지 한꺼번에 모조리 느꼈다.

"요게 뭘까? 요 보들보들한?"

연이는 아이의 발을 두 손에 꽁꽁 저도 모르는 사이에 주무르며 진호를 건너다보았다. 진호는 간지럽다고 깔깔깔 매암을 치다시피해 빠져 나갔다. 연이의 손은 허전해 왔다. 뿌듯하던 마음이 풀썩 주저앉았다.

"어머니 요건 내 발이야."

제 발도 좀 쥐어 보고 싶었던지 아이 놈 하나가 연이 다리에 제 발을 문지르며 이렇게 말했다. 연이는 그제사 진호만을 알은체한 자기 행동을 깨닫고 다리에 닿은 발 하나를 잡아 쥐었다.

"오오라 요거야?"

그런데 연이는 진호 발을 잡던 때와 같지 않았다. 뿌듯한 것도 보드라운 것도 따스한 것도 또 그 외에 얼마든지 있는 무궁무궁한 진호의 저 깊고 깊은 숨결 속에 숨었을 무엇이라 이름할 수 없는 것까지 느끼던 것을 느낄 수 없고 그저 측은스럽기만 했다. 그리고는 오히려 진호 발과 똑같은 체온을 가진 아이놈의 발이 따스하지 못하고 뜨근해지면서 그 발에 무엇이 묻었을 것 같은 꺼림칙한 것까지 느꼈다. 의식은 못 했지만 봉길이 발을 발 사이에 넣을 때에도 그랬던 것을 그는 새삼스레 깨달았다.

"어머니 이건 내 발이야."

"이건 내 발."

"이거 아냐, 어머니."

"이것두야, 어머니."

각기 제 발을 이불 속에 추켜들고 연이 손에 한 번씩 쥐어 보이려 했다. 연이는 어느 발인지 모르면서,

"오오라 오오라, 요거야 요거야?"

했다. 아이놈들은 아무것도 모르고 연방 제 다리 추켜들고,

"어머니."

하고 불렀다.

연이는 문득 한번도 느껴 본 일이 없는 어머니라 불러 주는 그 아이들 소리가 머물지 않고 마당 가득히 줄에 널린 이불을 껑충껑충 넘어서 짱아가 나는 하늘보다 높은 하늘가 저편 멀리로 흩어져 가는 것을 알았다.

"이불은 혼자 할 테니 너희들은 농원에 나가요. 응? 어머니가 혼자 해두 넉넉해요."

아이들은 농원으로 나갔다.

혼자 남은 마당은 넓기만 했다. 하늘도 넓었다.

전에도 그랬지만 연이는 진호의 바이올린 줄 끊던 이래로 또 성우 선생 부인이 온 뒤로 한층 자기는 아이들의 좋은 어머니가 된다고 했던 것이다. 되었다는 자신까지 가졌던 것이다. 그것은 연이가 성우 선생한테 가는 마음을 누르면 누를수록 점점 더해 가는 것과 함께 아이들을 생각하는 마음도 거기 따라서 더해 갔기 때문이었다. 즉 성우 선생을 생각하고 난 다음 시간은 반드시 그 뉘우침이 있기 때문이었다.

뉘우치는 순간엔 언제나 그는 넓은 들과 푸른 하늘과 바람과 태양 속에서 진호와 아이들의 참된 어머니가 될 것을 굳게굳게 맹세했던 것이다.

그랬는데 이제 와서 연이는 아무러한 자신도 힘도 위안도 없어졌

다.

그래서 바늘을 집어 던지고 일어섰다. 이름할 수 없는 공포와 적막이 몰려들었다.

"왜 그러구 있어?"

연이는 놀란 듯 머리를 홱 돌렸다. 성우 선생이 와 있었다. 연이는 당황했다. 항상 그이 앞에는 당황한 것이지만 그것과는 다른 죄스러움에서 오는 당황함이었다.

"선생님, 아니…… 어떻게?"

"왜 그래? 피곤해 보이는군."

"선생님!"

성우 선생의 먼지와 지푸라기 부서진 것이 얹힌 어깨 근방을 보며 연이는 이렇게 불렀다. 불러만 놓고 말이 얼른 나오지 않아서 머뭇거렸다.

"왜 말 못 할 일이 생겼어요?"

연이의 머뭇거림을 살핀 듯 성우 선생은 얼굴을 내려다보았다.

"전 여길 그만둬야겠어요……. 아무래도 선생님 뜻을 받들 수 없을 것 같습니다. 눈물 없는 세상은커녕 저 때문에 되려 눈물 많은 슬픈 세상이 되구 말 것 같아요. 전 오늘도 한 가지 슬픈 사실을 발견하게 되었어요."

"또 뭘 가지고 그래? ……연인 암만해도 공연히 슬퍼하는 버릇이 있는 것 같아. 슬프거니 생각함 자꾸 슬퍼지는 거야. 대체 슬픈 일이란 뭐야. 어디 한번 말해 봐요."

"제가 부족해서 그런 줄 잘 압니다. 그래서 아이들을 사랑하지 못합니다. 그걸 오늘사 알았습니다."

연이는 말을 더 계속하려다가 머리를 숙였다.

"뭐가 어째서 그래? 왜 자꾸 그러는 거야……."

성우 선생 말소리는 좀 커졌다. 연이는 성우 선생 음성이 높아지자 뭐가 어떻게 됐는지 모르게 벙벙하던 정신이 홱 돌려지며 말이 줄줄 나왔다. 조금 전에 발견한 슬픔의 전말을 진호의 발에서 느끼는 따사로운 것, 살뜰한 것을 아이들 발에서 느낄 수 없다는 것을 이야기할 수 있었다.

"제가 부족하기 때문입니다. 그렇지 않으면 왜 진호와 똑같이 작고 귀하고 따스한 걔들 발에서……."

하고 말을 끊었다. 연이의 말이 끝난 후 성우 선생은 한참 말이 없이 잠잠해만 있다가,

"연이 잘 알았어. 그걸 걔들을 사랑하지 않아서 그러는 거라구 생각해선 안돼. 그게 아냐. 연이 말대루 연이가 진호 발에서 온갖 것을 느끼면서 걔들 발에선 아무것도 느낄 수 없는 건 그건 하는 수 없는 일이야. 뭐랄까 해설이나 설명으로 연일 이해시켜낼 수 없을지 모르지만 어쨌든 태고 때부터 모든 여성들이, 아니 인간들이란 편이 낫겠군. 모든 인간들이 자기의 피를 가진 자식이 아니면, 즉 혈육이 아닌 데선 연이와 똑같이 아무것도 못 느꼈을 거라고 나는 믿어. 한 생애를 가엾은 아이들을 위해서 자기를 완전히 희생한 페스탈로찌까지두 그랬을지 몰라. 그러니까 걔들이 가엾다는 거지, 불쌍하단 거지……. 그러니까 우리가 걔들을 더 사랑하구 더 훌륭히 길러야 하잖아……. 내 보건대 연이가 걔들 사랑하는 거라든지 교육하는 방법이 조금두 부족하다구 생각잖어. 애들을 진정 사랑하는 태도가 옆에 사람까지 감화를 준다구 여러 선생들두 다 그러는데……. 곽 선생은 요먼저두 말씀하셨지만 강대산 선생을 애들이 어머니라구 부를 땐 부자연했지만 연인 도무지 안 그렇다구 하시면서 애들 교육하는 방법두 스스로 썩 잘 연구해낸다구 탄복했어. 내 보기두 그래요. 그건 본래 연이 마음이 착하기두 하지만 진호루 해서 많이 생각하기 때문

에 그렇다구 봐……. 정말이지 보모가 지금 몇 사람이든 필요하지만 애들이 강대산 선생한테 하듯 할까 봐 초빙 못 하는 거야. 꼭 연이와 같은 사람이 있으면 좋겠지만……, 인제 들어오는 보모는 웬만치 잘 해 가지군 애들 마음을 만족케 못할 테니까……. 강 선생한테두 애들이 연이가 들어온 댐부터 버쩍 더했으니까……. 연이가 만약 걔들 버리구 간다구 해봐. 걔들은 더 가엾고 더 슬플 것이 아니겠어. 연이두 걔들 슬프게 하긴 싫겠지. 내 보기엔 연이가 전보다 더 한층 걔들을 사랑하리라 믿어져……. 연이가 지금 말한 그런 걔들의 운명적인 슬픔을 발견하길래 연이두 걔들이 더 가엾구 슬프게 생각될 테니까…… 고마워. 정말 그건 연이가 걔들을 진정 사랑했단 증거라구 난 보겠는데…… 그런 발견은 아무나 못하리라 믿어져. 제 아이 귀한 줄 아는 건 보통 있는 누구나 가진 본능이지만, 제가 안 낳은 남의 자식을 제 아이와 똑같이 느낄 수 없다구 해서 그처럼 비통해 하는 사람은 연이 외에 몇 사람 있을까 의문이야. 연이 아무 말두 말고 우리 그 가엾은 것들을 더 사랑하구 더 훌륭히 기를 노력을 하자구……. 걔들이 하루하루 즐겁게 살구 좋아짐 그게 눈물 없는 세상인 거야."

성우 선생의 긴 말이 이었다 끊었다 하며 계속되는 사이에 연이는 이름 모를 공포와 적막이 더러 걷혀지고 그와 함께 누구에겐지 모르게 죄스럽던 마음도 덜어져 버렸다. 그것이 성우 선생이 아니었더라면 그렇지 않았을 것이다. 그 위에 또 성우 선생은 아이들이나 선생들 앞에서처럼 존경어를 쓰지 않고 삼가는 일도 꺼리는 일도 없이 옛날과 같이 정다운 시선과 부드러운 음성으로 대해 주기 때문이었다. 그러나 연이는 그것으로 완전히 가벼운 마음일 수는 없었다. 되레 그러기 때문에 그것 외에 또 하나의 성우 선생 때문에 가지는 마음이 납덩어리처럼 가라앉았다.

"선생님!"

연이는 성우 선생을 또 한 번 무겁게 불렀다. 성우 선생도 무겁게 그러나 눈으로 대답해 주었다.

"아무래두 전 선생님이 말씀하시는 눈물 없는 세상이 아이들이 즐거워하는 데서만 있을 것 같잖아요. 전 들어오던 날은 아무것도 모르구 선생님의 말씀대루 그렇게 하겠노라구 했지만, 그렇게 될 줄 알았지만, 생각하는 대루 될 줄 알았지만……. 힘으루두 이론으로두 어찌할 수 없는 일이 얼마든 있는 걸요……."

"글쎄 지금까지 내 말하지 않았어. 그런 그 인간의 힘으루 어찌할 수 없는 거니까 그대루 버려 두라고……. 그 호흡 속에 밴 슬픔이야 하는 수 없잖아. 그건 언제나 남아 있을 슬픔이거니만 알구 전대루 전보다 더 걔들을 즐겁게 해줌 되잖아. 생각해야 끝나지 않을 건 거저 덮어 두라구……."

성우 선생은 연이의 말을 못 알아들었다. 연이는 자기의 마음을 모르기 때문이라 깨달았다. 아직도 아이들의 슬픔을 이야기하는 줄만 알았다. 연이는 다시,

"선생님."

하고 불렀다. 소리가 떨렸다.

"선생님은 제 말을 못 알아들으십니다. 지금 제가 하는 말은 애들 슬픔을 말하는 게 아네요. 애들은 선생님 말씀과 같이 운명적이거니 하느님의 법규거니, 하고 전보다 더 사랑하겠어요. 그럴 자신두 지금 생기구 신념두 생겼어요. 그렇지만 그 외에두 세상엔 슬픈 일이 한두 가지가 아니란 말이에요. 힘으루두 어찌할 수 없구 이론으루두 어찌할 수 없는 전 여기 올 때까진 선생님 말씀을 좇겠노라구 약속할 때까진 아무것도 몰랐어요. 진호만 나아짐 아무 고통두 슬픔두 없을 줄 알았어요. 그랬는데……."

말을 채 마치지 못했다.

뒤에 남은 말을 해낼 용기가 없었다. 침묵이 계속되었다. 하늘은 여전히 높고 구름이 흐르고 짱아는 날았다.

"연이!"

본래 남의 말을 듣고 얼른 대답하는 성질이 아니지만 그 사이는 참으로 오래였다. 연이는 고개를 조용히 들었다.

"연이!"

하고 부르는 소리가 전신에 전광처럼 퍼졌다. 가슴과 다리가 떨렸다.

"그걸 신의 시련이라구 알밖에 없지, 신이 인간을 착하게 만들기 위해서 보내 준 시련이라구 알라구. 사람에겐 병과 가난과 죽음 외에두 슬픔과 괴롬이 얼마든지 있는 거야. 연이가 말한 여기 애들과 같은 운명적인 것두 있을 게구, 또 뭐랄까, 거저 슬픈 것……, 이런 건 아무나 알기 어려운 슬픔인데 그렇지만 모든 슬픔 중에서 가장 더한 것인지두 모르지. 애들의 슬픔이 영원히 가시지 않는—사람의 호흡과 같이 깊은 데 숨어 있는 것과 마찬가지루 우리 인간에게 영원히 떠나지 않는 슬픔……, 또 그밖에두 여러 가지 슬픔이 있겠어……. 어쨌든 어떤 슬픔에 지는 사람은 아무것두 모르는 사람이야. 가슴이 터지두룩 아프고 목이 메는 그런 슬픔 속에서 괴롬 속에서 환희를 발견할 줄 아는 사람이래야 착한 것두 아름다운 것두 아는 사람이야."

여기까지 이야기했을 때 아버지를 부르며 들어온 아이가 있었다.

성우 선생은 연이보다 더 빨리 돌아다보았다. 참착하고 좀 느린 편이었으나 아이들 앞에선 언제나 민활하고도 명랑했다.

"아부지 나오시래. 애들이 싸운다고……."

성우 선생은 이야기하던 것 같잖게 연이에겐 다시 한 마디 말 없이 아이들을 따라 훌훌히 나갔다.

연이는 자세를 조금도 못 변한 채 있었다. 입은 약간 벌리고 눈은 멍하니 다리와 팔은 도무지 제 자리에 들어맞지 않게 벌리고. 곁에서 보는 사람이 있다면 꼭 얼이 빠졌다고 할 것이리라.

포플러 나무 잎사귀가 와스스 떨어져 머리와 어깨를 스치고 내려졌다. 그래서 연이는 자기가 아무 분간도 없이 혼자서 있는 것을 알았다. 그는 머리를 마구 좌우로 흔들며 중얼거렸다. 성우 선생은 내 말을 못 알아들었다. 내 맘을 모른다. 날 조금치두 사랑하지 않는다. 그러길래 그렇게 아이들 손을 붙잡구 내달리다시피 훌훌히 나간 것이 아니냐. 나 같으면 애들 먼저 내보내구 오래오래 온갖 애길 할 건데……. 애길 안 하구 그냥 거저 바라만 봐두. 아무 말두 없이 바라만 봐두. 성우 선생은 내가 자길 생각하듯 생각하지 않는다. 반만두 못하다. 반은커녕 십 분지 오두, 아니 십 분지 이두……. 아니 조금두 사랑하지 않는다.

농원에서 들려오는 아이들 노랫소리가 높아지지 않았다면 연이는 언제까지 이런 생각에 사로잡혀 있었을 것이다. 그는 노래가 크게 요란하게 들려오자 성우 선생이 나갔기 때문이라는 것을 곧 알았다. 그리고 성우 선생은 역시 그 아이들의 아버지가 되는 것밖에 도리가 없는 것이라 알았다. 그저 아무 말 없이 빨리 나간 것도 그 아이들 아버지가 되는 것밖에 도리가 없는 것이라 알았다.

그렇다고 그것으로 연이 자기의 슬픔이 가 버리는 것은 아니었다. 오히려 그는 아까 아이들이 나간 뒤보다 더한 공허와 적막이 몰려드는 것을 알았다. 크게 한번 소리를 쳐보고 싶었으나 자기의 소리가 그 아이들의 어머니 소리보다 더 먼 데 하늘로 흩어질까 봐서 아무 소리도 없이 정말 숨결까지 죽여 가며 가만히 앉아 버렸다. 앉아서 조용히,

'이렇게 괴롭더라두 두견새와 같이 착해질 수 있다면, 말(馬)과 같이 진실해질 수 있다면, 동류(冬柳)와 같이 아름다울 수 있다면…….'

연이가 무릎을 꿇고 머리를 숙이고 한참씩 앉아 그녀의 신이 무엇인지도 모르면서 비는 버릇은 이날부터 시작되었던 것이다.

안개

강신재(1924~)

서울 출생. 경기여고를 거쳐 이화여전 중퇴. 1949년 단편 「얼굴」과 「점순이」를 『문예(文藝)』에 발표하여 문단 활동 시작. 「희화」 「여정」 「젊은 느티나무」 「황량한 날의 동화」 등 다수의 작품이 있다.

안개

강신재

성혜는 자기의 소설이 실린 푸른 표지의 신간 잡지와 빨각빨각하는 백 원짜리 아흔 장을 고스란히 포개어서 책상 위에 놓고는 언제까지나 우두커니 그 앞에 마주 앉아 있다.

그것은 잡지사의 사환 아이가 가지고 온 것이었다. 공동수도 앞에서 빨래를 하다가 성혜는 젖은 손으로 그것을 받았다.

푸른 표지에 얼룩이 안 가도록 조심스레 옆구리에 끼고서 방까지 오는 사이 성혜의 마음은 기쁨과 자랑스러움으로 세차게 고동쳤다. 소녀처럼 가슴이 한껏 부풀어 오르는 것을 잘근잘근 입술을 깨무는 계면쩍은 듯한 혼자웃음으로 겨우 흩어 트리면서 그는 걸음을 걸었었다.

그러나 일각대문에 다시 자물쇠를 채우고 수통가로 돌아 나오고부터 그의 가슴에는 흐리터분한 구름이 끼어서 감돌기 시작했다. 그리고 시간이 갈수록 차츰 우울해져 가는 것을 어쩌는 수가 없었다.

푸른 표지 속에 실린 성혜의 소설은 그의 남모르는 많은 고뇌와 정열을 짜넣은, 그로서는 온갖 힘을 다한 것이었다. 그리고 또 그것은 아무러나 그의 오랜 비참한 혼자 씨름에서의 첫번 승리이기도 하였다. 그것이 극히 작게나마 어떤 반향을 기대케 하면서 이러한 큰 잡지에 실렸다는 것은 그것만으로 성혜에게는 형언키 어려운 감격이 아닐 수 없었다. 모든 것을 잊어버리고 실컷 그 속에 잠겨 보고 싶은 봄바람같이 훈훈한 즐거움이 아닐 수 없었다.

또 빨각빨각하는 이 아흔 장의 지폐는 요즈음의 성혜에게 있어 무엇보다도 귀하게 여겨지는 물건이었다. 요 이삼 년래 성혜들 부처는 자기네 몸에 걸쳤던 외투나 저고리나 또는 책이나—무엇이고 들고 나가 바꿔 오는 이외에는 쉽사리 이것을 획득하는 길이 없었던 것이니까. 그러므로 하늘이 개었거나 흰 구름이 떴거나 매일같이 어두운 한간방에 앉아서 엉킨 실뭉치를 끌러야 하는(이 구물푸리의 내직은 남편 형식이 얻어다 준 것이었다) 질식할 듯한 생활을 면할 수 있을 구실을 만들어 준 동시에 당장 오늘 내일의 생활을 윤택히 해줄 이 선물은 성혜의 얼굴에 화색을 돌게 해 마땅한 것이었다.

그러나 빨래를 끝마치고 방에 들어와 책상 앞에 앉은 성혜의 이마는 점점 더 짙은 그늘에 싸여져 가는 것만 같았다. 그의 가슴에는 클로즈업된 형식의 얼굴이 쉴새없이 오락가락하고 있다.

형식이 돌아오면 응당 벌어져야 할 어떤 불쾌한 장면을 상상하는 것이 그는 미리부터 몹시 역겨웠던 것이다. 소설을 썼다는 사실에 대하여 굳이 설명을 하고 변명을 늘어놓고 결국 용서를 빌어야 한다는 생각이 그를 어쩔 수 없이 우울하게 만든다.

쓸데없는 짓만 한다고 핀잔을 받을 것이 싫어서 형식이 없을 적만 골라 글을 쓰곤 한 것이 지금 와서는 오히려 실책이었다는 생각이 든다. 더구나 그것이 이처럼 활자가 되어 나오도록 그런 티도 보이지를 않았다는 사실은 과실이라면 제일 큰 과실이 아닐 수 없다. 말썽이 일어나면 그때 받자 하는 속마음으로 내버티기는 한 것이지만 막상 당하자니 고된 일이었다.

이렇게 성혜가 남편이 반가워 해주기를 바라기는커녕 필연코 불쾌한 빛을 보이리라고—아니 더 험한 공기까지를 예감하지 않을 수 없는 데에는 성혜로서는 그럴 법한 근거가 있어서이다.

원체 여학교 교원의 자격쯤은 가지고 있는 성혜를 그렇게 쪼들리는 살림살이임에도 직업전선에 내놓지 않으려고 고집을 세우는 남편이었다. 그는 차라리 구물푸리의 내직을 권하였다.

"예펜네가 밤낮 바깥으루 나돌아 댕기다니 생각만 해두 불쾌하다. 불결해!"

"허지만 이렇게 힘만 들구 돈은 안되는 일을 골라 할게 무어에요. 도무지 위상적으루두……."

"일하는 게 그렇게 싫음 당장이라두 그만둬요. 강요하는 건 아니니."

"싫다는 것버덤……."

"글쎄 그만둬!"

수없이 거듭된 이런 절망적인 언쟁 끝에 성혜는 형식이 원하는 그러한 아내의 타입 속에도 어쩌면 무엇과도 바꿀 수 없이 귀중한 아름다움이 숨어 있을런지도 알 수 없다고 그렇게 생각하고 그런 체념에 가까운 반성에 늘 사로잡히면서 남편을 따르고 있는 것이었다.

그러나 그새에도 몰래 소설을 쓰며 우선 그 구물푸리의 내직이라는 답답하고 비능률적인 생활 수단의 멍에를 벗어나려고 부단히 애를 써 온, 결국 남편을 반역한 아내가 되어 버리지 않았는가. 그밖에 또 한 가지 색다른 미안함이 섞여 있었다.

형식에게는 (성혜가 속으로 한숨짓고 있듯이) 이중성격적인 점이 있어서 안에서는 이토록 봉건적이면서 밖에 나가면 대단한 자유주의

자로 변하였고 문화에 애착을 느끼기는 누구보다 심하였다.

따라서 그는 근실한, 그러니까 평범하고 무의미한 직업에 종사할 마음은 처음부터 없었다. 소위 문화사업이라는 것에는 가끔 한몫 끼기도 하였으나 반 년 이상 같은 자리에 머무르는 일은 드물었다. 다만 그는 끊임없이 시(詩)를 지었고 가끔은 그림도 그리고 다방의 음악도 남못지않게 사랑하였다.

남못지않게 사랑하였으나—결국은 그것뿐이었다. 문학계도, 미술 전람회도 언제나 그와는 아무 관련 없이 지나쳐 버린다. 따라서 그는 또 그대로 이 도도한 세계에 대하여 동경과 함께 그 어떤 반감을, 찬양과 동시에 또한 경멸을 느끼며 살지 않을 수 없었다.

성혜는 이러한 남편에 대해서 무슨 주제넘은 동정을 가진다거나 하는 것은 결코 아니었다. 남달리 겸손한 그의 성미로는 다만 남편의 '시'도 그리고 '그림'도 자기에게는 이해할 힘이 없다고 생각하는 따름이었다.

하지만 어쨌든 자기의 소설이 남편의 입에 늘 오르내리는 바로 그 잡지에 발표되었다는 것은, 그리고 또 뒤이어 원고 청탁을 받고 있다는 사실은 남편을 불쾌히 할 것만은 정한 일이었다.

성혜는 무거운 마음으로 가난한 단간방을 휘둘러 보고 그리고 다시 푸른 표지와 새 지폐 위에 시선을 떨어트렸다. 단순한 근심이라든가 그런 것도 아니고—무엇인지 무겁고 지겨운 감정이었다.

저녁을 지어야 할 시간이 되었다. 성혜는 장바구니에 돈을 집어넣고서 바깥으로 나갔다.

어쨌든 너무 영양이 좋지 못했던 요사이의 식탁을 눈앞에 띄워 보면서 고기를 사고 생선을 사고 달걀도 한 꾸러미 사 넣었다.

부엌에 들어서자 그는 분주히 손을 놀려서 이것저것 반찬을 마련

하였다. 밖의 얼음이 녹고 날씨가 누그러지면서부터 더 을씨년스럽게 춥기만 한 구들에도 넉넉히 불을 넣고 남편을 기다렸다.

형식은 저녁상을 보더니 삐익하고 휘파람을 불고서 두 손바닥을 벌려 보였다. 어쩐 영문이냐는 뜻이다.

성혜는 자기 먼저 상 앞에 다가앉아 있다가 수깃하고 젓가락 끝으로 상 위에 동그라미를 자꾸자꾸 그리면서 원고료를 받았노라고 말했다.

"응응? 뭐?"

형식의 의아해서 찌푸린 얼굴이 몹시도 아프게 성혜의 신경에 와 닿았다. 그는 단념해 버린 사람의 침착함을 의식하면서 소설을 발표하게 된 경위를 설명하였다. 마음이 내키기에 적어 본 것을 동무가 가지고 가서 어느 저명한 작가를 보였더니 발표가 되었다고……. 그러나 자기가 얼마나 심신을 경주하여 작품을 고쳐 쓰고 고쳐 쓰고 하였는가에 관해서는 한마디도 하지 않았다.

형식은 듣고 난 순간 무엇을 어떻게 말해야 좋을지 모르는 듯한 얼굴을 지었다.

한참 있다가,

"으흥?"

하면서 못마땅한 듯한 또는 대수롭지 않다는 듯이도 보이는 싱거운 표정을 얼굴에 띄워 올리면서 젓가락을 집어들었다.

성혜는 우선 그만만 하여도 숨이 내쉬어져서 자기도 주발 뚜껑에 손을 대었다.

형식은 식사를 하면서 한참은 다시 또 시무룩해 있더니 갑자기 기분이 좋아지면서 이야기를 시작하였다. 전날 친구 H군을 통해서 시를 갖다 맡긴 평론자 윤씨와 내일 만나기로 약속이 되었다는 것이다.

"원래 가혹한 평을 하기로 유명한 사람이지. 누구를 칭찬하는 법이라곤 없거든. 그대신 그 매서운 눈이 한번 새로운 보석을 발견하는 날에는……! 주저주저할 줄도 모른다는 인물야."

형식을 윤씨를 그렇게 설명하였다.

성혜는 그러냐고 하면서 진심으로 남편의 일이 잘 되어 나가기를 축원하였다.

형식은 다시 말이 없어졌다. 이번에는 고기와 달걀부침과 생선구이가 그의 관심을 점령한 것 같다. 그는 정말 맛난 듯이 얼마든지 입으로 날라들였다.

문득 성혜는 눈물겨운 듯한 생각이 들었다. 그것은 전연 예기하지 않았던 감정이었다. 남편의 바삐 움직이는 입과 턱과 목덜미와 — 그런 것을 그대로 더 보고 있으면 눈물이 핑 솟아오를 것만 같았다.

그는 또 뜻밖으로 간단하게 지나쳐 버린 소설건이 무척 다행으로 여겨지기는 하면서도 어쩐지 한편으로는 못 견디게 서글펐다. 그것이 어디서 오는 감정의 미오(迷誤)인지는 알 수 없었지만…….

그러나 요행으로 무사히 난관을 통과하였다고 생각한 것은 성혜의 속단이었다.

다음날 윤씨를 만난다고 서두르며 나간 형식은 저녁때 술이 얼근하게 취해 가지고 돌아와서는 지분지분 어제 그 일로 비우정대기 시작했다. 윤씨를 보셨느냐고 성혜가 묻는 말에 휘덮어 씌우듯이,

"나두 인전 드러누워서 얻어먹을 신세가 되었구나. 허 참."

"예펜네 덕택에 시인 박형식도 일약 유명해지겠군. 어디 덕 좀 톡톡히 봅시다."

성혜를 힐끔힐끔 바라다보며 입을 삐뚤이고 말을 한다. 그러다가 그의 눈은 차츰 더 붉게 되어 가면서,

"집이라구 헷 참 방구석에 발을 붙일 수 없게시리 늘어놓구서, 응?

문학이다? 것보담두 우선 양복바지에 프레스나 한 번 똑똑이 해놔 봐."

"……."

"낸들 이게 글쎄 할 짓이냐 말야, 예편네라구 제—길 이쪽이 되레 시중을 들어야 할 판국이니."

"……."

"옛다 여류작가 입네 하구 쏘다니기 불편한데 이 기회에 이혼이나 하면 어때?"

이렇게 빈정거림이 끊일 줄을 모르고 계속된다. 성혜는 고개를 푹 수그리고 참고 있다가 끝내 얼굴을 들고서 형식을 똑바로 마주보았다.

남편의 이그러진 자존심, 그 저열한 심정은 도저히 그대로는 참을 수 없었다. 그는 남편의 이러한 모습을 바라보기를 본능적으로 저어하였다. 그러나 눈을 아주 가려 버리기라도 하고 싶은 충동이 그것과는 반대로 그의 머리를 번쩍 치켜들게 한 것이었다.

"다시는 절대루 안 쓰겠습니다."

성혜는 이런 말을 해야 한다고 느꼈다. 얼마만큼 괴로운 일일지라도 그렇게 해야만 되겠다고 생각은 했으나 그러나 쉽사리 그 말이 입 밖으로 나와지지는 않는 때는 자기도 어쩌는 수가 없었다. 성혜는 그것이 또 안타깝고 괴로워서 형식이 어서 더 한마디 속이 뒤집히도록 포악한 말을 던져 주었으면 하고 대기하는 듯한 절박한 심사였다.

그러나 형식은 하고픈 말을 다 해 버린 것이었는지 성혜의 정색한 얼굴을 가장 경멸한다는 듯이 흘겨보고 나서는 다시는 더 말을 끄집어내지 않고 그대로 방바닥에 드러누워 버렸다.

성혜는 바윗돌같이 한자리에 그대로 앉아만 있었다. 활딱활딱 가슴에서 피가 솟구쳐 오른다. 그것이 무슨 무거운 것에 부딪치듯 뱃속으로 떨어져 내려가곤 할 때마다 성혜는 앞으로 쓰러질 듯한 현기증을 느꼈다. 그는 이런 악몽 같은 시각은 일시라도 빨리 사라져 주기만 기도하듯 눈을 감고 바라고 있었다.

그들은 저녁상도 받는 듯 마는 듯 한켠 구석에 밀쳐 놓았다. 형식은 일어나 앉았다가 다시 누웠다가 하더니 그대로 흐지부지 잠이 들었다.

코까지 골며 잠을 자더니 별안간 눈을 뜨고 주정하듯.

"나쁜 자식, 에―크 나쁜 자식들, 평론가다? 문학이다? 흥, 윤가 따위가 다 뭐냐!"

고래같이 고함을 지르고는 눈을 부릅뜨고 성혜를 바라다보다가 돌아누워서 다시 코를 골았다.

성혜의 뇌리에는 그 밤이 지옥같이 처참히 새겨졌다.

며칠 지나고였다. 성혜는 아침에 대문을 나서는 형식을 두어 걸음 뒤로 따라가면서,

"접때 가져온 건 다 했는데요, 가시다가 양철집 아이 좀 오라구 해 주세요. 요전번보다 두 꾸레미만 더 가지구 오라구요."

되도록 천연스런 말씨로 내직감을 보내 달라고 부탁을 하였다.

형식은 걸음을 멈추어 듣고 나서는 쓰다 달단 말도 없이 그냥 가 버렸다.

양철집 사환 아이는 종일 오지 않았다. 형식에게 재촉을 하기도 무엇하여 그대로 이삼 일 지나간 후에 성혜가 자신이 갔다 오려고 실을 싸고 있는데 그 아이가 아주머니 하고 부르며 들어왔다.

아이는 웬일인지 꾸러미를 짊어지지 않고 왔다. 돈만 보자기에서 끌러내 놓고는 성혜가 주는 실을 거기다 옮겨 싼다. 일감이 이제는 없어졌느냐고 성혜가 묻는 말에, 아니 이댁 아저씨가 이젠 그만 가져오라 했다 한다.

성혜는 한참 동안 혼자 생각에 잠겨 있다가 그날은 집안을 정돈하고 바느질을 하였다.

푸른 표지의 잡지는 눈에 뜨이지 않는 곳에 치워 버렸다.

얼마가 또 지나고.

혼자 쓸쓸한 저녁을 치르고 나서 성혜는 부엌 문설주에 기대어 좁은 뒷뜰을 내다보고 있었다.

꾸불텅 꾸불텅한 벚꽃 고목이 한 그루 담장에 붙어 서 있다. 나무는 거의 다 가지가 마르고 장독대 위로 길게 뻗은 가지 하나에만 밥풀 같은 흰 꽃잎이 드문드문 붙어 있다. 연보라색 어둠이 그 위를 자욱이 휘덮기 시작한다.

성혜의 서툰 솜씨로 돌멩이를 둘러 막고 흙을 쌓아올리고 한 명색뿐인 장독대는 한귀퉁이가 또 허물어져 내려 있다. 아니 벌써 작년 여름부터 그렇게 된 것을 날마다 내다보면서도 그대로 내버려 둔 것이다.

성혜는 끝이 모즈러진 호미와 꼬챙이를 하나 찾아들고서 뒤편으로 나갔다. 흙을 긁어 올리고 발로 밟고—몸은 그대로 움직이면서도 성혜의 마음은 어딘가 먼 데로 날고 있었다. 막연한 생각 속을 더듬으면서……. 재미나게 일을 할 줄 모르는 것은 성혜의 쓸쓸한 버릇이었다. 어째서인지 어릴 때부터 그랬다. 그에게는 무엇을 생각하거나 쓰거나 하는 외의 대개의 일은 흥미에서보다도 필요에서 하여졌다.

그렇지만 이렇게 일하여 주위의 모든 것을 깨끗하고 쓸모 있게 간직하고 될 수 있으면 개량하고 윤택히 하고—이런 곳에 삶의 즐거움이 숨어 있는지 알 수 없었다.

거기에 비하면 추상적인 감정의 조각구름 따위에는 결국 아무 의의도 없을런지 모른다. 성혜는 이렇게도 생각해 본다.

허리를 펴고 일어서서 중공에 동그랗게 떠오른 연주홍빛 달을 그는 쳐다보았다. 그리고 아무 연관도 없이 불쑥 사람의 운명이라는 말이 머리에 떠올랐다.

자기들 부처간의 요즈음 미묘하게 얽혀 가고 있는 감정에도 어느덧 생각이 흘러간다. 형식은 그후 무엇이 동기가 되었던 것인지 성혜의 소설 공부를 말리지 않을뿐더러 놀랄 만한 열성으로 격려까지 해준다. 그는 아내의 쓰는 원고를 일일이 읽어 보고 붉은 잉크로 주(註)를 달아서 고치게 하며 때로는 새로 긴 구절을 삽입하기도 한다. 그리고 성혜에게 어떤 테마나 구상을 말하게 하고는 가혹한 악평을 하여 손도 대지 못하게 하는가 하면 자기가 테마를 주면서 쓰라고도 하였다.

"이렇게 써보란 말야. 오늘 다방에 앉았다가 문득 머리에 떠오른건데—."

그리고 구구한 이야기를 들려준 끝에,

"응? 이렇게 시대성을 반영시켜야 하거든. 써봐요. 틀림없이 센세이션을 일으킬 테니."

하는 것이다. 옆에 지키고 앉아서 구술하다시피 새우는 적도 있다.

형식이 이같이 변해 준 것은 성혜로서는 감사해야 할 일이었다. 그런데 웬일인지 성혜는 한 줄의 글도 제 마음에 차게 써지지가 않았다. 남편이 자기가 말해 준대로 우선 초만 잡으면 고쳐 주마고까지 간곡히 말하여도 그러면 그럴수록 어찌된 셈인지 붓이 달려 주지를 않는다. 자기도 못 견딜만치 초조하였지만 어찌할 수 없었다. 아니 차츰 그 초조한 마음까지 사그러져 가는 듯한 감이 드는 것이다.

'소설은 무슨 나 따위가…….'

어디서 연유한 것인지 이런 절망감까지도 의식의 밑바닥에 깔리기 시작하였다.

성혜는 구물풀기 이외의 무슨 적당한 내직이 없을까 하고 속으로 이것저것 물색해 보았다.

지금까지 내놓은 두 개의 작품에 대해서는 성혜는 큰 애착을 느낀다. 모든 평가를 떠나 다만 자기의 영혼을 불어넣었다는 그것만으로 해서 느끼는 그리움일지는 알 수 없다. 자기의 피를 나눈 듯한, 그것만이 자기를 알아 주는 듯한, 그리고 이미 먼 곳에 사라진 것에 대하는 듯한 그러한 그윽한 심정이었다.

그 둘째번의 작품은 형식의 눈도 거쳐서 잡지사로 넘어갔다. 그때 형식이 빼어 버리기를 맹렬히 주장한 어떤 장면으로 하여 성혜는 지금도 다소 마음에 걸리는 일이 있다.

그 장면은 성혜의 생각으로는 아무래도 뺄 수는 없는 장면이었다. 그 단편 자체가 이를테면 팽이의 중점같이 그곳에 발을 붙이고 형성되어 있었다. 그 점을 건드리면 팽이는 돌지 않고 이지러져 쓰러질 것이었다.

성혜는 오래 두고 망설인 끝에 편집자인 그 '저명한 작가'에게 편지를 적어서 원고와 함께 보냈다. 즉 그 월광의 벌판에서 벌어지는 작은 장면은 생략하는 것이 좋다고 생각하시면 빼도록 해달라고…….

그런 글을 적으면서 성혜는 창작에의 단념을 속으로 준비하였는지도 알 수 없다. 월광의 장면은 빼어지지 않을 것을 그는 거의 확신하고 있었다.

호미로 헤적이고 도두어 올리고 하는 손끝에서는 흙내가 모락모락 풍겨 올라온다. 그는 올여름에는 이 앞에다 화단이나 가꾸어 볼까 생각한다. 그리고 그런 소꿉장난 같이 빈약한 꽃밭을 앞에 하고 선 자기의 모양을 눈앞에 그려 본다. 그러나 거기에서도 어떤 허전함과 서글픔은 흘러 나오는 것 같아 그는 웃기도 울기도 싫은 심정이었다.

대문을 끼걱끼걱 흔드는 소리가 난다. 성혜는 호미와 꼬챙이를 흙을 털어 들면서 빗장을 벗기려 걸어 나갔다.

"여보, 얼른 옷 입어. 좋은 데 데리고 갈게, 얼른 빨리."

성혜는 호미를 든 손을 나른하게 내려뜨린 채 물끄러미 형식을 쳐다보았다. 단벌밖에는 없는 양복이지만 그레이 소코치의 봄옷을 오늘 아침부터 바꿔 입은 그는 오늘따라 한결 미끈해 보인다. 품질은 안 좋아도 차양이 넓은 유럽형의 모자와 붉은 넥타이도 그를 쾌활히 비치게 한다. 동작도 대단히 경쾌한 것은 오늘 하루의 봄볕이 그에게 십분 행복하게 작용하였음을 말하는 듯하다. 성혜는,

"어딜 가요?"

하고 자기의 귀에도 거슬리는 생기 없는 음성으로 물었다.

"좋은 데! 댄스 파티—. 응? 싫어? 가기 싫어?"

형식은 싫다고 할 리가 만무라고 생각하는 듯이 빙글빙글 웃으며 말한다.

"얼른 채비를 해. 조금은 출 줄 알지? 서양 예펜네한테 배웠으니까."

그는 성혜가 미션 스쿨에 다닌 일을 언제나 이렇게 말하였다.

"못 추면 가만히 앉아 구경만 해두 좋아, 아무튼 얼른!"

형식은 모자를 벗어 마루에 팽개치고는 손을 씻으러 우물가로 갔다. 성혜는 우두커니 서 있었다. 그는 이 별안간의 외출이 어째서 연유한 것인지 우선 이해하고 싶었다. 하기는 가끔 마음이 내키면 비리야—드에나 선술집 같은 데까지 같이 들어가자고 하여 성혜를 놀라게 하는 남편이었다. 그대신 그것은 몇 번 안 되는 극히 드문 일이지만.

그리고 또 웬 댄스는…….

새 풍습이라면 으레히 관심을 가지는 형식이 댄스에 관해서는 아직 아무 소리 없는 것을 별일이라고 생각하고 있기는 하였지만 이렇게 별안간 파티라고 서둘러대니까 역시 어리벙벙하지 않을 수 없다. 그리고 왜 또 오늘은 자기더러 가자고 하는 것일까…….

그러나 이런 생각이 떠도는 한편 아무렇거나 그런 것을 꼬치꼬치 캐려 들 것 없이 그대로 따라 나서면 그만 아닌가 하는 생각도 들었다. 일각대문을 꼭 잠근 그 안에서의 질식할 듯한 생활, 땅굴 속처럼 어두운 방 안, 부엌, 손바닥 만큼씩 쳐다 보이는 하늘, 꽃밭이나 가꿀까 하는 초라한 꿈……, 애써 마음 한구석에 밀어 두는 그러한 의식이 충동적으로 머리를 쳐들려고 하는 것이었다.

그의 망설이는 듯한 시선이 우물가로 던져지고 거기에 편펴롭지 못한 자세로 도사리고 앉은 양복바지의 뒷꽁무니에 머무르자 그는 불현듯 밖에 나가고픈 생각에 사로잡혔다.

"가요! 그럼."

성혜는 자기도 호미와 꼬챙이를 마루 밑에 팽개치고 어린애처럼 우물가로 달려갔다.

"누구네 집이에요, 파티는?"

반성이라든가 이론에게보다 충동적인 감각에 몸을 실었다는 의식이 성혜에게는 무척 신기하고 즐거웠다. 오래간만에 그는 저녁의 봄바람을 전신으로 호흡하며 소녀같이 가벼운 걸음을 걸었다.

그날 파티는 어느 개인의 집에서 열린 것이 아니었다.

형식이 걷고 있던 명동거리를 왼편으로 꺾어들어 으슥한 골목길을 한참 이끌고 간 곳에 나타난 것은 어느 협수룩한 목조 이층이었다.

"많이들 올라갔어?"

그는 그 앞에 나란히 앉아 있는 두 양담배 장수 아이에게 이렇게 말을 던지며 그 다 깨어진 유리문을 덜커덩 밀쳤다. 사람 하나 겨우

통할 수 있는 비좁은 문이다. 성혜는 기대와는 딴판인 이 광경에 놀라면서 가만히 발을 들여 놓았다.

캄캄하고 급한 계단은 역시 비좁고 한 발짝 떼어 놓을 때마다 삐걱삐걱 비명 같은 소리를 내었다. 성혜는 치맛자락에 몇 번이고 발부리를 걸리면서 한손으로 벽을 짚고 걸어 올라갔다. 그의 눈은 어둠 속에서 휘둥그래져 갔다.

위에서부터는 토닥토닥 하는 여러 사람의 발자국 소리가 무엇인가 귀에 익은 곡조와 함께 울려 나왔다. 어쩐지 오지 못할 곳을 온 것 같은 일종의 공포와도 같은 것이 성혜의 마음을 가로질러 갔다.

이 마음은 계단을 다 오른 곳에 있는 또 하나의 비좁은 문을 밀치고 실내로 들어섰을 때 더욱 커졌다.

그것은 일견 넓은 창고 속을 연상시키는 헙수룩한 마루방이었다. 전등은 역시 켜 있지 않아 몇 갠가의 카바이트 불이 얽혀서 빙빙 도는 남녀의 모양을 비춰내고 있다. 그들의 그림자가 괴물처럼 흔들리고 있는 얼룩투성이 벽에는 천정으로부터 둥그런 거미줄이 그물같이 가로걸려 나부끼고 있다. 부서진 책상이며 의자 같은 것이 기대어 쌓인 한켠 구석에서 축음기 소리가 흘러 나온다.

마룻바닥에 뿌려진 붕산 가루는 마루를 거무죽죽하게 빛내고 있다. 그 위를 미끄러져 돌아가는 사람들의 시선이 방금 들어서는 성혜들에게로 일제히 쏠려질 때 성혜는 얼굴이 화끈하였다. 형식이 몸짓으로 가리키기 전에 그는 축음기 소리가 나는 쪽 벽에 기대 놓인 빈 걸상으로 걸어가 얼른 걸터앉았다. 형식은 그새에 모자를 벗어 걸고 두리번두리번 실내를 살피는 모양이다. 곧 그는 여러 사람들과 어깨를 툭툭 치는 인사를 교환하고 여자들에게도 웃어 보인다. 새 음악이 시작되니 그는 그 중의 하나와 함께 허리를 굽혀서 인사를 하는 체하더니 스텝을 밟기 시작하였다.

성혜는 걸터앉아 남편의 서투른 춤을 바라보고 있었다. 그것은 사실 몹시도 서툰 춤이었다. 배우기 시작하고 며칠 안 되는, 아니 정통적인 교수를 한 번도 받은 일이 없는 몸놀림이었다. 그러나 형식은 그것으로 충분히 즐거운 모양이다. 만면에 웃음을 띠우고 조금도 어색하지 않다는 듯이 아는 얼굴을 만날 때마다 무어라고 짧은 말을 던지곤 하면서 빙글빙글 돌아간다.

곡조는 일본의 옛적 유행가다. 옆에 서서 포테이블을 돌리고 있는 짙은 화장의 여자가 조금도 사양 없이 자기의 모양을 뜯어보고 있는 데에 성혜는 불쾌감을 느끼면서 편안치 않는 자리를 지키고 있었다. 남편은 언제부터 이런 곳을 출입하는 것일까. 옷차림들이 그리 호사롭지 못한 그들을 바라보며 그는 생각해 보았다. 군인 잠바를 입고 휘청거리고 있는 중년의 남자, 한켠에서 열심히 혼자 연습을 하는 새파란 소년, 형식은 그 중에도 대부분의 여자들과 안면이 두터운 모양이다.

물결이 굼실거리듯 몸을 하느적거리는 걸음걸이로 옥색 치마를 길게 끈 여자가 이리로 걸어왔다. 형식의 첫번 상대를 한 여자다. 눈썹을 시커멓게 그리고 어딘지 천하다.

그는 포테이블을 돌리는 여자와 대하여 성혜에게는 등을 보이고 걸상 한쪽에 걸터앉더니 우선 담배를 꺼내 물었다.

"저기 저치 말이야."

담배 연기가 피어오르는 바른편 엄지손가락으로 누군지를 가리키며 그는 말하였다.

"시인이라지? 흥, 뭐이 저따위야."

몹시 무엇이 우스운 듯이 그는 까득거리면서 웃어댔다.

"얘! 얘!"

상대는 주의시키듯 작은 소리로 속살거렸다. 성혜를 눈으로 가리킨 모양이다. 그러나 그 역시 사양할 필요는 느끼지 않았던지 함께 소리를 내며 깔깔 웃었다.

"바보 같은 게 글쎄 나더러 말야……."

성혜는 그것이 어느 편의 목소리인지도 분간하지 못했다. 다만 귀가 화끈한 것을 느꼈다. 뒤이어 누구 다른 사람 말이겠지 하는 생각이 떠올랐다. 그러나 옥색 치마 여자는 일부러 성혜를 돌아다보기까지 하였다.

때마침 형식이 이쪽으로 다가왔다. 헤엄치듯 사람들을 헤치고 미소를 띄우면서. 성혜는 마주 일어서면서 대뜸 나가자고 하려 하였다.

그러나 형식은 먼저 그 여자들에게 농을 부렸다.

"순자 씨는 오늘은 어째 워얼 플라워신가. 나하구 좀 춥시다 그려. 이따가 탱고를 걸어 놓구서……."

"아이유! 탱고를 다 추셔?"

날쌔고 코에 걸린 그 목소리에는 모멸의 뜻이 노골로 나타나 있다. 짙은 화장의 여자는 그 말과 함께 빙글 등을 보이고 돌아섰다. 옥색 치마도 형식에게 곁눈도 안 주고 일어나 가면서 한번 더 둘이 얼굴을 맞대고 킬킬거렸다. 형식은 무색한 듯이 성혜에게로 몸을 돌렸다.

그가 두어 차례 춤을 더 추어서 기분을 돌린 연후에 두 사람은 같이 그곳을 나왔다. 밤거리는 아까보다 한결 싸늘하였다. 습기를 머금은 실바람이 겨드랑 밑으로 으쓱으쓱 스며들었다. 형식은 지금 추던 곡목을 휘파람으로 불었다. 성혜는 잠자코 발끝만 내려다보고 걸었다.

"오늘은 잘 추는 애들이 나오질 않았군."

형식은 성혜의 얼굴을 들여다보듯 하며 이렇게 말했다. 성혜는 대답을 안 했다.

형식이 내던진 담배 꽁초가 물이 고인 곳에 떨어졌던지 쒸익 하고 뚜렷한 소리를 길게 고은다. 성혜는 남편의 말에 귀를 기울이면서도 언제까지나 그 여음만을 마음속으로 더듬고 있었다.

초록빛 랜턴을 내건 어느 다방 앞에 다다랐다. 형식은 차를 마시고 가자고 한사코 성혜를 이끌었다. 성혜는 엷은 봄 목도리를 귀밑까지 끌어올리면서 그의 뒤로 따라 안으로 들어갔다. 모든 사람이 자기 얼굴만 들여다보는 것 같다. 성혜는 앞에 놓인 다방 이름이 새겨진 재떨이 속에만 눈을 떨어뜨리고 있었다.

"아, 이거 최 선생님 아니십니까. 오래간만입니다. 이리로 앉으십시오. 자아, 자."

형식이 지금 막 문을 밀치고 들어서는 사람에게 반쯤 허리를 들고 황급히 던지는 인사말에 성혜도 당황히 얼굴을 들어 목례를 하였다. 그는 성혜의 소설을 잡지에 실은 최씨였다.

"어떻게 여길 다 나오셨군요. 좋은 글 많이 쓰셨습니까?"

최씨는 이렇게 문단인의 인사말을 뇌이면서 맞은편에 와서 걸터앉았다.

"글이 다 무업니까, 그게 어디 그리 쉬운 노릇인가요?"

형식은 마치 드러누우려는 듯이 깊이 의자등에 기대면서 시비를 거는 사람처럼 이렇게 말을 가로채었다.

최씨는 아무 대답도 하지 않았다. 한참 있다가 약간 민망한 듯이,

"어려운 일이지만 많이 써주셔야죠."

하고 미소를 띄웠다.

"그런데 참 잡지가 나왔습니다. 이건 윤씨에게 전하려고 하던 거지만 우선 드리지요. 궁금하실 테니까."

그는 들고 있던 큰 봉지에서 성혜의 두 번째 소설을 실은 신간지를 꺼냈다.

"그때 그것 말씀입니다. 원고대로 넣었는데요."

최씨는 그렇게 말하면서 어째서 그것을 빼느니 하였는지 도저히 이해할 수 없었다는 듯한 시선을 성혜에게 던졌다.

형식은 마침 곁으로 온 양담배 장수 아이가 무어라고 한마디 말대꾸를 하였다고 화가 잔뜩 나 가지고 아이를 나무라고 있다. 성혜는 그쪽으로 고개를 돌렸다.

"평이 좋지 못한가요?"

담배 장수 아이가 나간 뒤에 성혜는 평 같은 것은 실은 아무래도 좋았으나 그렇게 회화를 이어 놓았다.

"대단히 좋다고들 하는 모양입니다. 첫번것보다는 훨씬 낫다고 윤씨도 말하던데요."

최씨가 대답을 하자,

"그야 첫번꺼버덤 낫지요. 낫구 말구요. 얼마나 더 공을 들였기에요. 제가 좀 코치를 하지도 했지만."

형식은 반가운 듯이 그렇게 이야기를 가로막았다. 그 말소리가 성혜의 귀에는 유난히 크게 들려왔다.

"네에?"

하고 최씨는 찻잔 속으로 시선을 떨구었다.

"글쎄 말입니다. 무어 심심허니깐 쓴다구 야단이지오만 소설이라고 어디 바루 된 겁니까, 여길 뜯어 고치구 저 구석을 메우구 그래 겨우 그만큼 만들어 놓았지요. 그러자니 이 사람이 또 말이나 고분고분 들어주어야지요."

형식은 유쾌한 듯이 성혜를 돌아보고 껄껄 웃는다.

"여기서두 한군데 어찌 빡빡 고집을 세우는지!"

그는 탁자 위의 잡지를 주루룩 앞으로 끌어당겨 놓고서 페이지를 획획 넘기면서 말한다.

"그게 무슨 장면이더라……? 옳지 벌판에서 무어 주인공이 혼자 빙빙 돌아다니면서 독백하는 장면이지?"

성혜에게 다짐을 주고 나서,

"그게 도무지 틀렸거든. 단편소설이란 그렇게 맥빠진 구석이 하나라두 있어서는 안 되는 법이야. 오직 클라이막스 한 점을 향해 쓸데없는 넝쿨이나 가지는 추려, 추려 얼마든지."

남편의 기세가 높아지면 높아질수록 성혜는 어깨가 오므라드는 듯이 느꼈다. 가지를 추리고 넝쿨을 걷어 버리는 것도 필요하겠지만 발붙일 자리를 빼앗아 버린다면 그럼 이야기는 하늘로라도 둥둥 떠오르란 말인가.

최씨도 그런 뜻으로 대꾸를 하였다. 그의 잔잔한 구조에는 어딘지 가벼운 야유의 뜻이 엿보였다.

"산만하다는 건 단편에 있어 치명상이지요, 물론. 하지만 가령 성혜 씨의 작품을 예로 든다면 그런 소설의 생명은 소재의 적당한 배치, 즉 구성의 묘(妙)에서 오는 효과, 어떤 현혹(幻惑)이라고도 할 수 있거든요. 말하자면 모자이크의 세공물(細工物)이 가지는 아름다움 말입니다. 거기서는 한 조각만 빼놓아도 전체가 헌출하여 볼 모양이 없어집니다. 그리고 그런 방면에 관해서는 성혜 씨의 재능을 상당 정도 신뢰해 좋으리라고 생각하는데요. 이번 작품에서는 그것을 구성하는 네 가지 장면은 완전히 결정적인 역할을 했다고 저는 생각합니다."

형식은 고개를 기우뚱하고서 한참 동안 묵묵히 앉아 있었다. 최씨는 말을 이어,

"독백이라는 형식이 대개의 경우 지루한 감을 주게 되는 것은 할 수 없는 일입니다만, 대단히 효과적인 용법도 없는 건 아닙니다. 가령 저번에 윤씨—평론가 윤씨 말입니다—그이의 필통에 오른 「모란봉」이라는 작품에서라든가……."

최씨는 이야기를 이렇게 일반론으로 돌렸다. 성혜는 손수건으로 가만히 이마의 땀을 씻어 내렸다.

형식은 이번에도 많이 지껄여 작품평에 있어서도 일가견이 있음을 피력하였으나 마지막으로 또 한마디 이렇게 덧붙였다.

"요컨 소설이란 것도 쌍시비리테의 문제지요. 이 장면을 집어 넣어야 옳으냐 안 넣어야 옳으냐 하는 판단이 직각적으로 머리에 떠올라야 하는 법이지 뭐 이렇게 몇 시간을 마주 앉아 토론해 봤자, 쓸데없는 노릇이지요. 그래 윤씨가 좋다고 하더라구요. 흥 그러구 보면 그 양반두 아주 감각이 없는 건 아니로군."

최씨는 지금은 약간 기분이 상한 듯이 입을 다물고 앉아 있더니 조금 후에는 인사를 하고 다른 자리로 옮겨 갔다.

성혜는 다방을 나오고부터 더욱더 두 뺨이 달아 오르고 무엇인지 알 수 없는 격정이 가슴을 쾅쾅 짓눌렀다.

'왜 다방에는 들어가자구 했어요? 최씨와의 얘기는 그게 뭐예요? 그 장면을 빼어서는 결단이라고 그렇게 노골적으로 말하는데도 왜 그것을 못 알아들어요?'

성혜는 마음껏 큰소리로 부르짖고 싶었다. 그의 걸음걸이는 형식의 그것보다 훨씬 빨랐다.

"그것 보라니까, 나 시키는 대루 해서 손해 본 건 없지? 흥, 윤가가 다 칭찬을 하더라구……. 흥, 그게 짜장 누구의 코치이기에……."

성혜의 눈은 일순 번득 빛났다.

무어라구 말이 쏟아져 나오려는데 형식은 또,

"지금 그 최씨라는 인물두 상당히 사람이 거만하지, 무어 나한테야 그럴 잽도 못 되지만. 모자이크가 어떠니 독백의 형식이 어떠니 제법 그럴싸하게 떠들어대지 않아? 네 장면이 모두 결정적인 역할을 했느니 무어니……, 그런데……."

그는 별안간 우뚝 발을 멈추더니,

"그게 장면이 셋뿐이었을 텐데. 비가 오는 데 허구 거기 허구……. 하나는 뺐으니 말이지, 응?"

손가락을 꼽다가 갑자기 무슨 생각이 떠오른 듯이 그는 옆구리에 끼었던 잡지를 잡아 빼들고 앞으로 내닫기 시작했다.

으슥한 골목 어귀에 전등불이 하나 높다란 전주에 매어 달려서, 희미한 광선을 떨어트리고 있다. 그 밑을 향하여 형식은 달음질쳐 가면서 부산히 책장을 뒤적거리는 것이다. 바른편 엄지손가락에 꾹꾹 침을 묻혀 가며.

길에는 한 사람의 행인도 보이지 않는다. 어둠과 자옥한 안개에 싸여서 숨을 죽인 듯 고요하다. 형식은 불 밑에 책을 바싹 들이대고 그저도 정신없이 책장을 넘겨 제낀다.

성혜의 가슴으로 날카로운 고통이 스치고 지나갔다. 그 아픔은 처참한 비명이 되어서 일순 잔잔한 거리를 진동케 하였다. 아니 진동케 하였다고 생각한 것은 성혜의 착각에 지나지 않았으나 실로 그 순간 성혜의 영혼은 아픔을 못 이겨 몸부림을 치면서 비명을 울렸던 것이다.

성혜의 눈에 비친 형식의 모습은 한 개의 기괴한 삐에로였다. 언제나 하듯 그대로 생각 밖에 흘려 버리기에는 너무나 우열(愚劣)한 삐에로였다.

성혜의 까실한 두 뺨에 가느다란 실바람이 어둠같이 차게 느껴졌다.

'싫어! 소설도, 공부도, 남편도, 사는 것도 다 싫어!'

그는 이렇게 울음 섞인 목소리로 마음속에 외쳤다.

땅을 기던 짙은 안개가 전선주를 휘감으며 연기같이 뭉게뭉게 올라가고 있다.

노오란 그 빛이 초연(硝煙)과도 같이 처참해 보이는 짙은 밤안개가…….

감정(感情)이 있는 심연(深淵)

한무숙(1918~1993)

서울 종로 출생. 부산고등여학교 졸업. 1948년 국제신보사 장편소설 모집에 응모, 『역사는 흐른다』로 당선되어 문단 활동 시작. 「내일 없는 사람들」「감정(感情)이 있는 심연(深淵)」「유수암」 등 다수의 작품이 있다.

감정(感情)이 있는 심연(深淵)

한무숙

무슨 까닭인지 유달리 돌이 많은 마당이었다. 그것도 모래땅에 구르는 동글동글한 자갈 같으면 그렇지도 않으련만 시꺼먼 진흙땅에 반쯤 박혀 있는 뾰족뾰족한 돌이고 보니, 걸핏하면 발끝이 걸릴 법도 한 일이다. 그러나 그다지 넓지도 않은 마당인데 두 번이나 같은 실수를 한 것을 보면 어지간히 마음이 바빴던 모양이다. 사실 이 침울한 곳을 그렇게 벅찬 마음으로 찾는다는 것부터가 있을 수 없는 일이었고, 그런 만큼 희망이니 기대니 하는 심정보다 더욱 절박한 것이 있었던 것이다. 그러기에 여느 때 같으면 그 앞에서 버릇같이 망설이게 되는 출입구를 한달음으로 지나려 하는데 누구인지가 소맷자락을 붙들었다. 출입구래야 정면 현관이 아니고 북쪽으로 난 뒷문이다. 처음에는 별동이 있어서 본동과 별동 사이에 건네진 회랑(廻廊)이었던 모양인데 지금은 반 동강으로 끊어져 무슨 꽁지나처럼 무의미하게 본동에 곁붙어 있었다. 사람 하나 겨우 다닐 만한 넓이로 개찰구 같은 느낌을 준다. 그 개찰구 같은 입구에서 옷자락을 잡힌 것이다.

"내일이 공판날입니다. 네? 내가 빨갱이가 아니라는 것을 증언해 줄 분은 선생밖에 없다는 거예요."

삼십 전후의 창백한 청년이다. 눈이 들떠 있었다. 손톱으로 쥐어뜯었는지 뺨에 끔찍한 할퀸 자국이 있다. 턱아래를 받을 듯이 바싹 다가와서 어미(語尾)에 힘을 주며 노려보는 것이다. 몇 달을 드나드는 동안에 어지간히 익어 버린 일이었지만, 왠지 이때만큼은 저도 모르는 사이에 몸이 뒤로 젖혀질 정도로 당황해졌다.

"……?"

"내일이 공판날이란 말이에요."

어조가 속삭임으로 변한다. 그제서야 겨우 마음이 가누어지고 말이 나왔다.

"아, 나두 잘 알고 있습니다. 그럼 내일 재판소에서 뵈올까요."

청년은 안심한 듯이 히죽이 웃고, 손을 내밀었다. 기다랗게 자란 손톱 밑에 새까만 때가 끔찍스럽게 끼어 있었다.

청년의 억센 악수에서 놓여 별동 안으로 발을 옮기며, 나는 마음이 자꾸만 안으로 기어들어가기 시작하는 것을 어찌할 수 없었다. 청년의 출현이 이때껏 내 내부에서 부풀어오르며 있었던 감정을 중단시켰던 것이다.

하여튼 환자와의 면회를 청할 양으로 종업원을 찾았으나, 일요일인 까닭인지 진찰실, 접수, 처치실 할 것 없이 사람이라고는 보이질 않았다. 나는 남쪽으로 창이 난 진찰실 소파에 걸터앉아, 포켓 속에서 담배를 더듬어 꺼내어 물고 기다리기로 하였다.

여덟 평 가량이나 될까 꽤 큰 방이다.

복도켠 벽에 대여 침대가 놓여 있고 입구 가까이 새하얀 커버를 씌운 소파, 벽을 도려 판 조그만 제물장 속에는 알 수 없는 기구들이 들어 있다. 남쪽 창 옆에 자리잡은 커다란 사무 책상 앞에 놓인 대소 두 개의 회전 의자에도 깨끗한 커버가 씌워졌고 창으로부터 들어오는 햇살은 그 회전 의자에까지 뻗쳐 있었다. 밝고 깨끗한 방인데 어째서 여태껏 어둡고 구질구질한 것으로만 생각해 왔던 것인지 알 수 없는 일이었다.

어디서부터인지 낮닭 우는 소리가 들려 그것이 봄을 연상시켰다. 그러고 보니, 창 너머 올려다보이는 언덕 위에 복사꽃이 노을처럼 퍼졌다. 갑자기 어깨에 걸친 봄 코트의 무게가 느껴져서 소매를 빼려고 일어서는데 그제서야 담배에 불을 붙이는 것을 잊고 있었던 것을 알았다. 나는 담배를 문 입으로 쓰게 웃었다. 이것이 환자의 한 사람이었더라면 어떻게 되었을까. 빈 방에 우두커니 앉아 제딴으로는 담배를 피우고 있는 모양인데 불도 붙이지 않은 빈 담배를 넋을 잃고 빨고 있었다—카르테에 올릴 만한 증상이다. 병이란 환자에의 의혹으로부터 시작된다고 하던 말이 머리를 스쳤던 것이다. 그러나 이 상념은 곧 좀전의 충격으로 어두워지려던 나의 마음을 얼만큼 누그려 주었다. 사실 이곳에서 간간이 느끼는 일이지만 정신이 평정 상태에 있는 환자를 대할 때마다 석연치 않은 점이 없지 않았다. 물론 모두가 그렇다는 것은 아니다. 그러나 때로는 그 건전한 육체와 조용한 태도를 가진 사람들이 창살이 박힌 육중한 자물쇠로 채워져 있는 소라통 같은 병실에 갇혀 생활을 중절당하고 있다는 것이 무슨 잘못같이 여겨지는 것이다. 말하자면 의사들의 망상적인 정신 분석의 희생자들이라고도 할까. 좀전의 그 청년만 하더라도 구내 산보가 허락될 정도로 회복기에 들어 있었기는 했지만, 며칠 전에 만났을 때에는 '드레퓌스 사건'을 아주 이론 정연하고 타당하게 평했던 것이다.

생각하면 모든 것은 해석하기 나름일지도 모르겠다. 국민학교 때 코밑에 수염을 기른 늙은 교감이 있었는데, 엄격하고 완고한 이 교감은 천둥이 딱 질색이었다. 배를 내미는 것이 좀더 위엄을 주는 것이라고 알았는지, 그렇게 함으로써 더욱 앞배가 나오도록 항상 뒷짐을 지는 것이 버릇이었는데, 천둥 소리만 들리면 뒤에서 굳게 깍지를 꼈던 손이 그만 머리 위로 올라가, 머리통을 얼싸안고 일 학년 코흘리개 앞에서 쩔쩔매는 것이었다. 물론 남들의 놀림감이 되었지만 거듭하는 동안에 그것이 오히려 그의 인간성에 친밀감을 갖게 하였고, 그러다가 남들이 모두 흥미를 잃어버렸다. 그리고 보면 죄악 망상(罪惡妄想)이라는 병명으로 이 병동 어느 병실에 들어 있는 전아(典雅)가 죄를 지었기 때문에 침대 같은 높은 데서 잘 자격이 없다고 찬 마룻바닥에서 웅크리고 잔다 하여 그것이 절망적인 증세라고 할 수는 없는 것이 아닐까.

사유(思惟)가 이렇게 낙관적으로 흐르기 시작하자 나는 코트를 벗어 소파에 걸고 앉아 담배에 불을 당겨 눈을 지그시 감았다. 일전에 이 방에서 헤어진 전아의 애련한 모습이 떠올랐다.

해가 바뀌고부터는 아주 정상 상태에 돌아가 있었던 전아는 발작을 일으키고 있었을 때보다 야위어 가슴을 아프게 하였다. 그 아픔을 사랑이라고 해야 옳았을 것인지 모르겠다.

나는 무슨 결단이나 내리듯 두어 모금 담배를 세게 빤 후 몸을 고쳐 앉았다. 가슴에 손을 대보았다. 안포켓 속에 딱딱한 것이 만져졌다. 여권이다. 이 몇 개월 동안 여러 가지 잡사들을 적어 넣는 메모장처럼 거기 들어 있던 여권이었다. 나는 담뱃불을 끄고 꽁초를 주머니에 넣은 후 여권을 꺼내었다. 한 번도 쓰지 않았는데 그것은 벌써 얼마큼 더러워진 것 같은 느낌을 주었다. 나는 표를 해두었던 페이지를 열고 거기 기입되어 있는 영자와 찍혀 있는 스탬프를 보았다. 미 합중국의 입국 사증이다. 지극히 사무적인 문구가 간결하게 씌어지고 커다란 스탬프가 또렷이 찍힌 무표정한 서면이다. 허나 이것은 이 몇 달 동안 나의 영혼과 생활을 회오리치게도 하였던 것이다. 하기야 한

때는 이것이 거의 내 인생의 목적이 되다시피 하고 있었다. 스물일곱 살의 야심이 끓었다. 어쨌든 미국에 가야만 했다. 무엇이 되어야 했다. 그것은 나에게 있어서는 원대한 꿈이라기보다 차라리 잔인하고 집요한 복수 같은 것이었는지 모른다. 캐어 보면 그렇게도 라이너 대위—아니 예일 대학 고고학 교수 라이너 박사의 마음을 끌은 나의 악착 같은 면학 태도도 순수한 학문의 탐구가 아니고 그러한 야심에의 한 수단이었던 것 같다. 하여튼 미국 유학을 앞두었기 때문에 나는 전아에 대하여 얼마 만큼 떳떳했고, 모진 뿌리처럼 박혔던 굴욕감과 적개심 같은 것이 한결 가셔져 있었던 것이다.

전아의 집은 우리 지방 굴지의 대지주의 집이었다. 오릿골 큰 기와집이라면 오릿골을 모르는 사람들도 "아아" 하며 안다는 표정을 짓는 것이었으나, 소위 부재 지주로 전아의 조모가 작고한 뒤에는 사당을 지킨다는 명목으로 그 집안 어려운 일가가 안채를 차지하고 아무도 받아 주지 않는 아니꼬운 거드름을 부리곤 하였다. 시향(時享) 때나 한식, 추석 때 외에는 이 꾀죄죄한 일가 사람은 통 존재가 없었고 오릿골 실권은 마름을 맡아 보는 내 당숙이 쥐고 있었다.

풍류를 좋아해서 묵객 광대들이 떠날 새 없었다는 사랑채 방들은 구들이 빠진 채 그대로 광 대신 쓰여지고, 이끼가 파랗게 낀 기와 고랑에는 잡초들이 멋대로 나서 제법 노오란 꽃까지 피웠다. 오릿골 만경이는 큰 기와집 업이라고 남들이 이를 만큼 오히려 가혹하게 토지를 거두던 내 당숙도 무슨 까닭인지 그 큰 집에는 손을 대려 하지 않았던 것이다. 말은 하지 않았으나 그도 주인집 가족들이 다시는 그 집에 돌아와 살지는 않으리라는 동리 사람들의 쑥덕공론을 무언중에 시인하고 있었는지 모른다. 전아의 집에는 이상하게도 추문(醜聞)이 많았던 것이다.

두어 주일 전에 병원을 찾아왔을 때 원장의 허락을 얻어 둘이서 병원 뒤 언덕을 거닌 일이 있었는데, 울먹울먹한 얼굴이 자꾸만 숙여지는 것이 이즈음의 버릇이 되어 버린 전아는 가느다란 소리로 이런 말을 했었다. 이런 데서 얼마를 지낸 이상 결혼을 할 자격은 영원히 잃은 것이 아니겠느냐고. 그것은 말이라기보다 차라리 저도 모르게 새어 나온 탄식이었다. 나는 그만 그를 끌어안고 싶은 충동을 간신히 참았던 것이다. 그러나 그러면서 머리에 떠오른 상념이 있었다. 그것은 전아의 발병 이래 몇 번이고 내 머리를 스쳤던 것이고, 전아의 발병이 나로 인한 것인 이상 나로서는 결코 가져서 안 되는 생각이기도 하였다.

해방 직후의 일이다. 나는 처음으로 전아의 서울집엘 가보았다. 완고만 하던 당숙이 불쑥 중학교에 넣어 주겠다고 데리고 상경했던 것인데, 그때의 인상은 무어라고 형용할 수 없이 기이한 것이었다.

계동에 있는 전아의 서울집은 시골집같이 웅장하지는 않았으나, 더욱 규모가 짜여지고 호화로웠다. 가구들도 시골뜨기 소년의 눈을 휘황하게 하는 것뿐이었고, 얼음장같이 길든 장판하며 손톱 자국 하나 없이 팽팽한 창호지라든가 문갑 위에 정연히 놓인 검은 장정의 몇 권의 책들(그것이 모두 종교 서적이라는 것을 안 것은 뒤에 일이었으나), 운치 있게 꾸민 정원에 핀 꽃들에 이르기까지 한가지로 이 집 살림이 부유할 뿐더러 알뜰히 꾸려져 있다는 것을 말하고 있었다.

두 주먹을 각각 두 무릎 위에 눌러 얹고 윗목에 꿇어앉았던 나는 이마 너머로 아랫목 쪽을 훔쳐보며 다리 아픈 것도 잊고 있었다. 아랫목에는 사십 전후의 늙은 누에를 연상시키는 해말갛게 생긴 부인이 줄곧 혼자서 말없이 희죽희죽 웃는 낯으로 앉아 있는 옆에, 그녀보다는 두어 살 손위로 보이는 건장한 부인이 내 당숙하고 말을 주고받고 있었다. 내용은 몰랐으나 당숙의 말이 그녀에게는 흡족한 모양으로 소담한 군턱이 두툼한 가슴에 닿을 정도로 서너 번이나 고개를 끄덕이곤 하였다. 이것도 나중에 안 일이었으나 이 건장하고 거만한 부인이 전아의 큰고모였고 또한 이 집의 실력자이기도 하였다. 남자같이 활동적인 동시에 결단성 역시 못지않아 앞을 알아보기나 한 것처럼 일찌감치 친정집의 토지 전부를 넣어 재단을 세웠던 것이고, 이날도 토지 관리를 맡아 보는 당숙과 무슨 용담(用談)이 있었던 모양이었다. 이윽고 그 용담 속에는 나의 진학 문제가 들어 있을 법도 한 일이었다.

열여섯이라면 중학 입학에는 연령이 넘은 데다가 나이보다도 멀쑥하게 큰 나는 그렇게 멀쑥하게 큰 것이 어쩐지 부끄러워 긴 다리를 주체스러워하고 있는데 저녁이 되어 밥상이 들어왔다. 우선 첫눈에 섬뜩할 정도로 아리따운 삼십 가량의 여인과 중년이 넘은 식모인 듯한 마누라가 맞들은 두레상이 아랫목에 놓이고 뒤이어 열대엿 되어 보이는 처녀 아이가 아래채에 나가 들겠다고 한사코 사양하는 당숙 앞에 겸상으로 차린 밥상을 갖다 놓았다.

아름다운 부인은 눈도 들지 않고 밖으로 나가더니, 곧 이것은 또 꼭 자기를 빼어 닮은 열두어 살의 소녀의 손을 끌고 되돌아와 상머리에 소녀가 자리잡는 것을 본 후에야 행주치마를 벗어서 개켜 놓고 자기도 상 앞에 앉았다. 그렇게 상 앞에 자리들을 잡았으니 곧 식사가 시작될 줄 알았던 나는 다음 순간 그만 눈이 휘둥그래지고 말았다.

그녀들은 숟갈을 들기 전에 모두 기도를 시작했던 것이다. 그 기도가 어이없이 오래 계속되는 것이다. 두레상을 둘러앉은 네 사람 중에 정면으로 얼굴을 보이고 있는 것이 당숙하고 말을 주고받던 그 건장한 부인이고, 해말간 중년 부인과 소녀가 옆얼굴을 보이며 마주 앉고, 그 아리따운 부인은 이쪽으로 등을 보이고 고개를 숙인 채, 깎아 앉힌 것처럼 긴 기도가 끝날 때까지 미동도 하지 않고 있었다. 두 손을 가슴 앞에 모으고 미동도 하지 않고 있는 것은 그 부인뿐이 아니고, 옆에 앉은 소녀 역시 같은 모습을 지니고 있는데, 늙은 누에 같은 중년 부인은 남들이 하는 대로 깍지를 낀 손을 가슴 앞에 모으고 고개를 수그리고 있기는 하였으나, 옆에서 보기에도 그것은 기도의 자세가 아니었다. 내리깔았던 눈을 가느스름하게 뜨고 밥상을 훑어보다간 전아의 큰고모 쪽을 이마 너머로 살금살금 흘겨보곤 하는 것이다. 전아의 큰고모는 다른 사람들과는 자세부터가 다르다. 오히려 얼굴을 치켜들었다. 무슨 격심한 고통을 참고나 있는 것처럼 잔뜩 미간에 주름을 잡고 두 눈을 꽉 감았다. 무어라고 쉴새없이 입 속에서 뇌는 모양인데 입술의 달싹임보다 턱이 더 까불었다. 간간이 격분에 못 이기기나 한 것같이 어깨가 움직일 정도로 고개를 흔들고 깍지를 낀 손에 힘을 주는 것이다. 그것은 단란한 식탁 앞에서의 감사의 기도라기보다 오히려 거기 다소곳이 고개를 조아리고 대죄(待罪)하고 있는 아리따운 여인과 어린 소녀의 죄상을 주워 섬기고 있는 고발자의 모습이었다. 이 기이한 광경이 그대로 어린 전아의 환경이었던 것이다.

나는 어느 사립 중학교에 들어가 왕십리에 있는 이모 집에서 통학을 하고 있었다. 워낙 집안이 모두 전아의 집에 붙어 사는 형편이라 이모 역시 안잠을 자지 않았을 뿐 그 집 출입이 잦았다. 더구나 그녀는 전아의 유모이기도 해서 그 집 사정에 밝았다. 그 늙은 누에같이 해말간 부인이 전아의 어머니고 전아를 난 후 산후발로 열이 심히 오르더니만 그후부터는 병신이 되고 말았다는 것도 그녀에게서 들은 사실이었다. 그러나 시골에서 쑥덕거리는 큰 기와집 최대의 추문—즉 행실이 부정해서 욕된 씨를 지으려다가 철창 신세까지 졌다는 사건의 주인공이, 그 아리따운 여인이라는 것을 알았을 때는 적지않게 놀랐다. 어쨌든 나는 집에 돌아와서까지 '마님'이니 '애기'니 하는 이모가 미웠다. 자유가 없으면서 자유라고 생각하는 것이야말로 짜장 노예 근성이 아니겠는가. 동급생보다 훨씬 연장이라는 것이 기묘하게 열등감을 가지게 하여 제 나이대로 진학할 수 있는 환경이 시새워, 나는 마음이 거세져 있었다. 당숙이나 이모가 전아의 집에 대하여 은고(恩顧)를 느끼는 점이 나에게는 그대로 착취로만 생각되는 것이다. 그러므로 그녀의 집이 그렇게 남에게 손가락질을 받고 있는 사실이 나에게 등골에서부터 자작자작 새어 나오는 것 같은 쾌감을 주기도 하였다. 물론 그러한 반감과 증오감은 전아의 집이라는 특정한 대상에 대한 것이 아니고 전아의 집이 대표하는 어느 계급에 향했던 것이라고 하는 것이 타당할지 모른다.

이모는 곧잘 전아의 어머니가 병신이 된 것은 산후발보다도 시어머니와 큰시누이의 등쌀 때문일 것이라고 비치곤 하였다. 그러나 그것은 전아의 어머니에 대한 동정이라기보다 그녀의 큰고모에 대한 반감과, 그 아리따운 부인—즉 전아의 작은고모와 전아에게 가는 안타까운 정을 나무둥지나 다름없는—그러니깐 무해(無害)한—그녀에게서 일단 굴절시킨 따름이었던 모양이다. 이모는 뒤이어 그녀들의 처지를 못내 애달파 했다.

"온 과부 설움은 과부가 안다는데, 동기간에……."

어쩌다가 이모가 이렇게 중얼거리는 날이면 그 집에서 무슨 일이 있었다는 것이 짐작되었다. 오릿골 큰 기와집은 대대로 딸이 안 되는 집이라는 소문은 시골 있을 때부터 들은 말이지만 전아의 고모는 두 사람이 다 혼자되어 친정살이를 하고 있었던 것이다. 전아가 태어난 지 이듬해에 그녀의 아버지가 무슨 교통 사고로 죽은 후 전아의 집에는 사변 때 별세한 전아의 조모를 비롯하여 노소 네 과부가 남았다. 그 주동이 그녀의 큰고모였는데 이 광신적인 기독교인같이 잔인한 사람은 예가 드물었다.

사람은 남으로써 죄를 지니게 된다는 것이다. 인생의 궁극의 목적인 영생에 이르려면 속죄를 해야 한다는 것이다. 그녀의 말을 들으면

신은 지고의 사랑이 아니고 지고의 악의자(惡意者)라는 느낌이 더 커지는 것이었다. 전아는 이 고모 아래에서 항상 죄에 떨며 살아왔던 것이 아닐까. 어쩌면 어린 그녀는 사랑이란 말보다 '죄'라는 말을 먼저 들었는지도 모르겠다. 무엇보다도 이모의 반감을 산 것은 전아의 큰고모가 악에 관용하다는 것은 신에의 배덕이라는 명분 아래, 그 아우의 비밀을 발겨낸 일인 모양인데 그보다도 더 소름이 끼치는 것은 죄의 끝을 보여야 된다고 열한 살 난 어린 전아를 그 공판정에 끌고 나간 사실이었다.

언젠가 밤늦게 전아의 집에서 돌아온 이모는 무슨 일이 있었던지 몹시 흥분해 있었는데 쏟아 놓은 말 중에 그때의 광경이 끼어 있었다.

"글쎄 하얗게 핏기가 가시면서 내 팔 안에 이렇게 쓰러 넘어지지 않았겠니."

하고 그는 두 팔을 늘어뜨리고 넘어지는 시늉을 하였다.

푸른 미결수의 수의를 입고 용수 쓰고 수갑에 채여 끌려 나오는 고모를 보자 어린 전아는 그만 연한 나비나처럼 하늘하늘 힘없이 쓰러져 버렸다는 것이다.

그래도 나는 정상인이란다. 전아마냥 자기 감정의 경사(傾斜)를 끝까지 타고 내려가지는 않는다. 그러나 이 안타까운 심정—아무래도 내 품속에 그녀를 다시 품음으로써, 아니면 영원히 그녀를 잃음으로써 자신을 찾아야겠다. 나는 전아를 범한 것은 아니다. 사실 우리는 어느 쪽에서 먼저 끌어안았는지 몰랐던 것이다. 내 품속에서 그녀는 불타는 여인의 목숨 그것이었다. 내가 범했던 것이라면 그녀는 피해감과 분노와 원한을 가졌을 따름 거기에 죄악감을 느끼지는 않았으리라. 대체로 성(性)의 교합이란 서로 사랑하는 부부 사이에 있어서까지 어떤 처창한 감정이 따르는 것인지 모르겠다. 그러나 성은 생체(生體)의 내용의 하나가 아니겠는가. 구태여 죄라면 그 죄를 거듭함으로써 구원을 받을 수도 있는 것이 아닐까.

광란하는 전아를 이곳에 맡기고 그녀의 작은고모와 더불어 돌아가며 나는 자꾸만 분노 같은 것이 치밀어오르는 것을 억제할 수 없었다. 무엇을 탓하고 싶은 심정이었다. 그 탓하고 싶은 심정 갈피에서 노상 해죽해죽 웃고만 있던 그녀 어머니의 해말간 얼굴이 빼끗이 내다보이고, 그녀의 큰고모의 험한 얼굴이 "뉘우쳐라 뉘우쳐라" 하며 이를 악물었다.

전아의 작은고모는 종시 말이 없었다. 음산한 겨울의 구름이 끼어 무슨 악의(惡意)를 품은 것 같은 하늘 아래서 그녀는 여느 때보다도 더 조용히 발을 옮기고 있었다. 격한 마음에도 무언지 운명 같은 것을 느끼게 하는 모습이었다. 어쨌든 하나의 삶을 살아가며 있는 모습이 영광되건 욕되건 간에 자신의 삶을, 살고 삶으로써 자신을 더럽히고 자신의 죄를 지고 스스로 그것을 지으며 살아가는 모습이었다. 이모의 말을 들으면 한때는 무던히도 괴로워 몸부림도 쳤다는데 출옥후에는 오히려 명랑해져서 그렇게도 이루지 못하던 잠도 곧잘 자게 되었다는 것이다. 형(刑)이 그녀의 죄를 한정시켜 그의 인간적인 괴로움을 덜었던 것인가. 하여튼 그녀는 그런 평온한 태도로 어린 조카딸의 양육에 전부를 바쳐 왔던 것이다.

전아의 집은 아무 일도 없었던 것처럼 고요했다. 그녀의 그 해말간 어머니는 이미 벌써 죽고 없었다. 높은 산에 눈이 내려 거기 쌓여 있거니 하여 오다가 어쩌다 눈을 들어 보았을 때 그것이 어느덧 사라져 버린 것을 깨달을 때가 있다. 그녀는 그런 죽음을 하였다. 나는 이날 새삼스럽게 눈을 들어 보았던 것이다.

둘이는 말없이 방으로 들어섰다. 언제나처럼 아담하고 정돈된 방

벽에 박힌 못에는 전아의 옷이 걸린 채로 있는 것이다. 까마귀 날개처럼 까만 슈트, 전아는 여기다가 눈 같은 블라우스를 얼마나 표정적으로 받쳐입었던 것인가. 못 볼거나 본 것처럼 거기에서 시선을 거두려는데 문득 눈길이 깨끗하게 정돈된 책상 위로 갔다. 깨끗하게 정돈된 책상 위에 영어 잡지가 두서너 권, 그 위에 약간 큰 까만 수첩 같은 것이 얹혀 있는 것이다. 여권—며칠 전에 나온 입국 사증이 찍힌 전아의 여권이었다. 무언지 모르게 섬뜩해지는데 전아의 작은고모가 무슨 신호나 받은 것처럼 두 손으로 그 종이 쪽지를 받쳐 들며 느껴 울기 시작했다. 이윽고 그 눈물은 내 마음의 위치를 씻어내는 것이었다. 길가의 돌멩이가 비에 씻겨 드러나듯이.

전아의 비자가 나오던 날, 우리 사이에는 꽤 오래 말다툼이 계속되었다. 말다툼이래야 전아는 그저 내 말에 동의를 하지 않았을 뿐, 나 혼자만이 뇌까려대었던 것인데 그녀는 본시 말을 하지 않으면서 상대방에게 많은 이야기를 들은 것 같은 느낌을 주는 여인이었다. 대체로 전아의 성격은 무슨 액체(液體)나처럼 윤곽이 없었다. 기이한 환경 속에서 엄청나게 상이된 사람들 틈에 끼어 자라는 동안에 아무하고나 어울릴 수 있는 양순하고 고분고분한 성격이 되어 버린 것인지 모른다. 이것도 이모가 한 말이지만 애기 때 전아는 종일토록 버려두어도 칭얼거려 본 일조차 없는 순한 애기였으나 어린 대로 고집이 세었다 한다. 머리통을 바로 굳히려고 뉘일 때 무던 애를 썼건만 잠시만 보아 주지 않으면 어느새 고개를 왼쪽으로 돌리고 있었더란 것이다.

"그래 얘 왼쪽 뒤통수가 좀 비뚤어지지 않았든?"
하고 이모는 옥의 티라는 표정을 하는 것이었으나, 그런 결점을 의식해서 감추기 위해선지 우연히 그렇게 된 것인지는 몰라도 전아는 독특한 형으로 머리를 빗었다. 왼쪽으로 가리마를 타고 옆머리를 위로 약간 걷어 올렸다가 거기서부터 가볍게 물결치게 빗어 내려 귀 뒤에서 새가슴 털마냥 호르르 부풀렸다. 그것이 그녀의 몽상적인 얼굴에 어울렸는데 그날따라 나는 그녀의 옆얼굴을 훔쳐보며, 그쪽으로만 고개를 돌려 눕더라는 이모의 말이 왠지 자꾸만 상기되는 것이었다. 그녀의 옆얼굴을 훔쳐보는 눈초리가 실망으로 흐려졌다. 나는 그녀가 못마땅했던 것이다.

그녀의 꼭 다문 아담한 입술이 시기스러웠다. 한마디만—꼭 한마디만 해준다면 나는 마음이 후련해질 것 같았다. 빈말이라도 좋았다. 그녀는 그저 무슨 일이 있더라도 자기 혼자는 떠나기 싫다고만 해주었으면 좋았던 것이다. 그러면 나는 그런 희생과 순정을 끝내 사양하는 관용을 가질 수도 있었던 것이다.

스스로의 행동에 비통하게 취할 수도 있었던 것이다. 그러나 전아는 빈말을 하는 사람은 아니었다. 꼭 다문 입술이, 발끝에만 집중시키고 있는 시선이, 기회를 놓치기 싫다고 끊어 말하고 있는 것이다. 나는 그 순간, 오릿골에서 갓 올라온 팔다리가 멀쑥한 시골 소년을 그대로 자기에게 느꼈다. 나에게 일별도 던지지 않던 어린 나비처럼 애처롭고 아름다운 소녀가 거기 있었다. 거리가 느껴지는 것이다. 그것이 현실이었다. 스물일곱 살의 이성이 좀더 일찍 알고 있어야 하는 현실이었다. 내게는 최대한이 그녀에게는 평상인 것이다. 내가 획득하려고 애쓰는 것을 그녀는 이미 가지고 있는 것이다. 언제나 그러했다. 이번 경우만 하더라도 나는 필생의 비원(悲願)이나처럼 애쓰고 서둘고 있는 미국 유학이 그녀에게는 무슨 당연한 과정같이 이루어져 가고 있는 것이 아닌가. 입국을 거부당할 정도로 험한 흉이 남도록 가슴이 나빴다면서 자신이나 남이나 모르고 지내 왔다는 엄청난 사실이 새삼스러운 굴욕과 분노가 되어 서글픈 낙오감에 심각하게 와 감겼다.

전아가 떠날 생각으로 있는 것은 당연한 일이었다. 그러나 뒤에 남게 되는 마음에는 그것이 어떤 배신같이만 느껴지는 것이다. 아니 배신이 아니고 농락이라는 쪽이 옳을지 모른다. 제 본심이 드디어 나타난 것에 불과한 것이다. 도대체 오릿골 큰 기와집 아가씨한테 일찍 어버이를 잃고 그 집 마름을 맡아 보는 당숙 손에서 겨우 자라난 거지나 진배없는 놈팡이가 당할 일인가. 어금니가 악물려진다. 눈에 힘을 주어 쏘아보았다. 약간 창백한 고상한 옆얼굴—무엇인가가 가슴 한구석에서 피를 토했다. 농락한 것이라도 좋다. 그대로만 속여 다오—눈앞이 조금씩 어두워져 갔다. 그 어두워져 가는 눈앞에 지난날이 얼룩거렸다.

휴전이 되던 해에야 나는 비로소 부산이란 곳을 가보았다. 거기 피난하고 있던 이모의 병이 심상치 않다는 소식을 받았기 때문이다. 이모는 전아의 집 사람들과 같이 기거를 하고 있었는데 피난살이고 보니 자연 사람을 여럿 둘 수도 없었던 것인지, 전아의 작은고모와 둘이서 살림을 보아 주고 있었던 것이다. 많지 않은 식구였으나 늙은 뼈에 힘이 겨웠던 모양이다. 그러나 이모는 무던히 명랑한 얼굴을 보여주었다. 통조림이니 미국 과자 같은 것을 적지않게 가지고 간 조카가 자랑스러웠던 까닭이리라. 나는 당시 UN군 통역으로 있었던 것이다. 사변 직후 당시 중학 육 학년이었던 나는 수복과 더불어 군에 들어 비교적 고생을 덜한 셈이었다. 대장이 앞에 말한 라이너라는 대위였는데 이 사람은 직업 군인이 아니고 소집을 받아 나온 젊은 고고학자였다. 우연히 그의 종졸로 있게 되었던 나는 이 진지한 젊은 학자의 지도를 받게 되어 악착같이 영어를 배웠다. 이 년 후 부대가 대구 지방으로 이동이 되었을 때는 나는 제법 우수한 통역이라는 말을 듣게 되어 있었다.

라이너 대위는 틈만 있으면 나를 동반하여 가까운 데 있는 경주를 찾는 것을 낙으로 삼고 있었다. 자연 안내역을 맡게 된 나는 그의 눈에 들기 위하여 고적이나 고대 예술품에 대한 팜플렛 같은 것을 들추게 되었고 어느 정도 전문적인 지식을 받아넘길 수도 있게 되어, 그것이 라이너 대위를 무척 놀라게 한 모양이었다. 생각하면 내가 지금 고고학을 하게 된 것은 어디까지나 그런 우연들이 쌓여서 하나의 방향을 이룬 것이지 털어 말하여 아예부터 무슨 포부라든가 신념 같은 것에서 출발한 것은 아니다. 그러나 그런대로 하나의 길이 트인 것만은 사실이어서 제대하여 귀국한 라이너 박사의 호의가 나로 하여금 미국 유학에의 꿈을 실현시킬 수 있게끔 하였던 것이다.

피난 내려가던 이듬해에 등신이나마 어머니 되는 이를 잃은 전아는 몇 해 못 보는 동안에 놀랄 만큼 성장해 있었다. K고녀 삼 학년인데 그림을 잘 그린다고 이모가 자랑하듯 일러 주었다.

생각 이상으로 환대를 받고 돌아간 나는 그후부터 부산길이 제법 잦아졌다. 어려서부터 거의 어머니 대신이 되어 온 늙은 이모를 보살핀다는 이유에서였고, 또 사실 이모가 그대로 눌러 있기를 원하므로 달리 거처 주선을 하던 것을 중지는 하였으나, 그 집에서 어느 정도 대접을 받을 수 있을 만큼 물질적으로도 도움이 되어 주고 있었다. 그러는 동안에 나는 어느덧 서울서 그 집에 갈 적마다 가졌던 열등감을 잊어버리게 되었다. 그것은 전아의 큰고모까지 때로는 라이너 대위를 대동하는 일도 있었던 나를 전과는 달리 맞아 주었던 탓도 있었지만 그런 외부적인 이유보다 고만쯤의 어학력으로 한껏 오만해 있었던 나의 하룻강아지 같은 철없는 마음이 더 큰 이유가 되었다고 하는 쪽이 옳을 것이다. 그런 어줍잖은 나를 전아는 왜 사랑하게 되었는지 모르겠다.

환도한 지 이듬해 봄이었다. 우리는 안국동에 있는 어느 고물상엘 들렀다가 원남동으로 가는 길을 걷고 있었다. 전아는 예술대학 이 학년이 되고 있었다. 환도 후에 이어 미국 기관에 있었던 나는 전아의 큰고모가 원장으로 있는 R학원 복구 사업에 힘을 합하는 격이 되어 환도와 전후하여 죽은 이모의 생존시보다 전아의 집 출입이 번거로웠다. 그러므로 전아의 대학 입시 준비를 보아 주게 된 것도 지극히 자연히 시작된 것이었고, 그렇게 어깨를 나란히 하며 다니는 기회도 곧 많이 있었던 것이다. 미술 전공을 하고 있던 전아는 그때부터 라이너 박사의 초빙을 받아 제딴으로는 준비를 할 양으로 박물관이니 고물상 같은 데를 훑다시피 하고 있던 나를 적지않게 도와주었다. 물론 사진기를 준비하고 있었기는 하였지만 나를 위한 전아의 사생(寫生)은 이상하게 깊은 인상을 주었다. 그날도 그런 일로 어느 고물상에를 들렀던 것이다.

돈화문에 이르렀을 때였다. 싹트기 시작한 가로수의 자줏빛이 도는 연두색 윗가지를 쳐다보며 전아가 낮은 소리로 이런 말을 했다.

"아까 그 백제 관음(百濟觀音) 말이에요. 난 그리면서 느꼈어요. 우린 지금 그것을 한 가지 유품으로만 취급허구 있지만 그걸 만든 사람은 하나의 의미를 그렇게 구상시킨 게 아니겠어요?"

무슨 말을 하려는 전제인지 몰라서 나는 그저 고개만 끄덕였다.

"그런데 다아 지나가 버리구 마는 거지요. 사람두, 의미까지두!"

그녀는 말을 끊고 한참 잠잠하다가 이번에는 딴사람 같은 잠긴 듯한 음성으로 다시 나직이 말을 이었다.

"나두 어떤 의미가 되구 싶었는데, 선생님헌테……."

"나헌테? 그야말루 무슨 의미지?"

나는 어떤 기개 같은 것으로 음성이 겉떴다.

"글쎄 사랑일 것이라구 생각해 봤어요."

오히려 무감동할 정도로 조용한 어조였다. 단정하게 앞으로 향한 무표정한 옆얼굴이 창백하게 고상했다. 지금 내 옆을 거닐고 있는 바로 이 옆얼굴이다.

추억이 너무 아프게 생생하여 거기에서 벗어나려기나 하려는 것처럼 나는 잎이 진 가로수의 엉성한 그림자가 깔린 보도를 마구 빠른 걸음으로 걸었다. 하니깐 전아도 마치 나의 그림자기나 하는 것처럼 말없이 내 옆을 따라 걷는 것이었다. 서울 시내가 어느 보지 못하던 고장인 것 같았다. 생각하면 이맘때쯤은 둘이서 정말 보지 못하던 이국 땅을 걷고 있어야 되었던 것이 아니었던가. 사실 계획 같아서는 이미 칠팔 개월 전부터 떠날 수속을 밟고 있었던 나는 앞서 미국에 가 있어야 했고, 지금쯤은 어지간히 그곳 풍토나 습관 같은 데도 익어 있어 뒤이어 올 전아를 맞이하는 준비도 갖추어 있어야만 했던 것이다. 그러나 모든 것은 나의 신체 검사의 결과로 말미암아 허물어지고 말았고, 그보다도 더욱 안된 일로는 달포 전에 수속을 시작한 전아에게 먼저 비자가 나온 사실이 있었다.

이제 나는 그저 슬프다. 전아를 잃을 것이라는 기우가 이 순간이 인생의 최후의 순간이라고 따지고 있는 것이다.

나는 자꾸만 걸었다. 전아도 역시 자꾸만 따라 걸었다. 목적 없이 그렇게 자꾸 걷고만 있는데 어떻게 어떻게 꾸부러졌다 다시 곧장 갔다가 하는 동안에 나는 그것이 내 하숙으로 이르는 길이라는 것을 알았다. 그러면서 무엇에 씌기나 한 것처럼 자꾸 그 길을 걸었다. 전아도 역시 한 번도 와본 일이 없는 그 길을 무엇에 씌거나 한 것처럼 자꾸만 나를 따라 걸었다. 그 길이 닿는 곳에서 우리는 천당과 지옥을 동시에 보았던 것이다.

몇 시간이나 지난 뒨지 거리는 저녁 시간이었다. 많은 사람들이 모두들 어드메로 가고 있었다. 우리도 길을 가고 있었다. 보도에는 넘칠 정도로 많은 사람들이 웅성거리고 있고 전차, 승용차, 트럭, 자전거 등이 꼬리를 물었다. 그러면서 왠지 무성 영화마냥 음향이 없는 풍경인 것이다. 사위(四圍)가 이렇게 자욱한 것은 날이 흐리기 시작한 까닭인가, 저물어 온 까닭인가. 저기 켜져 있는 저 붉은 불은 또 왜 저렇게 앓고 있단 말인가. 모든 것이 눈설다. 세계가 변해 버린 것인가, 내 자신이 변한 것인가. 마치 외부에서부터 조여 들어오는 것 같은 공포같이 강렬한 관능의 환희—이슥고 있는 대로의 모공(毛孔)으로부터 자신이 새어 빠져 버릴 것 같은 허탈감—그것일 것이다. 물론 나로선 처음이 아니다. 어째서 오늘따라 이렇게 갈피를 잡을 수 없단 말인가. 무서운 것이나 보는 것처럼 망설인 후에야 옆에 나란히 앉아 있는 전아 쪽으로 시선을 돌렸다. 희끄무레한 광선 속에 단정한 얼굴이 창백하게 떠 있다. 미동도 하지 않는다. 커다란 눈이 텅 비었다. 그러면서 불타고 있는 것이다. 나는 여태까지의 불안이 그녀의 것이었다는 것을 안 것 같았다. 그러나 말을 걸 수는 없었다. 건드리기만 하면 순간에 와르르 해체(解體)되어 버릴 것 같은 그런 절박한 자세였기 때문이다.

정신을 돌리고 보니 타고 있는 차가 서 있었다. 십자로다. 가운데 교통 순경이 서 있는 장난감 같은 집—그 근처에 사람들이 모여 있다. 교통 사고가 난 모양이다. 둘레에는 차단당한 차들이 모여서 홍수를 이루었다. 우두커니 기다리고 앉았는데, 바른쪽 소매가 끌려지더니만 보드라운 허벅지가 다리에 와 닿았다. 전아가 바싹 옆으로 다가온 것이다. 이슥고 떨리는 손이 내 허리를 감싸안았다. 아무래도 심상치 않아 전아의 얼굴이 향한 창 밖을 내다보았다. 홍수를 이룬 차들 가운데 한층 높다란 GMC가 머물러 있다. 역시 신호를 기다리고 있는 모양이었다. 허리를 꾸부리고 좀더 자세히 보고야 그것이 여수(女囚)들을 호송하고 있는 차라는 것을 알았다. 푸른 수의를 입은 스무 명 가량의 여수들이 옹송그리며 앉아 있는 둘레에 장총을 겨눈 자세로 든 간수가 두 명 지키고 있다. 간간이 거리에서 보는 광경이라 흥미가 없어 눈을 돌리려는데 운전석 문이 열리더니 운전사가 뛰어내려 차바퀴 밑을 들여다보기 시작하였다. 기다리는 동안에 이상한 곳을 보아 두려는 심산인 모양이다. 하니깐 두 명의 간수가 한가지로 고개를 빼어 차 아래를 휘둘러 살폈다. 마치 무엇인가를 찾으려고나 하는 것처럼. 바로 그 순간이었다. 옆에 앉았던 전아가 괴이한 외마디 소리를 지르며 내 무릎 위에 쓰러져 왔다. 이윽고 사시나무처럼 파르르거리며 딱딱 맞부딪는 잇새에서 같은 말을 밀어내듯이 되풀이하는 것이었다.

"숨겨 주세요. 놓쳐 주세요. 빨리빨리……."

그러나 전아는 영영 거기서부터 놓여 나오지를 못했다. 실신 상태에서 깨어난 그녀가 처음으로 입에 올린 것이 "못 찾구 가 버렸구먼요. 허지만 죄가 무서워" 하는 속삭임이었다. 그는 푸른 수의를 입은 여수들의 모습에 죄의 실체(實體)를 본 모양이었다.

"저 좀 보시유. 선상님!"

충청도 사투리의 여인의 음성에 나는 언뜻 정신이 들었다.

어지간히 때가 묻은 흰 환자복에 수건을 내려 쓴 오십 가량의 부인이다. 그쪽으로 돌아앉는 나를 보자 입을 오므리고 제법 수줍은 듯이 호호 웃었다.

"아까서야 경무대에서 기별이 왔잖겠어유. 호호 기다린 보람이 있을 게라구유. 그야 뭐."

하고 손을 입에 대며 고개를 꼰다. 그 손을 그대로 가슴에 가지고 가서 매무새를 고치기나 하는 것처럼 다독거렸다. 가슴은 환자복의 앞단추가 하나씩 엇끼워져 보기에 거북살스럽다. 젊었을 때는 아름다웠으리라. 오뚝한 콧날에 눈자위가 꺼지기는 했으나 고운 눈매다.

"네에 —, 그러십니까. 감축합니다."

나도 이렇게 대꾸하며 시치미를 떼었다. 대통령 부인을 자칭하는 이 과대 망상증 환자와도 어느덧 나는 낯이 익어 있었다. 그녀는 또한 간드러지게 수줍어하더니만 갑자기 미간에 주름을 잡고 걱정스러운 표정으로 변했다.

"근데 말씀이여유—, 글쎄 나랏일은 그렇게 모든 것이 까다로운 게비유. 대접해 드릴 준비를 하여야겠는데유. 그것이 또 어지간히 귀찮은 절차를 밟아야 된다는게비유. 일은 내일루 다가왔는데유……."

나는 알아채고 안주머니에 손을 넣어 집히는 대로 십환 몇 장을 꺼내었다.

"걱정 되시겠군요. 우선 이걸로……."

그녀의 얼굴이 사뭇 엄숙해졌다.

"급허니깐 사양 않겠어유. 허나 치부해 두시유. 내 훗날 몇백 갑절 허리다이. 응, 영감을 만나거덩야이……."

나는 감사의 뜻으로 고개를 숙였고 그녀는 그것으로 만족하여 밖으로 나갔다. 아까보다도 더 맑아진 햇살이 회전 의자에서 물러가고 있었다. 나는 손을 도로 안주머니 속에 넣었다. 그리고 좀전에 지전을 꺼낼 때 묻어 나오려 하던 여권을 도로 제자리에 쑤셔 넣었다.

내가 그것을 받은 것은 어저께 일인데 얼른은 실감이 들지 않았다. 무슨 장난같이만 여겨지는 것이다. 몇 달을 이것 때문에 미쳐 다녔었다. 그야말로 소 갈 데 말 갈 데 다 쫓아다녔다. 끝으로는 이곳까지—인생의 외부에까지 와 버린 것이 아닌가. 지금 와서, 아주 모든 것을 단념한 지금 와서 잘못이나처럼 떨어져 온 것은 무슨 까닭인가. 우두망찰한 심경에는 내 자신이 재심을 받고 다시 결재를 신청한 사실조차가 생각나지 않아 이 오히려 당연한 필연이 우연같게만 여겨지는 것이다. 이윽고 우연은 나에게 어떤 기적을 바라게 하고 있는 것이었다. 우연이란 미신성(迷信性)을 띠는 법이다. 이것이 아귀를 쫓는다는 부적(符籍)이 되어, 전아를—나를 찾게 해줄 수도 있을 것이 아니겠는가. 기대와 희망이 고문처럼 몸을 저몄다.

복도를 울리는 구두 소리가 이쪽으로 가까워 왔다. 이윽고 오늘은 가운을 입지 않은 닥터 김이 들어왔다.

밖에서 갓 들어오는 모양으로 얼굴이 상기되어 있다.

"따뜻해졌군요."

이렇게 나는 간단한 인사 끝에 기후에 관한 말을 덧붙였다. 닥터 김은 좀 기분이 내키지 않는 얼굴이다. 즉시론 대꾸가 없다가, 책상 앞 회전 의자에 가 털썩 주저앉으며 불쑥,

"봄이라서요."

무슨 탓이나 하는 것 같은 어조로 던지듯이 말한다. 어딘지 거북해 하는 눈치다. 말이 끊어져 침묵이 왔다. 내가 먼저 침묵을 깨뜨려 전아와의 면회를 청하려는데 닥터 김이 드르륵 소리가 나게 책상 서랍을 열더니 그림 한 장을 꺼내었다. 이윽고 한 손으로 그것을 치켜들어 이쪽으로 보이며,

"어떻습니까?"

한다. 허심한 태도지만 바닥에 무엇이 있는 표정이다.

"글쎄요."

"좋지요."

"좋다기보다…… 글쎄 아름답군요. 허지만 좀—불안해. 불안의 미랄까요."

나는 몸을 뒤로 젖혀 되도록 그림을 멀리해 보았다. 타이프 용지 두 배 가량 되는 와트만지에 템페라로 그린 그림이다. 나는 이런 그림을 본 일이 없었다. 억지로 말하면 그것은 의식의 심연(深淵)에서 일어난 비사(秘事)를 보는 것 같은 느낌을 주었다. 바탕에는 남김없

이 푸른빛이 들도록 농후하게 검은빛이 깔렸는데 가루민 레드와 은빛이 서로 얽혀 또아리를 틀며 몸부림을 쳤다. 공포와 쾌감과 죄스러움의 불안한 교착(交着)— 그 위를 칼끝 같은 섬광이 무슨 구원이나처럼 새하얗게 번득이고 있는 것이다.

"미스 윤의 그림입니다."

닥터 김은 무슨 선언이나 하는 것처럼 말하고 의자에 등을 기댔다. 한결 평정해진 전아에게 무료를 끄도록 화구를 갖다 준 것은 전번의 일이었다. 하여튼 전아가 다시 그림에 손을 대었다는 사실이 지금의 나에겐 눈물겹도록 고마웠다. 그러나 그림에서 오는 감동이 좀 불안스러운 것이다.

"그래 그림을 그립디까?"

닥터는 무슨 중대한 질문이나 받은 것처럼 입을 열지 않고 있다가 한참만에야 약간 몸을 일으키고,

"구라파에선 곧잘 환자들에게 그림을 그리게 한답니다."

하고 뜻하지 않았던 말을 꺼내었다. 그는 일단 말을 끊었다가 어조를 바꾸고,

"에에, 통계적으로 보아 남자 환자는 궤짝이라든가 주머니 같은 것을 많이 그린답니다. 여자는, 여자 환자는 그렇지요—버섯, 칼—."

안경이 번쩍했다. 약간 외면을 한 것이다. 나는 가슴이 확 달았다. 그런 것들이 정신 분석상으로 보면 성기(性器)를 상징하는 것이고, 여자 환자는 특히 다소 음(淫)해진다는 것은 몇 번 드나드는 동안에 얻은 지식이었다. 그런 말을 듣고 보니 그림에서 받은 불안의 정체가 어렴풋이 짐작되어지며 왠지 전아가 한없이 애처로워지는 것이었다. 그것은 젊은 전아의 그림이 그렇게 해석되는 것이 참기 어려웠다기보다 그런 그림을 그린 그녀가 오히려 진지하게 자신을 정시하려고 애쓰는 것 같아 마음이 흔들렸던 것일지 모르겠다.

"꼭 만나고 가시렵니까?"

닥터 김이 무엇을 암시나 하려는 것처럼 내 눈을 정면으로 들여다본다. 그 정시를 받아 나는 마음이 비틀거렸다. 여기까지 와서 그녀를 만나지 않고 간 일이 있었던가.

"며칠 전 큰고모님이 다녀가셨는데—그래 이 그림을 그리던 날이군요."

닥터의 소리가 까아맣게 들렸다. 등뼈가 한꺼번에 무너져 쏟아졌다. 닥터의 소리가 거푸 건너와서 마지막 칼부림을 하였다.

"—봄이라서요."

'봄'이 정신병에게 어떤 영향을 주는가를 나는 알고 있었고, 또 이 정신병 의사가 "봄이라서요" 하는 의미를 나는 잔인하도록 또렷하게 이해할 수 있었던 것이다.

나는 힘없이 일어서서 모자를 썼다. 이윽고 그 돌멩이투성이의 마당을 걸어 나왔다. 문간에서 왠지 담배 생각이 나서 걸음을 멈추고 포켓 속에 손을 넣어 보았다. 그러나 진찰실에 잃어버려 두고 나왔는지 담뱃갑은 만져지지 않고 딱딱한 종이만이 손에 집혔다. 여권. 사증이 찍힌 여권. 순간 나의 머릿속에서 화폐 개혁 후의 구화(舊貨)가 한 장 뱅그르르 돌았다. 뒤이어 누구한테선가 들은 어떤 일본의 악덕 상인(惡德商人) 이야기가 상기되었다. 북만주 시베리아를 훑다시피 하며 갖은 악독한 짓으로 거만의 돈을 벌은 그가 트렁크 몇 개에다 가득 루블화를 채워, 고국으로 떠나려던 아침, 혁명이 일어났더라는 것이다. 그는 그 몇 개의 트렁크를 들고 미친 듯이 네거리로 달려가서 그때껏 모아 온 돈을 모조리 바람에 날려 버렸다 한다.

못을 꽂아 심은 병원 문을 나오면서 나도 그 악덕 상인과 같은 흉포한 충동이 자꾸만 고개를 드는 것을 어찌할 수 없었던 것이다.

신화(神話)의 단애(斷崖)

한말숙(1931~)

1956년 단편 「별빛 속의 계절」이 『현대문학』에 초회 추천. 이듬해 단편 「신화(神話)의 단애(斷崖)」가 추천 완료. 「노파와 고양이」 「행복」 「하얀 도정」 「신과의 약속」 등의 작품이 있다.

신화(神話)의 단애(斷崖)

한말숙

새까만 거리에는 헤드라이트의 행렬이 한결 뜸해졌다.

밴드는 다시금 왈츠로 바뀌었다. 시간은 마구 흘러간다. 진영(眞英)은 별로 초조해지지도 않는다. 애당초에 댄서로 취직할 것을 잘못 했다는 생각도 해본다. 그러나 한 달 동안 일을 한 연후에야 겨우 월급을 탄다는 것은 안 될 말이다. 오늘 저녁을 먹고, 이 한 밤을 여관에서 자기 위한 돈이—그것도 단돈 이천 환이면 되지만 — 필요한데 한 달 후가 다 무엇이냐.

이대로 서 있자. 지난 봄에도, 늦어서 오는 손님이 있지 않았던가. 그때처럼 한 열흘을 벌어서 또다시 반 년을 살고 보자.

춥다. 추워서 움츠러진 조그만 젖꼭지가 스웨터 위에 뾰조록이 솟아 버렸다. 그뿐만은 아니다. 배도 고프다. 생각해 보니, 오늘은 거의 절식 상태이다. 추위와 굶주림…… 진영은 그 속에서 여전히 생존하고 있는 스스로를 또렷이 깨닫는다.

"지금 나는 살고 있다."

하고 그녀는 생각한다. "살고 있다" 하고 되씹어 본다.

오층 빌딩의 높은 창턱에서 내려다보는 서울의 밤은 아늑하고 다정스럽다.

"들어가실까요?"

누군가 어깨를 툭 친다. 돌아다보니 해말쑥한 청년이 웃고 서 있다.

홀에는 자욱한 담배 연기에 샹들리에가 희미하다. 그 속에서 밴드는 흐르고, 춤꾼들은 마시고, 웃고, 떠들고 있다. 초만원이라 채 몇 발자국 떼기 전에 다른 쌍과 맞부딪쳐 버린다.

리드는 서툴고 맘보는 재미 없었다. 그래도 진영은 밴드에 맞춰서 열심히 춤을 추었다. 그렇게 해서, 추위나 덜어 볼까 하는 속셈이었다. 홀드는 차츰 가까워졌다. 술 냄새가 진영의 얼굴에 확 끼친다. 뺨에 남자의 수염이 까칠까칠 닿는다. 귀찮다. 팁은 얼마나 주려나.

"기피자를 적발해야 할 텐데요."

청년은 술 때문에 조금 혀꼬부랑 소리다.

"왜요?"

"직업상……."

"직업?"

"난 형사야."

"그러세요?"

진영의 말끝은 힘없이 흐려진다. 그처럼 어린 형사에게 돈이 있을 것 같지 않기 때문이다.

'기껏 하나 잡았나 했더니…….'

짜장 구슬픈 블루스보다도, 진영의 스텝은 맥이 없다.

'카네이션 꽃잎 지던 밤—.'

스테이지에서는 가수가 앞가슴을 허옇게 드러낸 채 노래를 부르고 있다.

"나도 기피자인데, 남을 잡으려니 양심이 찔리지만, 그렇다고 이대로 있으면 내 목이 달아나고."

'추억에 울던—'

"내일까지는, 꼭 하나 적발해야 할 텐데……. 자, 그러고 보니, 모조리 기피자같기도 하고, 또 아닌 것 같기도 하고, 후유—."

남자가 풍기는 술 냄새는 견딜 수가 없다. 진영은 스텝을 밟으며 무턱대고,

"저기 있지 않아요? 기피자."

하고 소리쳤다. 형사는 진영의 빰에 부벼대고 있던 얼굴을 번쩍 들며,

"어디?"

한다. 진영은 턱으로 아무 데로나 가리켜 보였다.

"저—기."

마침 저편에서 키 큰 청년이 깨끗한 뒤통수를 이쪽으로 보인 채, 멋있게 턴을 하고 있었다.

"정말?"

"으응."

진영은 긍정도 부정도 아닌 대답을 했다. 진영은 그 청년이 누구인지도 물론 모르는 것이다. 따라서 그가 기피자인지 아닌지는 전혀 알 바가 못 되었다. 다만 술 냄새와 까칠까칠한 수염을 면했으니 다행이라고 생각하였다.

블루스는 멎었다. 진영은 위스키를 마셨다. 목에서는 차나 이내 몸은 후끈해진다.

마지막 곡이 시작되었다. 형사는 화장실에서 아직 돌아오지 않았다. 진영은 담배 연기 속에서 멍하니 앉아 있었다.

"아르바이트?"
하며, 눈이 어글어글한 어떤 청년이 진영의 앞에 우뚝 섰다. 진영은 고개를 끄덕였다.

"너무 늦었는걸."

테이블 사이를 누비며, 센터로 나가는 청년의 뒤통수를 보자, 진영은 어쩐지 가슴이 쿵 내려앉는 것 같았다. 아까 턱으로 아무렇게나 기피자라고 가리킨, 바로 그 깨끗한 뒤통수였기 때문이다.

리드는 멋있었다. 진영의 등에 얹혔던 팔이 차차로 허리에 와서 감긴다.

"멋진데?"

그의 눈은 정열적이면서, 어딘지 냉냉하다.

"아까부터, 허리가 좋다고 생각했었지."

"……?"

"추면서, 남이 안고 있는 여자를 감정하는 것은 재미있는 일이야."

"……."

"학생? 미스?"

진영은 연달은 질문에 대답 대신 웃고 있었다. 청년은 진영이가 둘 다 긍정한 줄로 안 모양이다.

"일 주일만 살까?"
하고 웃는다.

"십만 환이면 되지. 내일부터."

사뭇 빼기는 어조다.

"흥!"

진영은 어이없다는 듯이 코웃음을 쳤다.

십만 환이 다 무엇이냐. 내게는 지금 당장에 단돈 이천 환만 있으면 충분한데. 그러나 웃음의 뜻을 잘못 알아 차린 청년은,

"비싼데, 그럼, 이십만 환!"

"흥?"

진영은 더욱 답답하고 기막혔다.

"그러면, 삼십만 환."

밴드는 멎고, 홀드는 풀렸다. 진영은 아무 말도 하지 않았다. 내일부터 일 주일간의 일을 살 것인가 말 것인가 하고 지금 생각할 여유가 없다. 오늘 밤을 어찌하나, 그것조차 해결하지 못하고 있는 진영이 아닌가.

어느 사이엔가, 진영의 손에 지폐가 쥐어져 있다. 육백이십 환이다.

"남은 게 그것밖에는 없어."

두 사람은 다른 춤꾼들 사이에 끼어 묵묵히 층계를 내려갔다.

거리는 추웠다. 이내 온몸이 오싹해지며 떨린다.

"내일, 〈호심〉으로 오시오. 아홉시 반."

청년은 말을 뚝 자르고 돌아섰다.

아홉 시 반이라면 자고 일어나서 나오기에 꼭 알맞은 시간이라고 진영은 생각했다. 그렇지 않고, 오후나 저녁 몇 시라고 한다면 진영은 그것을 지킬는지가 의문이다. 그 동안의 시간에 혹시 하루를 살 수 있는 돈이 생긴다면, 구태여 그를 기다려야 할 까닭은 없는 것이다.

진영도 돌아섰다. 몹시 배가 고팠다.

통금 예비 사이렌이 불고 난 거리에 음식이 있을 리 없다. 그뿐 아니다. 명동에는 거의 불빛이 없다.

검은 하늘에 조각달이 걸려 있다. 진영은 지금이 밤이라는 것을 인식했다.

성당을 향하는 언덕 길가에 군고구마 장사가 부스럭대며 갈 준비를 하고 있다. 석유 등잔이 가물가물 켜져 있다. 진영은 남은 고구마를 다 털었다. 대여섯 개밖에는 안 된다. 진영은 군고구마를 먹으며 걸었다. 여간 맛있지 않다. 주린 배에는 이토록 맛난 것이 또 있으랴 싶다.

어디로 갈까? 오백 환으로 재워 줄 여관은 없다. 설혹, 재워 준다더라도 불을 지펴 줄 리는 없다. 이토록 추운 밤에 내 몸을 꽁꽁 얼려 재우다니. 죽으면 썩는 몸이다. 살아 있는 이 순간 다시는 없을 이 지극히 소중한 순간을 나는 내 몸을 하필이면 얼려 재워야만 한다는 말인가? 그것은 안 될 말이다. 진영은 경일(慶一)한테 가서 자리라고 생각하였다. 그 방도 냉돌임에는 틀림없겠지만 그래도 같이 자면 한결 따뜻할 것이 아닌가.

손바닥만한 방에 책과 화구(畵具)가 하나 가득 흩어져 있다. 진영은 어디에 발을 디뎌야 할지 잠시 망설였다. 경일은 언제나 그렇지만 오늘도 모른 체하고 캔버스만 보고 있다. 진영은 먹다 남은 군고구마를 책상 위에 놓으며 요 밑으로 발을 넣었다. 뜻밖에도 바닥이 더웠다. 그림이 팔렸나?

"웬일이세요? 방이 더워."

경일은 갑자기 몸을 돌이키고 다짜고짜로 진영의 등을 마구 때린다.

"왜 이래, 왜 이래."

"이년아, 준섭(俊燮)이가 장작을 사온 거야."

"좋겠군요. 친구 잘 두어서."

"엊저녁 얘기 다 들었다. 이년아, 준섭이가 여기서 잔 거야."

"내가 그래 어쨌다는 거예요, 어쨌다는……."

진영은 경일의 눈을 뚫어져라 흘겨본다. 경일은 눈 한 번 깜작이지 않고 시무룩한 얼굴로 진영의 등을 주먹으로 때리기만 한다.

어저께 저녁 일이다. 한 달 밀린 밥값 대신 화구 일체와 책 전부를 빼앗긴 채, 하숙을 쫓겨 나온 진영은 통금 사이렌을 듣자 어쩔 수 없이 준섭의 하숙을 찾아갔던 것이다. 그것은 경일의 하숙보다 가깝고 파출소보다는 갈 만한 곳이었기 때문이다.

진영은 시민증을 잃은 지 벌써 반 년이 넘는다. 그것이나마 있었다면 또 모르겠는데, X미술대학 학생증만으로는 파출소로 가기는 꺼림칙했다. 꺼림칙 이상으로 싫었다고 하는 편이 옳을 것이다.

"오늘 밤 재워 주세요."

진영은 파자마채로 당황하는 준섭을 빤히 들여다보며 말했던 것이다.

"저—."

준섭은 눈 둘 곳을 모르고 있었다.

"……?"

"저, 김 군이, 저—."

"미스터 김이 어쨌단 말씀이세요?"

"저—."

주뭇거리며 망설이고는 있으나 준섭의 눈에는 무엇인지 기쁜 빛이 가득 차 있었다. 진영은 그것이 메스껍고 화가 났다.

"누가, 누가, 당신하고 무슨 연애 유희라도 하고 싶어 온 줄 아세요? 천만에. 잘 데가 없어서 하룻밤만 자겠다는 거에요."

진영은 꼿꼿이 선 채 말했다.

"그런 게 아니라, 저 김 군이 알면 또 오해나—."

"오해를 하면 어떻단 말이에요. 지금 갈 데가 없다는데 오해따위가 다 무엇이란 말이에요!"

준섭은 한참 동안 잠자코 서 있다가 못에 걸렸던 외투를 어깨에 걸

치고 밖으로 나가 버린다.

'잡을까? 내버려 두자.'

외투가 없어진 못에는 마후라가 걸려 있다. 여자의 것이다. 때로 자러 오는 기생이 있다더니 그 기생의 것일지도 모른다. 그녀는 그 분홍 빛깔이 무척 자극적이라고 느껴졌다.

준섭은 바로 그저께도 진영에게 또 알쏭달쏭한 편지를 보내왔던 것이다.

—경일 군과의 관계는 다 이해하겠습니다. 조금도 나무라지는 않겠습니다. (중략) 덧없는 일인줄 아오나 어쩔 수 없이 적은 글입니다.—

내용은 대개 이렇게 적혀 있다. 어쩌자는 소리인지 도무지 답답한 얘기이다. 아마도 같이 살자는 말인상싶다. 그렇다면 왜 좀더 알아듣기 쉽게 쓰지 못한단 말인가. 또 어째서 지금 이대로 잠자코 나가 버리고 마는 것인가. 오늘 밤만은 나를 마음대로 할 수도 있는 것이 아닌가. 밖으로 나간 준섭은 돌아오지 않았다. 진영은 따뜻한 이부자리에서 한 밤을 고이 자고 났던 것이다. 그러나 준섭이가 경일에게 가서 잤으리라고는 미처 생각을 못했던 것이다.

"그만 때려, 그만 그만."

그러면서도 진영은 경일의 주먹을 피하려고는 하지 않는다. 도무지가 못 견딜만치 아프지도 않거니와 무엇보다도 추위에 움츠려뜨려서 어깨가 아팠는데 매를 맞고 보니 시원한 것을 어떻게 하랴. 주먹이 멈추었다. 방바닥은 뜨겁고 몸은 후끈거렸다.

"매맞고 나니 더워졌어요."

진영은 솔직히 말했다. 아프라고 때렸는데 더워서 좋다니. 경일은 성난 얼굴이다. 그는 마치 보기 싫은 물건을 다루듯이 발바닥으로 진영을 아랫목 쪽으로 밀어붙였다. 진영은 종이쪽 모양 주르르 밀려 간다.

경일은 다시 붓을 들었다. 진영은 스웨터와 스커트를 벗어서 차근히 개켜 놓았다. 구겨진 옷으로는 댄서가 될 수 없기 때문이다. 내일은 일찍부터 나가서 꼭 돈을 벌어야 하지 않느냐고 그녀는 속으로 다짐한다.

몸이 풀리고 나니, 맞은 데가 뻑적지근한 것 같다. 지난 봄에도 댄서로 나갔다고 해서 이렇게 맞았던 것이다(이번에는 준섭의 하숙에 자러 갔다고 해서 맞았지만). 편지마다 사랑하노라고 적어 보내는 준섭보다는 말없이 때리기만 하는 경일이 편이 오히려 더욱 벅차게 가슴에 오는 것은 무슨 까닭일까.

군고구마로 굶주림은 면했고, 따뜻한 방에 누워 있으니까, 진영은 무한히 행복한 것 같다.

'지금 나는 행복하다.'

이제 잠만 자면 그만이다. 이렇게 머릿속이 텅 비게 될 때면 진영은 언제나 사랑이라는 것이 그리워지는 것이다. 나는 누구를 사랑하고 있지 않을까? 경일을 사랑하는 것이 아닐까? 진영은 '경일이―' 하고 입 속으로 속삭여 본다. '나의 애인, 그리운, 그리운 사람' 하고 생각해 본다. 그러니까 정말 그리워지는 것 같다. 그리워 못 견딜 것 같다. 그립다, 그립다, 그 그리움이 그립다. 아아―.

"키스할까?"

진영은 요 밑에 엎드린 채 중얼거렸다.

"시끄러!"

경일은 소리를 꽥 지른다. 진영은 벽을 향해 몸을 돌이키며, 좀전에 헤어진 청년을 생각해 보기로 했다. 삼십만 환! 삼만 환의 열 배다. 내일을 생각지 않는 진영에게는 오히려 벅찰만치 많은 돈이다. 하숙비를 내고, 아니 자취를 하자. 등록비도 걱정 없구……. 그러나 진영은 그 이상 더 생각을 이을 수가 없었다. 경일이 그를 와락 껴안았기 때문이다. 경일의 포옹은 언제나 기분이 좋다. 그러나 그 깨끗한 뒤통수의 청년의 홀드 또한 부드럽고, 기분 좋은 것이었다고 진영은 생각한다.

멀리서 아홉 시를 치는 소리가 났다. 경일은 벌써 나가고 없었다. X극장 뒤의 창고가 그의 출근처인 것이다. 영화의 간판을 그리는 것이다. 그나마 어저께 가까스로 얻은 아르바이트인 것이다.

책상 위에는 군고구마가 뎅그랗게 하나 놓여 있다. 진영은 그것을 먹으며 경일의 하숙을 나섰다.

걸음이 성당 앞에 이르렀을 때 진영은 교인은 아니나 무엇이라도 한번 기도를 해도 괜찮을 것 같은 기분이 났다.

'성모 마리아, 나에게 애인을 하나 마련해 주세요, 영원한 애인을요.'

진영은 경건한 마음으로 속삭였다. 그러나 이내 그 마리아 상(像)의 졸렬한 조각이 눈에 띄어 기분이 나빠졌다. 그래서 진영은,

"마리아, 좀더 기다리세요. 내가 당신을 조각해 드리겠어요."

했다.

찬 하늘 아래 홀로 하얗게 서 있는 마리아가, 도저히 씻을 수 없는 고뇌로 해서 스스로를 매질하고 있는 것만 같다. 애틋하기 한이 없다. 처녀가 애기를 낳다니! 사랑의 기쁨도 모르면서 진통만 겪다니! 가엾어라, 가엾어라.

시간이 이른데도 다방에는 손이 많았다. 오일 스토브가 벌써 벌겋게 달아 있다. 누가

"여보."

한다. 어제 저녁의 그 청년이었다. 하얀 턱에 쉐이빙을 한 자국이 파

아랗다.

"자!"

하며 그는 테이블 위에 자그마한 보따리를 올려 놓는다.

"현금이야, 삼십만 환. 수표면 부도나 아닌가 할까 봐 바꿔 왔어. 큰돈으로 바꾸느라고 애썼지, 어때 그 정성이? 하하하."

그는 거리낌 없이 큰 소리로 웃는다. 진영은 아무 말도 하지 않았다. 물만 마시고 싶다. 군고구마를 먹어서 목이 바싹 말라 버렸다. 그래서 우선 커피나 마시고 보자고 했다. 진영은 커피를 두 잔이나 마셨다.

"가자."

하며 그는 일어섰다. 그는 댄스 홀에서보다도 더 미남같이 보였으며 더욱 점잖다고 진영은 느껴졌다. 진영도 뒤따라 일어섰다. 앞뒤 테이블의 손님들이 진영과 그를 번갈아 보고 있다.

택시 안에서 그는 진영의 허리에 팔을 감았다.

호텔의 현관은 어마어마한 것이었다. 주홍빛 비로오드의 양탄자가 눈부셨다. 기둥이랑 천장에 현대적인 감각이 확 끼친다. 수부에서 청년은 일 주일 방값을 전불했다.

"309호실!"

하고 사무원이 말하니까, 보타이를 맨 뽀이가 성큼 나선다.

진영은 손에 든 지폐의 무게와, 그녀와 나란히 층계를 올라가는 청년의 로션 냄새와, 주홍빛의 양탄자를 인식했다. 층계의 커브를 돌 때다.

"여보!"

하고 아래에서 누가 소리를 쳤다. 형사라는 것이었다. 형사는 청년의 신분증을 조사하더니 가자고 한다. 기피자라는 것이었다. 지금 곧 가야 한다는 것이다. 청년은 형사를 비웃는 듯 싱긋 웃으며,

"갑시다!"

하고 늠름한 걸음으로 층계를 도로 내려간다. 깨끗한 뒤통수가 몹시 사랑스럽다. 진영은 당황하며 뛰어갔다.

"여보세요."

"……?"

"이것—."

진영은 돈 보따리를 내밀었다. 청년은 싱긋 웃는다.

"가지시우. 약속을 어기는 것은 이쪽이니까."

"너무 많아요."

"애당초에 삼십만 환은 너의 허리 때문이 아니야. 이걸 봐, 이렇게 죽음이 쫓아다니지 않아? 나는 일 년을 살 돈이 있으면, 그것으로 우선 하루라도 살고 보아야 해. 살 시간이 없어. 바빠."

하고 빙긋 웃으며 돌아선다. 진영은 청년에게 바싹 다가섰다. 진영의 표정은 자못 심각해졌다.

"가지 마세요!"

청년은 웃으며 말했다.

"나는 너를 사랑해."

진영의 입에서도 앵무새처럼 말이 흘러 나왔다.

"저도 사랑해요."

말을 하고 보니, 진영은 정말 그를 사랑하는 것 같다.

"가지 마세요. 가지 말아요!"

"돈으로 안 되는 일 없지. 곧 온다."

그는 진영의 뺨을 슬쩍 쓰다듬고 호텔을 나가 버렸다. 형사가 뒤따라 나갔다. 그때 수부에서 해말쑥한 청년이 담배를 피우며 진영에게로 다가왔다. 진영은 낯익은 얼굴이라 생각했다. '누구일까? 아차! 엊저녁의 그 형사로군!' 그렇게 생각하니, 그녀는 모든 일이 우연히 된 것이 아님을 깨달았다. 진영은 자기도 모르는 사이에 매섭게 쏘아붙이고 있었다.

"당신이군요! 비겁한!"

"왜 그러슈, 남편?"

진영은 입을 한 일자로 다문 채 머리를 세게 흔들었다.

"그럼, 애인?"

"아니!"

"그러면?"

"남자!"

하고 진영은 돌아섰다. 형사는 뒤따라오며,

"내가 논산으로 갈 때엔 나도 프로포즈할 생각이야."

"어림없어!"

"나는 일 년은 넉넉히 살 수 있어!"

진영은 앞을 똑바로 본 채 층계를 올라갔다.

진영은 호텔의 레스토랑에서 치킨스틱을 먹었다. 맛있는 것을 먹는 즐거움이 없다면 인생은 한결 쓸쓸하리라고 생각하며.

오버와 구두를 샀다. 립스틱도 샀다. 이것을 바르고, 아르바이트를 하러 홀로 갈 날이 머지않아 또 있으리라 생각했다. 백도 샀다. 그래도 돈은 남았다.

진영은 하숙으로 갔다. 주인 아주머니는 삯뜨개질을 하고 있었다. 아이를 셋이나 데린 전쟁 미망인이다. 방바닥은 얼음 같고, 떡 벌어진 문틈이 사뭇 한데이다. 밀린 밥값을 치루었는데도 진영의 마음 한구석 어딘지 개운치 못한 데가 있다. 오만 환을 더 내어 놓았다. 주인은 고맙다고 하며 이내 흑흑 흐느껴 운다. 삼십만 환을 얻은데도 고마운지를 몰랐던 진영은 하숙 주인이 오히려 우스꽝스럽다. 그녀를 도와주려는 것이 아니었다. 진영은 그 여자의 가난이 끼친 울적한 기분을 가시고 싶을 따름이었던 것이다.

진영은 화구를 샀다. 모두 사만 환이다. 갑자기 붓이 들고 싶어진다. 어서 그려야지. 국전에서 모 장관상을 탄 경일의 그림이 생각킨다. 그녀는 그 구성이 참으로 잘 되었다고 다시금 생각한다. 학교의 성적은 진영이 수석이나, 국전에서는 낙선했던 것이다. 시기와 비슷한 불길이 몸 어느 모에서부턴지 소리 없이 이는 것 같다.

"그려야 한다."

진영은 거리의 책점에 들렀다. 고흐의 소묘집(小錨集)이 있다. 진영은 책장을 들쳐 보았다. 까마귀가 날고 있다. 사육(死肉)을 파먹고 산다는 날짐승……. 금시에라도 썩은 물이 악취를 풍기며 뚝뚝 떨어질 것 같다. 진영은 자기 자신이 까마귀 같다는 느낌이 온다. 팁으로 해서 살아 있는 그녀의 살이 까마귀의 살만 같다. 진영은 진저리를 치며 몸을 흔들어 본다. 볼통한 젖가슴이 육중하게 흔들린다. 진영은 다만 그녀의 실존을 재확인할 따름이다.

진영은 위스키를 한 병 사들고 호텔로 갔다. 더블 베드는 지나치게 호화로웠다. 그녀는 일 주일 여기서 홀로 사는 것이다. 고요 속에서 붓을 들 수 있는 것이다. 그러나, 그 청년이 온다면? 돈으로서 안 되는 일이 있겠는가고 하였는데……. 오면 오는 것이고, 그때 일을 지금 생각지 말자.

진영은 위스키를 더블로 해서 마셨다. 이내 몸이 상쾌해진다. 푹신한 베드에 엎드려 본다. 기분이 여간 좋지 않다. 그녀는 귀신이라도 농락해 보고 싶을만치 삶에 대한 자신이 강력히 솟구친다. 무서울 것도 꺼릴 것도 없다. 오로지 그려야 한다는 의욕만이 파아랗게 불 탈 뿐이다.

진영은 준섭에게 편지를 썼다. 베드가 부드러우니, 그 색시와 하룻밤 자러 오라는 얘기를 썼다. 그저께 한 밤 따뜻이 재워 준 은혜를 갚기 위해서이다. 다음은 경일에게 글을 썼다. 사랑해요— 하고 쓰기 시작하였으나, 도시 펜이 움직여지지 않는다.

사랑 사랑…… 진영은 그 말의 감각을 느껴 보려 하였으나, 그 추상명사가 마치 숫자처럼 그녀의 머릿속에서 나열될 따름이다.

사랑이라는 말은 필요치 않았다. 다만, 진영은 지금 경일을 포옹하고 싶을 뿐이었다. 그래서 진영은 '경일 씨 어서 오세요, 보고 싶어요'라고 편지의 끝을 맺었다.

진영은 베드에서 일어나서 높은 창가에 스케치북을 들고 앉았다.

창 밖은 밤이었다.

무수한 불빛이 어둠 속에서 별빛처럼 명멸하고 있다.

중국인 거리

오정희(1947~)

서울 출생. 서라벌예술대학 졸업. 1968년 「완구점 여인」이 중앙일보 신춘문예에 당선, 문단 활동 시작. 「불의 강」 「유년의 뜰」 「바람의 넋」 「옛 우물」 등 다수의 작품이 있다.

중국인 거리

오정희

시(市)를 남북으로 나누며 달리는 철도는 항만의 끝에 이르러서야 잘려졌다. 석탄을 싣고 온 화차(貨車)는 자칫 바다에 빠뜨릴 듯한 머리를 위태롭게 사리며 깜짝 놀라 멎고 그 서슬에 밑구멍으로 주르르 석탄 가루를 흘려 보냈다.

집에 가봐야 노루 꼬리만큼 짧다는 겨울해에 점심이 기다리고 있는 것도 아니어서 우리들은 학교가 파하는 대로 책가방만 던져둔 채 떼를 지어 선창을 지나 항만의 북쪽 끝에 있는 제분 공장에 갔다.

제분 공장 볕 잘 드는 마당 가득 깔린 멍석에는 늘 덜 건조된 밀이 널려 있었다. 우리는 수위가 잠깐 자리를 비운 틈을 타서 마당에 들어가 멍석의 귀퉁이를 밟으며 한 움큼씩 밀을 입 안에 털어넣고는 다시 걸었다. 올올이 흩어져 대글대글 이빨에 부딪치던 밀알들이 달고 따뜻한 침에 의해 딱딱한 껍질을 불리고 속살을 풀어 입 안 가득 풀처럼 달라붙다가 제법 고무질의 질긴 맛을 낼 때쯤이면 철로에 닿게 마련이었다.

우리는 밀껌으로 푸우푸우 풍선을 만들거나 침목(枕木) 사이에 깔린 잔돌로 비사치기를 하거나 전날 자석을 만들기 위해 선로 위에 얹어 놓았던 못을 뒤지면서 화차가 닿기를 기다렸다.

드디어 화차가 오고 몇 번의 덜컹거림으로 완전히 숨을 놓으면 우리들은 재빨리 바퀴 사이로 기어들어가 석탄 가루를 훑고 이가 벌어진 문짝 틈에 갈퀴처럼 팔을 들이밀어 조개탄을 후벼내었다. 철도 건너 저탄장에서 밀차를 밀며 나오는 인부들이 시커멓게 모습을 나타낼 즈음이면 우리는 대개 신발 주머니에, 보다 크고 몸놀림이 잽싼 아이들은 시멘트 부대에 가득 석탄을 팔에 안고 낮은 철조망을 깨금발로 뛰어넘었다.

선창의 간이 음식점 문을 밀고 들어가 구석자리의 테이블을 와글와글 점거하고 앉으면 그날의 노획량에 따라 가락국수, 만두, 찐빵 등이 날라져 왔다.

석탄은 때로 군고구마, 딱지, 사탕 따위가 되기도 했다. 어쨌든 석탄이 선창 주변에서는 무엇과도 바꿀 수 있는 현금과 마찬가지라는 것을 우리는 알고 있었고, 때문에 우리 동네 아이들은 사철 검정 강아지였다.

해안촌(海岸村) 혹은 중국인 거리라고도 불리는 우리 동네는 겨우내 북풍이 실어 나르는 탄가루로 그늘지고, 거무죽죽한 공기 속에 해는 낮달처럼 희미하게 걸려 있었다.

할머니는 언제나 짚수세미에 아궁이에서 긁어낸 고운 재를 묻혀 번쩍 광이 날 만큼 대야를 닦았다. 아버지의 와이셔츠만을 따로 빨기 위해서였다. 그러나 바람을 들이지 않는 차양 안쪽 깊숙이 넌 와이셔츠는 몇 번이고 다시 헹구어 푸새를 새로 하지 않으면 안 되었다.

망할 놈의 탄가루들. 못 살 동네야.

할머니가 혀를 차면 나는 으레 나올 뒤엣말을 받았다.

광석천이라는 냇물에서는 말이다. 물론 난리가 나기 전 이북에서지. 빨래를 하면 희다 못해 시퍼랬지. 어느 독(毒)이 그렇게 퍼렇겠니.

겨울 방학이 끝나면 담임인 여선생은 중국인 거리에 사는 아이들을 불러 학교 숙직실로 데리고 갔다. 그리고 숙직실 부엌 바닥에 웃통을 벗겨 엎드리게 하고는 미지근한 물을 사정없이 끼얹었다. 귀뒤, 목덜미, 발가락, 손톱 사이까지 탄가루가 없는 것을 확인하고서야 왕소름이 돋은 등허리를 찰싹찰싹 때리는 것으로 검사를 끝냈다. 우리는 킬킬대며 살비듬이 푸르르 떨어지는 내의를 머리부터 뒤집어썼다.

봄이 되자 나는 3학년이 되었다. 오전반이었기 때문에 한낮인 거리를 치옥이와 나는 어깨동무를 하고 천천히 걸어 집으로 돌아오고 있었다.

나는 커서 미용사가 될 거야.

삼거리의 미장원을 지날 때 치옥이가 노오란 목소리로 말했다.

회충약을 먹는 날이니 아침을 굶고 와야 해요. 선생의 지시대로 치옥이도 나도 빈속이었다.

공복감 때문일까, 산토닌을 먹었기 때문일까, 해인초 끓이는 냄새 때문일까, 햇빛도, 지나다니는 사람들의 얼굴도, 치마 밑으로 펄럭이며 기어드는 사나운 봄바람도 모두 노오랬다.

길의 양켠은 가건물인 상점들을 빼고는 거의 빈터였다. 드문드문 포격에 무너진 건물의 형해가 썩은 이빨처럼 서 있을 뿐이었다.

제일 큰 극장이었대.

조명판처럼, 혹은 무대의 휘장처럼 희게 회칠이 된 한쪽 벽만 고스란히 남아 서 있는 건물을 가리키며 치옥이가 소곤거렸다. 그러나 그것도 곧 무너질 것이다. 나란히 늘어선 인부들이 곡괭이의 첫 날을 댈 위치를 가늠하고 있었다. 어느 순간 희고 거대한 벽은 굉음으로 주저앉으리라.

한쪽에서는 이미 헐어낸 벽에서 상하지 않은 벽돌과 철근을 발라 내고 있는 중이었다.

아주 쑥밭을 만들어 버렸다니까.

치옥이는 어른들의 말투를 흉내내어 몇 번이고 쑥밭이라는 말을 되풀이했다.

사람들은 개미처럼, 열심히 집을 지어 빈터를 다스렸다. 반 자른 드럼통마다 조개탄을 듬뿍 써서 해인초를 끓였다.

치옥이와 나는 자주 멈춰 서서 찍찍 침을 뱉어냈다.

회충이 약을 먹고 지랄하나 봐.

아냐, 회충이 오줌을 싸는 거야.

그래도 메스꺼움은 가라앉지 않았다. 끓어오르는 해인초의 거품도, 조개탄에서 피어오르는 연기도, 해조(海藻)와 뒤섞이는 석회의 냄새도 온통 노란빛의 회오리였다.

왜 사람들은 집을 지을 때 해인초를 쓰지? 난 저 냄새만 맡으면 머리털 뿌리까지 뽑히는 것처럼 골치가 아파.

치옥이는 내 어깨에 엇갈린 팔을 무겁게 내려뜨렸다. 그러나 나는 마냥 늑장을 부리며 천천히 걸어 해인초 냄새, 내가 이 시와 나눈 최초의 악수였으며 공감이었던 그 노란빛의 냄새를 들이마셨다.

우리 가족이 이 도시로 이사를 온 것은 지난해 봄이었다.

늬 아버지가 취직만 되면……. 어머니는 차곡차곡 쌓은 담뱃잎에 푸우푸우 입에 가득 문 물을 뿜는 사이사이 말했다. 담뱃잎을 꼭꼭 눌러 담은 부대에 멜빵을 해서 메고 첫새벽에 나가는 어머니는 이틀이나 사흘 후 초죽음이 되어 돌아오곤 했다.

간이 열이라도 담배 장사는 이제 못 해먹겠다. 단속이 여간 심해야지. 늬 아버지 취직만 되면…….

미리 월남해서 자리를 잡았거나 전쟁을 재빨리 벗어난 친구, 동창들을 찾아다니며 취직 운동을 하던 아버지가 석유 소매업소의 소장직으로 취직을 하고, 우리를 실어 갈 트럭이 온다는 날 우리는 새벽밥을 지어 먹고 이불 보따리와 노끈으로 엉글게 동인 살림 도구들을 찻길에 내다 놓았다. 점심때가 되어도 트럭은 오지 않았다. 한없이 길게 되풀이되는 동네 사람들과의 작별 인사도 끝났다.

해질 무렵이 되자 어머니는 땅뺏기놀이나 사방치기에도 진력이 나 멍청히 땅바닥에 주저앉은 우리들을 일으켜 세워 읍내의 국수집에서 국수를 한 그릇씩 사 먹였다. 집을 나서기 전 갈아입은 옷이건만 한없이 흐르는 콧물로 오빠와 나 그리고 동생은 소매와 손등이 반들반들하게 길이 들었다.

날이 완전히 어두워졌어도 어머니는 젖먹이를 안고 이불 보따리 위에 올라앉은 채 트럭이 나타날 다릿목께만을 뚫어지게 노려보고 있었다.

트럭이 나타난 것은 저물고도 한참이 지난 후였다. 헤드라이트를 밝힌 트럭이 요란한 엔진 소리와 함께 다릿목에 모습을 드러내자 어머니는 차가 왔다, 라고 비명을 질렀다. 저마다 보따리 하나씩을 타고 앉았던 우리 형제들은 공처럼 튀어 일어났다. 트럭은 신작로에 잠시 멎고, 달려간 어머니에게 창으로 고개만 내민 운전사가 무어라고 소리쳤다. 어머니는 되돌아오고 트럭은 다시 떠났다. 우리는 어리둥절해서 서로의 얼굴을 마주 보았다. 난간을 높이 세운 짐칸에 검은 윤곽으로 우뚝우뚝 서 있던 것은 소였다. 날카롭게 구부러진 뿔들과 어둠 속에서 흐르듯 누누하게 들려오던 되새김질 소리도 역력했다.

소를 내려놓고 올 거예요, 짐을 부려놓고 빈 차로 올라가는 걸 이용하면 운임이 절반이니까 아범이 그렇게 한 거예요.

어머니의 설명에, 아버지와 어머니에게 한번도 이의(異意)를 나타내 본 적이 없는 할머니는 뜨아한 표정으로, 그러나 어련히들 잘 알아서 하겠느냐는 듯 몇 번이고 고개를 주억거렸다.

그러나 트럭이 정작 우리 앞에 다시 나타난 것은 두어 시간턱이나 지난 후였다. 삼십 리 떨어진 시의 도살장에 소들을 부려 놓고 차 바닥의 오물을 닦아내느라고 늦었다는 것이었다.

이삿짐을 다 싣고 마지막으로 어머니가 젖먹이를 안고 운전석의, 운전사와 조수의 틈에 끼어 앉자 트럭은 출발했다. 멀리 남행 열차의 기적 소리가 들리는 것으로 보아 자정 무렵이었다.

나는 이삿짐들 틈에서 고개만 내밀어 깜깜하게 묻힌, 점점 멀어져 가는 마을을 보았다. 마을과 마을 뒤의 야산과 야산의 잡목숲은 한데 뭉뚱그려져 더 짙은 어둠으로 손바닥만하게 너울대다가 마침내 하나의 점으로 털털대며 트럭의 꽁무니를 따라왔다.

읍을 벗어나자 산길이었다. 길이 바쁜데다 서둘러 험하게 몰아대는 통에 차는 길길이 뛰고 짐들 틈바구니에 서캐처럼 박혀 있던 우리는 스프링 장치가 된 자동 인형처럼 간단없이 튀어올랐다.

할머니는 아그그그 뼈마디 부딪치는 소리를 어금니로 눌렀다. 길 아래는 강이었다. 차가 튀어오를 때마다 하마하마 강물로 곤두박질 치겠지 생각하며 나는 눈을 꼭 감고 네 살짜리 동생을 힘주어 끌어안았다.

봄이라고는 해도 밤바람은 칼끝처럼 매웠다. 물살을 가르며 사납게 웅웅대던 바람은 그 첨예한 손톱으로 비듬이 허옇게 이는 살갗을 후비고 아직도 차 안에 질척하게 고여 있는 쇠똥 냄새를 한소끔씩 걷어내었다.

아까 그 소들, 다 죽었을까.

나는 문득 어둠 속에서 들려오던 소들의 눅눅한 되새김질 소리를 떠올리며 언니에게 물었다. 언니는 세운 무릎 사이에 얼굴을 깊이 묻은 채 대답이 없었다. 물론 지금쯤이면 각을 뜨고 가죽을 벗기고 내장을 훑어내기에 충분한 시간일 것이다.

달은 줄곧 머리 위에서 둥글었고 네 살짜리 동생은 어눌한 말씨로 씨팔눔아아, 왜 자꾸 따라오는 거여어, 소리치며 달을 향해 주먹질을 해대었다.

차는 자주 섰다. 다섯 명의 아이들이 차례로 오줌이 마려웠기 때문이었다. 짐칸과 운전석 사이의 손바닥만한 유리를 두들기면 조수가 옆창문을 열고 고개를 내밀어 돌아보며 뭐야, 하고 소리쳤다.

오줌이 마렵대요.

조수는 손짓으로 그냥 누라는 시늉을 해보였으나 할머니가 펄쩍 뛰었다. 마지못해 차가 멎고 조수는 아이들을 하나씩 안아 내리며 한꺼번에 다 눠 버려, 몽땅, 하고 퉁명스럽게 말했다. 우리는 길바닥에 쭈그리고 앉기가 무섭게 푸드득 몸을 떨며 오래 오줌을 누었다.

행정구역이 바뀌거나 길이 굽이도는 곳에는 반드시 초소가 있어 한 차례씩 검문을 받아야 했다. 전투복을 입은 경찰이 트럭 위로 전짓불을 휘두를 때면 담배 장사로 간이 손톱만큼밖에 안 남았다는 어머니는 공연히 창 밖으로 고개를 빼어 소리쳤다.

실컷 보시오, 암만 뒤져도 같잖은 따라지 보따리와 새끼들뿐이오.

트럭은 기름을 넣기 위해 한 차례 멎고 두 번 고장이 났으며 굽이굽이 수많은 검문소를 지나쳐 강과 산과 잠든 도시를 밤새도록 달려 날이 밝을 무렵 이 도시로 진입해 들어왔다. 우리가 탄 트럭의 낡은 엔진의 요란한 소리에 비로소 거리는 푸득푸득 깨어나기 시작했다.

바다를 한 뼘만치 밀어 둔 시의 끝, 해안 동네에 다다라 우리는 짐들과 함께 트럭에서 안아 내려졌다. 밤새 따라오던 달은 빛을 잃고 서쪽 하늘에 원반처럼 납작하게 걸려 있었다. 트럭이 멎은 곳은 낡은 목조의 이층집 앞이었다. 아래층은 길가에 연해 있는 상점들처럼 몇 쪽의 유리문으로 되어 있었다. 그리로 흙먼지가 부옇게 앉은 유리에 붉은 페인트로 석유 배급소라고 씌어 있었다.

바로 앞으로 우리가 살게 될 집이었다.

나는 새삼스럽게 달려드는 차가운 공기에 이빨을 마주치며 언제나 내 몫인 네 살짜리 사내 동생을 업었다.

우리가 요란하게 가로질러 온, 그리고 트럭의 뒤꽁무니 이삿짐들 틈에서 호기심과 기대로 목을 빼어 바라본 시는 내가 피난지인 시골에서 꿈꾸어 오던 도회지와는 달랐다. 나는 밀대 끝에서 피어오르는 오색의 비누 방울, 혹은 말로만 듣던 먼 나라의 크리스마스 트리처럼 우리가 가게 될 도회지를 생각하곤 했었다.

폭이 좁은 길을 사이에 두고 조그만 베란다가 붙은, 같은 모양의 목조 이층집들이 늘어선 거리는 초라하고 지저분했으며 새벽닭의 첫 날개질 같은 어수선한 활기에 차 있었다. 그것은 이른 새벽 부두로 해물을 받으러 가는 장사꾼들의 자전거 페달 소리와 항만의 끝에 있는 제분 공장의 노무자들의 발길 때문이었다. 그들은 길을 메우고 버텨 선 트럭과 함부로 부려진 이삿짐을 피해 언덕을 올라갔다.

지난밤 떠나온 시골과는 모든 것이 달랐음에도 불구하고 나는 잠시, 우리가 정말 이사를 온 것일까, 낯선 곳에 온 것일까, 이상한 혼란에 빠졌다. 그것은 공기 중에 이내처럼 짙게 서려 있는, 무척 친숙하고, 내용은 잊혀진 채 분위기만 남아 있는 꿈과도 같은 냄새 때문이었다. 무슨 냄새였던가.

석유 배급소의 유리문을 밀어붙이고 나온 아버지는 약속이 틀리다고 운전사에게 고래고래 소리를 지르고 운전사는 호기심과 어쩔 수 없는 불안으로 눈을 두릿두릿 굴리고 서 있는 우리들과 이삿짐들을 번갈아 가리키며 아버지에게 삿대질을 해댔다.

목덜미에 시퍼렇게 면도 자국을 드러낸 뒷박머리에 솜이 비져 나온 노랑 인조 저고리를 입은, 아홉 살배기 버짐투성이 계집애인 나는 동생을 업고 이상하게 안절부절 못하는 심사로 우리가 살게 될 동네를 둘러보았다.

우리의 이사 소동에 동네는 비로소 잠을 깨어 사람들은 들창을 열거나 길가에 면한 출입문으로 부스스한 머리를 내밀었다.

길을 사이에 두고 각각 여남은 채씩 늘어선 같은 모양의 목조 이층집들은 우리 집을 마지막으로 갑자기 끝났다. 그리고 우리 집에서부터 완만한 경사로 이루어진 언덕이 시작되었는데 그 언덕에는 바랜 잉크 빛깔이나 흰색 페인트로 벽을 칠한 커다란 이층집들이 길을 사이에 두고 나란히 마주 보고 서 있었다.

우리 집 앞을 지나는 길은 언덕으로 이어져 있고 언덕이 시작되는 첫째 집은 거의 우리 집과 이웃해 있었다. 그러나 넓은 벽에 비해 지나치게 작은, 창문이나 출입문이라고 볼 수 있는 문들은 모두 나무 덧문이 완강하게 닫혀져 있어 필시 빈 집이거나 창고이리라는 느낌이 짙었다.

큰 덩치에 비해 지붕의 물매가 싸고 용마루가 밭아서 이상하게 눈에 설고 불균형해 뵈는 양식의 집들이었다. 그 집들은 일종의 적의로 냉담하고 무관심하게 언덕 아래를 내려다보며 서 있었다. 언덕을 넘어 선창으로 향하는 사람들의 발길에도 불구하고 언덕은 섬처럼 멀리 외따로 있었으며 갑각류의 동물처럼 입을 다문 집들은 초라하게, 그러나 대개의 오래된 건물들이 그러하듯 역사와 남겨지지 않은 기록의 추측으로, 상상의 여백으로 다소 비장하게 바다를 향해 서 있었다.

이삿짐을 다 부려놓고도 트럭은 시동만 걸어 놓은 채 떠나지 않았다. 요구한 액수대로 운임을 받지 못한 운전사는 지구전에 들어간 듯 운전대에 두 팔을 얹고 잠깐 눈을 붙였다.

아이 시끄러워. 또 난리가 쳐들어오나, 새벽부터 웬 지랄들이야.

젊은 여자의, 거두절미한 쇳소리가, 시위하듯 부릉대는 찻소리를 단번에 눌러 끄며 우리의 머리 위로 쨍하니 날아왔다. 어머니는, 그리고 우리는 망연해서 고개를 쳐들었다. 허벅지까지 맨살을 드러낸 채 겨우 군복 윗도리만을 어깨에 걸친 젊은 여자가 염색한 머리털을 등 뒤로 너울대며 맞은편 집 이층 베란다에서 마악 들어가려던 참이었다.

아버지는 차 바퀴 사이를 들락거리며 빵빵이를 치는 오빠의 덜미를 잡아 끌어내어 알밤을 먹였다. 그리고는 오르르 몰려 선 우리들을 보며 일개 소대 병력이로구나 하며 기막히다는 듯 헛웃음을 쳤다.

새벽 구름이 걷힌 햇살이 조금씩 투명해지기 시작할 무렵에도 언덕 위 집들은 굳게 문을 닫은 채 잠에서 깨어나지 않았다. 시의 곳곳에서 밀려난 새벽의 푸르스름한 어두움은 비를 품은 구름처럼 불길하게 언덕 위의 하늘에 몰려 있었다.

어둠이 완전히 걷히자 밤의 섬세한 발 틈으로 세류(細流)가 되어 흐르던 냄새는 억지로 참았던 긴 숨처럼 거리 곳곳에서 피어오르기 시작했다.

아, 그제야 나는 그 냄새의 정체를 알 수 있었다. 그 냄새는 낯선 감정을 대번에 지우고 거리는 친숙하고 구체적으로 내게 다가왔다. 그것은 나른한 행복감이었고 전날 떠나온 피난지의 마을에 깔먹여진 색채였으며 유년(幼年)의 기억이었다.

민들레꽃이 필 무렵이 되면 나는 늘 어지럼증과 구역질로, 툇돌에 앉아 부걱부걱 거품이 이는 침을 뱉고 동생은 마당을 기어다니며 흙을 집어먹었다. 할머니는 긴 봄 내내 해인초를 끓였다. 싫어 싫어 도리질을 해대며 간신히 한 사발을 마시고 나면 나는 어쩔 수 없이 천지가 노오래지는 경험과 함께 춘곤(春困)과도 같은 이해할 수 없는 나른한 혼미 속에 빠져 할머니에게 지금이 아침인가 저녁인가를 때 없이 묻곤 했다. 할머니는 망할 년, 회 동하나 부다라고 대꾸하며 흐흐 웃었다.

나는 잊혀진 꿈속을 걸어가듯 노란빛의 혼미 속에 점차 빠져들며 문득 성큼 다가드는 언덕 위의 이층집들과 굳게 닫힌 덧창 중의 하나가 열리며 젊은 남자의 창백한 얼굴이 나타나는 것을 보았다.

어머니는 일곱 번째 아이를 배고 있어 나는 아침마다 학교에 가기 전 양재기를 들고 언덕 위 중국인들의 집 앞길을 지나 부두로 갔다. 싱싱한 굴과 조개만이 어머니의 뒤집힌 속을 달래 주었기 때문이었다. 나는 알 수 없는 두려움과 호기심으로 흘끗거리며 굳게 닫힌 문들 앞을 달음박질쳤다. 언덕빼기로부터 스무 발자국 정도만 뜀박질하면 갑자기 중국인 거리는 끝나고 부두가 눈 아래로 펼쳐졌다. 내가 언덕의 내리받이에 이르러 가쁜 숨을 몰아쉬며 돌아볼 즈음이면 언덕의 초입에 있는 가게의 덧문을 여는 덜컹대는 소리가 들려왔다.

일 주일에 한 번쯤 돼지고기를 반 근, 혹은 반의 반 근 사러 가는 푸줏간이었다. 어머니는 돈을 들려 보내며 매양 같은 주의를 잊지 않았다.

적게 주거든, 애라고 조금 주느냐고 말해라. 그리고 또 비계는 말고 살로 주세요, 해라.

푸줏간에서는 한쪽 볼에 힘껏 쥐어질린 듯 여문 밤톨만한 혹이 달리고 그 혹부리에, 상기도 보이지 않는 손에 의해 끄들리고 있는 듯 길게 뻗친 수염을 기른 홀아비 중국인이 고기를 팔았다.

애라고 조금 주세요?

키가 작아 발돋움질로 간신히 진열대에 턱을 올려놓고 돈을 밀어

넣는 것과 동시에 나는 총알처럼 내뱉었다.

고기를 자르기 위해 벽에 매단 가죽끈에 칼을 문질러 날을 세우던 중국인은 미처 무슨 말인지 몰라 뚱한 얼굴로 나를 바라보았다. 나는 비계는 말고 살로 달래라 하던 어머니의 말을 하기 전 중국인이 고기를 자를까 봐 허겁지겁 내쏘았다.

고기로 달래요.

중국인을 꾸룩꾸룩 웃으며 그때야 비로소 고기를 덥썩 베어내었다.

왜 고기만 주니, 털도 주고 가죽도 주지.

푸줏간에 잇대어 후추나 흑설탕, 근으로 달아 주는 중국차 따위를 파는 잡화점이 있었다. 이 거리에 있는 단 하나의 중국인 가게였다. 우리 동네 사람들은 가끔 돼지고기를 사러 푸줏간에 갈 뿐 잡화점에는 가지 않았다. 우리에게는 옷이나 신발에 다는 장식용 구슬, 염색 물감, 폭죽놀이에 쓰이는 화약 따위가 필요치 않았기 때문이었다.

햇빛이 밝은 날에도 한쪽 덧문만 열린 가게는 어둡고 먼지가 낀 듯 침침했다.

그러나 저녁 무렵이 되면 바구니를 팔에 건 중국인들이 모여들었다. 뒤통수에 쇠똥처럼 바짝 말아붙인 머리를 조금씩 흔들며 엄청나게 두꺼운 귓불에 은고리를 달고 전족한 발을 뒤뚱거리며 여자들은 여러 갈래로 난 길을 통해 마치 땅거미처럼 스름스름 중국인 거리를 향했다.

남자들은 가게 앞에 내놓은 의자에 앉아 말없이 오랫동안 대통 담배를 피우다가 올 때처럼 사라졌다. 그들은 대개 늙은이들이었다.

우리는 찻길과 인도를 가름짓는 낮고 좁은 턱에 엉덩이를 붙이고 나란히 앉아 발장단을 치며 그들을 손가락질했다.

아편을 피우고 있는 거야, 더러운 아편쟁이들.

정말 긴 대통을 통해 나오는 연기는 심상치 않은 노오란 빛으로 흐트러지고 있었다.

늙은 중국인들은 이러한 우리들에게 가끔 미소를 지었다.

통틀어 중국인 거리라고 불리는 동네에, 바로 그들과 인접해 살고 있으면서도 그들 중국인에게 관심을 갖는 것은 아이들뿐이었다. 어른들은 무관심하게, 그러나 경멸하는 어조로 '뙈놈들'이라고 말했다.

우리는 그들과 전혀 접촉이 없었음에도, 언덕 위의 이층집, 그 속에 사는 사람들은 한없이 상상과 호기심의 효모(酵母)였다.

그들은 우리에게 밀수업자, 아편쟁이, 누더기의 바늘땀마다 금을 넣는 쿠리, 그리고 말발굽을 울리며 언 땅을 휘몰아치는 마적단, 원수의 생 간(澗)을 내어 형님도 한 점, 아우도 한 점 씹어먹는 오랑캐, 사람 고기로 만두를 빚는 백정, 뒤를 보면 바지도 올리기 전 꼿꼿이 언 채 서 있다는 북만주 벌판의 똥덩어리였다. 굳게 닫힌 문의 안쪽에 있는 것은, 십 년을 사귀어도 좀체 내뵈지 않는다는 깊은 흉중에 든 것은 금인가, 아편인가, 의심인가.

우리 집에서 숙제하지 않을래?

집 앞에 이르러 치옥이가 이불과 담요가 널린 이층의 베란다를 올려다보며 나를 끌었다. 베란다에 이불이 널린 것은 매기 언니가 집에 없다는 표시였다. 매기 언니는 집에서는 언제나 담요를 씌운 침대 속에 들어가 있었다. 나는 맞은편의 우리 집을 흘긋거리며 망설였다. 할머니나 어머니는 치옥이네를 양갈보집이라고 불렀다. 그러나 이 거리의 적산가옥들 중 양갈보에게 방를 세주지 않은 것은 우리 집뿐이었다. 그네들은 거리로 면한 문을 활짝 열어놓고 거리낌없이 미군에게 허리를 안겼으며 볕 잘 드는 베란다에 레이스가 달린 여러 가지 빛깔의 속옷들과 때묻은 담요를 널어 지난밤의 분방한 습기를 말렸다. 여자의 옷은, 더욱이 속엣것은 방 안에 줄을 매고야 너는 것으로 알고 있는 할머니는, 천하의 망종들이라고 고개를 돌렸다.

치옥이의 부모는 아래층을 쓰고 위층의 큰 방은 매기 언니가 검둥이와 함께 세들어 있었다. 치옥이는 큰 방을 거쳐 가야 하는 협실과도 같은 좁고 긴 방를 썼다. 때문에 나는 아침마다 치옥이를 부르러 가면 그때까지도 침대 속에 머리칼을 흩뜨리고 누워 있는 매기 언니와 화장대의 의자에 거북스럽게 몸을 구부리고 앉아 조그만 은빛 가위로 콧수염을 가다듬는 비대한 검둥이를 만났다. 매기 언니는 누운 채 손을 까닥거려 들어오라는 시늉을 했으나 나는 반쯤 열린 문가에 비켜서서 방 안을 흘끔거리며 치옥이를 기다렸다. 나는 검둥이가 우울한 남자라고 생각했다. 맥없이 늘어진 두꺼운 가슴팍의 살, 잿빛 눈, 또한 우물거리는 말투와 내게 한 번도 웃어 보인 적이 없다는 것이 그러한 느낌을 갖게 한 것이다.

학교 갈 때는 길에서 불러라. 검둥이는 네가 아침에 오는 게 싫대.

치옥이가 말했으나 나는 매일 아침 삐걱대는 층계를 밟고 올라가 매기 언니의 방문 앞을 서성이며 치옥이를 불렀다.

매기 언니는 밤에 온다고 그랬어, 침대에서 놀아도 괜찮아.

입덧이 심한 어머니는 매사가 귀찮다는 얼굴로 안방에 드러누워 있을 것이고 오빠는 땅강아지를 잡으러 갔을 것이다. 할머니는 기다렸다는 듯 막 젖이 떨어진 막내동생을 업혀 내쫓을 것이었다.

커튼으로 햇빛을 가린 어두운 방의 침대에 매기 언니의 딸인 제니가 자고 있었다. 치옥이는 벽장 문을 열고 비스킷 상자를 꺼내어 꼭 두 개만 집어들고는 잘 닫아 다시 넣었다. 비스킷은 달고, 연한 치약 냄새가 났다.

이거 참 예쁘다.

내가 화장대의 향수병을 가리키자 치옥이는 그것을 거꾸로 들고 솔솔 겨드랑이에 뿌리는 시늉을 하며 미제야, 라고 말했다. 치옥이는 다시 벽장 속에 손을 넣어 부스럭대더니 사탕을 두 알 꺼냈다.

이거 참 맛있다.

응, 미제니까.

치옥이가 또 새침하게 대답했다. 제니가 눈을 말갛게 뜨고 우리를 보고 있었다.

제니, 예쁘지? 언니들은 숙제를 해야 하니까 조금만 더 자렴.

치옥이가 부드럽게 말하며 손바닥으로 눈꺼풀을 쓸어 덮자 제니는 깜빡이 인형처럼 눈을 꼭 감았다.

매기 언니의 방에서는 무엇이든 신기했다. 치옥이는 내가 매양 탄성으로 어루만지는 유리병, 화장품, 페티코트, 속눈썹 따위를 조금씩만 만지게 하고는 이내 손댄 흔적이 없이 본디대로 해놓았다.

좋은 수가 있어.

치옥이 침대 머릿장에서 초록색의 액체가 반쯤 남겨진 표주박 모양의 병을 꺼냈다. 병의 초록색이 찰랑대는 부분에 손톱을 대어 금을 만든 뒤 뚜껑을 열어 그것을 따라 내게 내밀었다.

먹어 봐. 달고 화하단다.

내가 한 모금에 홀짝 마시자 치옥이는 다시 뚜껑을 가득 채워 꿀꺽 마셨다. 그리고 손톱을 대고 있던 금부터 손가락 두 마디만큼 초록색 술이 줄어들자 줄어든 만큼 냉수를 부어 뚜껑을 닫아 머릿장에 넣었다.

감쪽같잖니? 어떻니? 맛있지?

입 안은 박하를 한 입 문 듯 상쾌하게 화끈거렸다.

이건 비밀이야.

매기 언니의 방에서는 무엇이든 비밀이었다. 서랍장의 옷갈피짬에서 꺼낸 비로드 상자 속에는 세 줄짜리 진주 목걸이, 여러 가지 빛깔로 야단스럽게 물들인 유리알 브로치, 귀고리 따위가 들어 있었다. 치옥이는 그 중 알이 굵은 유리 목걸이를 걸고 거울 앞에서 단호하게 말했다.

난 커서 양갈보가 될 테야, 매기 언니가 목걸이도 구두도 옷도 다 준댔어.

손끝도 발끝도 저리듯 나른히 맥이 풀려 왔다. 눈꺼풀이 무겁고 숨이 차 오는 건 방 안이 너무 어둡기 때문일까, 숨을 내쉴 때마다 박하 냄새가 하얗게 뿜어져 나왔다. 나는 베란다로 통한 유리문의 커튼을 열었다. 노오란 햇빛이 다글다글 끓으며 들어와 먼지를 떠올려 방 안은 온실과도 같았다. 나는 문의 쇠장식에 달아오른 뺨을 대며 바깥을 내다보았다. 그리고 다시 중국인 거리의 이층집 열린 덧문과 이켠을 보고 있는 젊은 남자의 얼굴을 보았다. 그러자 알지 못할 슬픔이, 비애라고나 말해야 할 아픔이 가슴에서부터 파상(波狀)을 이루며 전신으로 퍼져 나갔다.

왜 그러니? 어지럽니?

이미 초록색 물의 성질을, 그 효과를 알고 있는 치옥이 다가와 나란히 문에 매달렸다. 나는 고개를 저었다. 그럴 수밖에 없는 것이 나는 이층집 창문에서 비롯되는 감정을 알 수도, 설명할 수도 없었으며 그 순간 나무 덧문이 무겁게 닫혀지고 남자의 모습이 사라졌기 때문이었다.

유리 목걸이에 햇빛이 갖가지 빛깔로 쟁강쟁강 튀었다. 그 중 한 알을 입술에 물며 치옥이가 말했다.

난 양갈보가 될 거야.

나는 커튼을 닫고 돌아와 침대에 누웠다. 그는 누구일까, 나는 기억나지 않는 꿈을 되살려 보려는 안타까움에 잠겨 생각했다. 지난 가을에도 나는 그를 보았다. 이발소에서였다. 키가 작아 의자에 널빤지를 얹고 앉아 나는 어머니가 일러 준 대로 말했다.

상고머리예요. 가뜩이나 밉상인데 됫박머리는 안 돼요.

그런데 다 깎은 뒤 거울 속에 남은 것은 여전히 됫박머리였다.

이왕 깎은 걸 어떡하니, 다음 번에 다시 잘 깎아 주마.

그러길래 왜 아저씨는 이발만 열심히 하지 잡담을 하느냔 말예요.

나는 바락바락 악을 썼다. 마침내 이발사는 덜컥 의자를 젖히며 말했다.

정말 접시처럼 발랑 되바라진 애구나, 못 쓰겠어, 엄마 뱃속에서 나올 때 주둥이부터 나왔니?

못 쓰면 끈 달아 쓸 테니 걱정 말아요. 아저씨는 손모가지에 가위부터 들고 나와 이발쟁이가 됐단 말예요?

이발소 안이 와아 웃음바다가 되었다. 나는 의기양양해서 사람들을 둘러보았다. 웃지 않는 건 이발사와 구석자리의 의자에 턱수건을 두르고 앉은 젊은 남자뿐이었다. 그는 거울 속에서 물끄러미 나를 보고 있었다. 나는 문득 그가 중국인 남자라고 생각했다. 길 건너 비스듬히 엇비낀 거리에서만 보았을 뿐 한 번도 가까이서 본 적이 없었으나 그 알 수 없는 시선의 느낌이 그러했다. 나는 목수건을 풀어 탁 거울 앞에 던져 놓았다. 그리고 또각또각 걸어 나가 두 손으로 허리를 짚고 문께에 서서 말했다.

죽을 때까지 이발쟁이나 해요.

그러고는 달음질쳐 집으로 돌아왔다. 아버지는 피난 시절의 셋방살이, 혹은 다리 밑이나 천막에서 아이들을 끌어안고 밤을 새우던 기억에 복수라도 하듯 끊임없이 집 손질을 했다. 손바닥만한 마당을 없애며, 바느질을 처음 배운 계집애들이 가방의 안쪽이나 옷의 갈피짬마다 비밀 주머니를 만들어 붙이듯 방을 들이고 마루를 깔았다. 때문에 집 안에는 개미굴같이 복잡하게 얽힌 좁고 긴 통로가 느닷없이 나타나고, 숨으면 아무도 찾아낼 수 없는 장소가 꼭 한 군데는 있게 마련이었다.

나는 집으로 뛰어들어와 헌 옷가지나 묵은 살림살이 따위 잡동사니가 들어찬 변소 옆의 골방에 숨어 들어갔다. 빈 항아리의 좁은 아구니에 얼굴을 들이밀어도 온몸의 뼈가 물러앉는 듯한 센 물살과도 같은 슬픔은 사라지지 않았다.

그 뒤로도 나는 여러 차례 창을 열고 이켠을 보고 있는 그 남자의 시선을 느낄 수 있었다. 대개 배급소의 문 밖에 쭈그리고 앉아 석간신문을 기다리고 있을 때였다.

제니, 제니, 일어나. 엄마가 왔다.

치옥이가 꾸며낸, 부드럽고 달콤한 목소리로 제니를 부르자 제니가 눈을 뜨고 일어나 앉았다. 치옥이가 아래층에서 대야에 물을 떠왔다. 제니는 비눗물이 눈에 들어가도 울지 않았다. 우리는 제니의 머리를 빗기고 향수를 뿌리고 옷장을 뒤져 옷을 갈아입혔다. 백인 혼혈아인 제니는 다섯 살이 되었어도 말을 못했다. 혼자 옷을 입는 것은 물론 순갈질도 못해 밥을 떠넣어 주면 한 귀로 주르르 흘렸다. 검둥이가 있을 때면 제니는 늘 치옥이의 방에 있었다.

짐승의 새끼야.

할머니는 어쩌다 문 밖이나 베란다에 있는 제니를 보고 신기하다는 듯 혹은 할머니가 제일 싫어하는, 털 가진 짐승을 볼 때의 혐오의 눈으로 보며 말했다. 나는 제니를 보는 할머니의 눈초리가 무서웠다. 언젠가 집에 쥐가 끓어 고양이를 한 마리 기른 적이 있었다. 고양이가 골방에서 새끼를 일곱 마리나 낳자 할머니는 고양이에게 미역국을 갖다 주었다. 그리고는 똑바로 고양이의 눈을 쳐다보며 나비가 쥐새끼를 낳았구나, 쥐 새끼를 일곱 마리나 낳았구나 하고 노래의 후렴처럼 몇 번이고 되풀이했다. 그날 밤 고양이는 새끼를 모조리 잡아먹고 대가리만 남겨 피 칠한 입으로 야옹야옹 밤새 울었다. 할머니는 기다렸다는 듯 일곱 개의 조그만 대가리들을 신문지에 싸서 하수구에 버렸다. 할머니가 유난히 정갈하고 성품이 차가운 것은 한번도 자식을 실어 보지도 못했기 때문이라고 어머니는 말하곤 했다. 할머니는 어머니의 서모였다. 시집온 지 석 달 만에 영감님이 처제를 봤다지 뭐예요. 글쎄, 그래서 평생 조면(阻面)하시고 의붓딸에게 의탁하신 거지요. 어머니는 먼 친척 할머니에게 소리를 낮춰 수군거렸다.

제니는 치옥이의 살아 있는 인형이었다. 목욕을 시켜도, 삼십 분마다 한 번씩 옷을 갈아입혀도 매기 언니는 나무라지 않았다. 제니는 아기가 되고 때로 환자가 되고 때로 천사도 되었다. 나는 진심으로 치옥이가 부러웠다.

너도 동생이 있잖아.

치옥이가 의아하게 물었다.

의붓동생인걸.

그럼 늬네 친엄마가 아니니?

나는 마른침을 꿀꺽 삼켰다.

응, 계모야.

그렇구나, 어쩐지 그럴 거라고 생각했었어. 이건 비밀인데 우리 엄마도 계모야.

치옥이는 비밀이라고 했지만 치옥이가 의붓자식이라는 것을 모르는 사람은 동네에서 아무도 없었다. 우리는 비밀을 서로 지켜 주기로 손가락을 걸고 맹세했다.

그럼 너의 엄마도 널 때리고, 나가 죽으라고 하니?

응, 아무도 없을 때면.

치옥이는 바지를 내려 허벅지의 피멍을 보이며 단호하게 말했다.

난 나가서 양갈보가 되겠어.

나는 얼마나 자주 정말 내가 의붓자식이었기를, 그래서 맘대로 나가 버릴 수 있기를 바랐는지 몰랐다.

어머니는 일곱 번째 아이를 배고 있었다. 가난한 중국인 거리에 사는 우리들 중 아기는 한밤중 천사가 안고 오는 것이라든지 방긋 웃으며 배꼽으로 나오는 것이라는 것을 믿는 아이는 아무도 없었다. 여자의 벌거벗은 두 다리 짬에서 비명을 지르며 나온다는 것쯤은 누구나 다 알고 있었다.

러닝 셔츠 바람의 지아이들의 부대 안의 테니스 코트에 모여 칼 던지기를 하고 있었다. 동심원이 그려진 과녁을 향해 칼은 은빛 침처럼, 빛의 한 순간처럼, 청년의 머리에 돋아난 새치처럼 날카롭게 빛나며 공기를 갈랐다.

휙휙 바람을 일으키며 휘파람처럼 날아드는 칼이 동심원 안의 검은 점에 정확히 꽂힐 때마다 그들은 우우 짐승 같은 함성을 질렀고 우리는 뜨거운 침을 삼키며 아아 목젖을 떨었다.

목표를 정확히 맞히고 한 걸음씩 물러나 목표물과의 거리를 넓히며 칼을 던지던 백인 지아이가, 칼이 손 안에서 튕겨져 나오려는 순간 갑자기 발의 방향을 바꾸었다. 칼은 바람을 찢는 날카로운 소리로 우리를 향해 날았다. 우리는 아악 비명을 지르며 철조망 아래로 납작 엎드렸다. 다리 사이가 뜨뜻하게 젖어 왔다. 그리고 잠시 후 고개를 들어 킬킬대는 미군의 손짓이 가리키는 곳을 하얗게 질린 얼굴로 바라보았다. 우리의 뒤 두어 걸음쯤 떨어진 곳에서 가슴에 칼을 맞은 고양이가 네 발을 허공에 쳐들고 반듯이 누워 있었다. 거의 작은 개만큼이나 큰 검정 고양이였다. 부대의 쓰레기통을 뒤지는 도둑고양이였을 것이다. 우리가 다가가 둘러섰을 때까지도 날카로운 수염발이 바르르 떨리고 있었다. 갑자기 오빠가 고양이를 집어 올렸다. 그리고 뛰었다. 우리도 뒤를 따라 덩달아 뛰기 시작했다. 젖은 속옷이 살에 감겨 쓰라렸다.

미군 부대의 막사가 보이지 않는 곳에 이르자 오빠가 헉헉대며 걸음을 멈추었다. 그리고 비로소 손에 들린 것이 무엇인지 깨달은 듯 진저리를 치며 내동댕이쳤다. 검은 고양이는 털썩 둔탁한 소리를 내며 땅바닥에 떨어졌다.

그걸 왜 갖고 왔니?

한 아이가 비난하는 어조로 말했다. 도전을 받은 꼬마 나폴레옹은 분명히 고양이의 가슴팍에 꽂힌, 끝이 송곳처럼 가늘고 날카로운 칼을 빼어 풀섶에 쓱쓱 피를 닦았다. 그리고 찰칵 날을 숨겨 주머니에 넣었다.

막대기를 가져와.

한 아이가 지난 봄 식목일의 기념 식수 가지를 잘라 왔다.

오빠는 혁대를 끌러 고양이의 목에 감고 그 끝을 나뭇가지에 매었다. 그리고 우리는 묵묵히 거리를 지났다.

고양이는 한없이 늘어져 발이 땅에 끌리고 그 무게로 오빠의 어깨에 얹힌 나뭇가지는 활처럼 휘었다.

중국인 거리에 다다랐을 때 여름의 긴긴 해는 한없이 긴 고양이의 허리를 자르며 비껴 기울고 있었다.

머리에 서릿발이 얹힌 듯 희끗희끗 밀가루를 뒤집어쓴 제분 공장 노무자들이 빈 도시락을 달그락거리며 언덕을 넘어 우리 곁을 지나쳐 갔다.

고양이의 검고 긴 몸뚱어리, 우리들의 끝없이 길고 두려운 저녁 무렵의 그림자를 밟으며 우리는 부두를 향해 걸었다. 그때 나는 다시 보았다. 이층의 덧문을 열고 그는 슬픈 듯, 노여운 듯 어쩌면 희미하게 웃는 듯한 알 수 없는 눈길로 우리의 행렬을 보고 있었다.

부두에 이르러 우리는 나뭇가지를 내려놓고 고양이의 목에서 혁대를 풀었다. 오빠는 퉤퉤 침을 뱉으며 자꾸 흘러내리려는 바지 허리를 혁대로 단단히 죄었다.

그리고 쓰레기와 빈 병과 배를 허옇게 뒤집고 떠 있는 썩은 생선들이 떠밀려 범람하는 방죽 아래로 고양이를 떨어뜨렸다.

해가 지고 있었으므로 우리는 공원으로 가기로 했다.

여느 때 같으면 한없이 올라가는 공원의 층계에 엎드려 층계를 올라가는 양갈보들의 치마 밑을 들여다보며, 고래 힘줄로 심을 넣어 바구니처럼 둥글게 부풀린 페티코트 속이 온통 맨다리뿐이라는 데 탄성을 지르거나 혹은 풀섶에 질펀히 앉아서 '도라아 보는 발거름마다 눈무울 젖은 내애 처엉춘, 한마아는 과거사를 도리켜 보올 때에 아아 산타마리아아의 종이이 우울리인다' 따위 늙은 창부타령을 찢어지게 불러대었을 텐데 우리는 묵묵히 하늘 끝까지라도 이어질 것 같은 층계를 하나씩 올라갔다.

공원의 꼭대기에는 전설로 길이 남을 것이라는 상륙작전의 총지휘관이었던 노장군의 동상이 있었다. 그곳에서는 시가지 전체가 한눈에 들어왔다.

선창에 정박해 있는 크고 작은 배들의 깃발이 색종이처럼 조그맣게 팔랑이고 있는 사이 기중기는 쉬지 않고 화물을 물어 올렸다. 선창에서 멀찌감치 물러나 섬처럼, 늙은 잉어처럼 조용히 떠 있는 것은 외국 화물선일 것이다.

공원 뒤쪽의 성당에서는 끊임없이 종을 치고 있었다. 고양이를 바다에 던질 때부터, 아니 그 이전부터 우리 뒤를 따라오며 머리칼을 당기던 소리였다. 일정한 파문과 간격으로 한없이 계속되는, 극도로 절제되고 온갖 욕망과 성질을 단 하나의 동그라미로 단순화시킨 그 소리에는 한밤중 꿈속에서 깨어나 문득 듣게 되는 여름밤의 먼 우레 소리, 혹은 깊은 밤 고달프게 달려가는 기차 바퀴 소리에서와 같은, 이해할 수 없는 두려움과 비밀스러움이 있었다.

수녀가 죽었나 봐.

누군가 말했다. 끊임없이 성당의 종이 울릴 때는 수녀가 고요히 죽어 가는 것이라는 것을 우리는 모두 알고 있었다.

철로 너머 제분 공장의 굴뚝에서 울컥울컥 토해내는 검은 연기는 전쟁으로 부서진 도시의 하늘에 전진(戰塵)처럼 밀려들고 있었다.

전쟁사에 길이 남을 것이라는 치열했던 함포 사격에도 제 모습을 고스란히 지니고 있는 것은 중국인 거리라고 불리는, 언덕 위의 이층집들과 우리 동네 낡은 적산가옥들뿐이었다.

시가지 쪽에는 아직 햇빛이 머물러 있는데도 낙진처럼 내려앉는, 북풍에 실린 저탄장의 탄가루 때문일까, 중국인 거리는 연기가 서리듯 누눅한 어둠에 잠겨들고 있었다.

시의 정상에 조망하는 중국인 거리는, 검게 그을린 목조 적산가옥 베란다에 널린 얼룩덜룩한 담요와 레이스의 속옷들은, 이 시의 풍물(風物)이었고 그림자였고 불가사의한 미소였으며 천칭의 한쪽 손에 얹혀 한없이 기우는 수은이었다. 또한 기우뚱 침몰하기 시작한 배의, 이미 물에 잠긴 고물〔船尾〕이었다.

시의 동쪽 공설 운동장에서 때이른 횃불이 피어올랐다. 잔양(殘陽) 속에서 그것은 단지 하나의 흔들림, 너울대는 바람의 자락이었다. 그리고 사람들은 와아와아 함성를 질렀다. 체코, 폴란드, 물러가라, 꼭두각시, 괴뢰집단 물러가라, 와아와아. 여름 내내 햇빛이 걷히면 한 집에서 한 명씩 뽑혀 나간 사람들은 공설 운동장에 모여 발을 구르며 외쳤다. 할머니는 돌아와 밤새 끙끙 허리를 앓았다.

중립국 감시위원단 중 공산측이 추천한 체코와 폴란드가(그들은 소련의 위성 국가입니다) 그들의 임무를 저버리고 유엔군측의 군사기밀을 캐내어 공산측에 보고하는 스파이가 되었기 때문입니다.

전체 조회에서 교장 선생님은 말했다.

무릎을 세우고 앉아 그 사이에 깊이 고개를 묻으면 함성은 병의 좁은 주둥이에 휘파람을 불어넣을 때처럼 아스라하게 웅웅대며 들려왔다. 땅 속 깊숙이에서 울리는, 지층이 움직이는 소리, 해일의 전조로 미미하게 흔들리는 물살, 지붕 위를 훑으며 머무는 바람.

집으로 돌아왔을 때 어머니는 수채에 쭈그리고 앉아 으윽으윽 구역질을 하고 있었다. 임신의 징후였다. 이제 제발 동생을 그만 낳아주었으면 좋겠다고 생각하며 나는 처음으로 여자의 동물적인 삶에 대해 동정했다. 어머니의 구역질에는 그렇게 비통하고 처절한 데가 있었다. 또 아이를 낳게 된다면 어머니는 죽게 될 것이다.

밤이 깊어도 나는 잠을 잘 수가 없었다. 마악 생기기 시작한 젖망울을 할머니가 치마 말기를 뜯어 만들어 준 띠로 꽁꽁 동인 언니는 홑이불의 스침에도 젖이 아파 가슴을 싸쥐며 돌아누워 앓았다. 밤새도록 간단없이 들려오는 야경꾼의 딱딱이 소리, 화차의 바퀴 소리를 낱낱이 헤아리다가 날이 밝자 부두로 나갔다. 여전히 물결에 떠밀려 방죽에 부딪는 더러운 쓰레기와 썩은 생선들 사이에도, 더 멀리 닻 없이 떠 있는 폐선의 밑창에도 고양이는 없었다.

어느 먼 항구에서 아이들의 장대질에 의해 뼈가 무너진 허리 중동이를 허물며 끌어올려질지도 몰랐다.

가을로 접어들어도 빈대의 극성은 대단했다. 해가 퍼지면 우리는 다다미를 들어내어 베란다에 널어 습기를 말리고 빈대 알을 뒤졌다. 손목과 발목에 고무줄을 넣은 옷을 입고 자도 어느 틈에 빈대는 옷 속에서 스멀대며 비린 날콩 냄새를 풍겼다. 사람들은 전깃불이 나가는 열두 시까지 대개 불을 켜놓고 잠이 들었다. 불빛이 있으면 빈대가 덜 끓었기 때문이었다. 그러나 열두 시를 기점으로 그것들은 다다미 짚 속에서, 벌어진 마루 틈에서 기어 나와 총공격을 개시했다.

옅은 잠 속에서 손톱을 세워 긁적이며 빈대와 싸우던 나는 문득 나무토막이 부서지는 둔탁하고 메마른 소리에 눈을 떴다. 오빠는 어느새 바지를 주워 입고 총알처럼 계단을 뛰어내려가고 있었다. 바깥에서는 갑작스런 소음이 끓었다. 무슨 사건이 일어났구나, 나는 가슴을 두근대며 베란다로 나갔다. 불이 나간 지 오래되어 깜깜한 거리, 치옥이네 집과 우리 집 앞을 메우며 사람들이 가득 와글와글 떠들고 있었다. 뒤미처 늘어선 집들의 유리문이 드르륵 열리고 베란다로 나온 사람들이 무슨 일이냐고 소리쳤다. 죽었다는 소리가 웅성거림 속에 계시처럼 들렸다. 모여선 사람들은 이어부르는 노래를 하듯 입에서 입으로 죽었다는 말을 옮기며 진저리를 치거나 겹겹이 둘러싼 틈으로 고개를 쑤셔 넣었다. 나는 턱을 달달 떨어대며 치옥이네 집 이층 시커멓게 열린 매기 언니의 방과 러닝 셔츠 바람으로 베란다의 난간을 짚고 아래를 내려다보고 있는 검둥이를 보았다.

잠시 후 요란한 사이렌을 울리며 미군 지프차가 달려왔다. 겹겹이 진을 친 사람들이 순식간에 양쪽으로 갈라졌다. 헤드라이트의 쏟아질 듯 밝은 불빛 속에 매기 언니가 반듯이 누워 있었다. 염색한, 길고 숱 많은 머리털이 흩어져 후광처럼 얼굴을 감싸고 있었다. 위에서 던져 버렸다는군.

검둥이는 술에 취해 있었다. 엠피가 검둥이의 벗은 몸에 군복을 걸쳤다. 검둥이는 단추를 풀어 헤치고 낄낄대며 지프차에 실려 떠났다.

입의 한 귀로 흘러내리는 물을 짜증을 내는 법도 없이 찬찬히 닦아주며 치옥이는 제니에게 물을 먹이고 있었다. 아무리 물을 먹여도 제니는 딸꾹질은 멎지 않았다.

고아원에 가게 될 거야.

치옥이가 말했다. 봄이 되면 매기 언니는 미국에 가게 될 거야, 검둥이가 국제 결혼을 해준대,라고 말하던 때처럼 조금 시무룩한 말투였다. 그 무렵 매기 언니는 행복해 보였다. 침대에 걸터앉은 검둥이의 발을 닦아 주는 매기 언니의, 물들인 머리를 높이 틀어올려 깨끗한 목덜미를 물끄러미 보노라면 화장을 지운, 눈썹이 없는 얼굴로 나를 돌아보며 상냥하게 손짓했다. 들어와, 괜찮아.

제니는 성당의 고아원에 갔어.

이틀 후 치옥이는 빨갛게 부은 눈을 사납게 찡그리며 말했다. 매기 언니의 동생이 와서 매기 언니의 짐을 모조리 실어 가며 제니만을 달랑 남겨 놓았다는 것이다. 치옥이네 이층은 꽤 오랫동안 비어 있었다. 그러나 나는 치옥이네 집에 숙제를 하러 가거나 놀러 가지 않았다.

아침마다 길에서 큰소리로 치옥이를 불렀다.

또 아이를 낳게 된다면 어머니는 죽을 것이라는 예감이 신념처럼 굳어 가고 있었지만 어머니의 배는 치마 밑에서 조심스럽게 불러 가고 있었다. 대신 매운 손맛과 나지막하고 독한 욕설로 나날이 정정해지던 할머니가 쓰러졌다. 빨래를 하다가 모로 쓰러진 후 제정신이 돌아오지 않는 것이다. 할머니의 등에 업혀 살던 막내동생은 언니의 차지가 되었다.

대소변을 받아내게 되자 어머니와 아버지는 할머니를 할아버지가 있는 시골로 보내는 것에 합의를 보았다.

이십 년도 가는 수가 있대요. 중풍이란 돌도 삭인다니까요.

어머니는 작게 소곤거렸다. 그리고는 조금 큰소리로, 미우니 고우니 해도 늘그막에는 영감님 곁이 제일이에요 했고, 이어 택시를 대절해서 모셔야 해요 하고 크게 말했다.

할머니는 다시 아기가 되었다. 나는 치옥이가 제니에게 하듯 아무도 없을 때면 할머니의 방에 들어가 머리를 빗기고 물을 입에 떠넣기도 하고 가끔 쉬이를 했는지 속옷을 헤치고 기저귀 속에 살그머니 손끝을 대어 보기도 했다.

할머니가 떠나는 날 어머니는 할머니의 옷을 벗기고 새로 빤 옷을 갈아입혔다.

평생 자식을 실어 보지도 못한 몸이라 아직 몸매가 이렇게 고우시구나.

할아버지가, 할머니의 동생인 작은할머니와 그 사이에 낳은 자식들과 살고 있는 시골에 할머니를 모셔다 놓고 온 아버지는 한숨을 쉬며 더듬더듬 말했다.

못할 짓을 한 것 같아, 그 집에서 누가 달가워하겠어, 개밥에 도토리지. 그런데 부부라는 게 뭔지……. 글쎄 의식이 하나도 없는 양반이 펄떡펄떡 열불이 나는 가슴을 풀어 헤치고 영감님 손을 끌어 당겨 거기에 얹더라니깐…….

그러게 내가 뭐랬어요, 역시 보내 드리길 잘했지. 평생 서리서리 뭉쳐 둔 한인 걸요.

어머니는 할머니가 쓰던 반닫이의 고리를 열었다. 평소에 할머니가 만지지도 못하게 하던 것이라 우리들의 길게 뺀 목도 어머니의 손길을 따라 움직였다. 어머니는 차곡차곡 쌓인 옷가지들을 하나씩 들어내어 방바닥에 놓았다. 다리 부분을 줄여 할머니가 입던 아버지의 헌 내의, 허드레로 입던 몸빼 따위가 바닥에 쌓였다. 그리고 항라, 숙고사 같은 옛날 천의 옷이 나왔다. 점차 어머니의 손길에 끌려나온, 지난날 할머니가 한두 번쯤 입고 아껴 넣어 두었을 옷가지들을 보는 사이 비로소 이제 할머니는 돌아오지 않는다, 이런 옷들을 입을 날이 없을 것이라는 생각이 들어 가슴 밑바닥에 바람이 지나가듯 서늘해졌다. 할머니는 언제 저 옷들을 입었을까, 언제 다시 입기 위해 아끼고 아껴 깊이 넣어 둔 걸까.

마지막으로 어머니는 수달피 배자를 들어내고 밑바닥을 더듬었다. 그리고 손수건에 단단히 싼 조그만 물건을 꺼냈다. 어머니의 손길이 그대로 잽싸게 움직이는 동안 우리 형제들은 숨을 죽여 뚫어지게 그것을 바라보았다.

어머니는 의아한 얼굴로 눈살을 찌푸려 손수건 속을 들여다보았다. 그 속에는 동강이 난 비취 반지, 퍼렇게 녹이 슬어 금방 부스러져 버릴 듯한 구리 혁대 버클, 왜정 때의 백동전 몇 닢, 어느 옷에 달았던 것인지 모를 크고 작은 몇 개의 단추, 색실 토막 따위가 들어 있었다.

노친네도 참, 깨진 비취는 사금파리나 다름없어.

어머니는 혀를 차며 그것을 다시 손수건에 싸서 빈 반닫이에 던져 놓았다. 내의 따위 속옷은 걸렛감으로 내어놓고 옷가지들은 어머니의 장에 옮겨 놓았다. 수달피는 고급품이어서 목도리로 고쳐 쓰겠다고 했다.

다음날 나는 아무도 몰래 반닫이를 열고 손수건 뭉치를 꺼냈다. 그러고는 공원으로 올라가 장군의 동상에서부터 숲 쪽으로 할머니의 나이 수대로 예순다섯 발자국을 걸어 숲의 다섯 번째 오리나무 밑에 깊이 묻었다.

겨울의 끝 무렵 우리는 할머니의 부음을 들었다. 택시에 실려 떠난지 두 계절 만이었다.

산월을 앞둔 어머니는 새삼스럽게 할머니가 쓰던, 이제는 우리들의 해진 옷가지들이 뒤죽박죽 되는 대로 쑤셔박힌 반닫이를 어루만지며 울었다.

저녁 내내 아무도 찾아내지 못할, 골방의 잡동사니들 틈에서 숨을 죽이고 있던 나는 밤이 되자 공원으로 올라갔다. 아주 깜깜했지만 나는 예순다섯 걸음을 걷지 않고도 정확히 숲의 다섯 번째 오리나무를 찾을 수 있었다.

깊은 땅 속에서 두 계절을 묻혀 있던 손수건은 썩은 지푸라기처럼 축축하게 손가락 사이에서 묻어났다. 동강난 비취 반지와 녹슨 버클, 몇 닢 백동전의 흙을 털어 가만히 손 안에 쥐었다. 똑같았다. 모두가 전과 다름없었다. 잠시의 온기와 이내 되살아나는 차가움.

나는 다시 손 안의 물건들을 나무 밑에 묻고 흙을 덮었다. 손의 흙을 털고 나무 밑을 꼭꼭 밟아 다진 뒤 일정한 보폭(步幅)을 유지하는데 신경을 쓰며 장군의 동상을 향해 걸었다. 예순 번을 세자 동상이었다. 나는 고개를 갸웃했다. 분명히 두 계절 전 예순다섯 걸음의 거리였다. 앞으로 다시 두 계절이 지나면 쉰 걸음으로 닿을 수가 있을까. 다시 일 년이 지나면, 그리고 십 년이 지나면 단 한 걸음으로 날듯 닿을 수가 있을까.

아직 겨울이고 깊은 밤이어서 나는 굳이 사람들의 눈을 피하지 않고도 쉽게 장군의 동상에 올라갈 수 있었다. 키를 넘는, 위가 잘려진 정사면체의 받침돌에 손톱을 박고 기어올라 장군의 배 위에 모아 쥔 망원경 부분에 발을 딛고 불빛이 듬성듬성 박힌 시가지를 내려다보았다. 지난해 여름 전진(戰塵)처럼 자욱이 피어오르던 함성은 이제 들려오지 않았다. 다만 조용했다. 귀기울여 어둠 속에 부드럽게 흐르는 소리를 좇노라면 땅 속 가장 깊은 곳에서 숨어 흐르는 수맥이라도 손끝에 닿을 것 같은 조용함이었다.

나는 깜깜하게 엎드린 바다를 보았다. 동지나해로부터 밤새워 불어오는 바람, 바람에 실린 해조류의 냄새를 깊이 들이마셨다. 그리고 중국인 거리, 언덕 위 이층집의 덧문이 열리며 쏟아져 나와 장방형으로 내려앉는 불빛과 드러나는 창백한 얼굴을 보았다. 차가운 공기 속에 연한 봄의 숨결이 숨어 있었다.

나는 따스한 핏속에서 돋아 오르는 순(筍)을, 참을 수 없는 근지러움으로 감지했다.

인생이란…….

나는 중얼거렸다. 그러나 뒤를 이을 어떤 적절한 말도 떠오르지 않았다. 알 수 없는, 다만 복잡하고 분명치 않은 색채로 뒤범벅된 혼란에 가득 찬 어제와 오늘과 수없이 다가올 내일들을 뭉뚱그릴 한마디의 말을 찾을 수 있을까.

다시 봄이 되고 나는 6학년이 되었다. 오빠는 어디서인지 강아지를 한 마리 얻어 와 길을 들이는 중이었다. 할머니가 없는 집안에 개는 멋대로 터럭을 날리고 똥을 쌌다.

나는 일 년 동안 키가 한 뼘이나 자랐고 언니가 쓰던, 장미가 수놓여진 옥스포드 천의 가방을 들게 된 것은 지난해부터였다.

우리는 겨우내 화차에서 석탄을 훔치고 밤이면 여전히 거리를 쥐떼처럼 몰려다니며 소란을 떨었으나 때때로 골방에 틀어박혀 대본집에서 빌려 온 연애소설 따위를 읽기도 했다.

토요일이어서 오전 수업뿐이었다. 회충약을 먹는 날이니 아침을 굶고 와요, 배가 부른 회충은 약을 받아먹지 않아요.

사람들은 이제는 집을 훨씬 덜 지었으나 해인초 끓이는 냄새는 빠지지 않는 염색 물감처럼 공기를 노랗게 착색시키고 있었다. 햇빛이 노랗게 끓는 거리에, 자주 멈춰서서 침을 뱉으며 나는 중얼거렸다.

회충이 지랄을 하나 봐.

치옥이는 깡통에 파마약을 풀고 있었다.

제분 공장에 다니던 치옥이의 아버지가 피댓줄에 감겨 다리가 끊긴 후 치옥이의 부모가 치옥이를 삼거리의 미장원에 맡기고 이 거리를 떠난 것은 지난 겨울이었다. 나는 매일 학교를 오가는 길에 미장원 앞을 지나치며 유리문을 통해 치옥이를 보았다. 치옥이는 자꾸 기어올라가는 작은 스웨터를 끌어당겨 바지 허리 위로 드러나는 맨살을 가리며 미장원 바닥에 떨어진 머리칼을 쓸고 있었다.

나는 미장원 앞을 떠났다. 수천의 깃털이 날아오르듯 거리는 노란 햇빛으로 가득 차 있었다. 언제였지, 언제였지, 나는 좀체로 기억나지 않는 먼 꿈을 되살리려는 안타까움으로 고개를 흔들며 집을 향해 걸었다. 그리고 집 앞에 이르러 언덕 위의 이층집 열린 덧창을 바라보았다. 그가 창으로 상체를 내밀어 나를 손짓해 부르고 있었다.

내가 끌리듯 언덕 위를 올라가자 그는 창문에서 사라졌다. 그리고 잠시 후 닫힌 대문을 무겁게 밀고 나왔다. 코허리가 낮고 누런빛의 얼굴에 여전히 알 수 없는 미소를 띠고 있었다.

그는 내게 종이꾸러미를 내밀었다. 내가 받아들자 그는 몸을 돌려 안으로 들어갔다. 열린 문으로 어둡고 좁은, 안채로 들어가는 통로와 갑자기 나타나는 볕바른 마당과, 걸음을 옮길 때마다 투명한 맨발에 찰랑대며 묻어 오르는 햇빛을 보았다.

나는 골방에 들어가 문을 잠근 뒤 종이뭉치를 끌렀다. 속에 든 것은 중국인들이 명절 때 먹는 세 가지 색의 물감을 들인 빵과, 용이 장식된 엄지손가락만한 등이었다.

나는 그것들을 금이 가서 쓰지 않는 빈 항아리 속에 넣었다. 안방에서는 어머니가 산고(産苦)의 비명을 지르고 있었으나 나는 이층으로 올라갔다. 그리고 숨바꼭질을 할 때처럼 몰래 벽장 속으로 숨어들어갔다. 한낮이어도 벽장 속은 한 점의 빛도 들지 않아 어두웠다. 나는 차라리 죽여 줘라고 부르짖는 어머니의 비명과 언제부터인가 울리기 시작한 종소리를 들으며 죽음과도 같은 낮잠에 빠져들어갔다.

내가 낮잠에서 깨어났을 때 어머니는 지독한 난산이었지만 여덟 번째 아이를 밀어내었다. 어두운 벽장 속에서 나는 이해할 수 없는 절망감과 막막함으로 어머니를 불렀다. 그리고 옷 속에 손을 넣어 거미줄처럼 온몸을 끈끈하게 죄고 있는 후덥덥한 열기를, 그 열기의 정체를 찾아내었다.

초조(初潮)였다.

엄마의 말뚝 · 1

박완서(1931~)

경기도 개풍 출생. 서울대 문리대 재학중 6·25를 겪고 학업을 중단. 1970년 『나목』으로 『여성동아』 장편소설 공모에 당선되어 문단 활동 시작. 「부끄러움을 가르칩니다」 「배반의 여름」 「그 해 겨울은 따뜻했네」 「꽃을 찾아서」 『미망』 『엄마의 말뚝』 등 다수의 작품이 있다.

엄마의 말뚝 · 1

박완서

농바위 고개만 넘으면 송도(松都)라고 했다. 그러니까 농바위 고개는 박적골에서 송도까지 사이에 있는 네 개의 고개 중 마지막 고개였다. 마지막 고개답게 가팔랐다. 이십 리를 걸어온 여덟 살 먹은 계집애의 눈에 고개는 마치 직립(直立)해 있는 것처럼 몰인정해 보였다. 그러나 무성한 수풀을 뚫고 지나간 것처럼 고갯길이 끝나면서 뺑하게 열린 하늘은 우물 속의 하늘처럼 아득하게 괴어 있어서 나를 겁나게도 가슴 울렁거리게 했다.

나는 타박타박 쉬지 않고 걸었다. 양 손을 엄마와 할머니가 잡고 있었다. 엄마도 할머니도 머리에 커다란 짐을 이고 있었다. 내 걸음걸이가 지쳐 보일 때면 엄마와 할머니는 서로 눈을 맞추고는 양쪽에서 내 겨드랑 밑에 손을 넣어 번쩍 들어 올려서 그네 태우듯이 대롱대롱 흔들면서 몇 발자국 종종걸음을 치고 나서 내려놓아 주곤 했다. 무거운 짐을 인 두 분에게 그것이 힘겨운 일이었겠지만 나는 그 동안이 너무 짧아 번번이 아쉬웠다.

그러나 농바위 고개를 오르면서는 두 분은 약속이나 한 듯이 내 지치고 부르튼 발에 그만큼의 아첨도 하려 들지 않았다. 그 대신 양쪽에서 두 분의 손이 각각 질이 다른 끈적거림으로 내 작은 손을 점점 더 아프게 옥죄기 시작했다. 나는 미지의 고장으로 어쩔 수 없이 끌려가고 있는 중이었다. 끌려가고 있다는 생각 때문에 가파른 고개를 오르면서 추락하고 있는 것 같은 아찔한 공포감과 속도감을 맛보고 있었다.

마침내 우리는 고개의 정상에 섰다.

"봐라, 송도다. 대처(大處)다."

엄마는 마치 자기가 그 대처의 주인이라도 되는 것처럼 자랑스럽게 말했다. 아닌게아니라 송도는 엄마가 방금 보자기에서 풀어 놓은 것처럼 우리들의 발 아래 그 전모를 남김없이 드러내고 있었다.

내가 최초로 만난 대처는 크다기보다는 눈부셨다. 빛의 덩어리처럼 보였다. 토담과 초가지붕에 흡수되어 부드럽고 따스함으로 변하는 빛만 보던 눈에 기와지붕과 네모난 이층집 유리창에서 박살나는 한낮의 햇빛은 무수한 화살처럼 적의(敵意)를 곤두세우고 있었다.

내가 그보다 먼저 딱 한 번 만난 적이 있는 대처 사람의 인상도 그랬었다. 그 대처 사람은 외삼촌이었다. 할머니는 사돈의 뜻하지 않은 방문에 쩔쩔대면서 시골 구석이라 대처 사람 대접할 게 변변치 못하다는 말을 수없이 하셔서 나는 그가 대처 사람이란 걸 알 수가 있었다. 나는 그 대처 사람이 싫었다. 그는 검정빛 양복을 입고 잇었다. 양복쟁이가 처음은 아니었다. 언젠가 동구 밖을 자전거 탄 사람이 지나간 적이 있는데 아이들이 "순사다"라는 바람에 혼비백산 집으로 뛰어드느라고 자세히 못 봤지만 그것 비슷한 옷을 입고 있었다. 그러나 양복보다 더 기분 나쁜 건 눈에 쓴 안경이었다.

오빠는 나보다 훨씬 먼저 엄마가 대처로 데려갔는데, 그때 오빠는 자기의 귀중품을 나에게 고스란히 물려주고 갔다. 마을에서 시오 리나 떨어진 면소재지에 있는 소학교를 졸업하고 중학교에 가기 위해 대처로 가는 오빠는 별의별 걸 다 가지고 있었다. 새총, 팽이, 제기, 연, 딱지, 썰매, 크레용, 지남철, 유리조각……. 그 중에서 내가 정말 갖고 싶었던 건 지남철뿐이었다. 지남철로 오빠가 화로를 휘저어 쇠붙이를 모조리 끌어올리는 것도 재미있었지만, 내가 온종일 찾지 못한 할머니가 바느질하다 놓친 바늘이 오빠의 지남철 끝에서 방금 낚아 올린 붕어처럼 비늘을 반짝이며 파르르 떨고 있는 걸 볼 땐 시샘과 경탄으로 숨이 막힐 지경이었다. 고 신기한 게 마침내 내 것이 된 것이다. 그러나 오빠는 나에게 더 신기한 걸 가르쳐 주고 떠났다. 그건 유리조각의 쓸모였다. 오빠는 그 동그란 유리조각으로 햇볕을 일으키는 법을 가르쳐 준 것이다. 유리조각을 통과한 빛이 종이 위에서 창백하고도 뜨거운 느낌으로 송곳 끝처럼 오므라드는 걸 지켜볼 때 내 심장도 그만한 크기로 옥죄였고 마침내 그곳에서 파란 연기가 모락모락 피어오르자 나는 온몸이 오싹오싹하면서도 가슴은 화끈했고 곧 오줌이 마려웠다. 그날 밤 나는 내가 직접 그 짓을 하는 꿈을 꾸다가 정말 오줌을 싸고 말았다. 그래선지 나는 지금까지도 아이들 버릇 가르치기 위한 이런저런 항간의 속설 중 '불장난하면 오줌 싼다' 는 말을 믿는 편이다.

오빠는 화경을 물려주면서 어른 몰래 간수하란 소리는 안 했다. 그러나 그것으로 할 수 있는 장난의 그 오싹오싹함에서 죄의 맛을 감지한 나는 그것을 어른 몰래 감추었고, 장난도 어른들이 안 보는 데서만 했다. 그러나 언젠가 잘 마른 짚북더미 위에서 그 짓을 하다가 그만 짚북더미로 불이 옮아 붙어 하마터면 집을 태울 뻔한 큰일을 저지르고 말았고, 그 바람에 나는 화경을 당장 빼앗기고 엉덩이가 부르트도록 얻어맞았었다.

외삼촌은 그 무서운 화경을 하나도 아니고 둘을 양쪽 눈에 하나씩 붙이고 있었다. 안경의 번쩍거림 때문에 나는 그 속의 눈을 볼 수가 없었다. 나는 그렇게 번쩍거리는 사람이 싫고 무서웠다. 외삼촌은 웃으면서 나에게 손을 벌렸지만 나는 할머니 치마꼬리에 휩싸여 막무가내 그 앞으로 가지 않았다. 외삼촌이 주머니에서 반짝이는 은전을 한 푼 꺼내 보이면서 나를 유혹했다. 나는 조금도 동하지 않았다. 나는 은전의 쓸모를 몰랐다. 그건 안경과 마찬가지로 외삼촌의 몸에서 빛을 내는 것 중의 하나일 뿐이었다. 할머니가 민망했던지 나를 억지로 당신의 치마꼬리에서 떼어내어 외삼촌 앞으로 밀어내려고 했다. 나는 외삼촌이 싫고 무서워서 엉엉 울며 발버둥질쳤다.

"그냥 두세요. 낯을 몹시 가리는군요."

"참 별일이네, 안 그러던 애가……."

할머니가 혀를 차면서 나를 다시 당신의 치마폭에 휩쌌다. 그후에도 나는 외삼촌에 대해 안경밖에 생각나는 게 없었다.

대처는 그 외삼촌 같은 얼굴을 하고 있었다. 내리막길은 올라올 때와는 다르게 구불구불 구비지고 덜 가팔랐다. 나는 슬그머니 엄마의 손을 뿌리치고 할머니한테 두 손으로 매달리면서 치마폭에 휩싸였다. 할머니 치마폭은 집에서 내가 툭하면 휩싸일 때처럼 만만하고 구속하지 않았다. 풀을 세게 먹여 다듬이질한 옥양목 치마는 차갑다 못해 날이 서 있는 것처럼 느꼈다. 그러나 엄마를 뿌리치고 할머니한테 매달렸다는 건 대처로 가기 싫다는 나의 의사 표시였다.

할머니는 내 편이었다. 엄마는 나를 대처로 데려가려 했고, 할머니는 나를 대처로 안 보내려고 했다. 엄마가 나를 데리러 시골집에 나타나고 나서 할머니와 엄마는 줄창 다투기만 했다. 그러나 두 분 다 나한테 어디서 살고 싶으냐고 물어 보진 않았다. 나는 대처라는 델 가보진 않았지만 싫었다. 박적골집은 나의 낙원이었다. 뒤란은 작은

동산같이 생겼고, 딸기 줄기로 뒤덮여 있었다. 그밖에도 앵두나무, 배나무, 자두나무, 살구나무가 때맞춰 꽃피고 열매를 맺었고 뒷동산엔 조상의 산소와 물 맑은 골짜기와 밤나무, 도토리나무가 무성했다. 사랑 마당은 잔치 때 멍석을 깔고 차일을 치면 온 동네 손님을 한꺼번에 칠 수 있도록 넓고 바닥이 고르고 판판했지만 둘레에는 할아버지가 좋아하시는 국화나무가 덤불을 이루고 있었다. 꽃송이가 잘고 향기가 짙은 토종국화는 엄동이 될 때까지 그 결곡한 자태를 흐트러뜨리지 않았다.

그러나 국화꽃 필 때면 더욱 낭랑해지는 할아버지의 적벽부(赤壁賦)를 읊조리는 소리가 끊긴 지는 오래되었다. 임술지추칠월기 방에 소자여객으로 범주유어 적벽지하할새…… 대신 놋재떨이에 담뱃대 부딪는 소리와 메마른 기침 소리가 사랑이 비어 있지 않다는 걸 알려줄 뿐 사랑 미닫이는 한여름에도 열리지 않았다. 맏아들을 잃자마자 할아버지는 동풍(動風)을 하셔서 반신불수가 된 채 두문불출이셨다. 아버지의 죽음이 문제였다. 내가 그 낙원에서 기억할 수 있는 모든 나쁜 일은 아버지의 죽음으로부터 시작됐다. 아버지는 어느 날 심한 복통으로 마루에서 댓돌로 댓돌에서 세 층이나 아래인 마당으로 데굴데굴 굴러 떨어지면서 마당의 흙을 손톱으로 후벼파면서 괴로워했다. 곧 한의사를 불렀다. 사관을 트게 하고 탕제를 달이는 동안이 급해 할머니는 엿기름을 타다가 떠넣고 할아버지는 청심환을, 엄마는 영신환을 물에 개서 입에 흘려 넣었으나 차도가 없었다. 급히 달인 탕제도 아무런 효험을 못 보자 엄마와 할머니는 무당집으로 달려가서 무꾸리를 하니까 집터에 동티가 나도 단단히 났으니 큰 굿을 해야겠다고 하면서 굿날을 받아 놓기만 해도 당장 차도가 있을 거라고 장담을 해서 우선 굿날 먼저 받아 놓고 오니 아버지는 막 숨을 거둔 뒤였다.

그때가 아직 우리가 새 집을 지은 지 삼 년 안인 때라 사람들은 모두 집터 동티가 과연 무섭긴 무서운 거라고 혀를 내두르며 공구(恐懼)했다. 그러나 할머니 말씀을 좇아 무당집에 가느라 아버지의 임종도 못 지킨 엄마건만 친가의 대소가가 대처에 살고 있어 이미 처녀적에 문명의 소문에 접할 기회가 좀 있었던 엄마의 생각은 달랐다. 엄마는 아버지를 죽게 한 병이 대처의 양의사에게만 보일 수 있었으면 생손앓이처럼 쉽게 째고 도려내고 꿰맬 수 있는 병이라는 걸 알고 있었다.

엄마는 그때부터 대처로의 출분(出奔)을 꿈꿨다. 마침 오빠의 소학교 졸업을 기화로 그 꿈은 구체화됐다. 엄마는 아버지의 삼년상도 받들기 전에 오빠를 데리고 서울로 떠났다. 맏며느리로서 시부모 공양하고 봉제사라는 신성한 의무를 포기하는 대신 엄마는 아무런 재산상의 권리도 주장하지 못했다. 숟가락 하나도 집안 것은 안 건드리고 오로지 당신의 단 하나의 재간인 바느질 솜씨만 믿고 어린 아들의 손목을 부여잡고 표표히 박적골을 떠났다. 그때는 내가 떠날 때 같은 고부간의 사전 불화조차 없었다.

며느리의 그런 불효막심하고도 당돌한 계획을 막을 수는 없으리라는 걸 노인들은 이미 알고 있었다. 큰소리 내봤댔자 집안 망신이나 더 시키게 되니 그저 쉬쉬하는 걸로 점잖은 집안의 체통이나 지키려는 체념과 아들 하나는 대처에 데리고 나가 어떡하든 성공시켜 보겠다는 며느리의 굳은 결심에 은근히 거는 한 가닥 희망 때문에 어머니의 일차 출분은 비교적 순조롭고 조용했다. 그러나 소학교를 갓 졸업한 어린 소년의 어깨엔 대처에 나가 어떡하든 성공해야 된다는 가뜩이나 벅찬 짐이 그만큼 더 무거워진 셈이었다. 나는 오빠와 친하고 깊이 사랑했기 때문에 막연하게나마 오빠가 걸머진 짐의 무게를 같이 느낄 수가 있어서 오빠가 안쓰럽고 불쌍했다. 내가 그 고장 사람들이 대처라 부르는 송도나 서울에 대해 그 나이 또래의 계집애다운 막연한 동경조차 품지 못하고 다만 두렵기만 했던 건 대처에 가면 꼭 해야 한다는 그 성공이라는 것 때문인지도 몰랐다. 삼촌이 두 분이나 있었으나 어떻게 된 게 그때까지도 아들을 두지 못하고 하는 일도 시원치 않은데 단 하나의 장손인 오빠는 인물이 준수하고 총명했다. 월반을 하여 소학교를 오 년 만에 졸업했다 해서 인근 마을엔 신동이란 소문까지 나 있었다. 그러나 쇠퇴해 가는 가운의 중흥의 책임을 지기에는 아직 어린 소년이었다.

나는 가끔 오빠를 보고 싶어했지만 보러 대처에 가고 싶진 않았다. 엄마도 별로 보고 싶지 않았다. 나는 그때 책임이라는 게 무엇이라는 걸 알 나이가 아니었지만 어른들과 대처가 공모를 해서 오빠에게 고약한 올가미를 씌우려 하고 있다는 것만은 눈치채고 있었다. 엄마가 없는 동안 나는 할머니 할아버지는 물론 삼촌들, 삼촌댁들의 귀여움을 독차지하고 있었다. 내가 하고 싶다고 생각해서 안 되는 게 없었다. 나는 방목(放牧)된 것처럼 자유로웠다. 올가미 같은 건 쓰고 싶지 않았다.

그러나 어느 날, 엄마는 나까지 대처로 데려가기 위해 나타났다. 나는 할머니 목에 팔을 칭칭 감고 매달려서 오래간만에 만나는 엄마를 차디차게 노려보면서 막무가내 안 따라가려고 했다.

할머니와 엄마의 말다툼이 시작됐다. 처음에 할머니는 어려운 객지 살림에 한 식구라도 덜어 주려고 안 보내는 거지 에미애비 없는 새끼로 기르기가 쉬운 줄 아냐고 큰소리쳤다.

"그러니까 데려가려는 거예요. 굶든 먹든 자식은 에미가 데리고 있어야죠. 애비도 없는 자식을 에미까지 그리며 자라게 할 순 없어요."

엄마가 강경하게 나오자 그제서야 할머니는 눈물을 글썽이며 애걸했다.

"이 매정한 것아, 우리 두 늙은이가 그저 이 녀석 들락거리고 재재거리는 거 하날 낙으로 삼고 사는 것도 모르고……. 느이 동서가 태기라도 있으문 나도 안 이런다. 설마 셋째한테서야 곧 태기가 안 있을라구. 그때 가서 데려가면야 누가 뭐라겠냐."

"그렇게는 안 되겠어요, 어머님. 학교를 보내는 데는 때가 있으니까요."

"핵교를? 기집애를 핵교를?"

"네, 기집애도 가르쳐야겠어요."

"야, 너 대처에 가서 무슨 짓을 했길래…… 큰 돈 모았구나? 아니면 간뎅이가 부었던지. 그렇지 않고서야 무슨 수로 기집애꺼정 학교에 보내 보내길?"

이렇게 되면 두 분의 말다툼은 불에 기름을 부은 것처럼 가열됐다. 그럴 때 나는 어떡하든 할머니 역성을 들었다. 역성이라야 할머니 치마폭에 휘감겨 엄마를 노려보는 것뿐이었지만.

그러나 어느 날 일어난 작은 사건은 내가 엄마를 따라가야 한다는 걸 피할 수 없게 했다. 엄마가 시골집에 돌아온 후 내 머리를 빗기는 건 엄마의 일이었다. 나는 그것까지 마다하진 않았다. 나는 그때 댕기를 들여 머리를 한가닥으로 의젓하게 땋아 내릴 만큼 머리가 길지 않고 또 숱도 적어서 머리를 가닥가닥 나누어 땋아 내리다가 그 끝을 모아 댕기를 드리는 종종머리라는 걸 하고 있었다. 그건 빗기기가 매우 힘들고 빗기는 솜씨에 따라 얼굴이 반듯해 보이기도 하고 비뚤어져 보이기도 했다. 내가 엄마 없는 동안 엄마 생각을 한 적이 있다면 그건 아침마다 종종머리 땋을 때였다. 할머니도 삼촌댁들도 엄마처럼 정확하게 정수리 머리를 여섯 가닥으로 반듯하게 나누어서 온종일 뛰어놀아도 잔털 하나 일지 않게 야무지고 꼼꼼하게 땋으려면 아직아직 멀었다. 그래서 엄마가 없고부터 내 얼굴은 늘 좀 허술하고 좀 비뚤어져 보였다. 나는 삼촌댁의 체경에 이런 내 얼굴을 비춰 보면서 그게 엄마 없는 티가 아닐까 싶어 문득 심란해질 적도 있었지만 심각할 정도는 아니었다. 계집애 티보다는 선머슴 흉내를 내는 게 훨씬 더 편했기 때문에 거울 같은 걸 자주 보지 않았다.

내가 나를 데리러 온 엄마에게 적의를 품고 의식적으로 가까이 하지 않으면서도 머리 빗을 때만은 기꺼이 엄마의 손에 나를 내맡겼던 것도 이왕이면 예쁘게 빗고 싶다는 계집애다운 소망하곤 좀 다른 거였다. 엄마의 야무진 손끝을 통해 전달되는 애정 있는 성깔을 깊이 좋아하고 있기 때문이었다. 그럴 때 나는 엄마가 할머니한테 이겨서 나를 데려가게 되는 일이 그렇게 두렵지만은 않았다. 오히려 기대하는 마음도 있었다.

그러나 엄마는 어느 날 나의 이런 솔깃한 마음을 무참하게 배반했다. 엄마는 내 머리를 빗기는 척하면서 쌍동 잘라 버렸던 것이다. 그것도 목고개쯤에서가 아니라 뒤통수에서 잘라냈으니 그 꼴도 가관이었다. 나는 시운이 벗겨진 깨진 거울 조각으로 뒤통수를 비춰 보면서 울 수도 없었다. 뒷머리가 아궁이 모양으로 패이고 뒤통수의 맨살이 허옇게 드러나 있었다. 치욕이었다. 우선 이 모양으로 엄마는 내 기 먼저 죽여 놓고 나서 꼼꼼하게 뒷손질을 시작했다. 뒷손질을 해봤댔자였다. 옆머리도 뒤통수까지 올라간 뒷머리에 맞춰 귀가 나오게 자르고 앞머리는 이마로 빗어내려 가리마 없는 일직선으로 잘랐다. 그러면서 엄마는 내 귓전에다 대고 연방 속삭였다.

"좀 좋으냐, 가뜬하고, 보기 좋고, 빗기 좋고, 감기 좋고……. 머리꼬랑이 딴 채 서울 가봐라. 서울 아이들이 시골뜨기라고 놀려. 학교도 아마 못 갈걸. 서울 아이들은 다 이렇게 단발머리 하고 가방 메고 학교 다닌단다. 너도 서울 가서 학교 가야 돼. 학교 나와서 신여성이 돼야 해. 알았지?"

신여성이 뭔지 알 까닭이 없었다. 그러나 오빠가 성공해야 한다는 것과 비슷한 엄마가 대처와 공모해서 나에게 씌운 올가미라는 것만은 분명했다. 나는 왠지 발버둥질치며 마다하지를 못했다. 체경에 비친 나의 단발머리는 참으로 꼴불견이었다. 그러나 그건 이미 대처의 낙인이었다. 그 꼴을 하고 그곳에 남아 있어 봤댔자였다.

나의 기가 꺾이는 것과 동시에 할머니의 기도 꺾였다. 할머니는 엄마에게 주어 보낼 걸 이것저것 챙기기 시작했다. 오빠하고 처음으로 집 떠날 때보다 엄마는 오히려 후한 대접을 받고 있었다. 사랑으로 할아버지께 하직 인사를 드리러 들어갔을 때도 할아버지는 내 단발머리를 흘긋 보시자마자 벌레 씹은 얼굴로 외면하셨지만 오십 전짜리 은전을 한 푼 주셨고 엄마에게도 따로 꼬깃꼬깃한 종이 돈을 손수 펴가며 다섯 장이나 세어서 주셨다. 그리고 기차 정거장까지 나를 업어다 주라고 할머니한테 분부를 내리셨다. 할머니도 그러잖아도 그럴 참이었다고 하시면서 조그만 소리로 저 양반이 다 죽었군, 죽었어, 하고 중얼거리셨다.

할머니는 할아버지의 분부를 무시하고 나를 걸리는 대신 큰 짐을 이셨다. 엄마에겐 더 큰 짐을 이게 하시고 뭘 좀더 보태 주지 못해 아쉬워하셨다. 오빠를 떠나 보낼 때보다 많이 다투셨음에도 불구하고 두 분의 의는 좋아 보였다. 할머니는 이제 손자를 대처로 보내는 일을 체념하는 걸 지나 어떤 기대에 부풀어 있다는 걸 알 수가 있었다.

그러나 농바위 고개에서 내가 엄마를 뿌리치고 할머니 치마폭에 감겨들게 되자 두 분의 사이는 다시 경직됐다. 할머니도 엄마도 서로 질세라 서슬이 퍼래지는 걸 보며 나는 내 뜻이 두 분에게 충분히 전달됐다고 생각했다. 할머니가 조금만 내 편을 들어주면 나는 절대로 할머니 치마꼬리를 안 놓칠 작정이었다. 내가 처음 보는 송도는 아름다웠다. 아마 서울은 더 아름다우리라. 그러나 대처는 올가미를 가지고 있었다. 나는 나를 무엇인가로 만들려는 올가미가 무서웠다. 엄마가 바라는 신여성 같은 건 되기 싫었다.

"쉬었다 가자."

할머니가 말씀하셨다. 할머니의 목소리엔 찬바람이 돌았다.

"네, 어머님."

엄마의 목소리도 지지 않게 영악스러웠다. 두 분이 또 한바탕 나를 가운데 놓고 싸울 모양이었다.

농바위 고개의 내리막길 중간에 장롱같이 생긴 큰 바위들이 여러 개 서 있기도 하고 누워 있기도 한 곳이 있었다. 농바위 고개 이름도 그 바위들에 연유한 이름이었다. 그 장롱 같은 바위들 사이엔 시원한 샘물도 있어서 먼길 걸어서 송도에 당도한 장꾼이나 나그네가 송도를 굽어보며 다리도 쉬고 목도 축이기 알맞게 돼 있다.

할머니가 먼저 그 중 안반같이 생긴 바위에 짐을 내려놓으셨다. 엄마도 할머니가 하시는 대로 했다. 두 분의 기색은 싸늘하고 험악했다. 나는 곧 큰 말다툼이 붙을 걸 예상하고 할머니의 치마꼬리를 더욱 꼭 움켜잡았다. 그러나 할머니는 별안간 폭풍 같은 바람을 일으키며 나를 당신의 치마폭에서 떼어내셨다. 그리고 곧 믿을 수 없는 일이 일어났다. 할머니는 나를 반짝 들어올리더니 안반 같은 바위 위에다 엎어놓고 치마를 치켜 올리고 엉덩이를 깠다. 그때 나는 치마 속에 쉽게 엉덩이를 깔 수 있는 풍채바지를 입고 있었다. 할머니는 떡 치듯이 철썩철썩 내 볼기를 치시기 시작했다. 그렇게 모진 매는 처음이다 싶게 사정을 두지 않는 사매질이 계속했다. 나는 엄마, 엄마, 하고 엄마한테 구원을 청하며 서럽게 울었다. 그러나 엄마는 귀먹은 사람처럼 못 들은 체 하염없이 송도를 굽어보며 서 있었다.

"이 웬수야, 이 웬수야, 할미 속 좀 작작 썩여라. 이 웬수야."

할머니는 볼기를 치면서 연방 이렇게 외쳤고 그런 외침은 차츰 울부짖음으로 변했다.

"이제 그만 해두세요, 어머님."

엄마가 조용하면서 속에서 은은하게 끓어오르는 것 같은 목소리로 말했다. 할머니의 매질은 그쳤다. 나는 엉금엉금 기면서 엉덩이를 여미고 일어났다. 할머니의 눈이 석류 속처럼 충혈돼 있었다.

"할머니, 또 안질 걸렸잖아?"

할머니의 충혈된 눈에 나는 마지막 구원의 가망을 걸고 이렇게 울부짖었다.

"그런갑다."

할머니가 무명수건으로 눈두덩을 누르면서 무뚝뚝하게 말했다.

"나 없으면 누가 거머리를 잡아 와?"

할머니는 자주 안질을 앓았다. 눈꼽은 안 끼고 눈만 새빨갛게 충혈되는 안질을 사람들은 굳은 피 때문에 생긴 풍이라고 말했고 그런 풍에는 굶주린 거머리를 잡아다가 홈빡 굳은 피를 빨리는 게 즉효라는 게 그 시절의 그 고장의 민간요법이었다. 대야를 갖고 다니면서 논이나 미나리밭에서 거머리를 잡아 오는 건 나의 일이었다. 할머니는 눈꺼풀을 뒤집고 거기다 거머리를 붙이셨다. 실컷 피를 빨아먹은 거머리는 굼벵이처럼 몸이 굵고 굼떠지면서 저절로 그곳에서 떨어졌다. 할머니는 아이 시원해, 아이 거뜬해, 하면서 할머니를 위해 거머리를 잡아 온 나의 공로를 칭찬하셨다. 그러나 즉석에서 총기 있게 그 일을 할머니에게 상기시켰음에도 불구하고 할머니를 내 편으로 만드는데 아무런 도움도 되지 못했다. 할머니는 희미하게 웃으시면서 말씀하셨다.

"아이고 신통한 내 새끼, 할미 생각 끔찍이 하네. 할미도 이제 효녀 손주딸 둔 덕 좀 보세. 이제 서울 가면 신식 양약을 사올 텐데 뭣 하러 그까짓 거머리한테 뜯겨?"

그때 할머니의 웃음은 뭔가 아뜩했다. 엄마도 부랴부랴 할머니의 말씀에 동의했다.

"그래요, 어머님. 대학목약이라는 안질약이 아주 신통하다더군요. 아이들 방학해서 내려올 때 꼭 사올게요."

우리 세 사람은 다시 걷기 시작했다. 할머니는 숫제 내 손을 잡지 않고 옥양목 치맛자락을 펄럭이며 한발 앞서가기 시작하셨다. 우리 세 사람은 대처의 가변두리로부터 한가운데를 향해 서서히 다가가고 있었다. 다가갈수록 대처의 빛은 시들고 질서만이 눈에 띄었다. 한길도 골목도 가게도 집도 자를 대고 그어 놓은 것처럼 정확하게 모여 있었다.

"한눈 좀 그만 팔고, 기차 시간 늦겠다. 이제 곧 서울 구경도 할 애가 이까짓 송도에서 벌써 얼이 빠져 버리면 어떡해."

엄마가 나를 마구 잡아 끌었다.

"내버려 둬라. 서울 구경만 제일인감. 송도도 처음 와보는 애란 생각을 해야지."

할머니가 내 역성을 드셨다.

"야아가 얼이 쑥 빠져 갔고 꼭 시골뜨기처럼 구니까 그렇죠."

"급하긴. 우물에 가서 숭늉 달랠라. 갸아가 그럼 벌써 서울뜨기냐?"

할머니는 엄마에게 무안을 주셨다. 엄마는 잠자코 있었다. 그러나 나는 처음으로 두 분에게 골고루 어떤 거리감을 느끼고 있었다. 그것은 고독감이라고 해도 좋았다. 난 엄마나 할머니가 생각하고 있는 것처럼 대처의 변화에 얼이 빠져 있는 게 아니었다. 하나같이 옷 잘 입은 사람들, 심심찮게 눈에 띄는 양복쟁이들, 번들대는 기와지붕, 네모나고 유리창이 달린 이층집들, 흙이 안 보이는 신작로, 가게마다 즐비한 울긋불긋하고 신기한 물건들, 시끌시끌하면서 활기찬 소음……. 이런 대처의 번화가 맹종하고 있는 질서가 나를 주눅들게 했다. 그거야말로 참으로 낯선 거였다. 대처 사람이 된다는 건 바로 그런 질서에 길들여지는 거라는 걸 나는 누가 가르쳐 주기 전에 본능처럼 냄새 맡고 있었었다. 오래 방목된 야성이 내 속에서 벌써 주눅이 드는 걸 느꼈다.

엄마는 이까짓 송도는 서울에다는 댈 것도 못 되는 작은 고장이라고 말하기 시작했다. 나는 다리가 아프다고 칭얼댔다. 엄마는 서울 같으면 전차라는 걸 타고 어디든지 가고 싶은 데를 앉아서 저절로 갈 수 있을 텐데, 하고 또 서울 칭송을 했다.

개성역은 내가 송도 네거리에서 구경한 어떤 집보다도 컸다. 둥근 지붕과 붉은 벽돌과 높은 천정과 미지의 고장으로 뻗은 철길과 공중에 떠 있는 구름다리와 걷는 사람은 없이 뛰는 사람만 있는 층층다리를 바라보면서 나는 온몸이 오싹오싹하는 전율을 느꼈다. 엄마는 또 나에게 충격을 주는 것에 대해선 말하지 않고 딴청만 부렸다. 개성역은 경성역을 흉내내서 비슷하게 만든 것이지만 정작 경성에다 대면 소꿉장난 같다는 거였다.

엄마는 표를 사러 가고 나는 할머니와 긴 의자에 앉았다. 농바위 고개에서 볼기맞고 나서 나하고 할머니 사이는 쭉 서먹했다. 할머니는 보따리 귀퉁이에 손을 넣으시더니 조찰떡을 꺼내서 먹으라고 하셨다. 나는 헛헛해서 매점 유리창 속에 고운 종이에 싼 먹을 것을 바라보며 군침을 삼켰지만 그것을 받아먹긴 싫었다. 나는 속에 팥을 넣고 큰 고구마처럼 아무렇게나 뭉친 조찰떡과 할머니의 갈퀴같이 모진 손이 함께 싫고 창피해서 세차게 도리머리를 흔들었다.

"새끼도, 여적 화가 안 풀렸담. 할미가 우정 그런 것도 모르고……."

할머니가 와락 나를 끌어당기시더니 당신 무릎에 얹어놓고 또 엉덩이를 깠다. 나는 발버둥질을 쳤다. 할머니는 내 엉덩이를 썩썩 쓸면서 중얼거리셨다.

"아이고 내 새끼 볼기짝 부르튼 것 좀 보게. 어떤 년인지 손끝이 모질기도 해라. 할미 손은 약손이다. 쓱쓱 쓸어 주마. 할미 손은 약손이다. 쓱쓱 쓸어 주마. 에구 어떤 년인지 손끝 한번 모질기도 해라."

엄마가 표를 두 장 사다가 한 장은 할머니한테 드렸지만 할머니 표는 서울까지 갈 수 있는 표가 아니라 기차 속까지만 배웅할 수 있는 표라고 했다.

"기찻간꺼정만 늙은이가 제 발로 걸어가겠대는데도 돈을 달래. 시상에 대처 사람들 상종 못할 것……."

할머니가 옆의 사람들까지 깜짝 놀라게 큰 소리를 지르셨다.

"달래긴 누가 달래요. 제가 샀죠. 그건 얼마 안 돼요, 싸요."

할머니와 엄마는 다시 큰 짐을 이고 줄을 섰다. 개찰하고 구름다리 건너고 기차 타고 자리잡고 할 동안을 우리 세 사람은 남들이 하는 대로 그저 겅정겅정 뛰기만 했기 때문에 순식간이었다. 엄마는 보따리는 다 시렁에다 얹고 나를 유리창 가에 앉게 했다. 어느새 할머니가 유리창 밖에 서 계셨다. 유리창만 없다면 손 내밀면 잡을 수 있을 만큼 가까운 곳인데도 할머니는 막막하게 먼 곳에서 서 계신 것처럼 보였다. 나는 할머니와 친했었다. 나로부터 그렇게 떼어 놓고 바라보긴 처음이었다. 막막한 느낌은 사이에 있는 실제의 거리보다는 떨어져 나왔다는 자각으로부터 오는 건지도 몰랐다. 기차는 오랫동안 떠나지 않고 서 있었다. 할머니도 유리창 밖에 서 계시기 때문에 그 동안은 몹시 지루하고 불편했다.

기차가 움직이기 시작했다. 창 밖에 전송객들도 따라 움직였지만 할머니는 그냥 서 계셨기 때문에 곧 보이지 않게 됐다. 나는 휴우 하고 안도의 한숨을 쉬고 나서 엉덩이를 들까불러서 의자의 신기한 탄력을 시험해 보기도 하고 한 손으로 등받이를 만져 보고 쓸어 보기도 했다.

그것도 이른 봄의 보리밭처럼 푸르렀고, 병아리의 솜털처럼 부드러웠다.

기차가 정거를 할 때마다 엄마는 내 손을 끌어다가 서울까지 몇 정거장 남았나를 꼽게 했다. 개성역에서 경성역까지는 정거장이 열 개 있었기 때문에 손가락으로 꼽기에 편했다. 서울이 가까워질수록 나는 엄마가 서울이라는 거대한 대궐의 안주인처럼 우러러뵈었다.

엄마는 또 내 귓가에 소곤소곤 내가 서울 가서 앞으로 되어야 하는 신여성에 대해 얘기해 주기도 했다.

"신여성이 뭔데?"

"신여성은 서울만 산다고 되는 게 아니라 공부를 많이 해야 되는 거란다. 신여성이 되면 머리도 엄마처럼 이렇게 쪽을 찌는 대신 히사시까미로 빗어야 하고, 옷도 종아리가 나오는 까만 통치마를 입고 뾰족구두 신고 한도바꾸 들고 다닌단다."

내가 히사시까미, 한도바꾸에 전혀 무지하다는 걸 아는 엄마는 기찻간을 한번 골고루 휘둘러보고 나서 저기 저 여자의 머리가 히사시까미, 조기 조 여자가 무릎 위에 놓고 있는 게 한도바꾸 하는 식으로 실물을 견학까지 시켜 가며 열성스럽게 신여성이 뭔가를 나에게 주입시키려고 했다. 이상하게도 그 기찻간에 한 몸에 그 여러 가지 신여성의 구색을 갖춘 여자가 없었다. 그러나 그 여러 가지 구색을 갖춘 신여성이라는 걸 상상하긴 어렵지 않았다. 나는 엄마가 나에게 바라는 것에 실망했다. 내가 되고 싶은 건 그런 게 아니었다. 나는 긴 머리꼬리에 금박을 한 다홍 댕기를 드리고 싶었고 같은 빛깔의 꼬리치마를 버선코가 보일락말락하게 길게 입고 그 위에 자주 고름이 달린 노랑 저고리를 받쳐 입고 꽃신을 신고 싶었다. 나는 한창 고운 물색에 현혹돼 있었기 때문에 신여성의 구색인 검정 치마, 검정 구두, 검정 한도바꾸가 도시 마음에 들지 않았다.

"신여성은 뭐 하는 건데?"

나는 내가 고운 물색으로 차려입고 꼭 하고 싶은 게 널이나 그네뛰기였기 때문에 이렇게 물었다. 엄마는 얼른 대답하지 않았다. 엄마의 얼굴은 몹시 난처해 보였다. 어른들은 가끔 그런 얼굴을 잘했다. 아픈데도 안 아픈 척할 때라든가, 슬픈데도 안 슬픈 척할 때 어른들은 그런 얼굴을 한다는 걸 나는 알고 있었다. 나는 엄마가 모르면서도 알은체하려 하고 있다고 짐작하고 생글거리면서 쳐다보고 있었다. 엄마는 더듬거리면서 말했다.

"신여성이란 공부를 많이 해서 이 세상의 이치에 대해 모르는 게 없고 마음먹은 건 뭐든지 마음대로 할 수 있는 여자란다."

잔뜩 기대하고 있던 나는 신여성의 겉모양을 그려 보았을 때보다도 더 크게 실망했다. 신여성이 그렇게 시시한 걸 하는 건 줄 처음 알았다. 그러나 그걸 안 하겠다고 할 용기는 나지 않았다. 기차는 칙칙폭폭 무서운 속도로 서울을 향해 달리고 있었다.

어둑해질 무렵 경성역에 내렸다. 경성역은 아닌게아니라 컸다. 컸기 때문에 도리어 전모를 파악할 엄두가 나지 않았다. 생전 처음 보는 인파에 휩쓸리면서 엄마를 놓칠까 봐 조마조마하는 게 고작이었다. 엄마는 할머니가 여다 준 짐까지 합해서 세 개나 되는 보따리를 이고 들고 구름다리를 오르내리느라 내 손을 잡아 줄 수 없었다. 치마꼬리에 매달리는 것도 싫어했다.

정신 없이 밖으로 빠져 나오자 지게꾼이 우루루 몰려왔다. 어떤 지게꾼은 엄마한테서 막 짐을 뺏으려고 했다. 엄마는 집이 바로 조오기라고 턱으로 길 건너를 가리키면서 지게꾼을 뿌리치고 빠른 걸음으로 그들의 포위를 뚫었다. 나는 나까지도 엄마의 뿌리침을 당하는 것 같아 악착같이 엄마의 다리에 휘감겼다. 지게꾼들도 만만치는 않아 쉽게 물러나지 않고 줄줄 따라오고 있었다.

엄마는 걸음을 조금씩 더디게 걸으면서 망설이는 눈치더니 못 이기는 체 홍정을 시작했다.

"현저동까지 얼마에 갈 테유?"

"마님도, 조오기라시더니 현저동 꼭대기가 조오기라굽쇼?"

나는 험악하게 생긴 지게꾼의 얼굴에 경멸이 스치는 걸 놓치지 않았다. 도시의 집단 속에서 엄마는 작고 초라해 보였다. 동백기름을 발라 늘 곱게 빗어 쪽지던 머리가 힘겨운 짐을 이었다 내렸다 하는 새에 헝클어지고 곤두선 것도 보기 싫었다. 나는 이유가 분명치 않은 슬픔이 복받치는 걸 느꼈지만 울음을 터뜨리진 않았다.

엄마와 지게꾼은 지게삯을 놓고 한동안 실랑이를 벌였다. 지게꾼은 그 상상꼭대기라고 했고, 엄마는 높기는 좀 높지만 상상꼭대기까진 아니라고 했다. 도대체 그 동네가 어떤 동네길래 그러는지 엄마를 따라오던 지게꾼들은 다 슬금슬금 흩어지고 제일 늙수그레한 이 혼자만 남았다. 엄마는 그 늙은 지게꾼과 홍정이 끝나 지게에 짐을 올려 놓으면서도 생색을 냈다.

"내가 노인 대접을 해서 져주는 거요."

"저도 마수걸이만 했어도 그 상상꼭대기 천금을 줘도 안 갑니다요."

말끝마다 꼬박꼬박 상상꼭대기라네, 되지 못한 늙은이 같으니라구. 엄마는 포개놓은 세 개의 짐에 머리끝까지 가려서 겅정겅정 뛰다시피 하는 두 다리만 뵈는 지게꾼을 향해 조그만 소리로 그렇게 중얼거렸다. 그러나 홍정이 그렇게 끝난 건 나한테는 매우 다행한 일이었다. 나는 마음놓고 엄마의 손을 잡을 수가 있었다. 우리는 지게꾼을 따라 겅정겅정 뛰다시피 했지만 지게꾼은 줄창 저만큼 앞서 가고 있었다.

"엄마, 전찬 어디 있어?"

엄마는 이마에다 더듬이 같은 걸 달고 철길을 달리고 있는 걸 말없이 손가락질했다. 그건 끝간 데 없이 서리서리 길고 시꺼멓던 기차에 비해 상자갑처럼 만만해 보였다. 기차가 구렁이라면 전차는 배추벌레였다. 전차 속에서 아이들이 밖을 내다보며 웃고 있었다. 엄마는 전차에 대한 관심을 딴 데로 끌 속셈이 들여다뵈는 이런 얘기 저런 얘기를 했다. 철길 없이 달리는 자동차에 대해, 사람이 끄는 인력거에 대해, 새빨간 불자동차에 대해, 엄마는 갑자기 수다스러워지기 시작했다.

"엄마, 다리 아파, 전차 타고 가."

나는 딱 걸음을 멈추면서 단호하게 말했다.

"안 된다. 엎으러지면 코 닿을 데야. 이제부터 할머니 앞에서처럼 떼쓰면 뭐든지 된다는 줄 알면 매맞아."

엄마가 무서운 얼굴을 했다. 그리고 길가에다 화덕을 놓고 동그란 빵을 구워내는 곳에다 동전을 한 푼 내밀었다. 시골집에 있는 다식판 구멍보다 훨씬 큰 구멍에다 묽은 밀가루 반죽을 붓고 팥속을 넣어 익힌 따끈한 빵을 두 개 받아들었다. 팥의 감미는 혀가 녹을 것 같았다. 그건 내가 알고 있는 엿이나 꿀의 감미보다 희미한 것이었음에도 불구하고 훨씬 고혹적이었다. 나는 두 개의 국화빵에 현혹되어 전차 타고 싶은 걸 까마득히 잊어버렸다. 아껴 가며 먹었지만 순식간에 먹었고, 그후에도 오랫동안 시골의 감미하곤 이질적인 새로운 감미에 대한 감질에서 헤어나지 못했다.

큰 한길만 따라 걷던 엄마가 전찻길이 끝나는 데서부터 골목길로 접어들었다. 그때서부터 우리가 앞장서고 지게꾼은 뒤졌다. 꼬불꼬불한 골목길은 처녑 속처럼 너절하고 복잡하고 끝이 없이 험했다. 짐을 가지고도 전차를 탈 수 있었을 텐데 못 이기는 체 지게꾼을 산 까닭을 알 것 같았다.

"막걸리값이나 더 얹어 주셔야겠는뎁쇼."

저만큼 뒤처진 지게꾼이 헉헉대면서 새로운 흥정을 걸어왔다. 엄마는 대답하지 않았다. 꼬불꼬불한 오르막길이 마침내 사다리를 세워 놓은 것 같은 좁다란 층층대로 변했다.

"마님, 마님, 이러구두 상상꼭대기가 아니라굽쇼?"

지게꾼이 숨이 턱에 닿아 비명을 질렀다. 이상한 동네였다. 시골집의 한데 뒷간만한 집들이 상자갑을 쏟아부어 놓은 것처럼 아무렇게나 밀집돼 있었다. 내가 송도라는 대처에서 최초로 목격한 것도 사람과 집들의 이런 밀집 상태였다. 그러나 나를 압도하고 주눅들게 한 건 밀집 그 자체가 아니라 그걸 다스리는 질서였다. 질서란 밀집에 아름다움을 부여하는 그 무엇이었다. 그것이 자연 그대로의 상태에 제멋대로 방목되었던 계집애를 한눈에 주눅들게 한 것도 사실이지만 한눈에 매혹한 것도 사실이었다.

그러나 엄마가 말없이 허위단심 기어오르고 있는 동네엔 그게 없었다. 그래서 더럽고 뒤죽박죽이었다. 길만 해도 당초에 길을 내고 집을 지었다면 그럴 리가 없었다. 집이라기보다는 아무렇게나 쏟아 놓은 상자갑더미의 상태를 달리 고쳐 볼 엄두를 못 내고 체념한 주변머리 없는 사람들이 굶어 죽지 않을 만큼의 먹이를 물어 들이기 위해 가까스로 내놓은 통로가 길이었다. 상자갑만한 집들이 더러운 오장육부와 시끄러운 악다구니까지를 염치도 없이 꾸역꾸역 쏟아 놓아 더욱 구질구질하고 복잡한 골목이 한없이 계속됐다.

"여기가 서울이야?"

나는 힐난하는 투로 말했다.

"아니."

엄마가 뜻밖에 단호하게 머리를 흔들었다. 나에게 그건 거기가 서울이라는 것보다 훨씬 더 뜻밖이었다.

"여긴 서울에서도 문밖이란다. 서울이랄 것도 없지 뭐. 느이 오래비 성공할 때까지만 여기서 고생하면 우리도 여봐란 듯이 문안에 들어가 살 수 있을 거야. 알았지?"

나는 얼른 고개 먼저 끄덕였다. 엄마의 태도는 그만큼 강압적이었다. 그러나 실제로 나는 아무것도 알아들은 게 없었다. 엄마가 나를 데리러 시골에 나타났을 때 엄마의 모든 태도엔 일종의 기품 같은 게 서려 있었다. 그건 누가 보기에도 서울 가기 전의 엄마에겐 없던 새로운 거였다. 그 도도함 때문에 엄마의 일차 출분은 별로 책잡히지 않았고 다시 나를 서울로 꾀어내는 일까지 순조로울 수가 있었다. 그런 엄마가 알고 보니 겨우 서울의 문밖에 살고 있었던 것이다. 경성부이지만 사대문 밖의 땅을 통틀어 '문밖'이라고 칭하는 게 그 무렵의 관용어였던 걸 알 까닭이 없는 나는 문밖을 곧이곧대로 이해하고 갑자기 거렁뱅이로 전락한 것처럼 서럽고 비참했다. 나는 못된 꾀임에 넘어가 유괴당하고 있는 걸 깨달은 것처럼 엄마가 정 떨어졌고 두고 온 시골집의 모든 것이 그리웠다.

더욱 어처구니없는 것은 그 상자갑을 쏟아 놓은 것처럼 담 쌓인 집들 중의 하나나마 우리 집이 아니라는 거였다. 현저동에서도 상상꼭대기에 있는 초가집의 문간방에 엄마는 세들어 살고 있었다. 집이 없는 사람이 남의 집에 세들어 사는 생활 방식에 대해서 그전에 나는 듣도 보지도 못했었다. 더욱 놀라운 것은 하늘 같은 시부모님한테도 다소곳한 채로 또박또박 할 말을 다 하던 엄마가 안집 식구라면 코흘리개까지도 두려워하고 굽신대는 것이었다.

지게꾼이 당초에 약정한 지게삯에다 막걸리값을 더 얹어 달랄 때만 해도 그랬다. 내가 보기엔 처음부터 그건 전혀 가망 없는 지게꾼의 일방적인 수작으로 보였다. 엄마는 짐을 부리고 삯을 치른 후 지게꾼을 거들떠도 안 봤고 중얼대는 군소리를 한마디도 귀담아 듣는 것 같지 않았다. 그러나 그가 별안간 지게 작대기를 휘두르며 뭐라고 버럭 악을 쓰니까 엄마는 어쩔 줄을 모르면서 안댁에 안 들리게 조용히 하라고 애걸을 했고, 그는 옳다구나 싶어 점점 더 큰 소리를 질렀고 엄마는 부랴부랴 막걸리값을 내놓았다.

그 일은 나에게도 좋은 본보기가 됐다. 오랫동안 이엉을 잇지 않아 수시로 노래기가 기어나오는 초가집 문간방으로부터 멀리 나가지도 못하고 큰 소리로 웃거나 떠들지도 못하는 생활이 시작됐다. 엄마는 아침부터 나에게 무서운 얼굴을 하고 여러 가지 잔소리를 했다.

집을 잃어버리지 않도록 멀리 가지 말라는 주의 빼고는 모두 안집 하고 어떻게 지내야 한다는 셋방살이의 법도에 관해서였다. 나는 그 동네 사람들이 저녁이면 어김없이 제 집을 찾아들어오는 능력에 대해 경탄하고 있었으므로 첫째 잔소리는 새겨들을만 했다. 그 무렵 내가 식은땀을 흘리며 꾸는 악몽도 거의가 집을 잃어버리는 꿈이었다. 그러나 안집 애하곤 될 수 있는 대로 놀지 말아라. 걔가 먼저 놀자고 하면 놀아 주되 이쪽에서 먼저 놀자고 해선 안 된다. 안집 애하고 싸우면 안 된다. 걔가 먼저 때리면 잘못한 거 없더라도 맞고만 있어야 한다. 안집 애가 장난감을 가지고 놀 때 부러워하는 눈칠 보여선 안 된다. 쳐다보지도 말아라. 안집 애가 군것질을 할 때도 쳐다봐선 안 된다. 이런 어려운 엄마의 주문을 순순히 다 들어 줄 순 없었다.

나는 차츰 엄마 앞에서 안집 애한테 엄마가 기겁을 할 짓을 해서 엄마로부터 동전을 얻어내는 방법을 알게 됐다. 서울 온 날 전차를 타는 대신 얻어 먹은 국화빵의 달콤한 팥속 맛을 나는 결코 잊지 못했다. 그것은 엿이나 꿀의 단맛처럼 끈기 같은 게 가미된 강렬한 단맛이 아니라 부드럽고 순수하면서도 혀를 녹일 듯한 감미 그 자체였고 단 한번에 나를 사로잡은 대처의 추파요, 대처의 사탕발림이었다. 일 전짜리 동전은 당장에 그 달콤한 것과 바뀌었다. 국화빵이 아니더라도 알사탕이나 박하사탕, 캐러멜 등 구멍가게에서 살 수 있는 모든 것에도 나를 못 견디게 현혹시킨 도시의 감미가 들어 있었다.

이렇게 한동안 나는 군것질에 눈이 뒤집히다시피 해서 엄마와 자신을 들볶았다. 거울 속의 나는 하루하루 꺼칠하고 눈에 총기가 없어지고 교활해지면서 못쓰게 돼 갔다. 어느 날 나는 단골 구멍가게의 진열장 유리를 깨뜨리는 큰 일을 저질렀다. 구멍가게 좌판에는 각기 종류가 다른 사탕이나 과자가 든 나무상자에다 유리 뚜껑을 덮어 진열했었는데, 주인은 일 전짜리 손님한테는 돈만 받고 직접 집어 가게 내버려 두었다. 나는 뒤편에 있는 새로운 사탕을 맛보고 싶어 앞에 있는 유리 뚜껑을 짚고 몸을 실으면서 뒤편의 뚜껑을 열려다가 그만 쨍그렁하면서 큰 유리를 박살을 냈다. 나는 겁이 나서 앙 하고 울음을 터뜨렸다. 깜짝 놀란 주인이 달려와서 내 손을 만져 보더니 다치지도 않았는데 웬 엄살이냐고 야단을 치고 나서 내가 원하는 사탕을 손수 꺼내 주더니 어서 가라고 했다. 큰 유리를 깨뜨렸는데도 일 전을 떼어 먹지 않고 사탕을 주고 야단도 많이 안 치는 아저씨가 참 고맙다고 생각됐다. 그러나 집에 와서 홀라당 먹어치운 사탕의 단맛이 입에서 채 가시기도 전에 밖에서 왁자지껄하는 소리가 났다. 그 동네에선 싸움이 잦았고 싸움 구경은 군것질 다음으로 내가 즐기던 거였다. 나는 신바람이 나서 뛰어 나갔다.

문간에서 저녁을 짓던 엄마가 부지깽이 든 손을 허리에 괴고 가겟집 주인의 버릇 없는 삿대질에 오만하게 맞서고 있었다. 유리값을 물어 달라는 쪽도, 아닌 밤중의 홍두깨도 분수가 있지 깨뜨리지도 않은 유리값을 물어내라니 사람 어떻게 보고 하는 소리냐는 쪽도 우열을 가릴 수 없이 막상막하로 팽팽하게 자신만만해 보였다. 그도 그럴 것이 주인은 내가 엄마 딸이라는 걸 확실하게 알고 있었고 엄마는 내가 큰 사고를 저지르고도 아무 말도 안 할 애가 아니란 걸 믿고 있었다.

나는 내가 엄마의 편을 못 드나마 엄마의 그런 자신을 무참하게 무너뜨리는 입장이 돼야 한다는 데 심한 양심의 가책을 느꼈다. 나는 엄마의 불리한 증인이 되느니 감쪽같이 꺼져 없어질 수 있길 바랐다. 그러나 가겟집 주인이 자기에게 유리한 증인을 놓칠 리가 없었다. 나는 왁살스럽게 덜미를 잡혀 엄마의 코 앞에 얼굴을 들이대야 했다.

"요 계집애가 누구요? 설마 유리값 몇 푼 땜에 요 계집애가 당신 딸이 아니라고 우기실 심뽄 아니시겠지."

그가 짓궂게 내 얼굴을 엄마 얼굴에다 갖다 부비다시피 하고 이죽댔다. 엄마 얼굴을 그렇게 가까이서 보긴 처음이었다. 마치 거울에다 얼굴을 바싹 갖다 댔을 때처럼 나하고 똑같은 얼굴이라는 걸 뭉클하게 느낄 수 있었을 뿐 아무것도 보이진 않았다.

"그 애를 썩 내려 놓지 못해요?"

엄마의 목소리가 오싹하도록 점잖고 위엄에 넘쳤다.

"곧 유리쟁이 보내서 유리를 끼워 놓도록 할 테니 썩 물러가요."

"진작 그러실 일이지."

나는 그 이후 아무리 기다려도 엄마로부터 그 일에 대해 아무런 꾸지람도 듣지 못했다. 엄마는 다만 혼잣말처럼 탄식처럼 중얼거렸을 뿐이었다.

"아아, 저런 상것들하고 상종을 하며 살아야 하다니……."

엄마는 툭하면 상것들이란 말을 잘 썼다. 늙은 부모에 어린 자식이 올망졸망 딸린 안집 남자가 첩을 얻어들여서 본처와 한방에서 기거케 하는 걸 보고도 아아 상종 못할 상것들이다, 하면서 몸서리를 쳤다. 그럴 땐 안집한테 덮어놓고 쩔쩔맬 때와는 딴판으로 엄마는 느닷없이 기품이 있어졌다. 돋보이게 귀골스러워 보이기까지 했다. 서울서 나를 데리러 시골집에 내려왔을 때도 엄마는 그랬었다. 그때 엄마는 서울이라는 대처를 후광삼고 그럴 수 있었지만 지금의 엄마는 무얼 믿고 저렇게 도도할 수 있는 것일까. 그건 아마 엄마가 배신한 온갖 과수가 있는 후원과 토종국화 덤불이 있는 사랑뜰과, 정결하고 간살 넓은 초가집과 선산의 전답과 그 모든 것을 총괄하시는 비록 동풍은 했으되 구학문이 높으신 시아버지가 뒤에 있다고 믿는 마음 때문이 아니었을까. 그게 엄마의 긍지라면, 먼저 것은 엄마의 허영이었다.

남의 가게 유리 깨뜨린 사건은 그것으로 일단락지은 줄 알았는데 그게 아니었다. 그후 며칠 있다가 오빠가 엄마한테 나를 데리고 뒷동산에 가서 놀다 오겠다고 말했다. 처음 있는 일이었다. 시골집에 있을 때 오빠는 개구쟁이였고 우리 남매는 매우 친했었는데 이 년 동안 떨어져 있다 만난 오빠는 우울하고 과묵한 소년이 돼 있었다. 키가 엄마보다 더 크고 어깨도 벌어져 대처에 가서 성공해서 가운을 일으켜야 된다는, 순전히 타의에 의한 과중한 책임에 짓눌려서 고향을 떠나지 않으면 안 되었던 불쌍한 소년은 이미 아니었다. 오히려 그런 책임을 스스로 걸머지려는 늠름함과 조숙함이 여덟 살이라는 실제의 나이 차이보다 훨씬 큰 차이를 느끼게 해서 다시 만난 후 나는 한 번도 친밀감을 제대로 표시하지 못한 채 슬금슬금 눈치나 보고 멀찌감치 겉돌고 있었다.

"이 산이 무슨 산이지?"

오빠가 내 손을 잡고 헐벗은 바위산을 오르면서 우울하고 정답게 말했다. 나는 고개를 저었다.

"인왕산이야."

"그럼 이 산에 호랑이가 살겠네?"

안집 라디오에서 인왕산 호랑이 우르릉 어쩌구 하는 노랫소리를 들은 적이 있기 때문에 나는 그렇게 물었다.

"예전엔."

오빠는 짧게 대답했다. 나는 키 크고 이마가 번듯하고 눈썹이 준수한 청년이 나의 오빠라는 게 자랑스러워 작은 어깨를 으쓱으쓱하면서 걸었다. 우린 헐어진 성터가 있는 데까지 올라갔다. 시내가 한눈에 들어왔다.

"저기서부터 문안이야?"

나는 한길 한가운데 우뚝 선 독립문을 가리키면서 물었다. 그때까지도 문안, 문밖을 이해하기 위해서 구체적인 문을 필요로 했다.

"우린 언제 문안에 들어가서 살지?"

나는 엄마한테 옮은 문밖에 사는 열등감을 오빠로부터 위로받기 위해 이렇게 말했다. 나는 오빠가 응, 곧 내가 성공하면, 이라고 씩씩하게 말해 주리라 맹목적으로 믿고 있었기 때문에 대답을 듣기도 전에 기분이 좋아 혼자서 깡충거렸다. 은밀하고 따뜻한 정이 오래간만에 다시 우리를 연결하는 것 같았다. 그러나 오빠는 내가 도저히 믿을 수 없는 소리를 했다.

"너 한번 맞아 볼래. 종아리 걷어."

오빠는 벌써 돌아서서 나뭇가지로 회초리를 만들고 있었기 때문에 성을 내고 있는지 장난을 치고 있는지 짐작도 할 수가 없었다. 회초리를 매끄럽게 다듬은 오빠가 홱 돌아섰다. 오빠는 핏기와 함께 희로애락의 표정까지 바래 버린 것처럼 무표정하고 핼쑥했다.

"너 또 일 전만, 일 전만 사정을 해서 군것질 할래? 안 할래? 너 엄마가 무슨 고생을 해서 그 돈을 버시는지 알기나 하고 엄마를 그렇게 조르냐 조르길. 이 철딱서니 없는 계집애야. 그 돈은 엄마가 기생 바느질 품팔이를 하셔서 번 돈이야. 우리 엄마가 천한 기생 바느질 품팔이를 하신단 말야. 그 돈을 네가 매일 장작 한 단 살 만큼이나 까먹

는단 말야. 우리가 아무리 어려도 그럴 순 없어. 다신 안 그런다고 해. 어서 다신 안 그런다고 항복을 하라니까."

오빠는 회초리로 사정없이 내 여윈 종아리를 후려치면서 목멘 소리로 내 잘못을 꾸짖었다. 그때 나는 너무 오래 아픔을 참고 매를 맞았다. 아픔보다 항복 소리를 참는 게 더 힘들었다. 순하게 벌받고 싶은 마음이 항복 소리를 오래 참을 수 있게 했다.

"항복하라니까. 어서, 어서, 이 계집애가……."

오빠는 내 입에서 항복 소리를 짜내기엔 독한 마음이 모자랐다. 나를 야단치는 소리가 여려지고 흔들리더니 회초리를 내던지면서 나를 안았다.

"안 그러지? 다신 안 그러지?"

도리어 오빠의 목소리가 항복을 청하는 것처럼 구슬펐다. 나는 오빠의 품에서 열심히 고개를 끄덕였다.

이렇게 해서 대처의 감미를 두루 염탐하는 일은 끝장을 보고 말았다. 엄마는 일 전씩 주는 대신 사탕을 사다가 감춰 놓고 말 잘 들었을 때 하나씩 꺼내 주는 새로운 방법을 썼고, 오빠는 공책에다 한문으로 주소와 내 이름, 가족들의 이름을 본보기로 써놓고 저녁때까지 열 번을 쓰라고도 했고 스무 번을 쓰라고도 했다. 며칠에 한 번씩은 안 보고도 그것을 쓸 수 있나 시험을 보기도 했다. 1 2 3 4…… 쓰기나 일본 가나 쓰기도 그런 방법으로 조금씩 익혀 갔다. 나를 학교 보낼 준비가 시작되고 있었다. 나는 오빠가 기대하는 것 이상으로 그런 것들을 빨리 익혔다. 오빠는 내가 한문 쓰기에 오랜 시간을 보내길 바랐지만 나는 시골집에서 천자문을 땐 실력을 가지고 있었다.

안집에 들어가지 마라, 골목 앞에 나가지 마라, 안집 애하고 놀지 마라, 동네 애들하고 놀지 마라, 상종할 만한 집 자식 하나도 없더라.

엄마는 자나깨나 집요하리만큼 열심스럽게 나의 행동반경과 교우

범위를 제한할 줄만 알았지 그게 실제로 여덟 살짜리 계집애에게 얼마나 가혹한 형벌이라는 건 모르고 있었다. 엄마가 하라는 대로 하면 나는 결코 단칸방을 벗어날 수 없었고, 엄마나 오빠 외의 말벗을 가질 수도 없었다. 엄마는 아침부터 화롯불을 끼고 앉아 온종일 삯바느질을 했다. 오빠의 말이 정말이라면 그건 기생들의 옷일 터였다. 나는 기생이 뭔지 잘 모르고 있었다. 그러나 오빠의 말투와 엄마의 태도로 미루어 그들 역시 우리하곤 상종해서는 안 되는 족속들이라는 것 하나는 확실하게 알고 있었다. 그들의 옷은 하나같이 곱고 매끄럽고 부드러웠다. 바라보아도 즐겁고 어루만져 보아도 즐거웠다. 그건 내가 먼 훗날 입어 보길 꿈꾼 바로 그 아름다운 옷이었고 내가 앞으로 입기로 계약된 흰 저고리에 검정 통치마보다 훨씬 매혹적인 옷이었다. 도대체 어떤 여자가 그런 옷을 입는 것일까. 경성역에서 현저동까지 오는 동안도 현저동에 사는 동안도 그런 옷을 입은 사람과 만난 적은 한 번도 없었다. 그렇다면 문밖 동네엔 현저동 말고도 상종 못할 사람들이 사는 동네가 또 있을 것이다.

상종이 엄격하게 금지된 것에 대한 나의 이런 호기심과 매혹은 은밀하고도 짜릿했다. 그건 사탕맛보다 훨씬 자극적인 죄의식의 미각이었다.

나는 오빠가 내준 글공부 숙제를 후딱 끝마치고는 엄마에게 쉬지 않고 얘기를 시켰다. 나는 주로 엄마의 삯바느질 거리와 거기서 떨어지는 색색가지 헝겊조각에서 화제를 끌어냈다. 양단, 모본단, 공단, 호박단, 하부다이, 자미사…… 나는 곧 옷감을 보기만 하면 척척 그 이름을 알아맞히게 됐고, 다 된 저고리에서 깃고대를 너무 되게 앉혔다는 둥, 도련을 너무 후렸다는 둥, 그럴듯한 결점까지 찾아내게 됐다. 홈질, 박음질, 감침질, 공그리기도 익혔다. 그러자니 네모난 헝겊을 접어 괴불도 만들고 세모난 헝겊을 네모나게 붙이기도 하다가 꽤 큰 조각보가 되기도 했다. 조각보 솜씨가 이만하면 엄마도 칭찬해 줄 만하게 늘었을 때 엄마는 칭찬은커녕 아예 실과 바늘과 헝겊 보따리를 몰수해 갔다. 그날부터 즉시 바느질 장난도 엄마의 금지사항 속에 포함됐다.

"글공부를 잘해야지 바느질 같은 거 행여 잘할 생각 마라. 손재주 좋으면 손재주로 먹고 살고 노래 잘하면 노래로 먹고 살고 인물을 반반하게 가꾸면 인물로 먹고 살고 무재주면 무재주로 먹고 살게 마련이야. 엄만 무재주도 싫지만 손재간이나 노래나 인물로 먹고 사는 것도 싫어. 넌 공부를 많이 해서 신여성이 돼야 해. 알았지?"

엄마는 신여성은 뭘 해서 먹고 사는 사람이란 소리는 안 했다. 하긴 엄마의 신여성관이란 공부를 많이 해서 이 세상 이치에 대해 모르는 게 없고 마음먹은 건 뭐든지 마음대로 할 수 있는 자유로운 여자였으니 먹고 사는 게 문제가 아니었을 것이다. 나는 또 소일거리를 빼앗기고 말았다. 한 평 남짓한 놀이터와 연필과 공책만이 나에게 주어졌다. 엄마가 오빠에게 부탁해서 내가 하루에 써야 할 글씨 공부의 양도 대폭 늘어났다.

그러나 나는 지금의 악필과도 결코 무관한 것이 아닌 속필로 제아무리 많은 글씨 공부도 후딱 끝냈다. 글씨 공부 중에서도 일본 가나 공부는 단조롭고도 무의미했다. 오빠는 자기 공부가 바빠서인지 그 부호의 음만을 가르쳐 주었다. 그 부호를 연결해서 만들 수 있는 새로운 말에 대해선 한 마디도 안 가르쳐 주었기 때문에 재미를 붙일 수가 없었다.

그러나 어떤 계율도 여덟 살 먹은 계집애를 완전히 가두진 못했다. 나는 공책의 여백에 그림을 그리기 시작했다. 머리는 히사시까미하고 흰 저고리에 검정 통치마를 입고 뾰족구두 신고 한도바꾸 든 신여성을 그리고 또 그렸다. 그때 이미 나는 신여성의 특이한 외모를 별로 신기해 하고 있지 않았다. 엄마가 문밖이라고 무시하는 현저동에서만도 그보다 더 신식에 앞선 여자를 얼마든지 만날 수가 있었다. 양장한 여자나 단발을 한 여자까지 있었다. 엄마의 신여성은 이미 구닥다리가 돼 있었다. 그러나 엄마가 나에게 무작정 주입한 신여성만이 할 수 있는 일은 아직도 나에게 암호였다. 어려운 말은 아닌데 못 알아들을 소리였다. 신여성 속의 이런 암호 때문에 날마다 똑같은 신여성을 그리는 일에 싫증을 내지 않을 수가 있었는지도 모른다. 나는 차츰 공책의 여백에 조그맣게 그리던 걸 온 장에다 크게 그리기 시작했다. 공책의 소모가 점점 빨라졌다. 가난한 집에선 그것도 문제였다. 그렇다고 그 일까지 빼앗을 만큼 엄마도 오빠도 모질지는 못했다.

어느 날 오빠는 석필을 사다 주면서 공책엔 글씨만 쓰고 그림은 그걸로 땅바닥에 그리라고 일러 주었다. 오빠는 손수 석필로 대문 밖 골목길에다 그림을 그리고 발로 쓱쓱 지우는 시범까지 보여주었다. 효성이 지극한 오빠였으니까 엄마가 바느질 품판 돈으로 산 공책을 너무 헤프게 쓰는 게 아까워서 그런 꾀를 낸 모양이었다.

나는 석필보다는 단칸방의 연금 상태에서 벗어난 게 신기하고 즐거웠다. 살 것 같았다. 우리가 세든 초가집은 높은 축대 위에 있었다. 대문 밖도 평탄한 골목길이 아니고 인왕산으로 통하는 오르막길에서 가지를 뻗은 좁은 막다른 길이어서 사람이 드나들 수 있는 길 밖은 곧 낭떠러지였다. 그러나 전망은 좋았다. 멀리 파란 상자갑같이 생긴 전차가 왕래하는 한길이 보였고, 그 너머론 높고 붉은 담장을 둘러친 어마어마하게 큰 집이 보였다. 그 큰 집엔 임금님이라도 사시는지 파수꾼이 밤이나 낮이나 지켜 서 있었고 전차의 이마빡에 뻗친 더듬이가 공중에 걸린 줄과 맞닿으면서 간간이 일어나는 푸른 섬광은 어둑어둑해질 무렵이 가장 아름다웠다. 나는 그것을 볼 때마다 내 속에서도 뭔가와 부딪쳐 스파크를 일으키려는 아슬아슬한 힘 같기도 하고 열기 같기도 한 걸 느끼고 전율했다. 그건 골수에 사무치는 심심함이었다. 나는 심심하다는 골병이 들어 있었다. 엄마도 오빠도 심심함이 얼마나 깊숙이 나의 생기를 잠식하고 있는지 모르고 있었다.

그날도 나는 대문 밖 낭떠러지 위 평상같이 생긴 땅에다 신여성을 그렸다 지웠다 하면서 놀고 있었다. 나하고 놀자, 어떤 키 큰 아이가 내 앞에 서서 말했다. 그 아이하고 놀아 보진 않았지만 나는 그 아이에 대해 알고 있었다. 그 아이는 바로 낭떠러지 밑에 있는 집에 살고 있었다. 낭떠러지 위에선 그 집의 안마당이 곧장 내려다보였다. 안마당은 좁고 질척거리고 복작거렸다. 방방이 세들어 사는 여편네들은 끼니 때마다 커다란 엉덩이를 부비면서 밥을 짓기도 하고 가끔 팔뚝을 부르걷고 싸움질을 하기도 했다. 그 아이는 그 집에 세들어 사는 땜쟁이 딸이었다. 그 아이 아버지 땜쟁이는 아침마다 테가 이상한 모양으로 비뚤어진 중절모를 쓰고 철사끈이 달린 깡통을 팔에 걸고 한 어깨엔 망태를 메고 "양은 냄비나 빠께스 때애려, 생철통이나 양은 솥도 때애려" 하고 구슬픈 가락을 붙여 목청을 빼면서 비탈길을 내려가곤 했다. 풍로처럼 바람구멍이 뚫린 깡통에는 불씨가 들어 있었고 기다란 인두가 꽂혀 있었고, 망태엔 막대기같이 생긴 납이랑 함석조각, 가윗밥 크기의 양은 조각, 큰 가위, 망치 같은 게 들어 있었다. 저녁땐 언제 들어오는지 본 적이 없었다. 그 아이의 엄마는 아버지에 비해 게으르고 더구나 뭘 깁거나 때우는 건 좋아하지 않는 모양으로 자기의 옷도 아이들의 옷도 해져 있거나 터져 있는 적이 많았다.

그날도 그 아이는 팔꿈치가 해져서 시커먼 솜이 드러난 저고리에 말기가 한 뼘은 뜯어진 치마를 입고 있었다. 그러나 키는 나보다 훨씬 컸다. 그 아이는 대답도 기다리지 않고 석필 먼저 뺏더니 사람을 그리기 시작했다. 신여성이 아닌, 바지 입은 남자를 여럿 그리더니 줄로 엮기 시작했다.

"사람을 왜 묶니?"

"전중이니까."

"전중이가 뭔데?"

"저 큰 집에 사는 무서운 사람이야."

그 아이는 전찻길 건너 붉은 벽돌담이 드높은 대궐 같은 집을 가리키며 말했다. 그 아이는 전중이뿐 아니라 비행기, 전차, 자동차, 인력거도 그릴 줄 알았고, 새나 과일도 그릴 줄 알았다. 도깨비나 선녀처럼 내가 한번도 본 적이 없는 것도 그럴 듯하게 그릴 줄 알았다.

"너 몇 학년이니?"

나는 그 키 큰 아이에 대한 경탄을 이렇게 나타냈다.

"난 학교 안 당겨. 언문 다 깨쳤는데 학교를 뭣 하러 댕기니, 우리 아버지가 그러는데 계집앤 언문만 깨치면 된대."

나도 할머니한테서 언문을 깨쳤지만 그걸 글이라고 생각해 본 적조차 없었다. 시골집에선 할아버지의 한문의 위세에 눌려서 그랬고, 서울에 와선 일본 글에 가려서 그건 도무지 빛을 못 봤었다. 나는 그 아이가 그까짓 언문을 가지고 행세하려 드는 게 부럽기도 하고 측은하기도 했다.

"넌 그럼 커서 신여성 안 될 거니?"

"난 순사한테로 시집갈 거야."

그 아이는 단박 칼 찬 순사를 그리면서 말했다. 그 아이는 또 내 허락도 없이 내 석필을 분지르더니 선심 쓰듯이 나한테도 한 토막 주면서 서로의 얼굴을 그리자고 했다. 나는 그때까지 사람을 그리려면 우선 히사시까미한 머리 먼저 의식했기 때문에 꼭 옆얼굴만 그렸으므로 아무리 보고 그린다고는 하지만 얼굴을 정면으로 그리기는 어려웠다. 그러나 그 아이는 힘 안 들이고 동그라미를 그리고 그 안에 내 단발머리와 이목구비를 그려 넣었다. 그 아이는 못 그리는 게 없었다.

"아이 심심해."

그 아이는 모든 그림에 익숙했으므로 싫증도 잘 냈다. 나는 그 아이가 심심한 게 내 탓처럼 불편해서 어떡하든 그 아이가 안심할 수 있게 비위를 맞추고 싶었다. 그 아이는 나의 이런 아부하고픈 속셈을 놓치지 않았다. 그 아이의 입가에 찌개가 조는 것처럼 자글자글한 웃음이 감돌았다.

"너 속바지 벗을래? 나도 벗을게."

그 아이는 내 대답도 기다리지 않고 때묻은 무릎이 나오게 해진 속바지를 벗고 아랫도리를 벌리고 무릎을 세우고 앉았다. 아까 서로의 얼굴을 사생했듯이 서로의 성기를 사생하자는 기발한 제안을 나는 거절하지 못했다. 엄마한테 들키면 당장 매맞을 나쁜 짓을 하고 있다는 자각이 심심하다는 축 늘어진 의식을 팽팽하게 잡아당기면서 그 쓰잘데없는 장난에 줄타기 같은 고도의 긴장감을 주었다. 우린 땅바닥에 서로의 성기를 사생했다. 사생이 끝나자마자 나는 얼른 그것을 발로 부벼 지우고 속바지를 치켰다. 그 아이도 속바지를 치켰다. 그러나 그 아이의 장난은 그것으로 끝나지 않고 우리 집 담벼락과 대문에도 같은 그림을 여러 개 그리기 시작했다. 그 아이는 실물을 보지 않아도 잘 그렸다. 나는 어린 마음에 어떤 모독감을 느끼고, 그 아이를 밀치면서 그것을 지워 버리려고 했지만, 시커멓게 찌든 회벽과 널빤지문에 그려 놓은 석필 그림은 흙바닥과 달라서 좀처럼 지워지지 않았다. 나쁜 짓의 증거 인멸에 실패한 나는 울상이 됐다. 나의 나쁜 짓은 감쪽 같은 증거 인멸을 전제로 하고 있었다. 나는 얼굴이 화끈화끈 상기해서 그 아이한테 그걸 지워 놓으라고 애걸했다. 그 아이는 내가 단지 창피해서 그러는 줄 알고 사뭇 여유 있게 굴었다.

"이 바보야, 이건 네 것이 아냐. 느이 안집 식구 거야."

"남들이 그걸 어떻게 알아?"

"왜 몰라. 내가 명토를 박아 줄걸."

그 아이는 그 그림에다 삐죽삐죽 수염 같은 걸 가필하고 나서 옆에다 정말 명토를 박았다. '옥분 할머니××' '옥분 엄마××……'

나는 일이 이미 걷잡을 수 없이 커져 가고 있다는 걸 느꼈으나 한편 될 대로 되라는 배짱과 함께 짜릿한 복수의 쾌감조차 느끼고 있었다. 옥분이는 안집 아이 이름이었다.

이 그림은 우리 식구에게 당장 큰 화를 몰고 왔다. 그 아이가 집으로 간 뒤에 마침 일터에서 돌아오던 안집 아저씨한테 나는 현장에서 붙잡혔다. 안집 아저씨는 큰 소리로 그의 처첩을 불러냈고 그의 처첩은 아이고 망측해라, 아이고 망측해라 하면서 발을 동동 굴렀다. 뒤미처 뛰어 나온 엄마가 사색이 되어 빌기 시작했다. 오빠도 뛰어 나왔다. 유일하게 오빠만이 흥분하지 않고 그 사태를 차근차근 갈피잡아 바른 판단을 하려는 침착성이 보였다. 오빠의 늠름함과 조숙함이 돋보였다.

"이건 제 동생 짓이 아네요. 제 동생은 언문을 모르거든요. 잘 알지도 못하고 제 동생을 죄인 취급하지 말아요."

오빠는 당당하게 안집 아저씨한테 도전을 하며 나를 안집 아저씨의 손아귀에서 빼내려고 했다. 나는 그때 안집 아저씨한테 뒷덜미를 단단히 잡힌 채 오들오들 떨고 있었다.

오빠는 참으로 총기가 있었다. 실은 안집 식구들도 의아해 하는 것의 정곡을 오빠가 찔렀기 때문에 그들의 기세도 조금씩 흔들리기 시작했다. 나는 내 덜미를 잡은 아저씨의 손에서 재빨리 그걸 느끼고 은밀하게 회심의 미소를 짓고 있었다. 그러나 속단이었다. 아저씨는 마치 도리깨질하듯이 힘껏 나를 뿌리치더니 오빠의 멱살을 잡고 따귀를 후려치기 시작했다.

"이런 후레자식 같으니, 어른한테 어디 함부로 말참견이야 말참견이, 그것도 눈을 똥그랗게 뜨고 훈계조로. 천하의 배우지 못한 후레자식 같으니……."

그러면서 침을 탁 뱉아서 엄마한테 당장 그 망측한 그림들을 깨끗이 닦아 놓으라고 명령하고 안으로 들어갔다. 오빠는 경우에 맞는 소리를 했고 그들도 별수없이 그 소리를 받아들인 셈이지만 그 받아들인 방법이 문제였다.

따귀 맞은 것도 분하지만, 후레자식 소리는 엄마의 자존심에 깊은 상처를 입혔다. 오빠는 엄마의 신앙이었다. 엄마는 오빠가 잠든 머리맡도 지나다니지 않았다. 오빠가 다 쓴 책이나 공책도 선반 위에 차곡차곡 쌓아 놓고 신주단지처럼 받들었다. 신주단지를 배반한 엄마에게 그거야말로 새로운 신주단지였다. 그런 아들이 가장 심한 모멸을 담은 욕인 후레자식 소리를 들은 것이다. 딴사람도 아닌 엄마가 비록 겉으론 굽신대지만 속으로 상종 못할 바닥 상것으로 멸시하는 안집 남자한테. 대야에 물을 떠다 놓고 솔로 그 망측한 석필 그림을 닦아내는 엄마의 손이 부들부들 떨리고 목구멍에선 짓눌린 오열이 격렬하게 끄르럭대고 있었다.

그날 밤 엄마는 이불 속에서 울면서 시골에다 편지를 썼다. 구구절절 셋방살이의 서러운 사정에 곁들여 시골서 조금만 보태 주시면 금융조합에서 융자라도 좀 얻고 해서 서울서 집값이 제일 싼 이 동네에다 집을 살 엄두를 한번 내보겠다는 사연이었다. 그건 엄마의 계획엔 들어 있지 않은 엄마 나름으론 대단한 양보였다. 엄마는 맨주먹으로 오빠를 공부시켜 성공을 거두어야 했고 내 집은 어떡하든 정작 서울인 문안에 사야 했다.

엄마는 시골에 나를 데리러 왔을 때 나무랄 데 없는 서울 사람이었지만 그건 엄마의 허구였다. 엄마는 문밖에 살면서 아직은 서울 사람이 못됐다는 조바심과 열등감을 가지고 있었다. 엄마의 이런 문밖 의식을 위로하고, 문밖의 이웃을 툭하면 상종 못할 상것 취급을 하게 하는 것이 다름아닌 엄마가 절망하고 경멸한 나머지 배반한 시골에 둔 근거라는 건 기묘한 상관관계였다. 엄마는 그 모순된 관계에서 헤어나기는커녕 점점 더 깊이 빠져들고 있었다.

낙서 사건은 또 당연하게 나를 그 땜쟁이 딸과 놀지 못하게 하는 좋은 구실이 됐다. 엄마와 오빠는 내가 마음 붙이는 건 뭐든지 나로부터 떼려 한다고 나는 생각했다. 그러나 이번엔 마음을 붙인 건 먹을 거나 물건이 아니었다. 그건 친구였다. 그 아이는 아주 앳되고 구슬픈 소리로 나와 놀자고 대문간에서 나를 불렀다. 그 소리만 들으면 나는 눈이 새앙쥐처럼 교활해지면서 엄마의 눈을 속일 기회를 잡으려고 온몸으로 조바심했다.

엄마는 나 들으라는 듯이 크게 한숨을 쉬면서 조금만 나가 놀다 들어오라는 허락을 내렸다. 내가 눈을 속이는 걸 보니 차라리 허락을 내리는 게 낫겠다는 엄마의 판단은 옳았다. 나는 내가 처음 사귄 그 아이한테 깊이 매혹당하고 있었다. 나는 그 아이를 따라서 조금씩 조금씩 집으로부터 멀리 벗어나기 시작했다. 생전 그 켯속을 익힐 수 있을 것 같지 않던 소삽한 골목과 층층다리와 비탈이 깨친 글자처럼 하나하나 분명해지기 시작했다. 켯속을 익힌 것만큼은 영락없이 자유로워질 수 있다는 것은 신나는 경험이었다. 나는 하루하루 집으로부터 멀리 떨어져 나갔다. 드디어 전찻길까지 구경을 나간 날, 그 아이는 엄마의 돈을 훔쳐다가 전차를 타보지 않겠느냐는 당돌한 제안을 했다. 전차를 탄다는 건 생각만 해도 가슴이 울렁거리는 일이었다. 그러나 나는 한참 심각하게 생각하고 나서 싫다고 대답했다. 그 아이의 말에 동의 안 해보긴 처음이었고, 자기가 한 일에 그때만큼 스스로 만족해 보기도 처음이었다.

그 아이는 자기는 전차를 수없이 타봤으니 괜찮다고 하면서 나의 거절에 조금도 마음을 상해 하지 않았다. 다행한 일이었다.

그 아이는 전차 타는 것보다 더 재미있는 놀이를 가르쳐 주마고 하면서 전찻길을 건넜다. 전찻길 건너에는 너른 마당이 있었고 너른 마당에서 층층다리를 올라간 곳엔 큰 길과 철대문이 보였고 철대문 좌우로 높디높은 벽돌담이 끝간 데 없이 뻗어 있었다. 집마당만 나서면 곧장 내려다뵈던 바로 그 큰 대궐 같은 집 담장이었다. 위에서 내려다볼 땐 담장 속에 있는 여러 채의 큰 집들을 볼 수 있었지만 전찻길에서 쳐다본 그 집은 담장밖에 안 보였다.

전차 타는 것보다 더 재미있는 놀이란 한길 옆 너른 마당에서 큰 집의 붉은 담장까지를 잇는 층층다리 양쪽에 물이 흐르도록 패인 홈에서 미끄럼을 타는 것이었다. 그 홈은 아이들의 엉덩이가 들어갈 만큼 넓었고 바닥이 매끄러웠다. 우리뿐만 아니라 그 동네 아이들이 여럿 거기서 즐거운 환성을 지르면서 미끄럼틀을 타고 있었다. 미끄럼 타기는 꽁무니가 짜릿짜릿하도록 재미있는 놀이였다. 나는 그 놀이의 재미에 흠뻑 빠져서 날 저무는 줄 몰랐다. 며칠 그 짓에만 신명이 나다 보니 속바지 엉덩이가 다 떨어지는 것도 모르고 있었다. 아무래도 정식 미끄럼틀이 아니었기 때문에 바닥이 고르게 매끄럽진 못했던 것 같다.

엄마는 속바지 엉덩이를 너덜너덜하게 해뜨린 것에 대해 내가 걱정했던 것보다 훨씬 너그러웠다.

"어디서 이 지경을 만들었어?"

"저 아래 미끄럼틀이 있는 큰 집에서."

"그래? 이 동네도 유치원이 있었나? 이제부턴 너무 한 가지만 타지 말고 그네도 타고, 철봉 장난도 하고 놀렴."

아무리 신여성을 만들기 위해서라곤 하지만 어린 딸로부터 시골집의 넓은 후원과 여러 식구의 사랑을 무참히 빼앗고 더러운 단칸셋방에 가두다시피 한 엄마로서의 뉘우침과 마음 아픔이 가득 밴 목소리였다. 내가 저절로 찾아낸 마음 놓고 뛰어놀 수 있는 놀이터를 여간 다행스러워하는 게 아니었다.

엄마는 내 해진 엉덩이에다 두터운 무명 헝겊을 안팎으로 대서 튼튼하게 기워 주었다. 그후 나는 딴 애들은 어떻게 옷을 안 해뜨리고 타나를 눈치봐 가며 엉덩이를 살짝 들고 발바닥에다 힘을 주고 타는 새로운 미끄럼 타기도 익히게 됐다.

어느 날, "전중이 온다!" 하고 한 아이가 고함치니까 모든 아이들이 일제히 도망가서 너른 마당에 있는 회색빛 건물 뒤에 숨는 사건이 있었다. 나는 영문을 몰라 맨 나중에 도망치면서 거의 악을 쓰고 울어 버릴 것 같은 심한 무서움증을 느꼈다. 나는 '전중이'란 말뜻은 잘 몰랐지만 아이들한테 몇 번 들은 적은 있었다. 그러나 보긴 처음이었다. 흘긋 보았을 뿐인데 그건 무섭다기보다는 불길했다. 회색빛 건물 뒤에 숨어서 좀더 자세히 본 그 모습도 마찬가지였다. 말라붙은 핏빛 같은 옷을 입고 쇠사슬 같은 걸 철렁거리고 있었고, 고개를 푹 숙이고 걷는 게 몹시 지쳐 보였다. 중간중간에 칼 찬 사람들이 지키는 이 전중이의 힘없고 느릿느릿한 행렬은 층층다리 위 붉은 담장을 끼고 한없이 이어지고 있었다. 그들이 누굴 해칠 처지도 못 됐지만 그럴 뜻이나 힘이 전혀 있어 뵈지도 않았다. 그럼에도 불구하고 우리는 간이 콩알만해지는 것처럼 그들이 무서웠다. 그것은 거의 미신적인 공포감이었다. 그래서 그 공포에서 헤어나려는 몸짓도 다분히 미신적이었다. 어떤 아이는 침을 퉤퉤 뱉었고 어떤 아이는 발을 쾅쾅 굴렀다. 어떤 아이는 시골 아이들이 지나가는 기차에다 대고 하는 것같이 이상한 주먹질을 하고 나서 씩 웃기도 했다. 나는 얼떨결에 아이들이 하는 짓을 조금씩 섞어서 흉내내 보았지만 마음으로부터 개운하진 않았다.

아이들은 다시 미끄럼 타기를 시작했지만 나는 다시 신명이 날 것 같지 않아 슬그머니 집으로 돌아왔다.

"엄마, 전중이가 뭐야?"

"건 왜?"

엄마는 대답하고 싶지 않은지 짐짓 시들한 얼굴을 하고 바느질만 계속했다. 나는 내가 줄창 미끄럼을 타고 놀던 큰 집에서 본 전중이들과 아이들이 일으킨 소동에 대해 이야기했다.

"그럼, 그럼 네가 여적지 논 데가 감옥소 마당이었단 말이지?"

엄마는 한바탕 대경실색을 하고 나서 조용해졌다. 엄마는 뭔가를 골똘히 생각하는 것 같았다. 엄마를 엄마답게 보이게 하는 기품이 가신 엄마는 초라하고 불쌍해 보였다. 기품을 버티게 할 기력조차 없을 만큼 엄마의 자존심이 초죽음이 돼 있다는 게 엉뚱스럽게도 나에게 연민의 정을 불러일으켰다. 나는 엄마를 위로하고 싶었다. 그러나 엄마는 성이 나 있지 않으면서도 매사에 뜨악해 보였다. 엄마는 엄마의 상식으로 바닥 상것으로 보이는 사람들이 많이 살고 있는 동네라는 것보다는 감옥소와 이웃해 있는 동네라는 데 더 정이 떨어져서 그만 우두망찰하고 있었다. 하긴 남을 덮어놓고 바닥 상것으로 업신여기려면 그래도 우월감이라는 숨구멍이라도 틔어 있어야 하련만 어린 딸에게 감옥소 마당밖에 놀이터가 없다는 건 엄마에겐 막다른 비참함이었음직하다.

감옥소가 있는 문밖 동네에서 문안 동네를 바라보는 엄마의 눈길은 한층 절절해졌다. 그 절절한 소망은 불시에 나를 소학교 보내는 일에 큰 변경을 가져오고 말았다. 엄마는 그 동네 아이들이 다 가게 돼 있는 무악재 고개 너머에 있는 학교를 갑자기 타박하면서 나를 꼭 문안에 있는 국민학교에 보내야 한다고 우기기 시작했다. 국민학교도 시험 쳐야 들어가는 시절이었지만, 학구제라는 게 있어서 함부로 타동네 학교를 지원하는 건 금지돼 있었다.

서울에 친척이 꽤 여러 군데 흩어져 살고 있었지만 아이들이 성공해서 여봐란 듯이 살게 될 때까지는 이를 악물고 아무도 안 찾아 다니고 견딜 거라는 매서운 결심을 누차 우리 앞에서 다짐한 바까지 있는 엄마가 여기저기로 친척댁을 수소문해 나서기 시작했다. 문안이라도 현저동에서 가까운 문안에 사는 친척을 남대문 입납으로 찾아 나서는 엄마를 보자 오빠까지도 참 엄마도 주책이셔 하면서 쓴웃음을 짓고 외면했다.

그러나 엄마는 그런 친척을 기어코 찾아내고 말았고 내 기류계는 그 댁으로 옮겨졌다. 그 댁은 사직동에 있었고 내가 가야 할 학교는 매동학교였다. 엄마는 걸어서도 갈 수 있는 가까운 문안에서 친척을 찾아낸 엄마의 요행과 나의 운을 두고두고 되뇌며 즐거워했다. 그러나 전차를 안 타고 갈 수 있는 학교라는 건 나에게 여간 실망스러운 게 아니었다. 전차를 안 타고 걸어다니려면 하다못해 독립문을 지나 당당히 문안으로 입성을 하는 기분이라도 맛보고 싶은데 매동학교는 어떻게 된 게 인왕산 줄기가 흘러내린 등성이를 넘어야 한다는 거였다. 엄마를 닮아 어느만큼은 문밖이라는 데 서울로부터의 소외 의식을 갖고 있던 나는 문안 학교 간다는 데 서울 구경에의 기대를 더 많이 걸고 있었다. 그런데 번화가 쪽과는 반대 방향의 산꼭대기 쪽으로 뚫린 문안 가는 길은 실망스럽다 못해 미덥지 못하기까지 했다.

별로 신명도 안 나는 문안 학교 가는 일을 위해 치러야 할 곤욕은 의외로 많았다. 엄마는 입학시험날 입을 내 옷에 뜻밖에 과용을 하고 있었고 주소를 빌려준 친척댁한테 몸에 익지 않은 아부를 하기도 아니꼽고 힘든 일인 것 같았다. 그러나 나의 곤욕에 비하면 아무것도 아니었다. 나는 기류계 옮긴 날부터 친척댁 주소를 외어야 했는데 그렇다고 정작 살고 있는 주소를 잊어버려도 되는 건 아니었다. 길 잃었을 때는 정작 주소를 대야 하고 입학시험 칠 때나 학교 들어가고 나서 선생님한테 말씀드릴 일이 있을 때는 가짜 주소를 대야 한다는 일은 나에게 적잖이 심리적 부담이 되었다. 실상 주소 두 군데쯤 외고 있는 게 그렇게 어려울 것은 없었고 실제로 주소를 대야 할 경우도 있을지말지 했다. 그러나 엄마는 너무 고지식한 분이었다. 주소를 속였다는 걸 마음속으로 꺼림칙해 하고 있는 것만큼 내가 혹시나 두 가지 주소를 헛갈리는 실수를 할까 봐 자주자주 점검을 하려 들었다.

너 어디 살지? 지금 넌 집을 잃어버린 거야. 너 어디 살지? 지금 넌 선생님 앞이야. 이렇게 엄마는 내가 두 가지 주소를 헛갈리는 실수를 저지를까 봐 지나친 신경을 썼기 때문에 되레 그걸 헛갈리는 실수를 자주 저질렀다. 또 현저동에서 사직공원으로 넘어가는 등성이도 문제였다. 거긴 정작 인왕산보다 훨씬 수목이 우렁차고 사람의 왕래가 드물었다. 문둥이가 여기저기 굴을 파고 살고 있다고 소문나 있는 곳이었다. 엄마는 내가 문둥이를 경계하게 하려고 문둥이에 대한 소문을 과장해서 들려줬기 때문에 나는 그 고개가 할멈 할멈 떡 하나 주면 안 잡아 먹지 하면서 호랑이가 나오는 옛날 얘기 속의 고개보다 훨씬 더 무서웠다.

옷은 시골에서 본 각설이 떼처럼 입고 찌그러진 모자를 푹 눌러쓰고—왜냐면 눈썹이 없기 때문에 그걸 감추기 위해—시퍼런 입술로 딱 웃으면서 아이들을 꾀어서 어둡고 긴 그들의 동굴로 데려다가 새빨간 생간을 내어서 냠냠 먹고 입 쓱 씻는다는 문둥이는 자주 나를 가위눌리게 했다. 나는 문안 학교를 떨어지든지, 붙더라도 엄마하고 같이 다닐 수 있는 동안까지만 다니고, 병이 나서 눕는 헛된 꿈을 얼마나 꾸었던가. 그러나 내가 주소를 일부러 헛갈려 대답하거나, 엄마가 입시를 위해 임의로 꾸며낸 이런저런 예상문제를 제대로 못 맞혔을 때의 엄마의 실망은 대단해서 나는 엄마가 불쌍해서라도 마음을 고쳐 먹지 않을 수가 없었다. 그럴 때 엄마는 눈물겹도록 간곡하게 나를 타일렀다.

"이것아, 계집애 공부시키는 건 아들 공부시키는 것하고 달라서 순전히 저 한몸 좋으라고 시키는 거지, 집안이 덕 보자고 시키는 거 아니다. 느이 오래비 성공하면 우리 집안이 다 일어나는 거지만 너 공부 많이 해서 신여성 되면 네 신세가 피는 거야, 이것아. 알았지?"

이럴 때 엄마의 눈빛은 도저히 거부하거나 비켜 갈 엄두가 나지 않을 만큼 절박한 열기를 담고 있었다. 나는 엄마가 바라는 신여성이 뭐 하는 건지 알 수가 없었고, 앞으로도 알게 될 것 같지가 않았다. 그러나 급체인지 맹장염인지 걸린 남편을 굿해서 고치려다 잃고 층층시하와 봉제사의 의무와 안질에 거머리가 약인 무지를 떨치고 도시로 나온 엄마의 지식과 자유스러움에 대한 피맺힌 원한과 갈망은 벅차고 뭉클한 느낌이 되어 전해 왔다.

이렇게 해서 나는 매동학교 시험을 치고 합격이 됐다. 엄마는 국민학교 합격을 마치 과거급제처럼 과장해서 시골에다 알렸고 시골에서도 둘밖에 없는 손자손녀가 서울에다 뿌리를 박은 바에야 며느리한테 너무 인색하게만 굴 수 없다는 판단을 내리게 된 모양이었다.

그러나 당시도 지금과 마찬가지로 겨우 사는 시골집에서 큰 마음 먹고 큰 돈 마련해 줘봤댔자 서울선 푼돈이었다. 금융조합에서 집값의 절반은 융자를 받았건만도 우리가 살 수 있는 집은 역시 현저동 꼭대기였다. 세들어 살던 집에서도 오르막길로 더 올라가 동네가 인왕산 마루턱을 치받으면서 끝나는 데 있는 여섯 칸짜리 작은 집이었다. 그러나 어엿한 기와집이었다. 엄마는 땅 넓은 줄은 모르고 하늘 높은 줄만 알고 기어오르는 이 상상꼭대기 문밖 동네를 여전히 무시하고 지긋지긋해 했지만 새로 산 여섯 칸짜리 기와집만은 극진히 아끼고 사랑했다. 체장수가 살고 있던 이 집은 몇 년이 되었는지 본바탕을 알아볼 수 없는 도배지에 빈대 핏자국만이 끔직하도록 낭자했다.

"맙소사. 이렇게 뜯기고도 이 집 식구들이 그래도 핏기가 남아 있었던 게 신기하다. 아이고 징그러라."

엄마는 문짝과 두껍닫이를 모조리 뜯어내서 양잿물로 닦아내면서 이렇게 자주 진저리를 쳤다. 겨울을 나 껍데기만 남은 잔다란 빈대들이 우수수 무수한 비듬처럼 쏟아져 나왔다.

"이래뵈도 이것들이 다 입은 살아 있느니라. 아이고 무서라. 이것들이 다 배때기를 채우고 나면 대신 내 새끼들이 이 꼴 될 거 아닌가?"

엄마는 이렇게 몸서리를 치면서도 그 꼭대기에 새로 장만한 집이 대견해서 어쩔 줄을 몰랐다. 기둥 서까래까지 손수 양잿물로 닦아내고 구석구석 독한 약을 뿌리고 도배장판도 새로 했다. 집을 처음 산 걸 좋아하기보다는 저런 귀살스러운 집에서 어찌 살까 난감스럽기만 하던 오빠와 나도 매일매일 달라지는 재미에 학교만 갔다오면 그 집에 붙어서 엄마를 거들게 됐다. 이사 가는 날은 커다란 무쇠솥을 새로 사서 엄마가 손수 부뚜막을 만들고 걸었다. 엄마는 미쟁이, 도배쟁이, 칠쟁이…… 못하는 게 없었다.

이사 간 날, 첫날밤 세 식구가 나란히 누운 자리에서 엄마는 감개무량한 듯이 말했다.

"기어코 서울에도 말뚝을 박았구나. 비록 문밖이긴 하지만……."

비록 여섯 칸짜리 집이지만 없는 게 없었다. 안방, 마루, 건넌방, 부엌, 아랫방, 대문간 이렇게 여섯 개의 방이 공평하게 한 칸씩이었다. 마당도 있었다. 마당이 네모나지 않고 삼각형인 게 흠이었다. 엄마는 이런 마당을 '우리 괴불마당'이란 애칭으로 불렀다. 새 집은 셋집처럼 대문 밖이 낭떠러지가 아니고 보통 골목인 대신 직삼각형 마당의 가장 변이 긴 쪽이 남의 집 뒤쪽으로 난 담인데 그 밑이 어마어마하게 높은 축대였다.

비가 오는 날 밤이면 오빠는 자주 잠을 깨서 들락거렸다. 축대가 무너질까 봐 잠이 안 온다는 것이었다. 엄마는 "녀석도 사내놈이 옹졸하긴…… 여지껏 멀쩡하던 축대가 하필 우리 살 때 무너질까" 하면서 태연한 체했다. 그밖엔 아무 걱정도 없었다.

나는 괴불마당에 분꽃씨도 뿌리고 채송화씨도 뿌리고 봉숭아씨도 뿌렸다. 그러나 이사 가고 나서 나의 외톨이 신세는 좀더 심해졌다. 땜쟁이 딸하고도 자연히 멀어졌고 나 혼자 매동학교를 다녔기 때문에 그 동네 학교를 다니는 아이들한테는 의식적인 따돌림을 받았다. 엄마는 되레 그걸 바란 것처럼 좋아하는 눈치였다. 문밖에 살면서 일편단심 문안에 연연한 엄마는 내가 그 동네 아이들과는 격이 다른 문안 애가 되길 바랐다. 딸에게 가장 나쁜 거라고 가르친 거짓말까지 시키게 해가며, 또 친척의 주소를 빌리는 번거로움과 치사함을 참아가면서 심지어는 문둥이가 득실댄다는 등성이를 매일 지나다녀야 하는 위험을 무릅쓰게 하고까지 굳이 문안 학교에 보내지 못해 한 엄마의 뜻은 처음부터 그런 데 있었으니까.

엄마는 자기가 미처 도달하지 못한 이상향과 당장 처한 현실과의 갈등을 부드럽게 하기 위해 부지불식간에 자식을 이용하고 있었지만, 정작 자식이 겪는 갈등에 대해선 무지한 편이었다. 나는 동네에서도 친구가 없었지만 학교에서도 친구를 사귀지 못했다. 학교 친구들은 모두 그 근처 아이들이었기 때문에 처음부터 저희들 끼리끼리였다. 그 끼리끼리가 저희들끼리 싸우고 바뀌고 편먹고 할 뿐이지, 처음부터 어떤 끼리끼리에도 안 속한 이질적인 아이에 대해선 배타

적이고 냉혹했다. 나는 가끔 혼자서 거울을 보면서 내가 어디가 어떻게 남과 달라서 여기저기서 따돌림을 받나를 이상하게도 슬프게도 생각했다. 한동네 사는 애들하곤 격이 다르게 만들려고 엄마가 억지로 조성한 나의 우월감이 등성이 하나만 넘어가면 열등감이 된다는 걸 엄마는 한번이라도 생각해 본 적이 있었을까? 우월감과 열등감은 다같이 이질감이라는 것으로 서로 한통속이었다.

일 학년 담임 선생은 내가 처음 만난, 엄마가 말한 신여성의 구색을 한몸에 갖춘 분이었다. 머리를 반가리마를 타서 뒤에서 히사시까미로 빗어 올리고 흰 하부다이 저고리에 검정 지리멘 통치마를 입고 까만 뾰족구두를 신었다. 출퇴근 때는 까만 핸드백을 들었다. 물론 이 세상 모든 이치를 모르는 거 없이 알고 있다는 것까지도 믿어도 될 것 같았다. 우리들이 물어 보는 아무리 어려운 질문도 한번도 대답을 못한 적이 없었다. 선생님은 뭐든지 알고 있을 뿐더러 누구든지 다 사랑했다. 약간 주근깨가 있는 화장 안한 수수한 얼굴 가득 웃음을 띤 선생님 둘레엔 항상 많은 아이들이 따랐다. 운동장에서 여러 아이들에게 둘러싸여 걸음도 제대로 못 옮기는 선생님을 볼 때마다 나는 햇병아리를 거느린 암탉과 같다고 생각했다. 나는 멀찌감치서 아이들의 존경과 사랑을 독차지한 선생님을 바라보면서 손톱을 질겅질겅 씹었다. 나는 수업시간에도 등교나 하교시간에도 손톱을 씹었기 때문에 엄마가 따로 깎아 줄 필요가 없었다. 아이들은 누구나 다 선생님 손을 잡아 보고 싶어했다. 선생님 손은 누구든지 잡고 싶어하고 잡으면 놓지 않는데 선생님 손은 둘뿐이니까, 아이들을 어디까지나 고루 사랑하는 선생님은 번갈아 잡아 주려고 애썼다. 자아, 아직도 선생님 손 못 잡아 본 사람 손 들어요. 그럼, 나요나요 하고 아이들이 손을 들면 선생님은 그 중에서 영락없이 정말 못 잡아 본 애 손만 가려내서 꼭 쥐어 주기도 하고 쓱쓱 어루만져 보기도 했다. 그러나 나는 열심히 손톱을 씹으면 씹었지 손을 들지 않았다.

나는 선생님이 마음에 들지 않았다. 무엇보다도 누구나 고루 사랑할 것 같은 선생님 특유의 상냥한 미소가 마음에 안 들었다. 나는 그것이 거짓이라는 걸 단언할 수가 있었다. 왜냐하면 선생님이 나를 사랑할 리가 없기 때문이었다.

날이 더워지자 나는 인왕산 쪽에 정을 붙이기 시작했다. 현저동 일대에 물난리는 극심했다. 집집마다 수도라는 건 아예 있지도 않았기 때문에 물지게 질 만한 식구가 없는 집에선 물장수를 댔다. 미쟁이, 도배쟁이 다 능숙한 엄마도 물지게만은 못 졌다. 진다고 해도 물 한 지게 받으려면 한나절을 소비할 만큼 층층다리 아래 있는 공동수도에는 물통이 온종일 장사진을 이루고 있었다. 물장수를 위해서 숫제 빗장 벗겨 놓고 잤다. 물장수의 물지게에선 삐걱삐걱하는 독특한 소리가 났다. 삐걱삐걱 소리가 가까워지면 대문이 열리고, 철썩 물독에 물 붓는 소리를 듣고 잠이 깼다가도 단잠을 더 자야 날이 밝았다.

이렇게 사먹는 물이니 겨우 식수나 하는 정도였다. 엄마는 비가 올 때마다 내 집으로 떨어진 빗물을 한 방울도 놓치지 않을 기세로 독독이, 그릇그릇 받아 놓고 빨래도 하고, 세숫물로도 쓰게 했다. 세숫물에 장구벌레가 가득 들어 있어서 질겁을 하면 엄마는 체에다 받쳐서라도 그 물을 쓰게 했고 쓰고 나서도 한 방울도 버리진 못하게 했다. 세숫물로 다시 발을 씻고 발 씻은 물로 걸레를 빨고 걸레 빤 물은 괴불마당 구석에 있는 나의 꽃밭에 뿌리는 물의 완전 이용 과정을 엄마는 아침마다 엄숙한 얼굴로 감시를 했다.

그러다 장마가 끝난 후의 인왕산 골짜기를 흐르는 맑은 물을 보니 환장을 하게 좋았다. 나는 학교만 파하면 인왕산으로 올라가서 시냇물에 세수도 하고, 발도 씻고 성터까지 올라가 바람을 쐬면서 서울 장안을 굽어보기도 했다. 그러다가 걸레 같은 걸 대야에 담아 가지고 올라가 말갛게 헹구어 가면 엄마를 기쁘게 해 드릴 수 있을 뿐더러 아무리 오래 놀다 와도 야단을 안 맞을 수 있다는 것도 알게 되었다. 엄마는 가끔 비누조각에다 양말 같은 걸 얹어 주면서 "비누 아껴 쓰고 박박 부며 빨아 온" 하기까지 했다. 인왕산 빨래터의 맑은 물에 두 다리 담그고 앉아 빨래를 부비는데 저만치 국사당에서 덩더꿍덩더꿍 굿하는 소리라도 나면 나는 고개를 갸우뚱하면서 사람 사는 거란 무엇일까 하는 황당한 생각이 생각답지 않게 손끝을 저리게 하는 어른스러운 기분을 느끼곤 했다.

어느 날인가 걸레를 헹구고 있는데 상류에서 탁한 핏빛 물이 흘러 내려오기 시작했다. 나는 숨을 죽이고 그것이 대충 맑아질 때까지 기다렸다. 다시 맑은 물이 흐른 후에도 신경줄이 당기는 것 같은 긴장은 계속 됐다. 어린 아이의 간을 내서 맑은 물에 헹구는 눈썹 없는 문둥이의 모습을 내 눈으로 보고 싶다는 호기심은 결국 무서움증을 능가했다. 나는 발소리를 죽여 가며 물줄기를 피해 수풀을 헤치며 상류 쪽으로 올라가기 시작했다. 얼마 안 올라가 저만큼 냇가 너른 바위에 나보다 약간 큰 소녀가 누워 있는 게 눈에 띄었다. 소녀는 간을 아무에게도 빼앗기지 않았다는 표시로 노래를 부르고 있었다. 무슨 노래인지 애틋하고 청승맞았다. 소녀가 앉은 너른 바위는 온통 빨래로 뒤덮였는데 옷도 아니고 걸레도 아닌 낡아빠진 헝겊조각들이었다. 베 헝겊에는 아직도 검붉은 핏자국 흔적이 얼룩져 있었다. 나는 그걸 자세히 보기 위해 가까이 갔다. 소녀가 붙임성 있게 웃었다.

"그게 뭐니?"

"바보, 그것도 몰라. 서답이야. 우리 엄마 거!"

나는 서답이 뭔지 몰랐지만 바보 취급당하기 싫어 알은체하며 고개를 끄덕이고 내 빨래터로 내려왔다.

그날 나는 엄마한테 산에서 보고 들은 대로 얘기하고 서답에 대해

물었다. 엄마는 서답이 뭔지는 안 가르쳐 주고 그 상종 못할 상것들 타령을 했다.

"세상에 맙소사. 더러운 빨래를 백주에 한데서 빠는 것도 망측한데 딸년을 시켜서 빨다니, 상것들 중에서도 상종 못할 바닥 쌍것들이로구나. 이제부터 다시 산에 가지 마라. 세상에 어떻게 된 놈의 동네가 아이들을 한시 반시 문 밖에 내놓을 수가 없다니까."

나는 엄마가 남용하는 바닥 상것들이란 말에 역겨움을 느꼈다. 너른 바위 위에 번듯이 누워 흐르는 구름을 보면서 애닯은 목소리로 노래를 부르던 소녀의 모습은 상티하곤 다르게 보기 좋은 것이었다. 늘 어떤 조바심 같은 것에 쫓기고 있는 나는 소녀의 구김살없는 천연스러움에 부러움을 느끼고 있었다.

괴불마당 집주인이 된 후에도 엄마는 초가집에서 세들어 살 때와 마찬가지로 이웃을 상것 아니면 바닥 상것으로 평하길 서슴지 않았고 나를 그들로부터 고립시키려고 애썼다. 나는 걸레를 빨러 산에 갈 수 없었고 빈손으로 슬슬 바람쐬러 가던 것도 국사당에서 굿 구경하고 떡 얻어먹은 일이 무슨 말끝엔가 탄로가 나서 아예 금족령이 내렸다. 뒤에는 인왕산, 앞에는 감옥소가 다 나의 출입금지 구역이었다.

엄마가 이웃을 상종해도 괜찮을 이웃과 상것, 바닥 상것의 세 가지로 나누는 기준은 들쑥날쑥해서 일정치 않았다. 성씨나 사는 형편, 말의 직업하고 관계가 있는 것도 같고 없는 것도 같았다. 기분 내키는 대로였고 또 매우 변덕스러웠다.

동네 사람들마다 엄마가 바닥 상것으로 치부해 놓은 사람들까지 다 김 서방이라고 부르고, '하게'로 하대하는 늙은 물장수를, 엄마는 김씨 할아버지라고 불렀고 '하세요'라고 존대말을 썼다. 물장수는 대개 단골집에서 번갈아가며 먹이게 돼 있어서 그 차례가 한 달에 한 번쯤 돌아왔다. 개다리 소반에다 김치하고 국이나 한 그릇 놔서 부엌

바닥이나 툇마루 끝에서 먹이면 됐지 그걸로 신경쓰는 집은 별로 없었다. 그러나 엄마는 한 달에 한 번 그날이 무슨 잔칫날처럼 벼르다가 휘어지게 차려서 건넌방 아랫목으로 불러들였다. 고기를 볶을 때도 있고 동태나 비웃찌개를 할 때도 있었다. 나물도 몇 가지 오르고 짭짭한 젓갈도 올랐다. 밥은 시골에서 일꾼밥 푸는 솜씨 그대로 밥그릇 속의 밥보다 위로 올라앉은 밥이 더 많게 고봉으로 꽉 눌러 펐다. 물장수 영감은 배불리 먹고 나서 손을 부비면서 마님 덕에 매달 한 번씩 소인 생일이굽쇼, 하면서 굽신댔다. 그 대신 영감도 명절이라든가, 집에 무슨 큰 일이 낀 것 같은 날엔 말없이 물을 한 지게 더 길어다가 여벌독에 부어 주는 선심으로 보답하는 것 같았다. 한때, 나는 동네 아이들까지 김 서방 김 서방 하면서 하게, 아니면 반말로 하대하는 영감을 거만한 엄마가 무엇 때문에 깍듯이 존대하고 오빠보다도 잘 먹이려드는지 이해할 수가 없어 심각한 고민에 빠진 적이 있었다. 나는 그 영감이 홀아비라는 걸 알고 있었고 엄마는 과부였기 때문이다. 엄마가 물장수 김 서방을 좋아할지도 모른다는 건 생각만 해도 치가 떨리는 치욕이었다. 무슨 마(魔)가 낀 것처럼 한번 그런 생각이 들자 도무지 떨쳐지지가 않았다. 나는 아침에 철썩 하는 물 붓는 소리에 깨어나면 얼른 엄마 먼저 더듬어 찾아 겨드랑 밑으로 손을 돌려 꼭 안았지만 애정 표시가 아니라 물장수 만나러 나가는 걸 훼방 놓기 위해서였다.

기어코 오빠에게 나의 고민을 털어놓았다. 오빠는 씩 웃으면서 말했다.

"엄마는 김 서방 할아버질 존경한단다. 웬 줄 아니? 김 서방 할아버진 물장수 노릇을 해서 아들을 둘씩이나 전문학교에 보내고 있거든. 전문학교 너도 알지? 사각모 쓰고 가죽가방 들고 다니는 높은 학교 말야."

나의 엄마에 대한 의심은 어이없이 사그라졌다. 엄마는 김 서방말고도 또 키다리 구장(區長)을 존경했었는데 나 보기엔 김 서방을 존경하는 것만큼은 훨씬 못 미치는 것 같았다. 키다리 구장은 청송 심씨인데, 엄마의 외가 쪽으로 따져 보니까 연줄이 닿을 만한 게 근거 있는 집안 자손이 분명하지만 이런 데서 이런 꼴로 살면서 알은체하는 건 피차가 욕인 것같아 속으로만 알아주고 있다는 것이었다. 그러나 구장이 여반장들을 모아놓고 연설할 때 너무 헤프게 웃고 농지거리하는 걸 엄마한테 들키고부턴 속으로만 알아주던 존경이 당장 상것이란 경멸로 변하고 말았다.

여름방학이 되었다. 엄마는 나를 위해서 야시장에서 옷감을 끊어다가, 화신상회에 가서 예쁜 옷을 골라서 살 것처럼 만져 보고, 뒤집어 보고 대강 눈대중을 해다가 그대로 만들기 시작했다. 그뿐 아니라 나를 전차를 태워서 서울 장안을 한 바퀴 돌렸고 처음으로 동물원 구경까지 시켜 주었다. 뭔가 한꺼번에 수용하긴 벅차고 고될 만큼 엄마는 나에게 대처라는 걸 대량으로 주입시키려 들었다.

현저동에 살면서 박적골의 근거를 가장 으뜸가는 품성으로 숭배하고 지킬 것을 강요했듯이, 박적골로 돌아가려는 마당에선 대처티를 무작정 날조하려 들었다.

엄마가 만든 원피스가 나에게 어울리는지 꼴불견인지 분간할 안목이 나에겐 없었다. 모시 두루마기도 그림같이 짓는 내 솜씨가 그까짓 내리닫이 못 지을까 하는 엄마의 장담은 감히 비평을 불허했다.

그러나 할아버지는 내 옷차림을 흘긋 일별만 하시고도 곡마단에서 깡깽이치는 년 같군, 하는 혹평을 하셨다. 나는 그 옷을 다신 안 입고 여름방학을 보내고 나서 서울로 돌아오는 날 다시 꺼내 입었다. 겨울방학 땐 엄마는 좀더 요란하게 나에게 서울티를 내주었다. 엄마는 친척집에서 토끼털 목도리와 스케이트를 얻어 왔다. 토끼털 목도리는 목에만 두르면 그만이지만 스케이트는 한 번도 타본 일이 없는 걸 어깨에다 척 걸어 주면서 썰매 타지 말고 그걸 타고 놀라고 일러 주는 것이었다. 나는 스케이트를 남이 타는 걸 한두 번 본 적이 있는데 정말로 황홀한 묘기였다. 나는 그런 묘기의 비결이 그 날 달린 구두에 전적으로 달린 줄 알았다.

사랑마당 앞엔 텃밭이 있었고, 텃밭 너머론 동구 밖으로 지나는 길이 지나가고 있었고, 그 길 건너가 논이었다. 꽁꽁 얼어붙은 논바닥에선 마을 개구쟁이들이 신나게 썰매를 타고 있었다. 나는 그 요술구두를 신고 자신 있게 그 한가운데로 미끄러져 들어가려 했지만 웬걸, 몸의 중심도 못 잡은데다가 가랑이는 양쪽으로 벌어져, 넘어지지나 않으려고 헛된 제자리 춤을 추는 게 고작이었다. 썰매를 타던 개구쟁이들이 이 신기한 구경을 하려고 내 주위로 미끄러져 왔다. 나를 이 곤경에서 구해 준 건 집의 머슴이었다. 머슴은 다짜고짜 나를 업더니 겅정겅정 집으로 뛰어간 것까지는 좋았는데 하필이면 사랑의 할아버지 방에다 내려놓은 것이었다.

할아버지의 장죽이 내 정수리를 연타했다. 번쩍번쩍 불꽃이 튀기는 것 같았다.

"요년, 요 고얀년, 신식 공분지 뭔지 시킨다길래 대처로 내놓았더니 기껏 배웠다는 게 덕물산 무당의 작두춤이냐 뭐냐? 허어 해괴한 지고? 암만해도 집안 망신을 시키려고 계집앨 대처로 내놓았는가 부다."

나는 정수리에서 불이 번쩍번쩍 나는 판국에도 웃음이 북받치는 걸 참을 수가 없었다. 별일이었다. 기껏 상상력의 한계가 덕물산 무당의 작두춤인 할아버지가 그렇게 우스웠다. 덕물산이란 송도에 있는 최영 장군을 모신 사당이 있는 산으로 거기 무당의 작두춤은 유명했다. 그 이유는 지당했다. 그러면서도 한편 할아버지가 우물 안의 개구리처럼 불쌍하기도 했다. 나는 벌써 별의별 걸 다 배우고 다 구경했는데 할아버지는 돌아가시는 날까지 박적골을 천하삼고 못 벗어나다가 돌아가시겠지 하는 처량한 생각은 어린 계집애에겐 가당치 않는 거였지만 대처 물 먹은 티이기도 했다.

그해 겨울방학이 끝나고 서울로 돌아올 땐 할머니가 특별히 정성들여 만드신 깨강정하고 땅콩강정을 싸주시면서 담임 선생님께 갖다 드리라고 하셨다. 그걸 다시 서울서 엄마가 예쁜 상자에 담아서 보자기에 싸주셨지만 나는 그걸 선생님께 갖다 드리지 않았다. 그 사이 조금씩 사귄 친구들을 사직공원으로 데리고 가서 나눠 먹어 버리고 말았다. 골고루 다 귀여워하는 척하지만, 실은 자기 반에 한 번도 자기 손을 못 잡아 본 애가 있다는 것도 까맣게 모르고 있을 선생님의 위선을 복수한 맛이 깨강정 맛보다 더 고소하고 달콤했으나 깨강정에는 없는 씁쓸한 뒷맛은 오래도록 남아 있었다.

오빠가 성공하면 곧 문안으로 들어갈 것을 믿고 임시적으로 인왕산 마루턱에 박은 말뚝에 우리는 그후에도 십 년이나 매어 살았다. 오빠는 학교를 졸업하고 큰 회사에 취직도 하고 효성도 여전히 극진했으나 문안에다 번듯한 집을 살 만큼의 성공은 못됐다. 엄마는 겨우 바느질 품팔이를 놓았을 뿐 2차대전이 막바지로 접어들자 우리들 콩깻묵밥 안 먹이려고 자주 송도 왕래를 해야 했다. 기찻간에서의 쌀 수색이 심해지자 엄마는 빈몸으로 갔다가 빈몸으로 돌아왔다. 달라진 게 있다면 호리호리한 엄마가 대보름 만하게 뚱뚱해져 돌아오는 거였다. 대개 밤기차를 탔기 때문에 자정 못 미처 돌아온 엄마가 등화관제용 갓이 내려진 어두운 전등 밑에 쭈그리고 앉아 배나 허리, 젖가슴, 정강이 등 여기저기서 올망졸망한 쌀자루를 꺼내 양동이에 쏟아붓는 걸 실눈 뜨고 보고 있으면 절망과 슬픔이 목구멍까지 괴어 와서 이를 악물곤 했다. 엄마의 그 짓은 아주 위험한 짓이었다. 목구멍이 포도청이란 말이 그때만큼 절박했던 적도 없으리라. 일본 순사가 뚱뚱한 여자만 보면 창으로 찔러 본다는 소문이 파다했다. 임신한 여자의 배를 찔렀다는 끔찍한 소문도 있었다. 실지로 시골 정거장마다 장대 끝에 이상한 쇠붙이를 매단 걸 든 순사가 나타나서 승객들을 전전긍긍하게 하는 일이 자주 있었다. 이상한 쇠붙이라야 별게 아닌 싸전에 손님들한테 쌀의 품질을 보여줄 때 쓰는 쌀가마를 푹 찌르면서 쌀을 떠낼 수 있도록 꽂삽 비슷하게 생긴 연장이었지만 때가 때이니만큼 공포의 대상이었고 엽기적인 소문이 붙어 다녔다.

시골 우리 면(面)에서도 면서기가 그걸 가지고 집집마다 돌면서 쌀을 감춰 뒀음직한 데를 함부로 찌르다 어떤 볏짚더미 속에서 피와 살이 묻어 나왔다는 참혹한 소문도 엄마는 가져왔다. 징용을 피해 다니던 남자가 그 속에 숨어 있다가 그런 변을 당했다는 거였다.

일본이 망해 가면서 인심이 흉흉하고 내일을 모르게 불안할 무렵 나는 중학생이 돼 있었다. 나는 이미 문둥이가 어린애 간을 내먹는다는 소문을 믿지 않았지만 순사의 창이 엄마의 배를 찌르는 악몽에 비하면 그게 도리어 낭만적이었다.

막판엔 여자정신대의 공포까지 겹쳤다. 엄마가 오빠하고 밤늦도록 내 머리맡에서 두런두런 내 걱정하는 소리를 들으면서 난 세상에 왜 태어났을까 싶은 누눅한 절망감을 맛보곤 했다. 엄마는 신여성에의 그 집념을 어따 접어 두었는지 오빠 붙들고 의논하는 소리가 기껏, 시집 보내자니 너무 이르고 정신대 안 걸리기엔 나이 갔다는 한탄이었다. 과묵한 오빠는 간간이 그렇잖아요, 글쎄 그렇잖다니까요, 하는 정도의 짧은 위로를 하는 게 고작이었다.

결국 엄마가 악착같이 최초의 말뚝을 박고 서울 살림의 기틀을 마련하던 곳을 뜨지 않으면 안 되었는데, 그건 엄마의 당초의 소망대로 문안의 좋은 집을 사서 가는 이사가 아니었다. 패색 짙은 일본의 마지막 성화인 소개령에 못 이겨 솔선해서 시골로 피난을 떠났다.

피난살이 반 년 만에 해방이 되었는데 먼저 상경한 오빠는 북새통에 돈을 좀 벌었는지 문안의 평지에다 집을 장만해서 엄마의 소원을 풀어 드렸다. 그후 살림은 순조롭게 늘어나 좀더 나은 집으로 이사도 여러 번 다녔다.

그러나 우린 현저동 괴불마당집을 잊지 못했다. 특히 어머니는 늙어 갈수록 그게 심했다. 무엇이든지 그 시절하고 대보려 드셨다.

이 아들아, 그때에다 대면 우린 지금 큰 부자 됐지? 하시기 위해서도 괴불마당집을 잊지 못하셨지만, 그때 생각을 해서라도 아껴 써야 하느니라 하시기 위해서도 잊지 못하셨다. 또 가끔 그때가 좋았느니라고 그리워도 하시고 그때 한사코 바닥 상것들 취급을 하던 이웃들을 뭐니뭐니 해도 그 사람들이야말로 진국이었지, 하고 뒤늦게 재평가를 하시기도 했다.

이상하게도 그때를 그리시는 어머니는 그때 거기서 고생하시면서 이웃을 함부로 상것들 취급하는 것으로 자존심을 지키던 때 같은 터무니없는 귀골스러움을 잃고 계셨다. 어머니는 예전 생각은 잘 나도 금방 돈지갑을 어따 놓았는지는 아득한 노쇠한 어른일 뿐이었다. 우리는 그게 쓸쓸했다. 어머니가 정작 잃은 건 근거가 아닐까 하는 생각도 들었다. 어머니에게 지금 남아 있는 근거가 박적골 시절이 아니라 현저동 괴불마당집인지도 몰랐다.

어머니가 아무리 그때에다 대면 지금 큰 부자 됐지? 하시지만 그때하고 비교하는 마음을 버리시지 않는 한 우린 그 최초의 말뚝에 매인 셈이었다. 놓여났다면 구태여 대볼 리가 없었다. 어느 만큼 달라졌나 대본다는 건 한 끝을 말뚝에 걸고 새끼줄을 풀다가 문득 그 길이를 재보는 격이었다.

해방 후 서울의 변화처럼 눈부시다는 형용사를 잘 받는 말도 없으리라. 십 년은커녕 삼 년만 외국을 갔다와도 살던 동네를 못 찾는다는 말도 있다. 그러나 그 괴불마당집이 있는 동네는 늘 그대로였다. 나는 그게 조금도 이상하지 않았다. 어머니가 이 고장에 최초로 박은 말뚝은 우리에겐 뜻깊은 기념비이므로 기념비는 이끼 끼거나 퇴락할 순 있어도 발전은 없는 게 당연하였다.

몇 달 전 친구들과 택시로 영천을 지난 적이 있다. 그곳을 지날 때면 언제나 그렇듯이 나는 나만의 은밀한 애정과 감회를 가지고 현저동을 쳐다보다가 그 동네의 변화에 가슴이 덜컥 내려앉고 말았다. 괴불마당이 있던 근처에 연립주택이 들어서고 있는 게 아닌가. 실상 그 동넨 너무 오래 변하지 않았었다. 사십 여 년 전 서울 갓 올라온 촌뜨기의 눈에도 구질구질하고 무질서해 보이던 궁상과 밀집이 오늘날까지 계속되었으니 말이다. 그런데도 그게 비로소 변화하려는 조짐을 보고 내려앉은 가슴은 그날 온종일 허전한 채였다. 그건 하도 잘 변하는 것들 속에서 홀로 변하지 않았으므로 기념비가 되었던 마지막 걸 잃은 마음이었다.

그날 오후 집으로 돌아오는 길에 나는 친구들하고 영천에서 헤어져서 그 동네의 예전 길을 더듬어 올라가기 시작했다. 길이 많이 변했지만 우리가 살 때 화산(華山) 학교라고 부르던 붉은 벽돌집이 예전 그대로의 모습으로 남아 있어서 눈대중 삼기에 편했다. 틀림없었다. 괴불마당집이 있던 근처에 연립주택이 병풍처럼 들어서서 인왕산을 쳐다보지도 못하게 가리고 있었다. 나는 가슴속에 소슬바람이 부는 것 같은 감상에 젖으며 그 근처를 헛되이 배회했다.

엄마의 말뚝은 뽑힌 것이다.

나는 오래간만에 실로 오래간만에 나의 어린 시절의 통학로였던 길을 걷고 싶다고 생각했다. 나에겐 통학로였지만 어머니에겐 문안과 문밖을 가로막는 성벽도 되었던 등성이는 지금 도시 한가운데의 작은 녹지일 뿐이었다. 그러나 현저동 꼭대기가 끝나고 등성이를 넘어가는 길로 접어들려고 하자 성벽이 가로막는 게 아닌가. 신축된 성벽은 인왕산으로부터 흘러내려와 서대문 쪽까지 이어지고 있었는데 옛 길이 있던 곳엔 성벽의 문이 나 있었다. 어머니가 그토록 상상을 하시던 문안, 문밖의 구체적인 모습을 지금 와서 볼 줄이야. 그러나 문안 쪽으론 또 한 겹 철조망이 쳐진 채 길은 없어지고 사람들의 발길을 거부하는 것 같은 푸르름만이 충충하게 괴어 있었다. 들어오지 말란 팻말 같은 건 못 봤는데도 나는 그 속을 금단의 지역처럼 느꼈다. 문둥이가 득시글거린다고 일컬어지던 예전보다 한층 미개해진 수풀 속을 바라다만 보면서 나는 한번도 가보지 못한 휴전선을 연상했다.

나는 옛날의 등성이를 넘기를 단념하고 새로 쌓아 내려가고 있는 성벽을 따라 사직터널 방향으로 내려왔다.

샌들 속으로 모래가 들어온 걸 벗어서 털면서 나는 문득 실소(失笑)를 터뜨렸다. 어머니가 낯설고 바늘 끝도 안 들어가게 척박한 땅에다가 아둥바둥 말뚝을 박으시면서 나에게 제발 되어지이다라고 그렇게도 간절히 바란 신여성보다 지금 나는 너무 멋쟁이가 돼 있지 않은가. 그러나 신여성이 할 수 있는 일이라고 어머니가 생각한 것으로부터는 얼마나 얼토당토않게 못 미쳐 있는가. 엄마의 생각은 그 당시에도 당돌했지만 현재에도 역시 당돌했다. 엄마의 억지는 그뿐이 아니었다. 나로 하여금 끊임없이 근거를 심어 줌으로써 도시에서 만난 웬만한 걸 덮어놓고 무시하도록 부추기다가도 근거의 고향으로 돌아가신 서울내기 흉내를 내도록 조종했다.

어머니가 세운 신여성이란 것의 기준이 되었던 너무 뒤떨어진 외양과 터무니없이 높은 이상과의 갈등, 점잖은 근거와 속된 허영과의 모순, 영원한 문밖 의식, 그건 아직도 나의 의식 내용이었다. 그러고 보니 나의 의식은 아직도 말뚝을 가지고 있었다. 제아무리 멀리 벗어난 것 같아도 말뚝이 풀어 준 새끼줄 길이일 것이다.

새로 복원된 성벽이 도로와 만나면서 끊어지는 데서 나는 성벽과 갈라섰다. 성벽은 길 건너로 다시 이어지고 있었다. 갈라지면서 돌아다본 성벽은 꼭 신흥 부잣집 담장 같았다. 아아, 내가 오빠한테 회초리를 맞던 허물어진 성터의 이끼 낀 돌은 지금 어디 있는 것일까?

나는 내가 아직도 잊지 않고 있는 '신여성'이란 말을 마치 복원한 성벽처럼 옛것도 아닌 것이, 새것도 못 되는 우스꽝스럽고도 무의미한 억지라고 느꼈다. 나는 앞으로 다시는 그것을 복구하지 않을 것이다. 그건 지나간 세월 역시 부정되어선 안 될 것 같았다.

페미니즘 문학비평

페미니즘 문학비평은 '저항하는 독자'(주디스 페털리 Judith Fetterley) 개념에서 출발한다. '저항하는 독자'란 자신을 가부장적 의지와 공모하게 만드는 서사전략에 저항하는 독자를 말한다. 여성들이 이러한 독자가 되어야 하는 이유는 텍스트 속에서 여성은 거의 언제나 서사가 응시하는 수동적 대상(=비판되고 찬양되며 처벌되어야 하는 대상)으로 남아 있기 때문이다.

1. 여성 이미지 비평

문학작품 속에 나타난 왜곡된 여성상을 바로잡는 비평으로서 여성에 대한 부정적인 언어적 · 시각적 이미지에 대항한다. 이는 문학 정전(canon) 다시 읽기에서 시작하여, 그의 이야기(history)뿐만 아니라 그녀의 이야기(her-story)도 새롭게 쓰고자 하는 데로 나아간다.

메리 엘만(Mary Ellmann)은 『여성을 생각한다』(1968)에서 상투적인 여성상을 11가지로 분류하고, 이를 '집안의 천사'형와 '마녀'형으로 유형화한다. '집안의 천사'형은 가사노동과 육아에 속박된 채 집안의 평화를 위해 순종하는 여성형으로, 여기엔 가부장제의 환상이 투영

되어 있다. 반면, '마녀'형은 남성의 권위에 도전하는 주체적 여성을 억압하기 위해 고안한 여성형으로, 여기엔 가부장제의 여성에 대한 통제 전략이 숨어 있다.

케이트 밀렛(Kate Millett)은 『성의 정치학』(1969)에서 여성과 남성의 관계를 지배/피지배의 관계로 파악하고, 그 관계를 '성의 정치'로 명명한다. 그리고 이러한 정치를 가능하게 해 온 체제로 가부장제를 설정한다. 가부장제는 남성에게는 우월한 지위를, 여성에게는 열등한 지위를 고정시키는 양성의 '내부 식민화'를 보편적 합의로 이끌어내는 체제로서, 계급이 사라진 사회주의 국가에서도 여전히 존재하는 범주라는 것이다.

가부장제 사회에서 여성의 위치를 규정하는 이념적 지표로는 기질, 역할, 지위의 세 가지 범주가 있다. 먼저, 기질이란 고정화된 성별 구분으로서 남성/여성의 기질은 공격성/수동성, 지력/무지, 힘/온순, 효율성/비효율성으로 이분된다. 이는 생득적인 것이 아니라 지배적 성(=남성)의 이해관계에 따라 설정된 범주인데도, 종속적 성(=여성)은 그것을 자기의 본성인 양 내재화하게 된다. 다음으로 역할이란 성별 역할 분담을 가리키는데, 경제력이 없는 여성은 결혼이라는 교환제도를 통해 남편으로부터 경제적 부양을 받는 대신 가사

노동과 육아 및 성적 배우자로서의 역할을 담당하게 된다. 이처럼 여성에게 할당된 역할은 생물학적 경험의 차원에 해당된다. 마지막으로 지위란 기질과 성별 역할 분담의 귀결로써 여성은 착취의 대상이 된다.

이러한 이론적 분석을 바탕으로 밀렛은 강력한 힘을 행사하고 있고, 또 높이 존경받고 있는 몇 명의 남성작가들(D. H. 로렌스, 헨리 밀러, 노만 메일러)에 대해 우상파괴적인 공격을 한다. 밀렛에 따르면 가부장적 권력은 남성들이 성관계를 지배함으로써 실행되고 유지되어 올 수 있었다. 문학 텍스트 속에서 여성 혐오적인 이미지가 반복해서 나타나는 것도, 성관계에 있어 지배적인 위치를 차지하려는 남성들의 요구에서 비롯된 것이다. 여성들은 순결한 처녀 아니면 창녀로, 불감증 아니면 색광으로, 순결하거나 음탕한 인물로 그려진다. 밀렛은 이러한 이미지들이 남성의 성적 권위뿐 아니라 권위 유지를 위해 사용되는 강압이나 폭력까지도 정당화시켜 준다고 주장한다. 이처럼 남성작가들의 작품을 폭넓게 다시 읽어낸 밀렛의 작업은 페미니즘 비평의 첫 단계가 되었다.

밀렛의 논의는 가부장제라는 개념을 도입하여 여성억압의 역사를 일관성 있게 설명했다는 데 의의가 있다. 그러나 모든 문제를 '성의 정치'로 환원시킨 성 결정론과 역사·계급에 따라 각기 달리 나타나는 여성억압의 양상을 가부장제라는 보편적 범주로 단일화한 비역사적 관점은 오류로 지적되고 있다.

2. 여성작가 비평

여성작가 비평이란 남성문학과 구별되는 여성문학의 '차이성'을 규명하려는 비평이다. 지금까지 이 비평 영역에서 이루어진 성과는 여성작가의 창조성에 대한 탐구, 무시되고 망각된 여성작가의 재발굴, 여성 장르(예: 자전적 소설, 구술민요)의 발굴과 여성의 원형 찾기 등이다.

일레인 쇼왈터(Elaine Showalter)는 남성 텍스트를 부정적으로 비판하는 '여성 이미지 비평'에 반대하여 '여성비평(gynocriticism)'이라는 긍정적인 비판기획을 확립하려 했다. 쇼왈터는 『황야에 선 여성비평』(1981)에서 여성비평을 두 갈래로 대별한다. 먼저, '여성해방론적 독법'은 여성 독자의 입장에서 문학작품 속에 유형화된 여성상을 비판하거나, 남성비평가의 비평 속에 누락 혹은 왜곡된 여성문제를 바로 잡아주는 일종의 이데올로기 비평이다. 다음으로, '여성중심비평'은 여성의 창조성, 여성작가, 여성의 스타일 등, 한 마디로 여성문학의 차이성을 일관된 체계로 정의해 보려는 이론작업이다.

쇼왈터는 여성문학의 차이성을 여성의 육체, 언어, 심리, 문화의 네 가지 측면에서 검토했는데, 이 중 특히 문화적 측면에 주목했다. 쇼왈터는 여성 '하위문화'라는 개념을 통해, 남성문화에 복종하는 의식적 국면 뒤에는 그것을 전복하는 강력한 무의식적 국면인 여성 '하위문화'가 내재해 있다고 설명한다. 쇼왈터는 이 무의식적 저류는 당대의 사회적 · 역사적 조건에 따라 각기 다른 내용성을 지닌다고 설명하는데, 이 점이 바로 쇼왈터 이론을 비역사적인 오류로부터 벗어나게 한다.

또한 쇼왈터는 『그들만의 문학』(1977)에서 여성의 자의식 성숙도에 따라 여성 문학사를 세 단계로 구분한다. 제1단계는 여성적 문학단계(feminine stage, 1840~1880)로서 여성작가들이 지배적 문학전통인 남성적인 문학적 비전과 예술규범을 내재화하고 모방하는 단계이다. 제2단계는 여성해방론적 단계(feminist stage, 1880~1920)로서 지배문화의 가치와 표준에 저항, 여성집단의 권리와 자율성을 요구하는 단계이다. 제3단계는 여성문학 단계(female stage, 1920~)로서 여성자신의 내부를 향해 주체성을 탐색하는 여성의 자아 발전 단계이다.

쇼왈터 논의의 의의는 여성 '하위문화'라는 패러다임을 통해 매몰된 여성작가를 재발굴하여 여성문학의 유기적 흐름을 밝혀 준 점이다. 그러나 여성문학사가 '여성의 자의식 성숙'이라는 이상적 기준에 맞춰 진화론적으로 발전해 온 양 무리하게 끼워 맞춘 것은 오류로 지적되고 있다.

샌드라 길버트(Sandra Gilbert)와 수전 구바(Susan Gubar)는 19세기 영국 여성작가 연구서인 『다락방의 미친 여자: 여성작가와 19세기의 문학적 상상력』(1979)에서 여성문학의 창조력 수립을 시급한 과제로 제시한다. 그들은 '페니스(pennis)가 상징화된 펜(pen)'이라면 남성은 예술 창조력을 소유한 '작가'로 군림할 자격을 받는 반면, 페니스가 없는 여성은 펜 또한 소유하지 못하고 문학적 창조력의 불모지대에 남아 있을 수밖에 없다는 점을 강조하면서, 여성작가의 창조성을 어디서 발견할 수 있는가를 묻는다.

그들은 샬롯 브론테의 『제인에어』를 분석하는 가운데, 여성작가들은 가부장제의 전통 속에서 살아남으면서도 자신들의 분노와 저항 의지를 표현하는 문학적 양식을 고안해 왔다고 밝힌다. 『제인에어』는 그 대표적인 예인데, 다락방에 갇힌 로체스터의 본처 버어샤 메이슨은 가부장제 사회를 살아가는 여성작가의 억눌린 분노와 고통을 광기와 히스테리로 표현하고 있는 인물이라는 것이다. 열정과 자립심, 강한 의지라는 반(反)가부장적 덕성을 지닌 고아소녀 제인이 사랑만으로, 전형적인 가부장인 로체스터와 결혼해서 행복해지는 것은 불가능한 일이었다. 이때 등장한 버어샤는 제인의 억압된 욕망을 대신 실현시켜 로체스터의 정원을 불태우고 그를 가난하게 만들어 자유롭고 동등한 상태에서 사랑을 이루게 만든다. 이처럼 길버트와 구바는 천사 같은 미와 온순함(제인에어) 뒤에 광기와 분노의 괴물(버어샤 메이슨)이 도사리고 있는 여성의 이중성을 분석하는 데 주력했다.

길버트와 구바가 보기에 여성의 창조성은 가부장적 규범을 전복시키기 위해 이중 전략을 취한다. 남성적 규범에 복종하여 남성문화에 편입하는 의식적 국면과 남성문화를 전복시키는 잠재적 국면의 공존이 그것이다. 그리고 그 잠재적 국면은 바로 '광기'와 연결된다. 여성작가는 자기 표현수단이 없으므로 억눌린 분노와 고통을 광기와 히스테리로 표현하기 때문에, 미친 여성의 '광기'야말로 새로운 가능성으로 설정될 수 있다는 것이다.

3. 여성적 글쓰기

남성과 여성의 차이를 인정하는 가운데, 여성성/모성성을 여성문화/문학의 고유성으로 제시하는 이론들이 프랑스의 정신분석 이론을 중심으로 전개된다.

엘렌 씨쑤(Hélen Cixous)는 프랑스의 작가, 문학비평가, 소설가, 극작가로서 '여성적 글쓰기(écriture feminine)'의 발견을 위해 노력했다. 씨쑤는 「메두사의 웃음」(1975)에서 여성성을 결핍이나 부재로 묘사하기보다는 충만함, 창조적인 흘러넘침, 유희적인 잉여, 여성 육체가 갖는 물질성으로 구체화한다. 프로이트가 여성을 결여된 존재로 묘사한 것과 매우 대조적이다.

씨쑤는 언어와 목소리를 연결시킴으로써 전(前)오이디푸스 단계(어머니와 아이의 동일시가 이루어지는 단계)의 중요성을 강조한다. 전(前)오이디푸스 단계는 시각적인 것보다 촉각적인 것, 소리, 리듬에 의해 지배되는 시기로서, 이때는 자아와 어머니(타자)의 분리가 일어나지 않는다. 씨쑤는 이 시기에 접근할 수 있는 방법으로 노래를 듣고, 노래야말로 '여성적 글쓰기'를 알리고 그것을 형성할 수 있는 길이라고 말한다. 이처럼 '여성적 글쓰기'는 전(前)오이디푸스적 관계로의 탈출을 가능하게 하는 글쓰기이며, 개인의 내면에 잠재되어 있는 양성성을 방출시킬 수 있는 출구이다. 때문에 남성과 여성 모두 '여성적 글쓰기'를 구성할 때는 양성적 에너지에 의존하게 되는데, 이것이 바로 '대안적 양성성(other bisexuality)'이다.

씨쑤와 유사하게 루스 이리가레이(Luce Irigaray) 역시 여성적인 것이 항상 결핍이나 퇴화로 묘사되어 온 것을 비판한다. 특히 이리가레이는 프로이트 이론에 강력하게 문제 제기를 하면서, 프로이트 이론은 단지 한 종류의 성(=남성)에만 근거하여 형성되었다고 비판한다.

이리가레이는 성차를 'A와 A가 아닌 것'에서 'A와 B'로 이론화하려는 전략을 세워 여성성의 고유한 특질에 주목한다. 이리가레이는 여성의 정체성을 은유적으로 재현하기 위해, 다양성과 유동성, 접촉을 통한 성적 친밀함을 강조한다. 예컨대 여성의 성기관은 여러 다양한 요소(입술, 질, 음핵, 목, 자궁, 가슴)로 이루어져 있기 때문에, 여성의 희열 역시 통일되어 있지 않고 다양하며 무한하다는 것이다. 또한 여성은 프로이트가 상정했던 것처럼 질의 쾌감과 음핵의 쾌감 가운데 어느 하나를 선택할 필요 없이, 두 가지 방식을 함께 취할 수 있다고 본다.

여성의 이러한 신체적 특성과 관련지어 이리가레이는 '여성적 글쓰기'를 유체성, 촉각을 통한 관계의 친밀성을 표현하는 것으로 정의한다. 여성의 문체는 확고하게 굳어진 모든 기존의 형식, 비유, 관념, 개념들에 대해 저항하고 그것들을 파괴한다는 것이다. 이러한 여성의 언어는 어머니를 여성으로 재현할 수 있는 새로운 언어이다. 이리가레이는 오늘날 여성이 자신의 정체성을 긍정적으로 재현할 수 없게 된 원인의 대부분은 상징질서 내부에서 어머니와 딸의 관계가 왜곡된 데 있다고 보았다. 가부장제 사회에서 어머니는 단지 제한적인 의미만을 부여받아 양육과 보호의 기능을 담당하는 인물로 전락하고, 여아는 오이디푸스적 위기를 거치면서 최초의 정체성을 박탈당하여 여아는 그 자신을 알지 못하고 알 수도 없는 존재가 된다는 것이다. 이리가레이는 이러한 왜곡 상태를 극복하는 길로서 '여성적 글쓰기'의 발견을 제시한다.

씨쑤와 이리가레이의 '여성적 글쓰기'에 대한 논의는 여성문학의 특수성을 규명하려는 의욕적인 작업으로서 여전히 진행중에 있다. 그러나 그들의 논의는 가부장적 권력의 이데올로기적 · 물질적 모순과 함께 그 역사적 · 경제적 특수성을 고려하는 데 실패하여 성적 환원론이라는 비판을 받고 있다.

이에 반해 쥴리아 크리스테바(Julia Kristeva)는 언어란 성적으로 구별

되지 않는다는 입장을 취하면서도, 여성 글쓰기의 특징에 독자적으로 접근하고 있어 관심의 대상이 되고 있다. 크리스테바는 '코라(chora)'라는 개념을 통해 여성 글쓰기의 특징을 설명한다. '코라(chora)'란 폐쇄된 공간, 자궁을 의미하는 그리스어인데, 크리스테바는 상징 언어 속에 모순, 파열, 침묵, 부재의 형태로 존재하는 기호계의 담론을 지칭하는 데 이 용어를 사용한다. '코라'란 기존의 남성담론을 전복하는 혁명적 담론으로서, 기존 언어의 내부에 주변성으로 존재하며 여성만의 또 다른 언어로 설명되지는 않는다. '코라'는 새로운 언어라기보다 리드미컬한 맥박이다. 다시 말해서 '코라'는 전통 언어학 이론의 닫힌 체계 속에서는 결코 잡히지 않는 이질적이고 파열적인 차원의 언어를 이루고 있다.

크리스테바가 보기에 언어란 기호계 · 상징계라는 두 양태가 담론적 실천(실제로 말해지거나 쓰여진 언어)을 생산해내기 위해 맺는 변증법적 관계를 의미한다. 상징계는 의미 구조나 문법 구조의 일관성을 중시하는 반면, 기호계는 의미를 고정시키려는 충동을 끊임없이 와해시킨다. 크리스테바는, 기호계가 자신을 가장 강렬하게 드러내는 곳에도, 질서를 부여하는 상징계적 움직임은 항상 존재해야 한다고 강조한다. 상징계의 통제가 사라질 경우, 언어는 무의식적인 충동들의 힘에 완전히 압도되어 정신병자의 발화가 되어 버리기 때문이다. 이런 이유로 크리스테바는 여성의 언어가 여성적 육체(예: 이리가레이의 이론) 또는 여성적 경제(씨쑤의 '허여성의 경제' 개념)로부터 나와야 한다는 주장에 회의적이다.

크리스테바는 언어를 크게 과학적 · 수학적 언어와 시적 언어로 구분한다. 과학적 · 수학적 언어가 기호계의 침입을 거의 허용하지 않는 치밀하게 규정된 고정된 의미를 추구하는 언어라면, 시적 언어는 기호계의 침입을 최대한으로 허용하는 언어로서 리듬감, 소리 패턴의 강조, 구문의 와해, 이질성으로 특징지워진다.

언어의 이 같은 성격과 유사하게 크리스테바는 인간의 정체성 역시 '과정중에 있는' 것으로 설명한다. 정체성은 무의식적인 충동들과 사회적인 것 사이의 경계 또는 그 둘 사이의 '상호 텍스트성'을 토대로 형성되며, 정체성은 복수화되어 결코 고정될 수도 종결될 수도 없다.

크리스테바의 이론은 페미니즘 이론이 현재 직면하고 있는 가장 중요한 문제인 정체성에 대한 새로운 사유방식을 제공했다는 점에 의미가 있다. 또한 여타의 프랑스 페미니즘 이론과 달리 성적 환원론의 위험에서 벗어나 있는 것도 장점으로 인정되고 있다.

페미니즘 소설의 기억을 찾아서

1. 기억의 의미

우리의 현재 속에는 유년의 기억에서부터 미래의 소망에 이르는 삶의 여정 전체가 새겨져 있다. 과거의 기억은 현재의 우리를 만들어 왔고, 미래의 소망은 또한 현재의 우리를 만들어 가고 있기 때문이다. 현재의 우리는 과거와 미래를 모두 짊어지고, 지금 여기에서 살아가고 있는 것이다. 그런 점에서 현재란 바로 과거인 동시에 미래인 것이다.

우리가 페미니즘 소설의 기억을 이야기해야 하는 이유도 실은 여기에 있다. 페미니즘 소설이 걸어온 길은 현재의 페미니즘 소설에 이어져 있고, 그것은 다시 미래의 페미니즘 소설로 연결될 것이기 때문이다. 지금, 페미니즘 소설은 마치 시대에 뒤떨어진 낡은 유물처럼 받아들여지는 경향이 있기도 하다. 동성애 등 섹슈얼리티와 관련된 담론이 진보적 담론으로서 페미니즘이 차지하고 있던 자리를 대치해 가고 있기 때문이다. 그러나 페미니즘이 가졌던 최초의 문제의식은 아직 유효하다. 여성해방·인간해방의 과제가 여전히 미완으로 남아 있기 때문이다.

그러므로 페미니즘 소설이 걸어온 길을 되짚어 봄으로써, 현재의 페미니즘 소설이 서 있는 자리를 점검해 보는 것은 의미 있는 일이 될 것이다. 자유와 평등에 대한 요구에서 출발한 페미니즘 소설은 대안적 가치를 다양하게 모색하는 가운데 현재에 이르렀다. 백 년에 가까운 그 긴 여정을 따라가 봄으로써, 우리는 당대 여성들이 느꼈던 감정과 구체적인 생활, 그리고 그것들이 이루어온 여성의 역사를 만날 수 있을 것이다.

2. 자유와 평등을 위한 삶

페미니즘 소설의 탄생은 신여성의 등장과 함께 이루어진다. 신여성이란 봉건적인 가족제도에 반기를 들고, 자유연애와 여권을 추구했던 1920~30년대의 교육받은 여성을 말한다. 구여성들이 삼종지도, 칠거지악 등의 봉건적인 윤리를 부덕(婦德)으로 믿고 그것을 자신의 운명으로 받아들였다면, 신여성들은 그러한 운명이 봉건적인 가족제도의 부산물일 뿐임을 선언한다. 그것은, 여성도 한 인간으로서 당당하게 자기 삶을 개척해야 한다는 자유에 대한 선언이자 동시에 남성과 동등하게 살아가야 한다는 평등에 대한 선언이었다.

이러한 선언이 잘 나타나 있는 작품이 바로 김일엽의 「자각」(1926)이다. 김일엽은 봉건의식을 타파하고 여성해방사상을 고취하기 위해 다수의 논설과 시·소설을 발표했던 신여성 중의 한 사람으로서, 당대 여성들이 지향해야 할 삶의 모습을 「자각」의 여주인공 임순실을 통해 제시하고 있다.

동경 유학 중인 남편이 신여성과 재혼하겠다며 이혼을 요구해 오자, 만삭의 임부였던 임순실은 결연한 절연장을 보낸 뒤, 사내아이를 낳아 시집에 남겨 두고는 여학교에 입학한다. 3년 여의 세월이 흘러

여학교를 졸업할 즈음이 되자, 남편은 과거의 잘못을 뉘우치며 다시 집으로 돌아올 것을 간청한다. 그러나 임순실은 자신의 결혼 생활이 '노예의 생활'이었다고 회고하며, 이제라도 하나의 '완전한 사람'이 되어 살아가리라 다짐한다.

삼종지도, 여필종부, 칠거지악 등의 봉건적 가치관이 여성의 삶을 제약하고 있던 현실 속에서, 자신의 삶을 당당하게 찾아 나가는 임순실의 모습은 당대 여성의 전형이었다기보다는 오히려 이상(理想)이었을 것이다. 기회의 평등이 전혀 보장되어 있지 않은 현실 속에서 첫 남편에게 버림받은 구여성이 선택할 수 있는 길이란 스스로 목숨을 끊거나 가족과 절연한 상태에서 절망적인 삶을 영위하는 것밖에는 없었을 것이기 때문이다. 그러나 「나의 정조관」(1927) 등을 통하여 여성의 삶이란 여성 스스로 개척해 가는 것임을 피력했던 김일엽은, 구여성이 신여성으로 성장해 가는 길을 제시함으로써 당대의 현실적 제약을 의식으로나마 넘어서려고 했다.

그러나 남성작가들이 바라보는 신여성의 모습은 상당히 부정적이었다. 예컨대, 김동인의 「김연실전」(1939)은 나혜석, 김일엽과 함께 신여성 3인방으로 알려졌던 탄실 김명순을 모델로 삼은 작품으로서, 신여성의 모습이 상당히 냉소적으로 그려져 있다. 소실의 딸이었던 연실이는 어려서부터 반항심이 강했는데, 급기야는 거금을 훔쳐 동경으로 달아나서는 선각자연하며 남성편력에 빠진다는 내용이다. 자유연애를 추구했던 신여성에 대한 김동인의 이러한 반감은 당시의 사회 분위기를 대변한 것으로 볼 수 있다. 잡지 『여자계』 등의 논설에서 쉽게 확인되듯이, 신여성의 자유연애를 비판하는 여론이 비등했었기 때문이다.

그러나 자유연애란 근대적 개인성의 출현을 의미하는 역사적인 사건이다. 봉건적인 가족제도 속에서는 남성이든 여성이든 혈통의 재생산을 위해 결혼해야 했으며, 그것은 조혼의 폐습이나 축첩제도의 모순을 낳았다. 따라서 신여성들은 자유연애 사상 속에서, 여성을 억압해 온 가부장적 가족제도를 넘어설 수 있는 잠재력을 발견했고 실제로 그것의 성취를 위해 살았다. 신여성들의 자유연애가 비록 당대의 사회 통념에는 위배되는 것이었을지라도, 개인의 삶 속에서 해방의 비전을 찾으려 했던 신여성들의 실천정신만은 쉽게 폄하되어서는 안될 것이다.

신여성들이 추구했던 자유와 평등의 가치는 2세대 여성작가로 분류되는 강경애, 백신애 등의 작품에서도 동일하게 추구된다. 한 가지 다른 점이 있다면, 여성인물의 내면 갈등에 초점을 맞춤으로써 여성 자신의 성찰성을 강조했다는 점이다.

강경애의 「원고료 이백 원」(1935)은 여주인공 '나'가 원고료 이백 원을 둘러싸고 겪게 되는 내면 갈등을 그리고 있는 작품이다. 작가인 '나'는 D신문에 장편소설을 연재하여 원고료 이백 원을 받게 되자, 그 원고료를 자신과 남편을 위해 쓰고 싶어한다. 그러나 남편은 감옥에 가 있는 동지의 가족이나 병석에 있는 동지를 위해 쓰자고 말한다. '나'는 남편의 그 말에 심한 반발감을 느끼며 한 번도 풍족하게 살아 본 적이 없는 자신의 처지를 한탄하지만, 결국 동지들을 위해 원고료를 쓰기로 결심한다.

'원고료 이백 원을 누구를 위해 쓸 것인가'라는 문제는 삶의 지향성을 어디에 둘 것이냐의 문제였다고 볼 수 있다. 개인적인 자유의 실현에 둘 것이냐, 아니면 공동체적인 자유의 실현에 둘 것이냐. 결국 '나'는 후자를 선택함으로써, 자신에게 부여된 신여성으로서의 사명에 충실하고자 한다. '나'가 생각하는 진정한 신여성이란 개인의 자유만을 위해서 사는 여성이 아니라, 모두의 자유를 위해 사는 여성이기 때문이다. 즉, 평등의 가치를 위해 자신의 자유를 유보할 줄 아는 여성이다.

평등의 가치를 위해 헌신하는 여성상은 사실 프로문학의 등장과 밀접한 관련이 있다. 프로문학은 사회의 진보에 복무하는 문학이야말로 진정한 문학이라는 강한 목적성을 표방한 문학으로서, 1920년대 후반부터 30년대 초반까지 우리 문단을 지배했다. 일세의 수탈정책이 노골화되는 시점에서, 피식민지 민중의 삶을 대변하고 그들의 고통을 함께 나눌 수 있는 문학에 대한 요구가 프로문학의 탄생으로 이어진 것이다. 그리고 이는 신여성상에도 일정한 영향을 미쳐 「원고료 이백 원」에서와 같은 신여성상이 탄생하게 된다.

반면, 내면성의 발견에 주력하는 신여성의 모습을 이선희의 「탕자」(1940)와 같은 작품에서 찾아볼 수 있다. 이 작품은 낯선 섬으로의 여행과 등대의 발견이라는 구조를 통해 여성의 자기 발견이라는 문제를 다루고 있다. '나'는 결혼을 앞두고 홀로 낯선 섬으로 여행을 떠나, 그곳에서 등대지기와 등대를 만난다. '정신주의자'의 얼굴을 한 등대지기는 '나'에게 폭풍우 치는 밤의 등대가 얼마나 아름다운지에 대해 예찬하고, 등대를 떠나온 '나'는 마치 그 '정신주의자'의 감정에 전이된 듯 등대를 그리워한다.

이 소설에서 등대란 '나'가 추구하는 세계이다. 그것은 폭풍우와 같은 시련 속에서 더욱 요요하게 빛나는 고고한 정신의 세계이자, '숭고하고 아름답고 자애 깊은 여인'의 모습 같은 이상적 세계이다. 그러나 그것은 건실한 청년학자와의 결혼과 함께 포기되어야 할 세계이다. 왜냐하면 '나'에게 결혼이란 일상으로의 편입이자 현실과의 타협을 의미하기 때문이다. 그래서 '나'는 약혼자에게 죄책감을 느끼면서도, 마치 '아직 회개할 때가 되지 못한 탕자와 같이' 등대를 그리워하며 집으로 돌아갈 줄을 모른다.

집으로 돌아갈 줄 모르는, 일상적 삶으로의 편입을 거부하는 '나'

의 심리가 단적으로 표현된 말이 '탕자'라면, 당대의 신여성들이 '탕자'가 될 수밖에 없었던 이유를 사회적인 맥락에서도 생각해 볼 수 있다. 1세대 여성작가들의 자유에 대한 요구가 좌절되고, 프로문학적인 견지에서 평등의 가치를 추구했던 2세대 여성작가들의 시도도 실패의 위기에 처하게 되었을 때 당대의 신여성들이 '탕자'가 되는 것은 어쩌면 당연한 일이었을 것이다. 이제 1940년대의 신여성들에게는 돌아갈 집이 없어졌고, 다만 끊임없는 모험과 모색의 공간만이 열리게 되었다.

3. 사랑의 실현을 위한 삶

자유와 평등의 가치를 추구했던 신여성들은 봉건적인 가족제도를 비판하고 근대적인 가족제도인 일부일처 핵가족제도를 이상적인 것으로 받아들였다. 자유연애 사상의 추구도 실은 이 제도의 구현이라는 목표 속에서 이루어진 것이었다고 말할 수 있다. 그러나 신여성이건 구여성이건 희생에 바탕한 사랑의 가치를 추구했던 여성들은 대개 봉건적인 가족제도의 테두리내에 있었다. 그리고 이들에게 사랑이란 이타적인 자기 절제라는 덕목으로 받아들여졌다. 그 대표적인 예를 백신애의 「광인수기」(1938)와 최정희의 「천맥」(1941)에서 찾아볼 수 있다.

백신애의 「광인수기」는 남편에게 버림받은 구여성이 광인이 되어 넋두리하는 형식의 소설이다. 주인공 '나'는 부모가 맺어 준 인연에 따라 꽃다운 나이에 시집을 가서, 모진 시집살이도 이겨내고 남편의 유학 생활도 견뎌내며 3남매를 낳아 키운다. 그러나 동경 유학에서 돌아온 남편이 한때 사상운동에 가담했다가, 마음을 잡지 못하고 먼 친척뻘되는 젊은 여성과 사랑에 빠져 가족을 등한시하자 광증을 일으킨다.

광증의 원인은 깊은 상실감에서 찾을 수 있다. '나'는 남편이 유학을 떠난 뒤에는 남편에 대한 사랑 하나로 시집살이를 견뎌냈고, 남편이 유학에서 돌아와 사상운동에 가담하던 당시에는 매일 정한수를 올리며 남편의 안위를 빌었으며, 아이들이 자라서는 좀더 나은 교육을 받을 수 있도록 애를 썼다. 그야말로 현모양처의 길을 사랑 하나로 걸어온 것이다. 그리고 그 사랑의 길은 인내와 포용과 희생의 길이었다. 그러나 그 대가가 배신으로 나타나자 '나'는 상실감을 견디지 못하고 광증을 일으키게 된다.

이 작품의 구조는 「자각」과 상당히 유사하지만, 여주인공의 선택은 그야말로 상이하다. 「자각」의 임순실이 인간다운 삶을 살겠다는 의지 속에서 애이불비(哀而不悲)의 자세로 사랑하던 남편을 떠나는 반면, 「광인수기」의 '나'는 광증 속에서 남편을 원망하고 하늘도 원망하다가 결국에는 자신을 자책한다. 이러한 차이는 삶의 지향점의 차이에서 오는 것으로 볼 수 있다. 임순실의 지향점은 인간답게 사는 자유에 있었으므로 배신을 이겨낼 수 있었던 반면, '나'의 지향점은 부덕(婦德)에 기초한 사랑에 있었으므로 배신을 이겨낼 수 없었던 것이다.

사실 사랑만큼 다양한 함의를 가진 말도 없을 것이다. 기독교의 신이 사랑의 신이듯 사랑은 종교적 차원으로까지 승화될 수 있기도 하고, 한 개인을 억압하는 이데올로기로 작용할 수 있기도 하다. 특히, 이데올로기로서의 사랑은 여성에게 희생과 헌신을 강요해 온 측면이 있다. 경제권이 없는 여성이 남편에게 순종하고 가족에게 헌신하는 것은 불가피한 생존전략일 수 있는데, 이 생존전략을 사랑이라는 미명으로 포장하는 한 여성들은 자신의 타자성에 눈뜨지 못할 것이기 때문이다.

그렇다면 진정한 사랑이란 어떠한 것인가. 그것을 최정희의 「천맥」에서 조금이나마 찾아볼 수 있다. 그러나 이를 위해서는 먼저, 주인공 송연이의 조금은 복잡한 결혼관계를 짚어 봐야 한다. 간호사였던 연이는 기혼자인 상수가 미혼인 줄 알고 결혼하여 아들 하나를 얻는다. 사랑으로 맺어졌던 그들은 상수의 죽음으로 결별하게 되고, 연이는 다시 아들 진호의 장래를 위하여 재혼한다. 그러나 의붓아버지와 진호 사이의 갈등이 심해지자, 진호를 위해 재혼을 파기한다. 그 후 찾아가는 곳이 보통학교 시절의 스승 김성수가 운영하는 보육원이다. 보육교사로 일하며 아이들을 돌보던 연이는 자신이 김성수 선생을 깊이 사모하고 있었음을 문득 깨달으며, 자신을 여기까지 이끈 것은 천맥, 즉 하늘의 연이었다고 느낀다.

그러나 천맥은 연이에게 절제를 요구한다. 하나는 김성수 선생에 대한 연정의 표현을 절제하는 것이고, 다른 하나는 아들 진호에 대한 모정의 표현을 절제하는 것이다. 김성수 선생은 연이의 스승인데다가 기혼자이기 때문에 서로 사랑할지라도 연정을 표현해서는 안 된다. 그리고 연이 자신은 진호의 어머니일뿐 아니라 모든 보육아들의 어머니여야 하기 때문에 아들에 대한 각별한 모정을 표현해서도 안 된다. 이 두 가지 절제를 받아들이기 위해 연이는 매일 신에게 기도하는 습관을 갖게 된다.

이처럼 연이에게 사랑이란 절제이다. 개인적인 욕망을 버리고 모두를 위한 삶을 살아가는 것이 사랑이다. 보육원의 지향이 슬픔 없는 세상을 만드는 데 있는 것처럼, 연이는 그러한 세상을 만들기 위해 욕망을 버리고자 노력한다. 이성에 대한 연정이나 혈육에 대한 정이 인간의 힘으로는 끊어내기 어려운 원초적 욕망이라면, 이러한 욕망까지 넘어설 수 있어야 진정한 사랑에 이를 수 있다고 믿기 때문이다. 그러나 연이의 이 믿음은 이데올로기가 아니다. 자신이 주체가 되어 스스로를 성찰하고 그 성찰의 결과로서 선택한 것이기 때문이다.

이데올로기로서의 사랑과 진정한 사랑을 구분하기는 매우 어렵다. 그러나 한 가지 분명한 것은 그 사랑이 어느 누구도 훼손시키지 않을 때라야 진정하다고 말할 수 있다는 것이다. 연이의 사랑은 연이 자신도, 김성수 선생도, 아들 진호도, 보육원아들도 훼손시키지 않았다. 그러나 「광인수기」의 '나'의 사랑은 무엇보다 자기 자신을 훼손시켰다. 물론 거기엔 배신이라는 사건이 개입되어 있긴 하지만, 배신 속에서도 자신을 지킬 수 있는 사랑이라야 진정한 사랑이라고 할 수 있을 것이다.

연이의 진정한 사랑은 봉건적인 가족제도 바깥으로의 존재이동 속에서 가능했다고 볼 수 있다. 소실의 위치에서 벗어난 후, 다시 후처의 위치에서 벗어나 스스로의 삶을 개척해 가는 과정 속에서 사랑의 의미에 눈뜰 수 있었기 때문이다. 그러므로 여성에게 있어 진정한 사랑이란 봉건적인 가족제도 바깥에서 실현될 수 있는 것이었고, 그 제도 안에서는 이데올로기적인 사랑이 부덕(婦德)의 이름으로 강요되고 있었다고 할 수 있다.

그렇다면 진정한 사랑이란 가족제도 바깥에서만 가능하냐는 질문을 던져 볼 수 있을 것이다. 사실 이성애의 역사를 통해 볼 때, 낭만적 사랑은 중세시대까지만 해도 혼외관계 속에서만 성립되었다. 기사들의 귀부인에 대한 우상숭배적 사랑이 그 대표적인 예이다. 그 시대까지만 해도 결혼이란 혈통의 재생산을 위한 가문끼리의 결합이 주된 형태를 이루고 있었기 때문에, 결혼제도 속으로 낭만적 사랑이 들어올 틈은 없었다. 그러나 근대의 시작과 더불어 개인성이 출현하면서 결혼제도와 낭만적 사랑은 결합하게 된다.

그러나 낭만적 사랑이 곧바로 진정한 사랑이 되는 것은 아니다. 첫눈에 반하는 사랑, 육체관계가 배제된 정신적 사랑이 낭만적 사랑의 내포라면, 이 사랑은 결혼관계라는 현실 속에서 쉽게 무너지고 마는 허약한 것이었기 때문이다. 그러므로 낭만적 사랑이 진정한 사랑으로 승화되기 위해서는 고도의 성찰성이 요구되었다. 또한 누구도 자신의 존재를 상대에게 의탁하지 않는 독립된 경제권의 실현이 요구되었다. 그러므로 진정한 사랑의 실현이란 결혼제도 안팎과 관련된된 것이 아니라 개인의 자주성과 관련된 것이라고 할 수 있다.

4. 가치의 혼돈과 새로운 모색

전후시대에는 페미니즘 소설이라고 부를 만한 작품이 많지 않다. 당대의 여성작가들 대부분은 전후의 정신적 외상을 소설화하는 데 깊은 관심을 가졌기 때문이다. 전쟁의 폭력성(강신재), 전후사회의 타락상(박경리), 전후시대 젊은이들의 정신적 방황(한말숙), 죽음의 문제(한무숙), 전쟁 중에도 변함없이 이어지는 인간의 범속한 삶(손소희) 등은 여성작가들이 그려낸 전후소설의 주요 풍경이었다.

이 중에서 한말숙의 「신화(神話)의 단애(斷崖)」(1957)는 전후시대를 살았던 한 젊은 여성의 내면세계가 잘 드러나 있는 작품이다. 미대생인 진영은 밀린 하숙비 대신 화구 일체와 책 전부를 하숙에 저당잡힌 채 쫓겨나와, 애인의 남자친구 하숙이나 애인의 하숙에서 잠을 청하는 등 극도로 불안한 생활을 한다. 그러던 중 생존을 위해 호객에 나서고, 급기야는 매매음의 미명일 뿐인 계약결혼까지 결심한다. 자신의 실존을 증명할 수 있는 유일한 것은 육체밖에 없다고 생각하기 때문이다.

육체를 돌보기 위하여 호객을 하고, 살아 있다는 느낌을 얻기 위하여 육욕을 추구하는 진영의 모습은 전후시대 젊은이들의 불안한 자화상을 보여준다. 미래에 대한 어떠한 꿈도 가질 수 없었던 시대의 젊은이들이 느꼈던 고뇌와 그들의 방황을 보여주기 때문이다. '신화의 단애'라는 제목에서 암시되듯이, 진영이 느끼는 세계는 신이 떠난 세계이다. 또한 신의 재림을 믿기에는 삶이 지나치게 가파른 세계이다. 때문에 진영은 성모 마리아의 동상에서 씻을 수 없는 고뇌를 발견하고, 사랑의 기쁨도 모르면서 진통만 겪어야 했던 여인의 아픔을 읽어낸다. 여기엔 당대 젊은이들이 가졌던 깊은 허무주의가 투영되어 있다고 할 수 있다.

모든 가치체계가 붕괴되고 새로운 가치는 정립되지 않은 세계 속에서 전후의 젊은이들이 살아가야 했다면, 그들은 필연적으로 새로운 가치의 모색으로 나아가게 된다. 그러나 그것은 목적의식적으로 이루어지지는 않는다. 삶의 목적성이 삶의 다양성을 포괄할 수 없다는 사실을 이미 전쟁 체험을 통해 배웠기 때문이다. 그래서 한무숙의 경우에는 인간의 존재론적 숙명에 깊은 관심을 보이게 되고, 강신재의 경우에는 여성의 글쓰기가 갖는 의미에 주목하게 된다.

한무숙은 「감정(感情)이 있는 심연(深淵)」(1957)에서 여성의 성욕과 죄의식의 관계에 접근하면서, 한 젊은 여성의 숙명적 삶에 대해 이야기한다. 주인공 윤전아는 네 명의 과부가 하나의 가계를 이루고 있는 시골집에서 성장한다. 성장기의 그녀는 '죄의 끝을 보여야 한다'는 큰고모의 정조 교육관에 따라, 불륜을 저지른 작은고모가 푸른 미결수의 수의를 입고 공판정에 서는 광경을 강제로 보게 된다. 성욕에 관한 한 사랑보다는 죄의식을 먼저 알게 된 전아는, 연인과의 사랑 속에서도 깊은 죄의식을 느끼다가 결국에는 죄악망상증에 빠져 정신병원에 수감된다.

여기서 전아의 죄악망상증은 전아 자신의 것이었다기보다는 큰고모를 비롯한 네 명의 과부 것이었다고 보아야 한다. 큰고모가 작은고모의 불륜에 냉혹할 정도로 엄격했던 이유도, 실은 작은고모의 욕망 속에서 자신의 욕망을 읽었기 때문일 터이다. 그들 모두의 '감정의 심연' 속에는 성적 욕망이 숨어 있었던 것이다. 그러나 가부장제 사회의 덕녀/탕녀 이분법 속에서, 여성의 성욕은 언제나 탕녀의 그것으로 단죄되어 왔기 때문에 억압된다. 그리고 그 억압의 결과가 죄악망상증으로 나타난 것이라면, 전아의 병인은 가부장제 사회의 여성 억압적인 성윤리에 있다고 할 수 있다.

그러나 한무숙은 여성의 성욕 역시 자연의 일부로서 받아들여져야 한다고 말한다. 자연이란 인간의 가치판단이 개입될 수 없는, 그것 나름의 질서와 의미를 가진 세계이기 때문이다. 거기에 선/악의 이분법을 적용한다면, 여성의 성욕은 죄의식으로 대치될 수밖에 없다는 것이다. 금기의 영역에 있었던 여성의 성욕을 진지한 성찰의 대상으로 삼았다는 점이 「감정(感情)이 있는 심연(深淵)」의 페미니즘 문학사적 의의라면, 이러한 성찰은 여성작가들이 대거 진출하는 1990년대 이후에 좀더 적극적으로 이루어지게 된다.

다음으로, 강신재는 「안개」(1950)에서 남성 지배담론 속에서 악전고투하며 자신의 위치를 찾아가는 여성작가의 자화상을 상징적으로 그려내고 있다. 고등교육을 받은 성혜는 남편 형식의 요구에 따라 전업주부로서 살아가지만, 마음 깊은 곳에 있는 어떤 열망을 담아 틈틈이 소설을 쓴다. 그 소설이 저명한 잡지에 당선되자, 예술애호가를 자처하는 형식은 성혜의 창작 행위에 사사건건 개입하려고 한다. 아내는 예술가지만 자신은 애호가일 뿐이라는 현실을 받아들이지 못하는 것이다. 그러나 성혜는 자신의 예술가적 안목을 포기하지 않고 자신의 주관대로 소설을 창작함으로써 결국엔 평론가들로부터 호평을 받는다.

남편과의 갈등 속에서도 자신의 창작세계를 포기하지 않는 성혜의 모습에서 우리는 당대를 살았던 여성작가들의 의지와 고뇌를 동시에 발견할 수 있다. 1950년대는 아직까지 남성작가들이 독주하는 시대였다. 「제3인간형」「잉여인간」「요한시집」 등 잘 알려진 전후소설이 대개 남성작가들의 작품이라는 사실만 봐도 이는 쉽게 확인된다. 이러한 상황 속에서 자기만의 고유한 문학세계를 구축해야 했던 여성작가들은 남성 지배담론에 편입하는 동시에 저항해야 했다. 그 편입과 저항의 이중성이 1950년대 여성작가들의 현주소였다.

이처럼 전후시대는 모색의 시대였다. 낡은 가치가 붕괴되고 새로운 가치는 세워지지 않은 현실 속에서 여성작가들은 여성의 삶이 어떠해야 하느냐에 대해 지속적으로 성찰했다. 그것은 당대 젊은이들의 불안한 자화상을 그려내는 것으로, 혹은 여성의 성적 욕망을 자연의 일부로 그려내는 것으로, 혹은 여성작가들이 처한 딜레마를 상징적으로 그려내는 것으로 표현되었다. 이러한 작은 모색들이 다음 세대 여성작가들에 의해 좀더 적극적으로 이루어지면서 페미니즘 소설은 굳건하게 뿌리를 내리게 된다.

5. 기억과 더불어서, 기억을 넘어서

모든 딸들은 어머니와 더불어, 어머니를 넘어서 성장한다. 여기서 어머니란 핏줄로서의 어머니를 의미하기도 하지만, 동시에 역사로서의 여성을 의미하기도 한다. 후대의 여성은 반드시 선대의 여성에게서 배우고 또한 그들을 넘어섬으로써, 자기만의 고유한 세계를 만들어 가는 것이다. 그러므로 딸로서의 여성작가들이 역사로서의 어머니를 어떻게 기억하고, 그 기억을 어떻게 넘어서느냐를 살펴보는 일은 매우 중요하다. 여성작가들이 서 있는 현주소, 페미니즘 소설이 서 있는 현주소, 나아가 여성들이 서 있는 현주소를 말해 주기 때문이다.

오정희의 「중국인 거리」(1979)는, 어머니의 삶에 깊은 연민을 느끼면서도 어머니와는 다른 삶을 꿈꾸는 소녀의 성장담이다. 전후의 항구도시에서 성장하는 소녀는 여덟 번째 아이를 출산해야 하는 어머니에게 깊은 연민을 느끼는 동시에, 어머니의 다산을 '동물적인 삶'이라고 동정한다. 때문에 또래친구 치옥이에게 자신은 계모의 딸이라고 거짓말을 하는가 하면, 한 번도 출산한 적이 없는 서모 외할머니의 '둥근 배'를 아름다운 몸으로 느끼기도 한다. 소녀에게 어머니란 출산하는 존재이고, 출산이란 곧 동물적인 것이었다.

그래서 소녀는 어머니와는 다른 삶을 꿈꾼다. 도회의 냄새를 풍기는 향수병이라든가 이국적인 느낌을 불러일으키는 양주병 등이 있는, 양공주 매기 언니의 방에 매일 놀러가는 것도 이 때문이다. 그러나 소녀는 매기 언니의 살해사건을 통해 자신의 꿈은 실현 불가능하다는 것을 깨닫는다. 흑인병사와 국제결혼하여 미국으로 건너갈 것을 꿈꾸던 매기 언니가 그 흑인병사에게 죽임을 당하기 때문이다. 매기 언니의 삶 역시 어머니의 삶과 다를 바 없다는 것을 알게 되면서, 소녀는 여성이 되는 일의 고통스러움을 뚜렷하게 예감한다.

그것은 첫째, 어머니가 여덟 번째 아이를 출산하는 그 시간에 소녀 역시 초경을 경험한다는 사실에서 나타난다. 어머니가 죽음에 가까운 난산을 겪고 있을 때, 소녀 역시 '거미줄처럼 온몸을 끈끈하게 죄고 있는 열기'의 정체인 초경을 경험한다. 어머니와 다른 삶을 꿈꾸었지만, 소녀 역시 어머니와 비슷한 삶을 살아가게 될 것이라는 암시가 이 대목에서는 매우 강하게 나타나 있다. 그러나 소녀에게 놓여진 여성으로서의 행로와 소녀가 지향하는 행로가 반드시 일치하는 것은 아니다. 소녀의 지향은 어디까지나 어머니와는 다른 삶이다.

초경을 하기 전, 소녀가 중국인 남자와 지속적으로 조우한다는 설정도 여성이 되는 일의 어려움을 상징하는 것으로 볼 수 있다. 여성이 남/녀의 성별 이분법에서 타자화된 존재인 것처럼, 한국내의 중국인도 한국인/중국인(뙈놈)의 인종적 이분법에서 타자화된 존재이다. 그러므로 소녀가 중국인 남자와의 조우 속에서 성적 떨림을 배운다는 것은, 소녀의 여성성 획득이 실은 타자성의 획득에 지나지 않음을 의미한다.

또한 초경 직전, 소녀가 중국인 남자로부터 받은 빵과 등을 금이 가서 쓰지 않는 항아리에 넣는다는 설정은 소녀의 여성성 획득이 훼손과 함께 이루어짐을 암시한다. 항아리나 우물 같은 둥글고 우묵한 사물은 여성을 상징하는 관습화된 기호이다. 그런데 소녀는 중국인 남자로부터 받은 성인식의 선물을 '금이 가서 쓰지 않는' 항아리에 넣는다. 여성성의 훼손과 함께 여성됨을 받아들이게 된다는 것이다.

어머니와는 다른 삶을 꿈꾸며, 여성성의 훼손 속에서 성장하는 이 소녀의 이야기는 어머니를 거부하는 딸의 서사로 볼 수 있다. 사실 모든 딸들은 어머니와의 결별을 통해서만 성장한다. 그러나 그것이 거부를 통해서 이루어지느냐, 계승을 통해서 이루어지느냐에는 큰 차이가 있다. 거부를 통해서 이루어질 때 미래에 대한 모든 책임은 딸이 져야 한다. 그리고 어떠한 선례도 없었던 길을 스스로 개척해 가야 한다. 그러므로 그 딸은 고난의 길을 걸을 수밖에 없고, 때문에 새로운 길을 발견하거나 막다른 길에 직면하는 양자택일적인 삶을 살게 된다.

반면, 어머니를 계승하면서도 어머니를 넘어서는 딸들은 대개 삶의 행로에 대한 자기만의 지도를 갖게 된다. 어머니에게서 배운 것은 이미 지나온 길이 될 터이고, 어머니에게 결여되었던 것들은 앞으로 가야 할 길이 될 터이기 때문이다. 그러므로 역사로서의 어머니에게서 배우고, 그것을 통해 자신의 현재를 알고, 또한 자신의 미래상을 그릴 줄 아는 딸들은 좀더 안정적으로 자기 길을 모색하게 된다. 어머니를 계승하면서도 어머니를 넘어서는 딸의 서사가 중요한 이유가 여기에 있다.

이러한 딸의 서사는 박완서의 「엄마의 말뚝 · 1」(1980)에서 찾아볼 수 있다. 이 소설의 주인공 '나'는 '나'를 신여성으로 만들겠다는 어머니의 집념에 따라 서울의 변두리 지역으로 이주한다. 어머니가 생각하는 신여성이란 공부를 많이 하여 모르는 게 없고 뭐든지 할 수 있는 여성이다. 그리고 구식여자들과는 달리 구두를 신고 통치마를 입고 핸드백을 든 세련된 여성이다. 딸을 이러한 여성으로 키우겠다는 신념 속에서 어머니는 시부모의 만류를 무릅쓰고 '나'를 서울로 데려오는 것이다.

사실 '나'를 신여성으로 만들겠다는 어머니의 의지 속에는 어머니의 한 맺힌 체험이 투영되어 있다. 남편의 급성 맹장염 증세에 한약재를 쓰고 굿날을 잡는 등 구식방법만 동원하다가 남편을 잃은 체험이다. 어머니는 신교육의 세례를 조금은 받은 적이 있기 때문에 남편을 병원에 데려가고 싶어했지만, 시부모의 의사에 따르느라 적절한 시기를 놓친 것이다. 이 체험은 어머니에게 신교육에 대한 강한 의지를 갖게 했고, 이는 열성적인 자식 교육으로 나타난다.

그러나 '나'는 어머니의 신여성상이 얼마나 피상적인가에 눈뜨며 성장한다. '나'가 최초로 만난 신여성은 학교의 여선생이다. 이 여선생은 어머니의 신여성에 대한 묘사대로 구두를 신고 통치마를 입고 핸드백을 들긴 했지만, 모든 걸 알지도 못했고 아는 만큼 행동하지도 못했다. 예컨대, 마치 모든 아이들을 평등하게 사랑하는 것처럼 말했지만 실상은 그렇지 않았던 것이다. 비록 어린아이다운 작은 체험을 통해서이긴 하지만, '나'는 어머니의 신여성상이 허상에 불과하다는 사실에 조금씩 눈뜨게 된다.

이처럼 '나'가 조금씩 어머니를 넘어서는 과정은 또래 여자아이들과의 만남을 통해서도 이루어진다. '나'는 말괄량이 땜장이 딸과의 만남을 통해 남녀의 성차에 최초로 눈뜨게 되고, 이후 냇가의 서답 빠는 소녀와의 만남을 통해서는 여성이 된다는 것의 의미에 어렴풋하게나마 눈뜨게 된다. 어머니의 신여성에 대한 열망이 자유로운 삶·평등한 삶이라는 근대적 가치에 대한 열망이었다면, '나'는 소녀들과의 만남 속에서 이를 넘어서는 여성성의 가치에 눈뜨게 되는 것이다. 이는 '나'가 동세대와의 상호교류를 통해 자신의 정체성을 발견해 간다는 것을 의미하기도 한다.

이처럼 「엄마의 말뚝·1」과 「중국인 거리」는 어머니/딸의 서사를 통해 현대의 여성작가들이 서 있는 위치를 뚜렷하게 보여준다. 가령, 오정희의 경우 기성의 가치를 거부하면서 새로운 가치를 모험적으로 찾아 나가는 여성작가들의 위치를 보여준다면, 박완서의 경우는 기성의 가치를 발전적으로 계승하면서도 그것을 한 단계 뛰어넘고자 하는 여성작가들의 위치를 보여준다.

그리고 이들이 어떤 방향으로 나아갈 것이냐는 오정희·박완서 소설의 전개과정을 통해 짐작해 볼 수 있다. 오정희는 「옛우물」(1994)을 통해 모성으로의 회귀를 보여주는데, 이때의 모성은 체험으로서의 모성이지 '동물적 삶'과 같은 제도로서의 모성은 아니다. 또한 박완서는 『그 많던 싱아는 누가 다 먹었을까』(1992) 연작을 통해 기원으로서의 어머니에 다시 한번 접근하는데, 이는 어머니를 적극적으로 이해함으로써만 모성성의 가치에 눈뜰 수 있다고 보기 때문이다.

현재의 페미니즘 소설도 어머니에 대한 기억과 더불어서, 또한 어머니에 대한 기억을 넘어서서 새로운 모험의 길을 떠나고 있다. 그 모험의 종착지가 어디인지 알 수는 없지만, 여성성/모성성의 가치를 가슴속에 품고 떠나는 모험인 것만은 분명해 보인다. 이제, 여성성/모성성이란 무엇이며, 이 여성성/모성성의 가치는 어떻게 구현될 수 있는지 그 구체적인 상을 찾아 나가는 과제가 페미니즘 소설에 남겨져 있는 듯하다.